黄粱一梦

不明眼 著

天津出版传媒集团
百花文艺出版社

图书在版编目（CIP）数据

黄粱一梦 / 不明眼著 . -- 天津：百花文艺出版社，2024.5

ISBN 978-7-5306-8813-7

Ⅰ . ①黄… Ⅱ . ①不… Ⅲ . ①长篇小说 – 中国 – 当代
Ⅳ . ① I247.5

中国国家版本馆 CIP 数据核字（2024）第 070246 号

黄粱一梦

HUANGLIANG YIMENG

不明眼　著

出 版 人：薛印胜

选题策划：唐冠群　**责任编辑：**李　信

特约编辑：连　慧　小　米

装帧设计：MAKII

出版发行：百花文艺出版社

地址：天津市和平区西康路 35号　**邮编：**300051

电话传真：+86-22-23332651（发行部）
+86-22-23332656（总编室）
+86-22-23332478（邮购部）

网址：http://www.baihuawenyi.com

印刷：三河市春园印刷有限公司

开本：880毫米 ×1230毫米　1/32

字数：300千字

印张：11

版次：2024年 5 月第 1 版

印次：2024年 5 月第 1 次印刷

定价：58.00元

如有印装质量问题，请与三河市春园印刷有限公司联系调换
地址：河北省三河市李旗庄镇东兴庄村
电话：17736702758　邮编：065206

上架建议：畅销 · 小说

ISBN 978-7-5306-8813-7

9 787530 688137 >

定价：58.00 元

没有什么

是吃一块蛋糕解决不了的，

如果有，

那就吃两块。

CONTENTS

目 录

第一章

开业大吉

01

事实证明，人只要豁得出去，没什么干不了的。

住进观音里 29 号的第一天，我去超市拎了六瓶啤酒回来，趁着上头，大笔一挥，写了一张招聘启事。

现招聘甜品店店员三名，包吃包住。

写完我想了想，又补上了一句。

职位要求：胆大心细、专业对口、八字过硬、了无牵挂。

落款——黄粱一梦。

当天晚上，招聘启事就这么被我贴了出去，顺便还在网上发了一份，而我本人灌了四瓶啤酒之后总算是断片儿了。我跌跌撞撞地在一楼沙发上躺下，到了最后，还是没敢去二楼的浴室冲个澡。

至于为什么我会在自己的店里过得这么窝囊，这一切还要从我的上一家店倒闭开始说起。

大半个月前，因为房东突然涨租，我在一个凄风苦雨的夜晚带着八只猫离开了我开了半年的猫咖店（猫咪咖啡馆），流落街头。

当天晚上，我的“塑料”姐姐白柳来接走了我所有的猫。临走前，她还给了我一张房地产经理的名片，告诉我这人手上有个很便宜的房源，如果我想投资第八次，那这个房子简直是我的不二之选。

显而易见，和我这个开什么什么倒闭的“大冤种”弟弟不一样，我亲姐白柳可是正儿八经的渝江女强人，年纪轻轻身价够买四个我，她的投资建议拿出去卖，价值堪比“巴菲特午餐”。于是第二天，我就约了名片上的胡经理，准备去看房。

而当时我也没想到，这个很便宜的房源竟然会在观音里。

对于所有渝江的本地人来说，观音里是个好坏参半的地方，它靠渝江大道的那一条美食街专坑外地人，虽然臭名昭著，但是顶不住名气实在太大，又靠着江，坐完轮渡和缆车的人一下来免不了来一趟，一来二去，那个地方的房价就变得让我高攀不起。

第一次看房，胡经理就迟到了将近半个小时，我在美食街上吃了一碗号称是百年老字号的凉虾。只吃了三分之一我就吃不下了，不由得感慨连这种红糖结块、凉虾粉如散沙的东西都能卖出三十块钱一碗的价格，不愧是渝江网红之首，只要推广到位，辣油拌皮鞋都能开成网红店。

我等了很久，胡经理终于姗姗来迟。一开始我还以为是他手上的这套房子太抢手，结果等他带着我走进观音里荒无人烟的深处，我的心不由得凉了一大半。

黑店都不敢开在这么偏的地方，这鬼地方别说人了，垃圾桶上都瞧不见半个烟头。

见我的脸色有点不对，胡经理对我笑了笑，说道：“位置是有点偏，但现在不都有导航了吗？酒香不怕巷子深，年轻人找得到的。”

“呵呵。”

我微笑，心想这深得怕是狗都闻不着味儿，果然最深的还是你们这些房产中介的套路。

我们走了快十五分钟，胡经理最终停在位于十字路口的一栋独栋二层的商铺前。

现在正值三伏天，附近的蝉鸣倒是响亮，然而除此之外，叫号声、说话声之类的什么都没有。我左右望去，这里除了29号，周围竟然没有一户商铺开门，不远处还有个洞子火锅店的老旧招牌没拆掉，从那个方向传来了几声清晰的狗叫。

胡经理说：“前头那边最好别去，不知道哪来的野狗搭了窝，保安也懒得管，现在成群结队的，还有游客喂，胖了一圈，嘴巴也喂刁了。”

要是换成几年前我第一次创业，方圆三百米之内光有狗没有人，我哪里受得了这种委屈！但是现在“英雄也为五斗米折腰”，趁着胡经理开门，我盘算了一下手头剩下的钱。在经历过七次惨败之后，我姐给的创业资金已经只剩下了一个不成功就成仁的数字，基本上是好是坏就这一遭了，要是再不成功，我也只能跟我的甜品事业说再见了。

我忍不住问道：“胡经理，我就想问问，上一户在这开店的，他赚钱了吗？”

胡经理费力地一边捅着锁眼，一边说：“没有……我是说还没有开业，他就不租了。”

我一愣，现在租房子都是押一付三，这是哪里来的大慈善家，钱说不要就不要了？我正要再问，只听哗啦一声，29号的卷帘门在我面前应声而开，虽然里头还有一扇玻璃门，但是已经可以看清屋内的景象了。

比起我之前的门面，29号的装修比较老旧。昏暗的房间里整整齐齐地摆着几张灰色的桌椅，收银台和各类装饰家具一应俱全，墙上还有没撕掉的广告海报，印着早已过气的明星头像，眼睛奇大，脸修得雪白，正咧嘴冲着门口笑。

看起来，从上一任房主离开到现在，这个地方就完全没有变过样子。

胡经理在我旁边赔笑着推开玻璃门，一股阴沉的霉味儿扑面而来，他说：“上家老板本来想开个小面店的，结果没开成，还留了一些厨具下来，白先生你一会儿可以去看看，都是金属的，应该还可以使用。”

“还有厨具？”

我目瞪口呆，以对方报的价格，我还以为所谓的装修就像大学时候的绿豆汤，一锅水里就放两颗绿豆。同样，一间毛坯房里摆几张塑料凳子也算是软装。结果来这一看，不但有软装，还有配饰——这是哪来的菩萨下凡搞房地产？

胡经理说：“白先生，我之前也没来得及跟你说具体情况……29号是精装的，但不是上一任租客装的，确切说，应该是第一任租客做的装修，也有七八年了。后头这个屋子的装修就一直没怎么变化，家具也都在，如果你要租，基本上可以直接提包进来。”

提包入住！

一时间，我的脑袋里只剩下这四个金光闪闪的大字。

我不理解，甚至可以说大为震撼。

做了这么长时间的冤大头，我经历的都是一些什么人间疾苦：装修被骗，墙面是纸糊的；临时涨租，被迫带着猫流落街头；顾客点布朗尼，最后投诉巧克力过敏……总之我吃过的亏实在太多，以至于当用七千五百元能租到一百五十平方米的房子这样的好事摆在我面前，我根本想不到，它竟然还可以带全套的软装和家具！

这已经不是天上掉馅饼了，这是直接掉下来一桌满汉全席！七千五百元！观音里！哪怕三百米之内只有狗！白央！你还要什么自行车！

我的内心澎湃起来，花了几分钟把一楼走了一遍。正如胡经理所说，这里的东西一应俱全，甚至在收银台后头还有一张完全卧倒的躺椅，藏得很隐秘。我上手摸了一把，椅子上头没有什么灰，只有几根头发。

胡经理这时也注意到了躺椅，他脸上僵了一下，很快讪笑道："这房子空太久了，东西又都在，中介难免会过来休息……等白先生你入住之后可以重新配钥匙。"

我没回答，又或者说我现在不敢轻易说话，以免被胡经理发现我内心的小九九坐地起价。我绕到厨房后头，很快发现了楼梯，又窄又陡，并肩走不下两个人，刀切一样地插进了一楼的天花板，尽头是一扇白色边框磨砂玻璃的门，透出一片黑沉沉的底色。

我问胡经理："楼上是包间？"

不知为何，胡经理的脸色在这一刻突然有些阴郁，他犹豫了一下，说："楼上可以住人，算上一楼，是四室一厅两卫一厨。"

他这么一说，我二话不说就上了楼梯，毕竟换作平时，七千五百元的价格在观音里恐怕连一个厅都租不下来。我三两步爬上去，光线一下子便暗下来，连带着室内温度似乎都低了两度，二楼的气氛竟和一楼完全不同。

到底是老房子，29号在布局上并没有现代别墅那么巧妙，也谈不上多少美感，二楼有一条一走到底的走廊，墙皮龟裂发灰，散落着四间卧室，尽头则是浴室。我试图打开其中一间卧室，但是门似乎锁着，我拧了两下没有成功。

只要用眼睛看一看就知道，这里的面积几乎是我上一家猫咖店的两倍，不但如此，我还能直接住在店里，不需要另花钱在外头租房子，可以省下好大一笔钱买奶油和黄油这些原材料。

一想到这个，我简直恨不得立刻按着人签合同，发现门打不开也只觉得是房产中介的小把戏，听到胡经理跟在我身后爬上来，便迫不及待地说：“胡经理，二楼的房间钥匙你有吗？我能不能看看房间布局？”

要不怎么说人穷志短，“冤种”到我这个地步，捡到个大便宜就恨不得立刻牢牢攥在自己手里，生怕被别人抢走。

我难掩兴奋，按照一般的流程，胡经理看到我这个熊样儿心里头应该已经在开香槟了，谁料想当我回过头，胡经理却站在一片阴影里，脸上的神情莫名让我有了一种很不好的预感。

他没有笑，甚至都没有看着我，两只眼睛直勾勾地看着我背后，好像那里站着个人一样。

小时候我姐拉我看恐怖片，害得我的胆子出奇的小，看他这样我后背瞬间起了一层鸡皮疙瘩，猛地回过头去，浴室的镜子正对着我们的方向，在昏暗里闪着微光，映出了胡经理那张发白的脸。

天底下怎么会有眼看房子要租出去却一脸阴郁的房地产经理？

我心里头没来由地一颤，这下不敢再盯着浴室，甚至也不敢让我的脊背再冲着那边。我侧过身，背靠着墙，一股凉意瞬间透过我薄薄的短袖钻进脊椎，我忽然反应过来，29 号连电费都没交，但是二楼的温度却像是开了空调似的，这合理吗？

看着胡经理欲言又止的神色，我心中刚隐隐浮现一个猜测，胡经理就说话了：“白先生，我确实有二楼房间的钥匙，但是在打开房门之前，关于 29 号，还有一件事我要告诉你……毕竟让租客对房子的一些客观情况知晓，是我们房产中介的义务之一。”

胡经理走上前两步，我注意到他的表情更不自然了，一会儿看我，一会儿又看向我身后的镜子，坐立不安一样，十分古怪。

他缓了缓，像是做足了心理准备，轻轻地开了口：“白先生，你刚刚问上一任的房主，她其实不是不租了，是……三个月前，她就在你身后的那间浴室里，割腕自杀了……”

02

从观音里出来，我连家都没敢回，打车直奔渝江唯一能晚上烧香的寺庙，进门先买两百八十八块钱的平安香，在香火堆前头迎风站了二十分钟，放任自己像个萝卜一样被“腌”入味。

小时候我姐告诉我这里供着五百多尊罗汉，这时候我显然不能讲究什么武德了，无论那屋子里有什么，我都希望它们能在这里接受一个正义的群殴。

所以说，便宜的东西都有鬼，资本家永远是资本家，七千五百块钱出租一百五十平方米房子的人也不会是在搞慈善，他是在搞“刺杀”。

胡经理说，观音里 29 号不止死过一个人，除了上一个割腕自杀的，还有两个楼梯失足和一个煤气中毒的。

只要是租了这个房子的人，最后都死在了屋子里。在 29 号被改造成商业区之后，前后有四具尸体被运了出去，而差一点儿，我就要成为第五具。

看得出来，胡经理还是有点悲天悯人，否则以一般房产中介的“职业说法”，手上的房子死了四个人这种事怎么看都该美化成“有一些历史人文底蕴”，还能开头就把这颗重磅炸弹甩我脸上？

回家之后我越想越晦气，手上一边盘我从寺庙里请的佛珠一边联络了我的“塑料”姐姐，痛斥她介绍了这么个鬼地方给我。

我前后骂骂咧咧了二十分钟，完事了白柳却甩给我一句：“凶宅！那不是更好吗？”还没等我反应，她已经反客为主，开始痛斥我没有商业头脑，“那可是观音里！全渝江傻子最多的地方，随便搞个噱头就能把人引进来，什么‘祖传老字号’‘摸猫摸狗摸羊驼’‘渝江小京都’‘观音里小希腊’，还差你一个‘29 号小咒怨’？那些帅哥美女可没你这么怕死，吃块蛋糕就能‘凶宅一日游’，还能美美地拍照打卡晒自拍，就这还不够？”

我不服，以亲情牌反驳之：“但是那鬼地方都死了四个人了，你就不怕我成下一个？我还是不是你亲弟弟了？”

白柳明显是在酒桌上，背景音里还有个夸她腰细腿长的醉鬼，因此她的火气有一半转移到了我身上，劈头盖脸就是一顿骂：“你要是信这套，还想投资失败七次还接着开店？死了四个人的凶宅保不齐还没你背！臭小子，一句话，挣钱就是赌博，你敢赌才有可能赢。”

我不得不承认，我姐在忽悠人方面明显是有一些天赋的，听君一席话，胜吃十年饼。

当天和她聊完，我整个晚上没睡着，前半夜想，我香都烧了，佛珠也请了，要是这样还不要这房子，岂不是好比买了装备后要卸载游戏？紧跟着到了后半夜，我的思路又回归理性，想我白央堂堂新世纪唯物主义战士，开倒闭了七家店都还继续冲，穷都不怕了，还能怕你们几个“孤魂野鬼”？

就这样苦熬了一晚上，第二天一早我顶着两个硕大的黑眼圈去找了胡经理，给他塞完两条烟，我抓着他的手，看着他的眼睛，诚恳地说：“胡经理，我想把昨天那房子买下来，能不能给我个优惠点的价格？”

两个星期后的一个晚上，我搬进了观音里 29 号。

人的本质就是矛盾的，迈进门之前的我还是人定胜天的铁血战士，结果进门半个小时过去后，从小我姐按着我看的那些恐怖片就都开始在眼前走马灯。忍无可忍之下，我出门去买了六瓶啤酒，而喝到断片儿的后果显而易见，第二天一早，当有人砸我的卷帘门把我弄醒时，我整个人的状态就像是被雷劈了一样。

我打开门，外头站着一个长着一张不苟言笑的脸的瘦高个大叔，他身穿白衬衫、西裤，乍一看像个卖保险的。他不由分说地递过来一张名片，我看到上头“正一道士”四个字还没反应过来，他就已经从我身边挤了进来，将视线投向藏在厨房后头的楼梯的方向，一言不发。

我后知后觉地想起了昨晚贴的招聘启事。

确实，我要求“专业对口”，但我的意思是希望对方会打发奶油，而不是直接上门一个“林正英”。

我的心情一下就复杂起来，一时不知道怎么面对他，他却先说话了，声音就和脸一样，一本正经道：“所以这确实是个凶宅。”

我这时还没意识到这句话的可怕，下意识一愣，问：“这都能看出来？”

这人径直走到那个据说摔死过两个人的楼梯边，伸出两根修长的手指擦了一下木头扶手，捻了捻，说：“这里不太干净，想要开店，不做点准备，之后可能要出大事情。”

我一时还没弄清他来的目的，但至少电视剧里道长忽然路过你家门口，说你家有狐狸精，那总归是不能怠慢的，我小心翼翼地问："那敢问您是……"

"我是看到招聘启事来的，现在完全对口的工作很少，修道人也要吃饭。"

男人淡定地点点头，仿佛刚刚下凡一般，他掏出一本传度证给我，我翻开一看，上头写着传度师、保举师和监度师的名字，再看日期，这人居然已经当了十年道士了，真名韩沙，法名韩三易。

他淡淡地道："我看了你开的条件，包吃住、专业对口、八字硬，我觉得自己符合就过来了。如果你需要的话，我还可以给你讲讲我以前相关的从业经验。"

不知是不是他这话说得太有底气，一时间我竟觉得我才是来找工作的。还没等我说出话来，忽然间，就在我们俩头顶正上方，一直寂静无声的二楼传来一声清晰的闷响，像是有什么东西重重摔在了地上。

这是什么声音？

我感到一阵恶寒，响声的来源明显是浴室，浴室里没有窗子，我昨晚压根儿没在这屋子里洗澡，连洗漱物品都还在箱子里，那个空荡荡的房间里到底有什么东西会动？

整个室内由此静了下来，我和韩沙都诡异地静止了几秒，紧跟着，韩大叔手上忽然快速掐了个手诀，说了句"糟糕"，两条长腿一迈，整个人飞也似的上了楼梯，竟是直奔二楼而去！

"喂！"

哪能想到他一个四十岁的人跑起来速度这么快，我跟在他后头追都追不上，等我上了楼，他人已经进了浴室，正背对着我一动不动地站在镜子前头，口中轻轻念叨着什么。

"你在干什么？"

一想到这个浴室在三个月前才死过人，我心里不由得咯噔一下，那件事胡经理没有交代太多，只说警察来的时候整个浴缸都是红的，租客因为失血过多，整个人惨白得像是泡在水里沉浮的塑料模特一样，都给泡涨了。

老房子的浴室当然不会做干湿分离，韩沙面前的洗漱台旁边是马桶，再往里头才是浴缸和喷头。

换句话说，浴缸的位置是绝对隐蔽的，藏在这个屋子的最深处，从我的角度，根本看不到浴室里还有什么，只是本能地觉得，韩沙是在对着那里头说话。

“我问你，你到底在干什么？”

我问到第二遍，韩沙非但没回答我，还越念越响，越念越颤，到最后，我终于听出他说的最后一句是“债主冤家，讨命儿郎，遇咒者灭，遇咒者亡”。

虽然我人生的前二十八年一直在走背字儿，但也确实没有背到这个地步，此刻我腿肚子发颤，往前走了两步，结果很快我就发现了另外一件让人胆寒的事情。

就在韩沙念咒语的时候，他的身子一直在慢慢往浴缸的方向转，这种动作极为不自然，不像是他自己在动，更像是有人在扯着他，韩沙似乎在极力抗拒，从始至终闭着眼，但是最终还是不可避免地被扯得一点点面向了浴缸的方向。

那里似乎正有什么在逼着他直视。

该死！

我根本不敢去想浴缸，眼看韩沙整个人已经被扯得转过去了一半，我咬了咬牙，硬着头皮想要冲上去把他拉回来，但就在这个时候，韩沙就像是猛地被人往浴缸方向扯了一把，他一个踉跄，瘦高的身影一下子就消失在了门的内侧。

啊！

我脑子里嗡地一下。

住进一个“凶宅”是一回事，眼睁睁地看着它变得更凶那是另一回事，要知道以前那是别人的房子，现在这可是我的命，每平方米都是用我的钱换来的！

我一个箭步冲上去，到了浴室门口，浴室里头却传来一阵剧烈的咳嗽，韩沙跪在浴缸边上，咳嗽的同时浴缸边缘竟溅了血。

我头皮发麻，上去抓住他的肩膀将他翻过来，发现韩沙流了满脸的鼻血，他蘸着鼻血在浴缸上画了一串仿佛脸滚键盘的符，猛推了我一把，说：“走！”

我们两个人跌跌撞撞地从浴室里冲出来，韩沙不顾脸上都是血，狠狠将门关上，从手腕上摘下一根红绳将把手捆住了，就好像里头有东西要破门出来似的。

“到底怎么回事？”我问他。

然而韩沙这会儿根本没工夫回答我，在一片昏黑当中，他死死握着的把手竟突然振了一下，我倒吸一口凉气，想上去帮他，但韩沙却咬住牙不让。他将身子抵在门上，就这样，把手振动了四五下后终于平息，我后知后觉地感到自己后背上全是冷汗。

随着一切彻底归于平静，韩沙也跟着松了一口气，他脱力一样地喘着粗气，倚在门上说道：“应该走了。”

我问：“什么东西走了？”

韩沙看我一眼，道：“你什么都不知道还敢买这个房子？人傻钱多？”我难以想象这个人竟然是来应聘的，我被他说得一口气没上来。

韩沙见状摇摇头，道：“暂时不能用这个房间了，门不能开，否则下一个进去的人还会见血，要等我的血干透再过两个小时才能进人，下楼说话吧。”

“专业人士”都发话了，我不敢在二楼逗留，和他重新回到楼下。

这么搞了一下，韩沙的白衬衫已经彻底报废，我帮着他止住鼻血，正要问问到底是什么情况，结果在这个糟糕得不能再糟糕的档口，我的背后突然被人轻轻拍了一下。

03

夏天的衣服很薄，我感到那双手的手指很细很冷，像是个女人，我本能地打了个哆嗦，还没反应过来整个人就直接蹿到韩沙的背后去了。

“那个……”

等我从韩沙身后探出脑袋，才发现那其实是个比我矮一头的姑娘，也不知道她是什么时候进来的，一点存在感都没有，坐在靠角落的位置上，导致我和韩沙都没有看到她。

叫人意外的是，姑娘长得很漂亮，有脸蛋有身材，就是衣服穿得非常暗沉。

作为一个“外貌协会”，可悲的地方就在这里，一旦对方长相过得去了，就算是个女鬼我也觉得可以交个朋友。这时我看对方一副怯生生的样子，当场对刚刚二楼发生的一切直接忘了，上前同她攀谈："你是？"

姑娘上来和我握了手，说道："我叫宋楠师，是来应聘的……说是要专业对口，我之前是做遗体美容的，不知道可以吗？"

我张了张嘴，低头去看那只白净的手，一想到这只手曾经都是在缝尸体，一句"不可以"已经到了嘴边，但一对上姑娘那双没怎么化妆就很漂亮的眼睛，我一开口，话就自动变成了："那除了这方面的'专业对口'，你还有其他什么符合甜品店员工的技能吗？"

姑娘眨了眨眼睛，想了想，忽然就拿下了她的包递给我，那上头有几个类似于晴天娃娃的陶瓷小玩偶，雪白的，但是每一个衣服和表情都不一样，看起来十分可爱。

姑娘说："我不会做甜点，但是我平时喜欢画这个练手，可以吗？"

练手……

我头皮一麻，险些把娃娃摔在地上，还没来得及发表任何评价，门口竟又传来两声叩击，一个个子挺高的男生探头进来，问道："老板，是你这招人吗？"

我哪能想到这么不靠谱的招聘启事竟然还真能招来人，而且个个盘正条顺的，心里头不由得一惊，问道："你不会也跟殡葬业有什么关系吧……家里开火葬场的？"

男生摇摇头说："不是，我叫何剑，今年刚毕业，之前没有工作经历，就想来碰碰运气。老板你觉得我这样的可以吗？"

我无言以对，当代大学生看到这种招聘都敢来，我又问："你一个正经大学生为什么要来我这个地方打工？"

何剑走了进来，他不好意思地挠挠头，说："老板你这又不是什么不正经的工作，我家里头情况特殊，想留在渝江本地又没法加班，所以之前的应聘单位都去不了。"

"没法加班？"

"我爸以前出了意外下肢动不了，我妈为了照顾他身体也不太好，晚上睡不好觉，我回去得晚会打扰他们休息，但是外头租房子又太贵……我想能经常回家看他们，又想把钱省下来补贴家用，所以一看你这里包吃住就来了。”

男生确实是占了脸的便宜，尤其是对我这种“外貌协会”来说，长着这种清纯大学生的娃娃脸，说这种事很难不叫人心生怜悯，但这毕竟是我最后一次开店了，不能因为想给人做老父亲就在招人的时候手松，我问：“那你觉得自己哪里符合招聘要求呢？”

男生眼睛眨也不眨地说：“小时候我是和我爸一起碰到意外的，结果我现在好好地站在这里，外人都说我命硬得很，老板你不这么觉得吗？”

我张了张嘴，没能说出话来。

想来就算在超市杀了十年鱼，面对这样的脸，这种程度的话都很难让人硬下心肠吧？我安慰自己，是白柳之前说的，要找好看的小哥哥和小姐姐，外能吸引顾客，内能镇压女鬼，看着赏心悦目，总归不亏。

此时此刻，我在心里深刻反思自己看脸下菜碟的事实，正想大手一挥就把这俩都收了，但那韩沙仿佛能读心一般，忽然插嘴：“这屋子太凶邪了，你确定要继续招人拿它开店？”

显然，他是在恰到好处地提醒我刚刚发生的事情，我不得不先放下招其他两个人的事，问道：“上头到底有什么？”

韩沙淡然说道：“应该是个流血而亡的女人，我要是一直待在里头，也会跟她一样血流不止，你刚刚要是进去，情况会更严重。”

想到三个月前自杀的租客，我只觉得一股寒气冲上背脊，问他：“你看到她了？”

韩沙点点头，说：“刚来的时候我就看到了，她就站在楼梯口，幸亏你昨晚是在楼下睡的，否则可能睡着睡着就突然爆体而亡了。”

“爆体？”一直没说话的宋楠师这时忽然插嘴，“这种情况很少见的，我以前只听我师父说过，但那是被炸碎的，很难修，只能勉强拼一拼。”

我无语了，是人性的毁灭还是道德的沦丧，能让你从三十七摄氏度的嘴里说出这样冰冷的话来？

我又不由得打了个寒战，问韩沙：“那你说她走了，去哪了，还会回来吗？”

“不知道。”韩沙疲惫地摇摇头，“生人会刺激他们，人多了情况就会更糟糕，现在走了，未来也未必就不会回来，这房子的情况比我想的还要严重。”

听了这话，即便是唯物主义铁血战士也得肝颤，我问道：“那有办法根治吗？这地方以前确实死过人，我也是因为这个才在招聘上头要求八字硬的。”

韩沙皱起眉想了想，半晌为难地开口说：“那你确实包吃住？”

我震惊道：“所以你现在是在跟我谈应聘的事情？”

韩沙理所当然地点点头，说：“平时找我做这样的事情是要付钱的，你这个屋子的问题很大，直接找我做长期工对你来说难道不是更划算吗？还是说你想出问题了再来找我？”

他说得一本正经，甚至乍一听还很有道理，然而我到底是被坑过太多次了，一下就听出这人当真是一门心思想在我这找一份工作，当即决定再试试他的水。

我有意问道：“那我怎么知道你的专业水平，你也没法当着我的面表演一个五雷轰顶，把你留下，万一这房子的问题一直没好怎么办？我难道还能给你差评？”

闻言，韩沙微微一愣，随即他了然地点点头，却是面不改色道：“确实，我们这行没有网络点评，你这个房子的问题我不一定能解决，但是我解决不了的，换我的同行来也做不到，你如果想要看我的专业水平，不如让我给你看一下相。”

“啊？”我直接傻了。

韩沙的手却已经覆上来，他的手很大，指头也很有力，是双适合揉手套膜的好手。

韩沙从我的眉毛顺着骨头一直往下摸，到了鼻子两边时，我闻到他的指尖有股淡淡的药味。

他沉吟片刻，很快笃定地说道：“你的母亲早亡，与父亲感情不和，家中应该还有一个女人，聪明富厚，离过一次婚……不是你的妻子，就是你的姐姐或者妹妹。”

你不如直接报白柳的身份证号吧！

我目瞪口呆，忍不住问：“这些你是怎么看出来的？”

韩沙看我一眼，说：“我要告诉你，你岂不是能赚我的钱了？”

我无言以对，他便继续摸我的下巴，用一只手将我的脸扭来扭去，最后忽然有些疑惑地嗯了一声，道：“你又何苦要买这个凶宅开甜品店，以你的命格，要是做和辣椒有关的生意应该更……”

“好了你不要再算了！”

我脑子一热，赶紧从韩沙的手里挣脱出来，搓着脸说：“行了行了，我知道你厉害了，再说下去就属于个人隐私范畴了，我平时朋友圈都只开三天可见，你以后可别对我动手动脚的。”

虽然不知道他是怎么看出来的，但这可不是我希望见光的事，我心里不由得后悔来这一出，留个装神弄鬼的主在店里对我也没有坏处，就算是个草包，能够营造出凶宅气氛对我来说也够了。

我叹了口气，说：“这家店对我来说很重要，如果你能帮我……”

话还没说完，楼梯上又传来一阵脚步声，那个来应聘的小帅哥甩着手从楼上下来，看我们三个齐刷刷地抬头看他不由得一愣，很快他心虚起来，说：“早上水喝多了，我借用了一下洗手间，老板，没关系吧？”

我这才后知后觉这小子竟然一声不吭跑去二楼上厕所去了，再一看何剑手上都是湿的，我血压瞬间飙高，瞪着眼说：“你开了楼上的浴室门？”

何剑莫名其妙道：“里头不是也没人吗？”

我倒吸一口凉气，而韩沙已经冲了上去，抓住小帅哥前后左右打量，问道：“你身上没有地方流血吧？”

小伙子脸一红，说：“我还小，没有那种毛病。”

韩沙又问：“你有没有看到什么东西？”

小伙子满脸困惑，小声说：“就……洗手间里有点黑，哥你刚刚是不是说在里头流鼻血了？我看到了，在浴缸里流得还挺艺术的。”

韩沙却是如临大敌，不依不饶地抓着他，一副人马上就要走的架势，说道：“也有可能是内出血，有没有觉得哪里不舒服？”

于是何剑将自己上下摸了一遍，却还是摇头道：“我没觉得哪不舒服，就是感觉这次终于找到工作了，心跳得挺快的。”

正在僵持之际，宋楠师走上去，她仔细看了何剑的脸，这一下直接把人看僵了。这其实也不能怪何剑，毕竟，这姑娘看人的方式和我见过的任何女孩都不一样——凑得实在太近，岂止是突破了社交安全距离，简直就像是要贴在对方鼻子上数眼睫毛有几根一样。

“应该没有内出血。”宋楠师看了足足一分钟之后做了判断，“脸部毛细血管非常充盈，就算有出血的情况也不严重，不会致命的。”

直到这时我才反应过来，这姑娘的职业是给死人化妆，她最熟悉的就是人的脸色，当然，死人即使和她凑得再近也不会躲的。

然而何剑并不知道宋楠师的职业，他一下子退出了好几步，脸都涨红了，结结巴巴地问：“到……到底怎么回事，我真没那种毛病啊！再说了，你们这里对员工身体素质要求这么高吗？”

“原来是这样。”

一直在观察何剑的韩沙这时恍然大悟，他兀自点了点头，问道：“这位小兄弟，你是童男吗？”

04

“同什么？”何剑一惊。

“童男子。”韩沙围着他转了一圈，若有所思，“阳气充盈，可破邪祟，难怪进了那个房间却毫发无伤。”

我一愣，见何剑尴尬地低下了头，没想到这小子长得不赖，还挺保守，然后再一想，你一个修道的明知道童子尿可破万法，怎么还不知道要守“男德”？刚刚靠鼻血才能撑住场面。

我瞪着韩沙，他也猜到我在想什么，一本正经地说道：“我并非全真派居士，可以吃荤，也可以结婚立室……我还有个女儿，平时也要养家糊口。”

换句话说，道士也得赚奶粉钱、还贷款，谁又不是个社会人呢？

我无奈道：“意思就是说只要有他在，再加上你，我的房子就有救了？”

韩沙点点头道：“只要他还是童男子的话，成功率会高很多，我会尽力试一试。”

按道理二十岁出头正值青春的大好年华，这事也管不了人家，我正觉得难办，何剑这小子却毫无出息地见钱眼开，竟点头如捣蒜，说：“老板你放心吧……我现在忙着挣钱又要照顾家里头，也没那个闲工夫，只要你能给我这份工作我什么都能干，你放心！”

这一下，店里招来了两名员工，还差最后一个。

我看向旁边的宋楠师，这姑娘职业虽然是奇怪了一点，但也不是坏事，一个道士再加上一个遗体化妆师，一个玄学驱鬼，一个物理往生，左右护法，一下就能把凶宅的气氛烘托起来。

我这时已经打定主意要把他们三个都收了，但韩沙却再次抢先一步，说道："这位姑娘看面相便知八字奇硬，确实符合老板你的要求。只是，她过去接触过很多阴邪之物容易招邪，这屋子已经够阴了，如果住进来的人再不对，弄不好，你未来真的会有血光之灾。"

韩沙讲话相当直接，被他这么一说，姑娘的肩膀肉眼可见地塌下去，我哪看得下去这个？

我看了一眼韩沙，道："避免我有血光之灾可是你的工作，不要偷懒。"

我这时其实已经想开了，反正都已经这样了，还不如将这个"优势"充分利用，做大做强，轰轰烈烈搞个观音里"第一凶宅"。

韩沙被我噎了一下，淡然地说了一句"生死有命"。我只当他是在制造焦虑，说道："一周后开业，你们可以提前几天住进来，我会正常发你们工资，但是暂时不办五险一金，你们懂的，拿到手的多一点。也求求你们别在背后捅我刀子，不瞒你们说，我投资的运气很烂，买基金都是一道绿光，抄哪跌哪，这已经是我的第八家店了，它得先撑过半年，你们才有可能在这里一直做下去。"

我上来就说了实话，本以为会有人有意见，结果这三个人居然立刻就点头，顺利得让我觉得有鬼，当即警惕起来，问道："你们对五险一金这么没所谓的吗？"

韩沙耸肩道："我本来就是四海为家，自由职业，有灵活就业社保的。"

何剑嘿嘿一笑，说道："大学刚毕业，有工作就不错了，怎么可能还挑三拣四？"

我最后看向宋楠师，她原本的工作说起来不好听，但可是堂堂正正有编制的，好好的"铁饭碗"忽然不要来我这打工，总不能是要下凡来体验生活吧？

被我看了一会儿，宋楠师顶不住了，声音细如蚊哼："我原本就是合同工，我家里想让我转正，但是要是一直做下去的话，我可能这辈子都要单身了。”

我恍然大悟，这时美女整个人都蔫了，我赶忙安慰道：“那是他们没眼光，看人光看外表，一点不注重心灵美！来了我这之后你的手艺也不浪费，就你刚刚给我看的娃娃，能量产吗？”

在我前二十多年的人生里，接触最多的女人是长了八百多个心眼儿的白柳，所以我已经非常习惯美女的心口不一，本来觉得宋楠师也是这个路子，没想到我说完，姑娘就跟听说马上要出门遛弯的金毛犬一样，眼睛立刻亮了。

宋楠师连连点头道：“可以！我手头还有很多坯子，不够可以买！我手很快的！就算是真人，我每天画个十几具都没问题！”

我打了个寒战，这感觉就像是你家狗子狂甩尾巴叼了一根树枝回来，结果你定睛一看却发现那其实是一根人类腿骨一样。

我一时不知道怎么继续鼓励她，只能拍拍她说：“这两天你先研究一下，多画几种娃娃来给我看一下，之后我想把这个娃娃当作套餐的赠品赠送给客人。”

想要红，噱头是最重要的，像之前我吃的那家百年凉虾，老板从开业第一天就摆了巨大的凉虾模型在门口，一举成为观音里美食街的地标，之后就再没缺过上当受骗的消费者。

从我盘下这个店面的那一天开始我就一直在想，应该准备个什么样的噱头，本来我脑子里还一直是一团糨糊，直到我招来了这么个直通地府的团队，我的任督二脉忽然就打通了。

白柳说过，拿所谓的凶宅开店也有好处，至少不会出现一般网红店一拍一下午，翻台率太低的问题。但是为了让顾客放心进来，邪，也不能完全邪，最好是吃块蛋糕就能保你全年好运，这样才能保证有回头客。

我好歹也是开过七家店的人，整套流程熟练得让我自己心痛，定了人之后，我花几个小时就把营业执照之类的东西全都弄齐了。再回29号的时候韩沙已经在等我，手边放着一个不大的手拉行李箱。

“你就这点东西？”我震惊，“你的桃木剑总不能是伸缩的吧？”

韩沙淡然道：“又不是和人家拼刺刀，要那么大的剑做什么？桃木是五精之木，树枝弯曲，极难取材，又要无疤无虫眼，越好的桃木剑成品越是精巧，我这把是我师父传给我的，一会儿可以拿出来给你看看。”

因为有个所谓的道士站在旁边，重进29号，我竟当真多了些底气，而韩沙就像是为了给我证明他的业务能力一样，开始从箱子里把他的“法器”一一拿出来给我鉴赏。

“桃木剑、三清铃，还有这些符，都是给你准备的。”

韩沙将东西一件件摆出来，乍一看，他的这些东西确实比我认知中市场上卖的要讲究一点，桃木剑都给盘包浆了，当我拿起那个铃铛想摇一下试试时，韩沙一把按住我的手说：“三清铃既能驱魔也能招魂，你的八字可没那位姑娘硬，招了什么不干净的东西上身就麻烦了。”

我心里一寒，道：“这些东西还好这口？”

韩沙十分认真地看着我说：“现实当中没女朋友不代表没有孤魂野鬼喜欢你，以你的体质，可能在他们那边是个非常受欢迎的小白脸。”

这真是在一句话里骂两遍人。

我默念两百遍“挣钱最重要”，把铃放下，说：“你这些符能量产吗？我能不能拿来当蛋糕的赠品？”

韩沙还是面不改色，耐心地给我解惑：“要是能量产你说我为什么不卖三十块钱一张，然后开个网店？”

很有道理。

我很快放弃了这个念头，再问：“那如果卖贵一点的套餐能让你在旁边舞剑吗？就像网红火锅店的扯面。”

韩沙的眼神变得和善起来，说道：“我说了，这些法器都是既能驱魔又能招魂，你是希望你的客人揣着个‘大宝贝’回去吗？”

我叹了口气，意识到韩沙到底是有他的“职业操守”的，只好说：“那你给我写几张符镇宅总可以吧？贴在一楼当装饰，然后平时客人多的时候你就给我当招待和收银，成吗？”

韩沙想了想，终于点了头。我心知不能指望他一上来就会操作收银机，营业培训之后还是得一起做。我让韩沙先去二楼看看，自己则留在厨房，开始设计“黄粱一梦”的第一份菜单。

对于网红店来说，刚开业做的菜品讲究少而精，更关键的是，得是三百六十度无死角上镜，之前我已经尝试过很多，仿真慕斯蛋糕和前两年大火的舒芙蕾都曾经在我的菜单上，但是……既然要做“凶宅”了，格局当然要打开。

整整六个小时，我几乎一直在后厨忙活。终于，晚上七点半，我把所有人从楼上叫了下来，在每个人面前摆了一份餐盘。

“这是？”

何剑盯着面前鹅黄色的长方形蛋糕，他显然是看到我用巧克力写上去的“有求必应”这几个字，有种莫名的熟悉感，但犹豫了半天却没敢说出口。

“这是实验版的‘黄符夹心轻乳酪蛋糕’。”我替他说了，“准备做几个版本的，什么‘有求必应’‘桃花朵朵’‘财源广进’，到时候我定制蛋糕印章直接往上盖就行了，会比现在我画得要工整一点。”

韩沙难得露出震惊的表情，问道：“你打算让他们吃这个？”

“电影里道士不也让人吃符吗？烧焦了还致癌，我这个只会长胖，但不标就是零卡路里。”

我点了点旁边三清铃形状的抹茶小蛋糕，说：“‘天使之铃可露丽’，在国内名气没有马卡龙大，但却是一道很经典的法式甜点，我又给它加了三个巧克力把手，外层很酥，内部柔软，看起来也挺像是那么回事吧？”

回答我的是一声清晰的咽口水的声音。

宋楠师整个下午都猫在房间里画娃娃，从下来就一直直勾勾地盯着蛋糕，估计她正在极力保持一个美女对食物最后的矜持，我见状赶紧把菜单上的最后一样也给说了：“最后一道‘桃木剑特调’，可可含量百分之八十九的巧克力做成的桃木剑形状的搅拌棒，放进咖啡或者牛奶里慢慢融化，中和甜味，最后加上小鬼形状的棉花糖，做成摩卡和可可两种口味的饮品。”

“这些都是老板你一个人想出来的？”何剑拨着宝剑后头的巧克力流苏，难以置信地看着我。

我心想我好歹也是拿了蓝带甜品师证书的，这些东西说实话都只是相当简单的入门级烘焙，主要做的是个卖相，要是让我远在异国他乡的老师知道我现在就靠这个糊弄顾客，他大概会想掐死我，然后把我倒挂在埃菲尔铁塔上。

我叹了口气，眼前浮现出女人靠在病床上吹蜡烛，对我微笑的样子。

这真的是最后一次了，妈妈。

我递上刀叉，笑道：“最重要的是味道……可别太惊艳，我怕你们以后都吃不了别家的蛋糕了。”

05

“黄粱一梦”的开业时间最终定在一周后的早上十点。

店里的初始菜单只有三样招牌，抹茶、巧克力、香草三种夹心口味的“黄符轻乳酪蛋糕”“三清铃可露丽”“桃木剑特调”。

我最终没有更换 29 号原来的装修，保持“原味凶宅”的同时定制了“黄粱一梦”的招牌，有意让电工动了一些手脚，到了晚上部分霓虹灯会像是接触不良一样闪烁，营造更好的气氛。

至于店里的分工，前场的主要招待定了韩沙和何剑，而宋楠师除了负责画赠品的驱邪娃娃，还主动提出要留在后厨帮我的忙，我让她必要时也去前场露露脸，让人家见识一下，我们店里即使是刷盘子的姑娘也能和某些平台上的网红媲美了。

一切准备就绪，开业前三天，忙活半个星期的我已经处于一个半瘫痪的状态。白柳请我去捏脚，我二话不说就给其他三个人放了个短假，直奔渝江北岸而去。

不得不说，我姐挑店的眼光远胜过她挑男人，我在泡脚桶里享受了二十分钟，白柳推门进来，身上的酒气已经明显盖过了香水味，一进门就毫无形象地踢掉高跟鞋，一头扑倒在按摩床上。

“老板说我现在捏脚可能会进医院，所以只能看着你享受了，央子。”

白柳喝得满脸通红，手脚都软了，我知道以她的酒量喝成这样至少喝了有一斤，我叹了口气，说：“说好你可别断片儿啊，是你说请我捏脚的，别一会儿还得靠我把你送回去……上回你发酒疯把我当你前夫追着打半条街的事，我这辈子都不想再体验第二次了。”

白柳跟个死人一样哼哼："放心……我刚刚进来之前已经吐过一回了，晚上这个太难缠，要不是我说我要见我弟，还得拖着我开新酒，喝得我都麻了。"

我无奈道："不会又想当我姐夫吧？"

白柳冷笑一声，吹起胡乱贴在脸上的头发，道："他敢，我把他卸了泡酒！"

鉴于这事她以前也不是没试图干过，我立刻选择另找话题："说起来你的宣传都铺出去了吧？我准备三天后开业了，你来不来？"

白柳醉醺醺地转过脸，说："你又不是不知道我手头有多少事儿，不过你这次很快嘛，一星期就弄好了？菜单呢？"

我哪能忘了这个，立刻从旁边提出来一个盒子，里头整整齐齐都是给我姐的礼，她爬起来瞅了一眼，扬起眉道："可以啊，比前几次有样儿，你的蛋糕我来评价不中肯，味道有没有找别人试吃过？"

我想起几天前试吃时的情形，也就韩沙还算淡定，吃蛋糕仿佛在吃斋饭，至于其他两个人就显得没这么有出息了。宋楠师和我说她上次感觉这么幸福还是拼完一个被切成二十三块的尸体，而何剑直接问我员工卡能不能打折，他想批发一点回去给他家里的七大姑八大姨都尝尝，让她们知道自己现在没有不务正业。

我叹了口气，说："我的口味你还没数吗？为了买那点进口原料我吃泡面都加不起卤蛋了，前头猫咖店倒闭的锅即便算在猫头上，也不该算在口味上。"

一提起这事儿我心里头就七上八下，再怎么唯物主义铁血战士，连着倒闭七家店也该有创伤后应激反应了，也因此今天一进捏脚店的门我就听信了老板的话，除捏脚以外还加了个去邪气的刮痧。

白柳到底是张口闭口就几百万的生意人，哪能看不出我这点心思，无奈道："央子你做生意还是太实诚，人家开猫咖店的重点都是猫，只要猫可爱，客人上门就算给他一杯猫毛拿铁，不也眼也不眨地喝下去？也就你，不但猫吃得比你还贵，在蛋糕口味上也一点都不肯让，成本压都压不下来，当然房东一涨价你就玩不转了。"

说完，她很快又叹口气，瘫回了床上："算了，我跟你说这些也是教坏你，毕竟有问题的不是你……不过这回你放心，我铺的渠道很多，还找了几个营销号讲这个凶宅的事情，到时估计会有一大帮灵异爱好者来探店，你可别掉链子。”

换到几个月前，我再怎么也不会想到以我的胆子有一天还能吃上这口饭，好在在那天之后，29 号再也没有发生过其他奇怪的事情。

那件事我一直没和白柳说，倒不是怕她会担心，只是觉得以白柳不信邪的程度，亲弟弟都能献祭住进凶宅里，那更离谱的事情她也不是做不出来。

事实也证明，我对这个女人的猜想出不了错。

三天后的一大早，“黄粱一梦”开业前半个小时，我看着门口越来越多的人，心里头隐隐有种不好的预感。

不管怎么说，来的人好像也有点太多了。

从九点半开始，29 号这片儿偏得连保洁阿姨都不怎么来的地界上就陆陆续续出现了一批批年轻的游客，时不时就要到店门口看一眼，脸上仿佛写着个“托”字。

我知道，开业前三天不赚钱是很正常的事情，之前托我姐散出去的广告说了，两样招牌蛋糕分别加上饮料的套餐团购价格只定了二十元，还送娃娃，比起我那些在米其林、黑珍珠工作的师哥师姐，我这已经不仅是拖后腿，而是属于完全会被清理门户的贱卖。

然而，即使是冲着“薅羊毛”来的，人数最终也远远超出我的想象，我甚至都开始怀疑白柳对外说的是买蛋糕送股份了。

九点半出头，29 号的门口就被里三层外三层的人围住，这架势别说是我上几家店没见过，就算是观音里数一数二的网红店都不至于这样。

这真的是全冲着宣传来的人吗？

我心里头惴惴不安，肩膀上忽然被人拍了一下，何剑这时已经换上了店里的制服，整个人显得很亢奋，说道：“老板，人很多，我就觉得你这家店肯定能火。”

到底是没挨过社会毒打的年轻人，根本想象不到这背后白柳的套路有多深，我叹了口气说：“你要是这时候站出去人会更多，多亏了我姐没见过你，否则她可能会叫你往身上挤奶油，涂匀了之后再在门口跳大腿舞吸引女客人。”

这时宋楠师换好衣服下了楼，好看的人即使套个垃圾袋都好看，而且相处了几天下来我已经发现，宋楠师是个真正意义上的素颜美女，即使是今天这样的大日子，她脸上什么妆都没有，也依旧很好看。

我帮她把画好的娃娃成堆地挂在门口，突然有些好奇地问她：“都拿那么多娃娃练过手了，不在自己身上试试吗？”

宋楠师愣了一下，说：“娃娃和人不一样。”

“不一样？”

“娃娃是硬的，遗体也是硬的，但人是软的。”

宋楠师认真地摸了摸自己的脸，说：“活人的脸不但软，还会出油、打滑，粉也不服帖，就像是化冻的鸡肉不好切一样，我要是进冰柜冻一冻估计就好画了。”

我无语了。总的来说，宋楠师的情况就是这样，好好的美女长了张不会说话的嘴。我这时不禁庆幸这姑娘主动提出要在后厨帮忙，否则如果让她一直在前场招待客人，我确实会担心那些客人的心理健康问题。

离十点还有五分钟，店里已经一切准备就绪，门口的人也已经多到了一个相当夸张的地步，我深吸一口气，内心再一次告诉自己，好坏就这一遭了。本来起名“黄粱一梦”也是这个目的，要是这一回再干不成，我这六七年做的事情就是一场大梦，人终归是要回归现实的。

“准备开业。”

我对两人点头，何剑和宋楠师一左一右推开门。一瞬间，外头层层叠叠的人群还有手机让我眼晕，也不知道白柳到底是砸了多少钱进去，竟让29号的门口水泄不通，堪比春运。

在汹涌的人潮中，何剑和宋楠师艰难地将两个开业花篮摆了出去，和寻常花篮不一样，韩沙扎的兰花花篮上并没有任何祝福语，只有两张符，乍一看仿佛是两个花圈。

三天前，白柳给我提的最后一个建议是，开业宣传噱头要做足，既然卖点是“凶宅”，那至少也得在人跟前做一场法事，有模有样。

白柳说：“公众场合做法事不合适，但你的店是你的私有财产，你就当关起门来做给自己看，这些探店人的心理就跟霸道总裁一样，越得不到越会花钱去埋单。”

最初，我以为这事如果直接去问，韩沙肯定想拿桃木剑一剑劈死我，结果没想到，韩沙竟是一口答应了下来。

“这屋子确实需要一场正规的打醮，免得后头每天来一大堆生人，刺激到这里本来的住客。”

韩沙那时说得一本正经，转头却说要买鸡，我哪能想到我这辈子还能见到这种场面，战战兢兢地问他要公的还是母的，韩沙却说现代法事买个炸鸡全家桶就行了，主要是为了帮他补充体力，过去那些点名要公鸡血的同行基本上都是拿公鸡当晚饭的。

“叮”。

随着第一声三清铃铃响，韩沙披着道袍走了出来。

他又高又瘦，戴了假发髻之后很有年轻版张三丰那感觉，瞬间人群便开始掏手机，我知道时候差不多，点点头，何剑和宋楠师立刻硬生生地关上了玻璃门，让室内清净了下来。

“开始吧。”

我手心里都是汗，白柳这回破釜沉舟，搞得场面实在太大，即使是我这种经历过七次倒闭的老手都难免紧张。本以为韩沙多少会不自在，没想到这位当真是位老艺人了，一开口声线沉稳，一段词念下来，连口气都没喘，只是额头上憋出了一层密汗。

“供香。”

半晌，韩沙淡然地看我一眼，是要我作为店主人上去完成后续的法事，步骤之前都是说好的。我二话不说就要上前，然而就在这时，店外却突然传来一阵骚动，一个穿制服的警察艰难地挤过人群，他敲了敲店门，用一种一言难尽的眼神打量屋子里头。

“以前来这一带都是扫黄的活儿，没想到你们年轻人现在大白天都能玩这么花了。”

警察叹了口气，语气很无奈。

“有人投诉你们这里搞封建迷信活动影响公共秩序……谁是店长，出来说明一下情况吧。”

06

从观音里派出所出来，我在门口呆呆地站了一会儿，午后的热风里传来不远处叫卖酸辣粉的声音，我犹豫了一下，鬼使神差地向那个方向走了过去。

总的来说，事情不算很严重，我这个店长受了一通批评教育就被放了出来，临走前民警拍着我的肩膀，意味深长道：“你那房子的事情我们所里也知道，真要不放心还是要相信身边的人民警察，不要搞这些封建迷信，记得回去下个反诈应用软件……年纪轻轻的，不要上当受骗。”

下午两点，我提着酸辣粉回了29号。早上的人都已经散了，这一带再次变回了鸟不生蛋的荒僻模样，就只有早上摆出去的花篮还孤零零地立在原地，上头单薄的符咒在热风的吹拂下小幅度地飘摇着。

因为早上这出开业闹剧，“黄粱一梦”的所有人员都被带去了派出所，当然也包括做法事的韩沙。

换句话说，这场准备了两天的法事根本就没有做完。

我这时已经连叹气都叹不出来了，心如死灰地打开门，拉开一把本来该坐着顾客的椅子就开始吃我刚刚买的爆辣酸辣粉。

还没吃上两口，宋楠师从外头进来，我下意识抬头，我们对视不到两秒，她慌慌张张地拿着纸巾冲了过来。

“老板你别伤心了，那个警察没说什么！”

宋楠师手忙脚乱地把纸巾往我脸上擦，一开口却是铿锵有力：“他们问我为什么要来店里打工，有没有上当受骗，我说是你给我们发工资，就算上当受骗那也是你挨骗啊！‘大冤种’是你，又不是我们！”

当真是樱桃小嘴一开，说出的话鬼都听不下去。我脑子一热，话没说出来，眼泪唰地一下就下来了。

真是见了鬼。

都说渝江的鸳鸯锅狗都不吃，然而作为一个正儿八经的渝江人，我却是个从小吃辣条都能哭鼻子的废物。小学时我姐为了锻炼我，偷偷领我去吃了个串串香，结果第二天我就因为肠胃炎在家躺了半个月。在这之后，即使是不信邪如白柳，也不敢再轻易让我沾任何形式的辣椒。

然而，人要是倒霉起来，喝口凉水都能塞牙缝，本来我吃酸辣粉只是为了发泄，慢慢吃顶多也就是热泪盈眶，没想到被这么一打岔，一口辣椒直接呛进嗓子眼儿，我瞬间就泪流满面。

开店七次都倒闭，第八次被人举报进局子，出来吃碗酸辣粉都能哭成个傻子——“大冤种”竟是我自己！

我越想越悲愤，外加酸辣粉老板实在是过于给面子，明明可以直接给一碗辣椒，他却非要在里头加一点粉，我越骂越咳，越咳越止不住哭，最后竟然弄成了仿佛刚刚哭完丧的模样。

“老板，你真的没事吧？”

宋楠师在旁边给我拍背拍得手足无措，我哪能忍受在美女面前这么丢人，当即抽了半包纸往脸上擦，然而还没等我反应过来，我的肩膀一沉，整个人直接就栽进了一个温暖的怀抱里。

“对不起啊老板，我不怎么会说话的……”宋楠师搂我搂得很紧张，我猜她过去肯定没这么抱过活人，“我刚刚其实是想说感谢你收留我，我还想继续在这做下去，你的那个蛋糕真的很好吃，别人吃了也会喜欢的。”因为不化妆，宋楠师身上没有任何香水味，只有一股淡淡的酒精气味，我微微一怔，恍惚间想到多年前在病房里，曾经也有一个身上有这种气味的人拥抱过我。

“好想吃蛋糕啊。”

她当时这么和我说。

脑中的记忆渐渐变得清晰起来，我轻轻吸了口气，推开满脸通红的宋楠师，无奈地抹了一把脸，说：“我没事，就是吃辣呛到了……你就当刚刚什么都没看见成吗？我请你吃蛋糕当封口费。”

反正今天为开业准备的库存都卖不出去了，我叹了口气，起身去拿蛋糕。

与其花钱去买我根本吃不了的东西，还不如先想法子把自己做的这些都消化掉……成本高得估计都够买四十碗酸辣粉了。

都穷成这样了，还买酸辣粉，我心里痛骂自己败家，咬咬牙把餐盘放在宋楠师面前，而这时韩沙回来了，手里还提着两个巨大的塑料袋。

“在路上碰到一个送外卖的，听说我们这是凶宅，不敢送，就把十二杯奶茶给我了。”

去了一趟派出所，韩沙还是很淡定，他慢悠悠地挑了一杯红豆奶茶插了吸管，又把一张便笺递给我，是奶茶店的人代写的纸条。

一直在开会，事我已经知道了，喝点甜的冷静一下，晚点我去查问题出在哪，要让我知道是哪个兔崽子坑你，我饶不了他。

——姐

看完纸条，我鼻子当场一酸，但这回是绝对不能当着韩沙的面丢人了，我恶狠狠地把情绪发泄在奶茶上，一口气拿来三杯，喝完后慢慢冷静了下来，我问道：“老韩，派出所没为难你吧？”

韩沙摇头，说：“一开始他们以为我是搞诈骗的，但是你只是付我工资，也没给我多余的钱，那些警察之前碰到这种诈骗金额都上万，听了你给我开的工资之后，他们觉得搞诈骗的不会像我这么惨，最后就这么放我走了。”

我松了一口气，觉得逃过一劫，谁知这时韩沙手上掐了掐，脸色倏然凝重起来，他猛地抬头看向天花板，扫视一圈，最后又落在了浴室的方向。

“糟了。”

韩沙一开口，我的“大冤种”雷达立刻响了，问道：“又怎么了？”

“你们先别上来。”韩沙皱着眉起身，直接抄起了一旁的桃木剑，如临大敌道，“法事没做完，早上还来了一大堆人，接下来不出事就怪了。”

“你是说……”

韩沙顾不上给我解释，直接提着剑上了二楼，而之后二楼保持着一片寂静，直到五分钟后，一阵细小的声音忽然从浴室的方向传出来，我仔细一听，整个人当场如坠冰窟。

那竟然是一个女人的哭声。

我的手一颤，问坐在我身边的宋楠师：“听到没有？”

宋楠师点点头，小声道：“殡仪馆里听到最多的就是哭声，我之前有一次半夜加班还听到过停尸间里传来哭声，我师父叫我下次碰到这种状况就别管，有可能是白天没法来哭丧的人偷偷给保安塞了钱偷溜进来，也有可能……

是我们不该看的东西。”

听她这么一说，即使大中午店外的温度接近三十五摄氏度，我手心里还是出了一层冷汗。

二楼是什么情况？

我脑子里忍不住胡思乱想，这时，韩沙忽然在二楼叫了我一声，我和宋楠师对视一眼，然后同时站起来，小心翼翼地往二楼走去。

女人的哭声还没停，时断时续地从二楼最深处传来，而就在我们迈上最后一级台阶的时候，哭声却戛然而止，我听到了另一种让人胆寒的声音。

那是一道极其沉重的喘息，而且明显属于我认识的人，我倒吸一口凉气，快走两步到了浴室门口，一片昏黑里，只见韩沙直挺挺地跪在浴缸边上，两只手都在浴缸里，反拿着桃木剑，剑尖却指着自己的脖子！

“呃……”

韩沙喉咙里发出十分痛苦的呻吟，就像是被掐住了脖子一样，双手颤抖不停，头上冷汗密布，喉咙和剑尖之间的距离一点点地缩短。

“韩哥！”

宋楠师上去要拉他，然而手刚碰到韩沙的衣服便仿佛触电一样缩了回来，我打开灯，这才发现韩沙的黑色棉麻上衣上有两个相当明显的血手印，正好处在肩膀的位置，乍一看，就好像有人在后头压着他的背，正把他用力往剑尖上推一样。

我心里一颤，但显然现在不是害怕的时候，眼看桃木剑就要碰到韩沙的喉咙，我和宋楠师一人一边用力掰过了韩沙的身体。就在一瞬间，那股要命的力道像是突然消失了似的，韩沙身子一软，桃木剑当的一下掉进了浴缸里，而他整个人瘫软在地，大口喘息起来。

“先出去！”

浴室里根本没有其他出口，我二话不说将韩沙从地上拉了起来，三个人急急忙忙地撤出了浴室，然后我依葫芦画瓢地将韩沙手上的红绳解下来，直接拴在门上。

“咳……你们，怎么上来了？”

韩沙喘了一会儿，慢慢缓过劲儿，帮我将红绳系牢：“刚刚情况太凶险，连我都挡不住，还好小宋八字硬，否则要是你一个人上来问题就大了。”

我莫名其妙地瞪着他，说：“什么我们怎么上来，刚刚不是你喊我……”话还没说完，我后脖颈忽然汗毛倒竖。

我回想起刚刚韩沙那个样子，他怎么可能在楼梯口喊我们上去！而且，喊的只有我一个人！

韩沙看出我脸色不对，突然明白了，问道：“你刚刚是不是听见我在叫你？”

我的嘴巴张了张，默认了他的猜想。韩沙见状啧了一声，脸色当即变得不好了，他让我们先回楼下，而一下楼我就发现，原来何剑也已经回来了。

“他们留你说了这么久话啊？”宋楠师没想到何剑会是被民警盘问最久的一个，“你一个刚毕业的大学生，他们难不成是担心你被骗？”

何剑尴尬地挠了挠头，说：“是啊，还叫我在手机上下载了反诈应用软件，不过我已经替老板你解释过了，因为这一带以前有些不正经的行当，民警大哥担心我误入歧途……不过他说了，只要不是违法乱纪的事他们不会管，还跟我说这屋的楼梯陡，要注意不要弄出人员伤……”

话还没说完，何剑像是突然看到了韩沙衣服上的血迹，猛然瞪大了双眼：“不会吧，说什么来什么！我不在的时候难道又出怪事了？”

年轻人仗着阳气足就是不一样，对这种事向来兴奋大过害怕，何剑冲上来想仔细看韩沙身上的手印，但就在这时，门外忽然有人叩了叩玻璃。

两个穿着时髦的姑娘探进头来，小心翼翼问道：“老板……你身上的事严重吗？现在还有蛋糕吃吗？”

07

之后发生的一切对我来说可以说是完全超纲了。

下午三点之后，店里陆陆续续来了大批的客人，甚至排到了七十多号，将门口围得乌泱泱一片，架势比起早上可以说是有过之而无不及。

最开始，我还以为是白柳为了安慰我又用了“钞能力”，又或者是早上没薅着羊毛的人不肯放过我这头羊，最后问了几个客人之后才发现，他们竟然是看了新闻来的。

原来就在早上我们四个被领去派出所之后，有人将“凶宅爆改网红店，开业第一天做法事老板被带走”的新闻发上了微博，很快转发过万，当天下午就有好多人过来想要一睹我这个“大冤种”老板的惨况。

短短一两个小时内，套餐已经卖出了将近八十份。

报警从某种程度上坐实了“黄粱一梦”是凶宅的消息，这方面明明我没有培训，但何剑这小子懂行，偶尔被小姑娘拉住询问屋子的情况，他都神神秘秘地指指楼上，这欲擒故纵真让我好奇这小子为什么到现在都是童男。

不过很快我就没工夫去管前场的事情了。

卖完了库存，后厨瞬间进入“地狱模式”，我辗转在烤箱和厨师机之间，连喘口气的工夫都没有，多亏了宋楠师的手快，洗盘子的速度真是堪比洗碗机，体力也远胜过我，洗了四十分钟盘子还能过来帮我倒蛋糕糊和摆盘，最后甚至还能到前头上菜。

晚上七点半，随着店里的最后一个客人离场，我整个人都瘫软了，让何剑去劝走了门口几个不死心想要接着排队的小情侣后，我在沙发上瘫了有五分钟才缓过来，恰逢韩沙淡然地算好账，给我报了个总营业额。

“三千二。”

二十块钱的套餐足足卖了一百六十份，一直到所有巧克力桃木剑的食材都没了才闭店。

我瘫在沙发上，累得一根小指头都不想动，心里却想难怪这么多人年纪轻轻就不想努力了，明明都是服务业，伺候富婆只需要伺候一个，再看看我，一天要伺候一百六十个，还是“白菜价”伺候。

趁着他们三个收拾，我赶紧上网查了一下，就这么一个下午，“黄粱一梦”已经不是查无此店了。

网友1：姐妹们，我绝对不允许你们错过这个新晋网红店，老板给抓进去的那种红！虽然死过人有一点点可怕，但气氛真是绝了，干了这块黄符蛋糕下半年一定能找到男朋友，不来打卡真的会后悔！（已亲身体验，楼主暂时安全，后续会再更新的。）

网友2：收银的大叔真的是个道士哎！早上错过了帅大叔做法事，呜呜，不藏私，想要推荐给全世界的宝藏店铺，虽然是凶宅，但是服务员都是帅哥美女，据说老板也很帅，但是一直在做蛋糕都没看到。

网友3：渝江首家凶宅网红甜品店探店攻略，画重点，店里的装潢比较老旧，适合复古风格，穿白色系服装立拍大片。（据说之前出事都在二楼，一楼亲测安全哈哈，姐妹们可冲。）

网友4：藏在观音里的宝藏甜点。天哪姐妹们，我太喜欢这家的口味了，三种口味的黄符蛋糕，整块切开超级绵密扎实，根本停不下来！还尝了三清铃蛋糕，外酥内软，上头插着的巧克力棒是点睛之笔，配上店里特制的桃木剑摩卡，甜度刚刚好，推荐！

要不怎么说，你可以永远相信现代人的探店速度，翻了几页，看得我心潮澎湃，这时，白柳给我打来了电话。

女人开门见山："恭喜啊央子，因祸得福，网上的评价我都看了，看来这一回真的有戏。"

直到听到白柳的声音，我都有一种自己在做梦的不真实感，忍不住问道："姐……下午这帮人真的不是你找来给我挽尊的吧？点单跟不要钱一样。"

白柳哼笑一声："我整个下午都在帮你找那个举报的兔崽子，哪有空找人给你挽尊……不过现在看来，也不用找了，这个王八蛋算是帮了你一把，这趟派出所去得值。"

这一天发生的事情太多，我疲惫地捏了捏鼻梁，道："那你找到了吗？按理说我这个地方鸟都不生蛋的，周围连个人影都没有，搞不懂是谁觉得我影响公共秩序了。"

闻言，白柳沉默了片刻，半晌沉声道："央子，做生意最麻烦的事情是要和人打交道，开店别的我都不怕，就怕你在这个事情上吃亏……记得，碰到不对劲儿的事情要立刻跟我说，别想着一个人硬扛，有些事可能比你想得要复杂很多。"

也不知是不是被我前几次离奇的倒闭经历搞出了心理阴影，白柳的这一番推心置腹来得很突然。

想想也是，之前我遭遇的“致命打击”都和遇人不淑有关系，甚至在猫咖店倒闭之后我还仔细琢磨过，是不是因为我平时和房东关系没搞好，他才毫不客气地直接给我涨了两万块钱租金……但凡我平时多给他送几块蛋糕示好，也许也就没这事了。

明明妈妈也说过的：“没有什么是一块蛋糕解决不了的，如果有，那就吃两块。”

我挂了电话，内心叹了口气，听到宋楠师在后厨“咦”了一声：“老板，你冰箱里还有蛋糕忘记卖了！这个明天还能吃吗？”

我忍不住笑出声：“开业第一天你就让我以次充好啊……这三块是留给你们的，第一天营业辛苦了，时间也不算太晚，你们要想回家可以把蛋糕带给家里人吃。”

“真的吗？谢谢老板！我就知道跟着你混没错！”

何剑满脸惊喜，年轻真是好，同样都是忙一天，相比于体力透支的我，这小子看上去依然容光焕发。

这时韩沙已经处理好了账务，我估计他过去的业务都可以团购，类似于“除鬼法事”团购价是一百四十元之类。总之，韩沙操作团购网站点评验券的熟练程度让我叹为观止，第一天开业，他非但一笔没算错，甚至还因为被认出是新闻里的道士，抽空和不少小姑娘合了影。

韩沙看我已经累得站不起身，淡淡道：“身体虚弱更容易邪气入体，你也先别急着给我们放假，楼上……你准备怎么办？”

他说着，望向了天花板二楼最深处的方向。

这话好似一盆冷水浇下来。我打了个哆嗦，猛地支愣起来，是啊，忙了一下午，我都快忘了二楼那个要命的浴室门还死死关着！

福兮祸之所伏，祸兮福之所倚。换句话说，福祸这事就是个“套娃”，现在还不是开心吃蛋糕安心数钱的时候。

我紧张地问道：“老韩，你算得出来吗？二楼那个东西……现在还在？”

韩沙这回甚至都没掐指头，直截了当道：“它一直就没走，这种生前有很大怨气的东西会寄生在这个房子里，白天来的生人越多它就越活跃，我现在还没有找到彻底驱散它的方法，早上试了一下，结果你也看到了……实际上这种工作是一个漫长的过程，不是我拿了桃木剑冲上去就能直接解决的。”

我回想起下午那一幕，背后一阵发凉：“那它当时叫我上去……”

“你是这房子的现任主人，它当然最记恨你。”韩沙顿了顿，“你还不明白吗？两次它直接出现都是想把你引到二楼去，如果我不在，你的情况可能就危险了。毕竟，之前的每一任房屋主人都死在了这里，不是吗？”

一下子，我整个人如坠冰窟。搬完一天的砖还要面对一个凶宅，这可以说是“社畜”的终极炼狱了。

我们几人不约而同地陷入了沉默，半晌，何剑小心翼翼地开口：“那个……上回不是说我的这个体质，可能有点用吗？”

谁能想到在现代社会当个处男还能帮老板挡祸消灾，这种要求想必脑子最缺根筋的招聘人员都不敢在招聘信息上写出来，我一时都不知道该以什么表情去面对何剑，只能看向韩沙，希望他能说，只要有何剑在我就万事大吉。

再一次的沉默过后，韩沙很勉强地点了头，说：“这法子也不知道能用到什么时候，不过，只能试一试。”

他让我们跟着他上楼，由何剑打头阵解开了浴室门把手的红绳，接下来就是重复上一次的流程。

我们几个人翘首以盼地看着何剑进了厕所。

眼下这个情况，我站在门外都替何剑紧张，本以为宋楠师一个姑娘家实在不适合跟着折腾，但她本人却根本没有这种意识，自从何剑进去之后就一直目不转睛地看着那扇门出神，也不知道是在思考什么。

好在何剑也还算争气，很快就出来了，紧跟着韩沙拿着三清铃一头扎进去，绕着不大的空间，念念有词，每念完一段就要摇一下铃铛。

不同于前几晚韩沙随便摇了两下就出来，这一回，这个过程足足持续了十分钟，加上三清铃声音的穿透力很强，回荡在狭小的浴室里，震得我脑袋瓜子嗡嗡直响。

做完这一切，韩沙头上已经出了汗，再出浴室的时候连脚步都有些踉跄，他微微喘息道：“也不知道能撑多久，尽量不要在里头太久，尤其是老板你，不可以在里头让自己出血。”

我看出韩沙已经精疲力竭，苦笑道：“死不了人就行，趁着还有时间，你要不要带着蛋糕回去看你女儿？”

韩沙像是没想到我还惦记着他家里有个人似的，愣了一下，摇摇头道：“我女儿身体不好，只能吃一些清淡的东西，谢谢老板你的好意了。”

不管怎么说，解决了二楼的事情，这一天的营业才算是彻底结束，我拖着疲惫的脚步准备下楼把第二天的巧克力桃木剑冻上，但就在这时，宋楠师却忽然一把拉住我，说：“没有消失，老板。”

“什么？”我还没听明白。

宋楠师指着浴室门上方说：“你们没发现吗？韩哥是摇完铃了，但那个东西……它没有消失啊。”

第二章

富贵险中求

08

我心里咯噔一下，顺着宋楠师的手望去，结果却只看到很寻常的浴室门上梁，什么都没有。

我第一反应是这姑娘在逗我，无奈道："我真怕这个，你可别吓我了，吓出病来你们工资就没了。"

然而宋楠师的表情却很认真，我心里这时也跟着慢慢凉了，毕竟这姑娘耿直如钢筋水泥，要是美女还会说瞎话，哪能沦落到来我这打工？

何剑也没看出问题，奇怪道："宋姐，你看出啥了？不是什么都没有吗？"

宋楠师摇摇头说："那是你们没有注意过，二楼卫生间上头原本是有缝隙的，早上还有，但是现在……"

这下我倏然意识到她在说什么，胡经理和我说过的，自从二楼浴室光前因为煤气中毒死过人之后，房主就把浴室门改小了，给浴室门上留出了缝隙方便通风，防止事故再次发生。

我猛地抬起头，不知从什么时候开始，浴室门上那条细缝已经漏不出光了，简直就像是在门内的顶上挂着什么东西，将光线都挡死了一样。

这种事我们三个大男人确实没有注意到，毕竟就算留条缝也不会被人占什么便宜，但宋楠师再怎么耿直也是个姑娘，估计从刚搬进来就注意到那条缝的存在了。

我想到这里，后脊背不由得一阵发凉，颤颤巍巍问："你什么时候发现的？"

"就刚刚，今天一天我忙得没上来过，刚刚何剑进去我才发现。"

宋楠师的表情看不出害怕，她只是对那个"遮挡物"觉得费解，所以才会把我拉住。

我不由得看向何剑和韩沙，人可以眼瞎，但不能瞎成这样，如果真有东西趴在浴室顶上，也不至于他们两个人进去都没发现。

何剑仗着年轻气盛，还没等韩沙开口就冲进了浴室里。他抬头观察了一圈，然后跳起来，一下子，塞在缝隙里的东西就被他打了出来，轻飘飘地滚落在走廊上。

我走过去捡起来，发现那是几张被叠得很细的报纸，展开来之后竟然是三个月前的渝江晚报，打开第二页上就写着关于观音里 29 号发生的意外。

我心里一寒，先不说现在什么年头了，竟然还有人看报纸，留的竟然还是三个月前关于 29 号有人割腕自杀的内容，这不就是赤裸裸的警告吗？

或许是我的脸色太难看，何剑抽走了我手上的报纸，看了一眼凝重道："老板，这个还是我拿着比较安全……我给你分担一点。"

韩沙抱着胳膊靠在一边，却没有太多惊讶，只是沉声道："这个屋子一直以来发生的怪事就像是一种警告。老板，你想要继续往下做生意要做好这种心理准备……也不只是你，这里的每个人都要做好心理准备。"

他的目光扫过何剑还有宋楠师，意思不言而喻，而我内心却只想骂人。

这好不容易才赚点钱，为什么人家搞创业就碰不上我这些破事？按道理我作为一个渝江人上半辈子连麻辣兔头都没吃过，对比我姐这样的"吃兔狂魔"，我难道还不够积德行善吗？

然而无论我怎么委屈，腿都是长在别人身上的，我无言地看向屋子里的其他三个人，韩沙却率先耸耸肩，淡然表态："以我所学道法，不能放任这等怪事不管，更何况，拿人钱财替人消灾，老板你倒是不必忧心我，只要每个月付我工资就行了。"

谁能想到这年头招聘都能招到"菩萨"了。

我想说一句感谢道长，何剑这时也插嘴："老板，你是不知道现在外头竞争多厉害，我那些进了大厂的同学，天天加班，按照这么说，那些大厂隔三岔五就猝死两个员工，不就是巨型凶宅？反正都是赌命，相比之下，还是你这里好，还有蛋糕吃。"

年轻人很诚恳地看着我，配上这张清纯不做作的脸，我这个"外貌协会"毫无出息地感动得一塌糊涂。

人倒霉到了一定程度之后，在路上捡到三毛钱都觉得是上天的恩赐，更别说是有人冒着风险也要在自己手底下干活儿了。

我感动之余拍拍他的肩膀，说："下回要吃什么可以直接跟我点单，我做了以成本价给你们拿回家。”

这下只剩下一个宋楠师，她从刚刚起就一直沉默，不知为何，她看起来既不是害怕也不是想走，只是单纯在思考。

我小心翼翼地问道：“小宋，你是有什么想法吗？”

宋楠师回过神，看到我忧心忡忡的眼神突然反应过来，慌里慌张地说：“老板，我不是要走！就是……我之所以会注意到那道缝，其实是因为前两天晚上发生了一件怪事，我一直没敢说。”

“怪事？”

我现在听到这两个字就本能地心头一紧。

宋楠师点点头，脸忽然涨得通红，在我们三个人的注视下，她结结巴巴地说起了两天前的晚上。

那时候“黄粱一梦”还在筹备期，但是所有人都已经搬了进来，二楼的四间空房一下被塞得满满当当，我和宋楠师住在靠楼梯的两间，韩沙和何剑则住在靠浴室的一侧。

当天晚上九点多，宋楠师见浴室没人用便打算早点洗澡。我之前给韩沙和何剑立过一个不成文的规定，就是既然屋子里有女士，那为了让姑娘有个更舒适的居住环境，每天晚上都让她第一个使用浴室，免得我们几个大男人先洗把浴室弄得一团乱，姑娘看着都嫌弃。

那天晚上也是如此，宋楠师照例第一个进了浴室，其实她很早就注意到浴室的门上是有缝的，但身为渝江市有名的“木头”，她并没有觉得这道缝隙会引发什么问题，直到那一天洗澡的时候，宋楠师一直觉得有些冷。

过去在殡仪馆工作的几年里，这种若有若无的寒冷对宋楠师而言可以说是家常便饭。

不管是停尸间里忽然打开了冷柜，又或者说走廊上有冰棺被推了过来，它们都会带来一阵细小的凉风，但不同的是，这个凉风波及的范围很广，有时宋楠师站在十米开外的地方，她的皮肤都会因此而微微战栗。

当时，站在浴缸里的宋楠师感觉到的就是这样微妙的冷，她觉得奇怪，但也只当是排风扇里漏进来的凉风，很快就洗完了。

然而那时她却不知道，真正奇怪的事还在后头。

穿好衣服之后，出于对屋子里其他人让她每天第一个洗澡的感激，宋楠师打算将浴室稍微收拾一下。

身为一个入殓师，宋楠师对污渍有一种发自肺腑的排斥，她很早就看镜子高处的两块水渍不痛快了，二话不说拿了抹布去够，而随着镜子上的雾气被一下抹去，宋楠师余光一瞥，竟猛地在镜子的反光里看到了一双瞪直的眼睛，正直勾勾地盯着她看。

“什……”

即便是宋楠师，突然看到这种东西还是免不了吃了一惊，镜子上的水雾立刻附着了回去，宋楠师猛地扭过头，她望向那道缝隙，但是，那双贴在缝隙上的眼睛已经不见了。

又是一阵冷风。

宋楠师打了个哆嗦，她回过神，草草披上外套就追出去，但是，没开灯的走廊上根本看不到第二个人，一楼的打蛋器还在响，韩沙和何剑的房门紧闭，里头传来短视频和打游戏的声音。

那双死沉的眼睛竟就这么凭空消失了。

宋楠师说完，我的后背已经起了一层鸡皮疙瘩，虽然我怕得腿肚子打颤，但是在这之前……我猛地抬起头瞪着何剑和韩沙，说道：“那天晚上我在一楼试蛋糕口味，根本不在楼上，她洗澡的时候，二楼就只有……”

何剑听出我话里意有所指，脸上一红，连连摆手说：“老板你别瞎猜啊！我那天晚上一直在打游戏！你要不放心，我找几个我的队友给我作证！”

韩沙抱着手臂淡淡道：“我看上去像是有这种世俗欲望的人吗？”

确实……

我冷静地分析了一下，这几天相处下来，这俩人看宋楠师的眼神完全像是在看兄弟，也实在不像是能干出这种事的人，但是，如果不是他们……

我忍不住问道：“小宋，这么大的事你怎么不早说？你不害怕吗？”

宋楠师明显也有点心虚，说道：“本来想说的，但是我也觉得，不太可能是韩哥和小何，因为那双眼睛看上去就不像是活人……我怕说出来老板你会误会他们，就没说。毕竟，如果不是人的话，看我洗澡我也没什么损失啊，它又不会冲进来，也不会录像。”

她心虚的重点竟然是在这里，我一时无言以对。

我憋了半天，憋出一句：“那你为什么没把那道缝隙堵起来？”

宋楠师想了想，说："因为我还是有点好奇那个到底是什么，我想看看它还会不会出现，但是没想到，今天这道缝隙忽然就被堵起来了。"

要不怎么说我现在手上养着一帮最适合住凶宅的人，都招了这么个团队了，感觉不在这个地方住下去就亏了。

我问宋楠师："所以即使这样，你也能干下去？"

宋楠师莫名道："当然啦，我过去在殡仪馆干了那么久，知道什么都没有人可怕，只有人才会杀死人。"

话说到这个地步，显然我这个老板再打退堂鼓也不合适，毕竟现在看来这铺子也不是不能赚钱，如果能继续这个势头，它甚至还有可能赚大钱。

富贵险中求！

我叹了口气，跟韩沙确认道："所以说，这个屋子里其实最危险的就是我了，不会道法，不守'男德'，八字还不够硬，对方干不过你们几个硬茬儿，最后还是得来找我的麻烦？"

韩沙点了点头，冷静道："你对自己的认知很准确。"

"所以如果要继续开店，我还是要先保住命。"

我点点头，终于下定了决心，眼巴巴看着何剑，问道："所以小何……我跟你商量个事，我晚上，能不能去你那打地铺啊？"

09

开业第一天，我就这么住进了何剑的房间里。

何剑这小子何其好说话，地主都住进房里了竟然第一反应是把床让给我，我一边担心他以后被人卖了还帮忙数钱，一边强行把他按在了床上，在地上铺好褥子。

韩沙说，童男子之所以有他的特殊之处，其实也只是因为欲根没开，缺少实战经验，就算一些阴邪的东西想要乘虚而入，它们要做的事对他来说也超纲了，就好像年纪小的时候做一些梦到了关键时刻就会自动醒来一样。

换句话说，何剑作为一个童男子，他自身的抵抗力虽然高，但是这个阳气分不出去，是不能保队友的，而我现在睡在他屋里也只是图个吉利，就好像在床头摆个吉祥物一样。

我准备好第二天要用的材料，上楼洗完澡已经十点半了，何剑早就看完他爸妈回来，我进门的时候他正在换睡衣。也不知道这些大学生上课之余是怎么锻炼的，何剑一身精瘦肉，但不知为何，年纪轻轻，身上的伤却不少，光背上就有三四道很明显的伤痕。

我到底还是忍不住问了："小何，你背上这些不会是健身弄出来的吧？我姐天天劝我要健身，我正愁没有理由可以反驳她。"

何剑有点不好意思地把衣服拉下来，苦笑道："不是的老板，我不是说过吗，我小时候和我爸一起出过意外，这些就是那时候留下的……医生说亏了我底子好才没更严重，所以后头就一直健身来着。"

他说完，看我手里抱着毛巾被和枕头，竟又开始纠结老板睡地他睡床的事情，想要把我的东西抢过去放床上。论力气我实在不是年轻人的对手，只能无奈道："你小子也没进大厂受过打压，哪来这么强的上下级意识？你看人家老韩就从来不会跟我客气，信不信要是换了他，我想睡他那屋，指不定睡地板还要收钱。"

何剑还是没放开我的毛巾被，委屈巴巴道："韩哥那是手里有活儿，不怕被老板你开掉，我一个啥履历都没有的应届生，万一被老板你开了，工作就不好找了。"

我险些被他气笑，心想这小子怕是不知道我们干甜品的都"外貌协会"到什么地步，招人堪比选美，长这么水灵你还想着被我开掉简直想得美，没人赎身，你和宋楠师都出不了这家店的门。

我想了想，说道："要不然这样，你要是实在担心我给你穿小鞋，我明天弄个双人床来得了，咱俩一起睡床上，这样你是不是就能安心睡觉了？"

我这么一说，何剑啪一下就关了灯，道："老板你觉得地板太硬要和我说！"

屋子里随即安静了下来。

说实在话，我这是人生头一遭睡像是29号这样的老屋子的地板，说习惯那是不可能的，然而，这一天忙下来，我本来还想在睡前考虑一下之后的营销策略，结果一躺下浑身就像是被碾过一样，还没过两分钟，我已经睡得不省人事。

事后想想，我确实还是低估了这个房子，以至于当时我并没有意识到，"黄粱一梦"开业第一天的麻烦其实到这里还远没有结束。

不知过了多久，我艰难地睁开眼睛，抓起手机一看，时间显示是凌晨三点，离我躺下去才过了三个多小时。

一般来说以我树懒一样的睡眠质量，睡超过十二个小时都是轻轻松松，而相较之下，三个小时自然醒就成了一件非常离谱的事。我正迷迷糊糊地想是不是因为地板太硬了，翻个身准备继续睡，这时一阵冷风吹来，我没来由地打了个哆嗦，定睛一看，才发现房门居然是开着的。

几个小时前，这门明明是我亲手关的。

我瞬间清醒了大半，猛地坐了起来想叫何剑，结果一转头，床上根本没有人，何剑的毛巾被乱糟糟地团在一边，但拖鞋却还在地上。

这小子半夜出门上厕所不穿鞋吗？

鉴于这屋子白天搞出来的幺蛾子实在是太多了，我已经被搞得有点怕了，等了一会儿何剑还是没有回来，走廊上黑漆漆一片，连厕所冲水的声音都没有。我开始觉得有些不对劲儿，跟着在黑暗里爬起身，轻手轻脚地走到门口往外张望。

走廊上没有人，浴室的门是敞开的，只有镜子在黑暗里闪着微光，模糊地倒映出我的脸。

很明显，何剑并不在二楼。

这小子，大半夜难道光着脚下楼了？

我想到那个死了两个人的楼梯，心里不由得咯噔一下，开了手机电筒走到楼梯口，果真就见一个身影在一楼拐角的地方一闪而过，而我压着嗓子叫了一声小何，对方却没有丝毫反应，一言不发地走进了一楼。

搞什么？

我背后起了一层鸡皮疙瘩，刚刚虽然何剑只在灯光照射范围里露了一下脸，但就是这一瞬间，我看到他脸上的表情十分木然，两只眼睛连聚焦都聚不上，几乎像是个被人牵着线的木偶一样。

很明显，那并不是何剑正常的状态，又或者说……那是何剑吗？

我想到这心里一寒，立刻就冲下了楼，本来想开灯看看他的状态，但都说梦游的人不能轻易惊醒，现在我都不知道何剑到底是个什么情况，最好还是不要贸然惊动他比较好。

“小何，你还好吗？”

我打着手电筒，发现他正背对我垂头站在厨房里，无论怎么喊都没有一点反应，而就在我考虑要不要去把韩沙叫下来的时候，何剑却突然动了。

他就在我的手机电筒光下慢慢地拉开了灶台下头的抽屉，然后，从里头抽出了一把叉子。

我的手心立刻开始出汗。

“小何……你听到我说话了吗？你拿叉子做什么？”

我紧张万分地追问，但何剑丝毫不为所动，他背对着我，开始慢慢把那把叉子往上举，然后用左手握住，叉子尖对准了脖子。

“小何你干什么！你清醒一点！”

我意识到他要做什么的时候整个人如坠冰窟，因为不久前韩沙也当着我们的面做过一模一样的事，我立刻扑上去抢他手里的叉子，同时大喊：“老韩！下来干活儿了！”

几乎就在一瞬间，我体会到何剑和我的力量差距，几个小时前，这小子跟我抢被子时真是在放水，如今在他全身肌肉都在发力的情况下，明明我也有一米八的个子，却连拉住他的胳膊都费劲，不得不像个八爪鱼一样死死缠在他背上，勉勉强强能制止他将叉子往脖子里捅。

“你吃什么长大的……”

我从牙缝里挤出话来，短短几秒背后已经湿透了，好不容易撑到头顶的灯亮了起来，韩沙在我背后大喊一声：“火铃交换，灭鬼除凶——”

他还没喊完，忽然间，何剑就像是断了电一样，手上的叉子当的一声掉在了地上，人也一声不吭地在我怀里瘫软了下来。

“小何！”

我一摸他额头上全是汗，赶紧把人放平，让韩沙上来看看。

“怎么回事？”

韩沙穿着睡衣，手里提着桃木剑，也不知是不是因为大半夜被吵醒，看上去杀气腾腾的。

我简单说了一下刚刚发生的事，韩沙的脸色顿时变得难看起来，上去探了一下何剑的额头，竟是脱口而出：“不好，竟然真的找上他了。”

“什么意思？”我想到刚刚何剑那个力气，实在是不像人，扑腾起来就像是一头野兽一样，“不是说他的体质可破邪祟吗，怎么会变成这样？”

韩沙咬了咬牙道："我之前就说了，这屋子太过凶邪，连我修道十年都险些两次折在这里，他虽是童男子，但也只是个普通人，不能一直靠……"

"他醒了。"

这时宋楠师打断我们，我一低头就发现何剑的眉头皱了皱，他呻吟了一声，艰难地撑开眼皮："好疼啊……"

我现在只要一想到是我连累的这小伙子，良心就跟被人打了两拳一样，赶紧问道："你感觉怎么样？哪里疼？"

何剑委屈巴巴道："感觉像是被人从背后打了一样……老板，后背疼。"

说着他伸手去摸后背，正是我刚刚胳膊用力卡住的地方，我一时语塞，半天才问："你完全不知道刚刚发生了什么吗？要不是你力气那么大，我也不至于使出吃奶的劲儿勒你了。"

闻言，何剑十分茫然地看着我，半天才说："说起来，我好像是做噩梦了，我梦到店里来了客人，还是个姑娘，她说吃蛋糕没有叉子，叫我去厨房里帮她拿一把，然后……然后发生了什么来着？"

"那个姑娘长什么样？"韩沙问。

何剑拧着眉头回想："好像……有点胖，特别白，脸上的妆有点重，穿着一件红衣服，而且，不知道为什么，她身上还是潮的，像淋了雨。"

一个身穿红衣服、皮肤惨白的胖女人。

何剑越往后说，我的心里就越凉，手心里出了一层细密的汗。

很明显，何剑说的这个女人从外在形象上就非常接近之前胡经理跟我说的，被泡在血水里的上一个租客……

我望向韩沙，他的面色非常凝重，道："果然是她，就是我那天在楼梯口看到的女人，她一直就在这里，而且，怨念深重，不知道是不是因为小何之前冲撞过她，所以这次就直接找上门了。"

我的心沉到了底，问道："那现在该怎么办？如果小何的体质都克不住她，我不是死定了吗？"

闻言，韩沙叹了口气："老板，我一早就说了，这个屋子没你想得那么适合开店，我说句不中听的，今天的事情之后随时可能再发生，你要想减少损失，不如现在就在网上找一找，看看有没有专业人士愿意接手这里……"

"你是说，还有专门的人能处理凶宅？"我一愣。

韩沙认真地看着我，说："当然有，而且他们不像我这种在外头接散活儿的，道法样样通但都用不精……也有十分擅长处理凶穴的道士。"

我张了张嘴，正要开口，谁知这时宋楠师忽然按住我的胳膊，说："不行老板，如果真的这么凶，你更加不能在这个时候卖房子了。"

10

翌日一早，"黄粱一梦"的全员顶着巨大的黑眼圈，迎来了第二天的营业。

即使第二天堂食套餐价格已经恢复成了五十五元，但是店里的生意也丝毫没有变惨淡，从早上十点半开始，六张桌子就已经坐满，不到十二点，排号已经排到了二十五号。一夜没怎么睡的韩沙收钱的动作虽然还很利索，但跟人合照的时候脸色却谈不上好，一看就是精力透支，但就这样还被店里的小姑娘偷偷说成"道爷起范儿了"。

我人在后厨，听着前头的动静心情十分复杂。

"黄粱一梦"成为网红店了，一天之内店里出事老板进局子的新闻传遍了网络，我的"社会性死亡"换来了客人络绎不绝，但是……

"所谓鸡鸣辟恶鬼，意思就是在白天的时候，它的活动不会很频繁，只要不进那个浴室问题就不大，但是，这种徘徊在凶穴的邪祟都很讨厌生人，换句话说，白天来的人越多，晚上它就会越闹腾。"

我想起韩沙的话，心不在焉地把两份蛋糕放在餐盘上，犹豫半晌还是从手机里翻出一张老照片，上面的女人正在往五岁的我的鼻头上抹奶油，笑得开怀。

都到这一步了，放弃太可惜了对不对……妈妈？

我将照片收回去的时候，心里最后一点想放弃的冲动也偃旗息鼓，当然，最终让我决定把店开下去的原因也不仅仅是如此，除了失败七次磨炼出的强大心脏外，其余的，还要从昨晚开始讲起了。

宋楠师的反对来得相当突然，我在一瞬间甚至怀疑她也修过道，毕竟木讷成这样，说这姑娘上半辈子一直在山上喝露水我都相信。

韩沙没想到宋楠师会突然开口，愣了一下，问道："此话怎讲？"

宋楠师说："过去在殡仪馆工作的时候，私底下大家会说一些自己经历过或者听说过的故事，那个故事是我师父说的，是他年轻时处理过的遗体的事情……也是凶宅。”

想想如果换作其他人凌晨三点在一个凶宅里跟我讲这样的故事，我会想把他的头按进厨师机里，然而，这个人偏偏是宋楠师。

如果说白柳有八百个心眼儿，宋楠师撑死了只有两个，我之前养的猫都比她会骗人。

事关“黄粱一梦”的生死存亡，即使时间非常不对，我们四个还是不得不在桌子边坐了下来，宋楠师随即有些紧张地开了口。

她的师父姓梁，在故事里简称为老梁，老梁教宋楠师的时候已经年过六十，是被渝江殡仪馆返聘的退休人员，也是业内相当著名的“裁缝”。

很明显，一个光会化妆的入殓师是不能叫“裁缝”的，老梁之所以获得这个光荣的称号，是因为他十分擅长处理支离破碎的遗体，他四十多岁的时候甚至花费十多个小时拼过一具碎木机里的残尸，其手艺高超可见一斑。

作为一个入殓师，老梁的胆量自然不在话下，但即使这样，如果你问起老梁他职业生涯里碰到过最可怕的事是什么，老梁的答案始终只有一个。

那时候还是八十年代，老梁被分配到渝江殡仪馆不久，在某个深夜他忽然接到了坝头分局的电话，要去一户民宅里敛尸。

据电话里的公安刑警称，死者有五个，分别是这户民居的男主人、女主人、他们的两个孩子，还有男主人的母亲，资料显示死者不是渝江人，刚刚搬进这屋子不久，死因是缢死，死亡时间大概率是当天早上。

可以说从一开始，老梁就觉得这事不对劲儿，毕竟，大人上吊的原因有很多，但孩子怎么会跟着自杀？而且，一家五口人都死了，一整个白天都没人发现，偏偏大半夜的有人报案？

带着一肚子的疑问，老梁跟着当晚值夜班的几个人去了现场，结果刚一进门，老梁立刻感到一股寒气直冲他的脊背，当场就忍不住别开了视线。

在屋子里，一家五口的尸体静静地挂在客厅的横梁上，其中除了最小的女孩之外，所有人的双手和双脚都被电线反绑在身后。也因此在死亡来临时，他们不像寻常的自缢死者，会用手指去抠绳圈，在四肢无法施展任何动作的情况下，他们只能大幅度地摇晃身体，因为剧烈的挣扎，整个横梁上纵横交错，都是电线胶皮留下的黑印。

看了现场之后，老梁心里头那种不对劲儿的感觉更强烈了，实在忍不住问道：“确定这是自杀的吗？不需要尸检？”

现场的刑警疲惫地摇摇头，说：“来了三拨人看过，确定是自杀才叫你们的。”

老梁不依不饶地追问：“确定孩子也是自杀的？不是被父母强行抱上去的？”

刑警无奈道：“师傅，你觉得有问题的地方我们肯定也觉得不对劲儿，但事实就是，这两个孩子是最后死亡的，之所以只有小女儿的手脚没有电线，是因为她是最后把自己吊上去的，没人逼迫。”

“什么意思？”老梁心里一寒。

刑警眉头皱得很紧，脸色同样不好看，说：“根据现场留下的证据，天花板上的电线是由父亲挂上去的，每个人的身高不同，电线的长短也不同，而父亲、母亲、奶奶手脚的电线上都有十三岁大女儿的指纹，应该是大女儿协助了他们先绑住了手，站上凳子之后再绑住了脚，之后，大女儿手脚的绳子只有小女儿的指纹，说明，是小女儿帮助她完成了捆绑，最后，小女儿才自己站上了凳子……”

寥寥几句，老梁听得心底直冒凉气，他张了张口，问了最后一个问题：“那难道没有第六个人的痕迹了吗……是谁报的警？”

这时刑警幽幽看了他一眼，说：“一个卖房子的。”

因为当天晚上时间实在是太晚了，现场的所有公安干警都已经疲惫不堪，老梁也不好多问，只能先把尸体运了回去。

本来说好第二天家属会来和他们沟通后事，结果第二天殡仪馆却接到电话，称家属因为一次性失去了五名亲人实在是太过悲痛，人过不来了，希望他们能直接上门来拿死者生前的照片，帮助化妆。

老梁当时年纪还小，这种跑腿的工作当然是逃不掉的，然而不知为何，带老梁的师父接完电话，脸色竟然变得非常难看，一放下电话，老梁就听见师父对旁边的人说：“又是那个房子。”

“那个房子？”老梁一愣。

师父没有和老梁多说，只说会和他一起去，两人出门上了公共汽车，最后到了坝头区双龙坎附近。

这个地方距离昨晚敛尸的民居楼大概只有一两公里，老梁还以为两家人住得近，没想到师父在路上就告诉他，这个地方是那一家五口的老房子，他们刚搬家没多久，连老照片都还在原来的房子里搁着。

哪有人刚搬家就全家自杀的？

老梁越想越纳闷，但师父的脸色很差，他没敢多问，就这么一路走到了一户平房门口。老梁正要上去敲门，谁知师父却一把拦住他，低头从地上捡了一块石子，对着平房的木门砸了过去。

“师父？！”

老梁还从没见过师父干这么出格的事情，不由得惊呆了，而还没等他反应过来，师父又砸了两块石子过去。

咚咚两声。

门里头传来一个女人的声音：“师傅，进来说话吧，我身体不好就不出去迎了，门没锁，你一推就开。”

说完，还有两声咳嗽，老梁过意不去想要上前，但师父把他拦住了。

“不能进去。”师父轻声说，“带你来就是要你学着点，以后再碰上这种死得蹊跷的，如果家里人非要让你上门，你必须让他们出屋子，自己不要进去。”

“什么意思……”

老梁还是没听明白，这时屋子里的那个女人又一次说话了：“师傅，你快进来吧，我水都倒好了，再不来就凉了。”

这一下，老梁终于听出不对了。

这女人的声音实在是奇怪……明明是因为悲伤过度让他们上门，但语气中既没有任何悲伤，也听不出任何热情，从头到尾就像是在照本宣科。

老梁看了一眼他师父，老师傅眉头紧皱，又对门上丢了一块石头，喊道：“您要是不方便就把照片从门缝里递出来吧，我们今天还有别的工作，到时候您直接打电话来告知我们具体要求就好了。”

这一次，屋子里没有人说话了。

等了一会儿，一个牛皮信封从门缝里被丢了出来，师父示意老梁去拿，而他战战兢兢地走上前，低头的时候却还是忍不住往门缝里看了一眼。

这不看还好，一看老梁浑身血液都凉了大半。

门缝里，有一双直勾勾看着他、布满血丝的眼睛。

一瞬间，老梁被吓得大喊一声，连滚带爬地回了师父身边，而老师傅却也不问他看到了什么，只是拎着他快步离开了房子。

直到坐上回去的公交车，老梁想起那双眼睛都觉得不寒而栗，他忍不住问：“师父，刚刚我看到……”

“你应该看到有人守在门口，就等着我们进去吧。”

老师傅翻看着牛皮信封里的照片，是一张一家五口的全家福，本来该是幸福的留影，然而现在看，他们脸上的笑容却莫名阴森了起来。

老梁不明白地问：“她为什么非要我们进去呢？”

老师傅淡淡看他一眼，忽然说道：“你知道吗，这已经是我第三次来这个屋子了，我想也是因为这个，卖房子的人才会报警吧。”

老梁一愣，随即背后起了一层鸡皮疙瘩，犹豫道：“也就是说……”

老师傅说：“之前两次来，一次是两年前，一次是三年前……房子里的人都是横死的，有人说这个地方不干净，租出去时不时就会死人，本地人根本不敢住，所以，当时房东准备把房子卖给外地人，你还记得这一家五口的情况吗？”

老梁咽了口唾沫，说：“他们是一年前搬到渝江的……”

老师傅点头道：“一家人来本地讨生活，好不容易买了房子，又为什么会轻易易手？更何况他们这个老房子其实还没有卖掉就急匆匆搬进了新家。”

老梁这时已经说不出话了，半天才问：“那您觉得他们一家五口为什么会死？刚刚门里的那个……是家属吗？”

老师傅把照片插回了牛皮纸袋里，沉默了一会儿，却反问了他一个问题。

“你觉得，刚刚里头那个东西，是人比较可怕，还是其他东西比较可怕？”

11

在宋楠师的讲述戛然而止的时候，我的心跳也差不多戛然而止了，回过神，才发现我的手已经不自觉地抓在了何剑的衣服上。

我咽了口口水，觉得自己需要摄取一些糖分，于是拿了根巧克力桃木剑塞到嘴里，干巴巴问道：“然后呢？”

宋楠师眨眨眼，说：“然后我师父当时并没有懂，回去之后家属打了个电话来跟他们说了需求，我师父特意问了白天的事情，但是家属却仿佛不知道这个事情一样，也无法回答照片是谁送出来的。”

我背后冷汗直冒，只能像仓鼠一样啃巧克力棒，而这时韩沙淡淡道：“凶穴都是这样的，屋里不干净，里头的东西就会诱惑无辜的人，希望他们能踏足进去。”

“但是你师父的师父为什么要说，里头有可能是人呢？”何剑这时忽然问。

宋楠师说道：“后头我师父又问过一次，老师傅是这么说的，一家五口的外地人初来乍到，想要很快找到合适的房子基本都靠本地的亲戚介绍，那他们又为什么会在毫不知情的情况下住进一个不干净的宅子里？帮他们做介绍的亲戚，难道不知道这房子有问题吗？”

我一愣，突然明白过来她的意思，手心里瞬间又出了一层汗。

何剑嘟囔道：“他们连原本的东西都没有拿走，显然是匆匆逃出去的，自杀方式也很奇怪，看上去简直就像是一种仪式……不是为了死，而是为了驱邪。”

宋楠师点点头，说：“我师父也这么觉得，因为没有尸检，所以，我师父作为入殓师就是最直接能接触到尸体的人，换句话说，如果尸体有什么问题，他们是最后能察觉到不对的人。”

“也就是说，如果这一家五口的自杀是人教唆的，那么他们的亲戚就有重大的嫌疑，而且，因为担心入殓师发现问题，对方可能……”

我倒吸一口凉气，突然就意识到为什么当年的老师傅要问老梁，门里头的东西究竟是什么……

如果弄不好，那一趟上门对于老梁和他师父就是有去无回。

一瞬间，整个一楼陷入了一片死寂，半晌，韩沙淡淡道：“人心有鬼和鬼神之说并不冲突，所以，这和我们碰到的情况有什么相似之处吗？”

宋楠师认真地看着我，说：“我并不是说咱们这个屋子里就没有怪异的东西了……”

我心里咯噔一下：“这句话可以不说的。”

宋楠师脸一红，咳了一声：“我是说，从我师父说的这个案例来看，如果有怪异的东西，那搬家是没用的，在解决凶宅本身的问题之前，即使搬了家这些东西也会跟着你，然而，如果没有……老板你又为什么要搬呢？”

我被宋楠师问得一时语塞。

我之前一直把浴室里的那位当成一个钉子户，我搬进来它还不想走，但有没有一种可能，它其实也想要一个解脱呢？

现在我还住在这个房子里，至少看起来还有点诚意，有想要解决问题的意思，要是直接把房子交到别人手里，对于浴室里的那位来说，不是等于我遇到困难破罐子破摔了吗？

我一惊，越想越觉得宋楠师说得有道理。

毕竟，要是所谓的专业人士能解决好问题也就算了……问题是，韩沙好歹是我验过的，但换了别人呢？他们这行又没有点评软件可以给差评。

一下子，问题竟又绕了回来，韩沙察觉到我的动摇，叹了口气："老板，你要想赌，我拿着你这份钱当然会想办法让你全身而退，但问题是如果再发生像今晚这样的事情……不是闹着玩的，姑且不说当时可能有的危害，之后还会对他的身体有后续影响，甚至可能绝后。"

韩沙望向何剑，结果何剑却望向了我，好像绝后跟我有关系一样，很明显，在听了两个人的话之后，这小子一贯天不怕地不怕的脸上也多了一丝惶恐。

我心里一沉，确实，怎么会跟我没关系呢，我是可以赌，但这小子别说是娶老婆了，连女朋友还没有一个，要是以后真出事了，我的罪过可就大了。

这一下我又开始犹豫，何剑一把抓住我的手，可怜巴巴道："老板！宋姐和韩哥说得都对，你肯定要解决问题才能走啊，要不万一以后我落下什么终身残疾，这个屋子又卖给别人了，我都没处说理……"

好家伙，这小子两头都信了。

我张了张嘴，问道："那你就不怕之后再发生这种事？"

何剑更委屈了："怕呀，但是就算会，那也是有售后的啊，凶宅归凶宅，但有售后没售后能是一个样吗？"

我一时无言以对，这时何剑不依不饶地抓住了我的胳膊。

"再说了，咱俩住一个屋，之后要再出问题不还有你能拉着我吗？"

何剑恳求地看着我，说："老板，这可是我大学毕业后的第一份工作，你要对我负责到底啊！"

所以说——

我回过神，外头仍然坐得满满当当。何剑到底还是年轻，经过昨晚一役也就是多了点黑眼圈，此时正在手脚麻利地给新来的客人取号，看起来非但不像是被上过身，甚至神采飞扬得仿佛刚渡劫完飞升的男神仙。

虽然我没给这些人办五险一金，但眼下的情况显然五险一金也管不了，韩沙昨晚和我说他只能尽力，如果想要彻底解决，那显然还得从 29 号的历史遗留问题开始查起。

我暗自下定了决心，虽然 29 号的底子有问题，但好在它白天还能赚钱，第二天营业照样卖出了一百四十多份甜品套餐，晚上结账的时候我看着银行卡里的进账，内心只剩下一个念头。

闹！都可以闹！

对于我的见钱眼开，韩沙显然没有办法，晚上摇铃时间加长，同时还增加烧符舞剑的服务，完事之后韩沙气喘吁吁地走到我面前，说："老板，这个真的是要加钱了。"

要不怎么说人兜里有钱了就是硬气，一天赚了七千块的我已经不是我了，闻言我立刻在手机上给他发了个大红包，而韩沙收完钱对着我叹了口气，脸上写着"人性的弱点"几个大字，但最终还是什么都没说，直接回房了。

好在这一晚没有奇怪的事情出现。

临睡觉前，白柳发消息来问我这两天的情况，我犹豫了一下，没把房子的事情跟她说。

毕竟，有些事我姐靠"钞能力"能帮上忙，但眼下这情况显然已经在白柳的处理范围之外了，这些年我姐为我操的心太多了，好不容易开店的事情有点戏，实在不能再给她添堵了。

我立刻开始上网搜索 29 号的历史。

这件事说来有些奇怪，按道理，一个房子连着死了四个人，这种级别的凶宅放在整个城市里应该都是热门话题，但是为什么我一个土生土长的渝江人，竟然从来没听说过这件事？

想想就算是我胆子小，但像是我姐这样的恐怖片爱好者竟也从来没听说过观音里 29 号的著名事迹，这对于一个死了四个人的凶宅来说实在是过于跌份儿。

我试着换了几个关键词搜索，然而，跳出来的实时新闻竟然全都是关于我这家店的，涉及凶宅的部分还是我姐铺出去的那些，除了知道四个人一个自杀三个意外死亡之外，没有任何多余的信息。

为什么会这样？

我越看越是纳闷，恰逢何剑洗完澡推门进来，他看了一眼我的手机，忽然说道："老板你在搜 29 号啊，那天在派出所的时候，那些警察叔叔没告诉你吗？"

“啥？”

我大吃一惊，想到那天这小子在派出所待了很久，问道：“你那天被扣了那么久，他们就在跟你说这个？”

何剑理所当然地点点头，说：“我还以为他们也跟你们说了，关于29号的历史，观音里派出所是知道的。我那天好奇多问了一嘴，然后那个来找我问话的大哥就说了，其实你做法事他们也能理解，毕竟老百姓嘛，死过四个人的房子住进去心里总会有疙瘩，但是有人打电话来举报了，说是闹得动静太大，他们也只能来处理了。”

我万万没想到线索远在天边近在眼前，迫不及待问道：“那他们说什么了？这里的具体情况，他们知道多少？”

何剑擦着湿头发说道：“他们先是提醒了我，说是29号的台阶设计得不太好，特别陡，又是木头的，之前还曾经因为木头受潮裂过，第三任租客就是踩在突然断裂的木头上，然后失足摔下楼梯摔死的。”

这件事我一直没想通，又问道：“之前不是也有一任租客是摔死的吗？都已经摔死一个人了，为什么之后还是没有修楼梯？”

何剑耸耸肩，道：“他们也没和我讲这么细，不过在第一任租客在楼梯上出了意外之后房主应该维修过，但不知道是不是因为观音里靠江，渝江经常下雨湿度大，所以木头还是免不了会有问题。”

我在心里盘算了一下，第一任是摔死，第二任是煤气中毒，第三任是摔死，第四任是割腕自杀，单从死亡形式上来看，其实也没有太多共通之处，这也太不符合恐怖片的套路了。

我不由得有些丧气，又问：“他们还和你说了什么？”

何剑想了想，又说：“当时派出所的大哥还跟我说，这屋子一直出事他们也觉得奇怪，但是之前死的人确实都是意外，所有人都觉得这个地方的风水不行，在死了两个人之后好像就彻底心灰意冷，将房子全权委托出去了。”

然后就碰到了我这个冤大头。

我在心里翻了个白眼，觉得卖我房子的大哥这段时间晚上睡觉都能笑醒，没好气道：“那他们有没有和你说更早之前的事情？在我印象里，原来观音里没有这么大，也就是近十年慢慢扩张才有了后头这一大片的商业区……这个地方原来肯定是民房。”

我好歹也是二十八年的渝江人，对老观音里还是有些印象的，以前我和我姐出去玩可玩不到29号这边来。何剑闻言思索了片刻，忽然说道："好像……他们说观音里的开发商也挺信这套的，在29号出事之后，房屋主人一开始还没往这方面联想，结果开发商来人问过情况之后，立刻就让人来做法事了。"

12

之后的一个星期，店里的生意逐渐好到了十分离谱的地步。

不仅每天我做的套餐全部能卖完，甚至还有人会提前预约，在这种情况下，感觉"黄粱一梦"分分钟要进渝江餐饮五百强，于是周日晚上韩沙一算完营业款，我当场又下单了一台厨师机。

"小宋，是时候将你的特长发挥到其他东西上了。"

累没半条命的我拍拍宋楠师的肩膀，说："你做事细，之后给我打打下手，我教你怎么做店里这几样蛋糕。"

宋楠师眼睛立刻亮了，越相处我越觉得这姑娘像条大狗，她莫名兴奋道："老板你亲自教我吗？"

"难道这店里还有别人能教你？"

我心情很好地把她头发上的一小块洗洁精泡沫给清理掉，接着说："店里就咱们四个人，没法轮班，大家也比较辛苦，所以我想以后每周一作为店休，大家明天好好放松一下，该休息休息，该回家回家，周二回来再好好干。"

说着，我从冰箱里拿出两个礼盒，一份是巴斯克蛋糕，一份是鲜奶油戚风蛋糕。

"老板，你怎么知道我喜欢奶油的？"

何剑眼睛都直了，难以相信我竟然能看出他的口味，我心想这小子每次看到有客人不吃可露丽旁边配的鲜奶油都会皱眉头，爱好都写在脸上，要是这都看不出来我就不用做生意了。

我笑道："这蛋糕直接放在店里得卖两百多，带回去孝敬你爸妈，八寸，够你们一家三个人吃的。"

说着，我把巴斯克蛋糕交给了宋楠师，看她的脸唰一下变得通红，赶紧说："热量很高你又是一个人吃，我没敢做很大，也没费多少工夫，你要是喜欢我下次再给你做。”

“谢谢老板！你……你最好了！”

宋楠师一鞠躬，跟抱着个大宝贝一样直接蹿上了楼，我想到二楼浴室那情况正要拦，然而韩沙淡淡看我一眼，说：“她的八字硬得像钢筋水泥，还不到需要你瞎操心的地步。”

显然，韩沙的语气不大痛快，原因他也没想遮掩。

我叹了口气，心想小说里道士仙风道骨的刻板印象真是不可取，我店里这位才是真正的新时代打工修道人，完美做到了集理想主义和现实主义为一身，一边收钱一边搏命，就这样还不忘要在老板面前争取员工的基本福利。

“还能忘了你吗？”

我无奈地把冰箱里最后一个巨大的盒子递给韩沙，说：“你上回说你女儿身体不好，只能吃清淡的，所以我做了三种，酸奶巴斯克、酸奶戚风、可可香蕉布朗尼……我照顾过病人，我知道他们容易嘴馋，高糖高脂的吃不了，吃这个至少可以解解馋。”

“你……”韩沙这下颇为吃惊地看着我，“你什么时候……”

我无奈道：“还能是什么时候，当然是见缝插针，在忙得要死要活的时候给你们做的，赶紧给小姑娘尝尝，再问问她想吃什么，下回我再想办法满足她。”

不管怎样，这一周房子没再出什么事，这事虽然归功于我隔三岔五的红包，但毕竟出力的是韩沙。

我笑道：“今晚就回去看你女儿吧，小姑娘就算平时不养在身边，一周看不到爸爸也说不过去，这边稳了一星期，也不至于你人一走就出事。”

我拍拍他，实在撑不住了准备去洗洗睡觉，这时沉默很久的韩沙却忽然叫住我，从手腕上把之前的红绳解下来，郑重其事道：“我今晚不在，你先戴着这个，晚上不要在房子里瞎晃悠……”

我打了个寒战，睡意瞬间消失了大半，问道：“也不至于只欺负我一个吧？这东西是看上我了还是怎么？我也不是咱们当中长得最水灵的啊？”

韩沙盯着我看了片刻，淡淡说道：“我上次算过，你会落得这种体质也不一定是你的问题，也可能是你家里的问题，毕竟是和钱打交道的人，常在河边走，又怎么可能不湿鞋呢？”

之后，韩沙当真没跟我客气，出门就去看女儿了，而我看了一眼他留给我的红绳，也不知是戴了多久的，绳子的颜色都已经暗沉了，而在红绳中间还坠着一个铜牌，写着一个小小的“婉”字。

这一晚，我整夜捏着红绳却还是没睡踏实。

显然，只要这房子的问题一天不解决，在这里开店就得一直提心吊胆，而为了解决这个问题，我就只能想办法把 29 号频频出意外的历史原因给挖出来。

翌日一早，韩沙没回来，何剑也回家看他父母去了，宋楠师照例准备做她钟爱的辣酱拌饭，我一把拉住她，嫌弃地把辣酱罐头放回冰箱，说：“一个两个都喜欢吃这个，有什么好吃的，我带你吃点好的去。”

两个“单身狗”一起走进咖啡店，名曰请她吃早午餐，实际却是拉着宋楠师一起查 29 号的消息。自打“黄粱一梦”火了，29 号是凶宅的消息不胫而走，各种文章开始满天飞，我等了一个星期，这下终于可以一口气看个痛快。

我和宋楠师分工，很快就找到了很多不知真假的信息，相比于之前白柳放出的那些明显要不靠谱很多，竟然还有人说 29 号下面是乱葬岗……

拜托，小时候我姐带着我到处跑的时候，观音里这一片随处可见打麻将打得非常安逸的老人家，掏掏耳朵摆摆龙门阵，哪有我现在这么水深火热？

找了一会儿，宋楠师叫住我：“老板你看这个。”

我凑过去一看，有个匿名回答是这么说的。

现在年轻人胆子真是大，这种店一个敢开一个敢上门，还成了网红店，反正换了我这个观音里老土著是不敢……那房子要多邪有多邪，亲眼看着上一任租房子的被放袋子里拉走，当时死者的弟弟还追着救护车边哭边跑，也不知道这次这个能活多久，都说这房子前后死过四个人，其实根本不止，当年还是居民区的时候就发生过火灾，说是烧死了人，29 号原址下面就是一片废墟……

我的后背一寒。

相比于那些神神叨叨的回答，这条的可信度显然不一般，如同一般恐怖片的套路，一个屡屡出事的老房子，它的问题可能就深埋在地基之下。

然而，面对这种情况我又能做什么呢？它能赚钱！难道我还能直接把房子刨了不成？

我的心沉了下去，想要再在网上多找几个人验证一下火灾的传闻，却又莫名开始频频碰壁，我们忙活到下午，还是没有得到更有用的情报。

仿佛我这个“大冤种”就这么当定了。

回去的路上我心情郁闷，宋楠师很贴心地给我买了奶茶，但事到如今，吃糖已经救不了我，查资料也救不了29号，一想到回去就要继续过白天上班晚上提心吊胆的日子，我心里满是绝望。

晚饭的时候所有人都回来了。

我将火灾的事情同韩沙说，他却并不惊讶，我震惊地问：“难不成有人给你托梦了？”

韩沙扒拉了一口小面，淡淡道：“这还需要托梦吗？前头四个租客，两个死在浴室，两个死在楼梯，以我过往的从业经验来看，寻常的横死顶多对房子里的一处地方结怨颇深，既然29号的点有两处，那就意味着对方有过逃亡，要不是被人追杀，要不就是遭遇某种意外，曾经不得已从楼梯跑上楼，最后被活活困死在了二楼。”

他这么一说，我立刻想起今天看到的匿名网友评论。

观音里在被彻底改造成商业区之后，沿用了原民居楼二层洋房的风格，甚至连整体内部构造都没有大改，之所以要拆掉老楼，纯粹是为了整体美观性以及一些电路和下水管道的问题。

换句话说，29号原来应该是一栋二层建筑。

我心里一颤，这么说……原来烧死的人，可能是因为无法通过楼梯逃到一楼，最后被困在二楼浴室里死去的？

如此就可以解释，为什么观音里开发商在听说29号出事之后，第一时间派人来做了法事。

韩沙就像是能读心一般，说道：“当初如果在翻建之前好好做一场法事就不会如此，但后头再想除去就困难了。”

我越想越头痛，想必天底下也没有几个做正经生意的老板会有我这种命和钱只能选一个的买卖，我本想问问韩沙有没有补救的法子，然而突然间，就在我们的头顶传来一个模糊的女人声音。

我心里一寒。

又一次，在我的眼皮子底下，29号出现怪异事件了！

这回甚至还没等韩沙起身，何剑已经恶狠狠说了一句："我倒要看看到底是什么东西敢上我的身。"随即他就像只身手敏捷的豹子，动作飞快地爬上楼梯。

"小何你别冲动！"

我脑子一热。上回碰到这种情况，全靠韩沙用鼻血才顶过去，现在童男上了，闹腾起来不可同日而语。

韩沙一把拽下我手腕上的红绳，说道："先别上来，上来也是添乱。"

说完，他也跑上楼，而我本来想跟上，但宋楠师死死拉住了我："老板，你还是交给韩哥解决吧，万一你出什么事，我……我们都没工作了。"

可以说我这辈子，还从没像最近一样感受到自己背得那么"具体"。

在楼下心急如焚等待的时间，难熬得堪比等老婆生孩子，我眼前各种恐怖片的镜头正在走马灯，终于，何剑在楼上喊："老板你上来吧！不过……你要做好心理准备啊。"

我手心里瞬间出了汗，这才消停了几天？！

我和宋楠师顶着巨大的压力走上去，一眼就看到韩沙面色难看地站在浴室里，他面对浴缸的方向，手里正夹着一张燃烧的黄符在空气中比画，口中喃喃念着往生咒。

宋楠师小心翼翼地看我一眼，说道："老板，要不要我先去看看情况你再……"

"还是我自己来吧，一砖一瓦都是我的人民币……还能咋的。"

我做足了心理准备，走到浴室门口，封闭的空间里一股腥气扑面而来，而这时何剑正好从浴缸里掏完东西站起身，他一回头，我就感觉背后的汗毛一根根竖了起来。

29号生了，生了一团血淋淋的头发。

13

29号的问题变得严重了起来。

因为浴室里出现的头发，何剑陪我去报了警，但最终民警判断浴缸里漫出来的血不是人血，可能是白天的客人出于猎奇冲进一楼的下水道里，最终又因为这些日子渝江连日阴雨，老房子的下水道有问题，二楼反水才会漫上来。

但不论怎样，这都解释不了二楼那个女人的声音。

鉴于上回我已经因为封建迷信进过一次派出所，为了让对方不至于对我问出“这样的情况有多久了”，我最终没说声音的事情，只在临走前试探性地问了问：“警察同志，29号以前是不是……也发生过这样的怪事？”

民警看了我们一眼，反问道：“你不就是靠这样的怪事做生意的吗，还怕怪事？”

我被噎了一下，结果何剑立刻开始装可怜地说：“警察叔叔你就和我们说说吧，那个房子以前到底怎么回事，也叫我们心里有个底行不行？”

警察大哥无奈道：“说实话，虽说29号发生过很多意外，但是真正来报警的，你还是头一个。”

“我是头一个？”

“对……虽说事后有家属提出异议，但事实就是——”警察大哥很认真地看着我，“之前的住户直到最终发生意外，都没有来找过我们。”

就这样，报警这条路宣告走不通。

当天晚上营业一结束，我立刻钻进韩沙房间缠着他软磨硬泡，希望他能再想想办法。

人就是这么没出息，我倒闭七家店好不容易才开明白一家，现在面对每日的营业额，我实在没法轻易放弃对29号的抢救……少说也要再挣扎一下。

韩沙被我缠得没办法，最后叹了口气：“老板，要不我再给你看一次相吧，也有可能你天生就做不成这种生意。”

我哪能想到他为了劝我放弃都搬出玄学了，无奈道：“这都什么年代了，我命由我不由天啊韩师傅！你上次到底看出什……”

“你和你父亲不和的原因难道不是因为他孽账缠身？”

忽然间，韩沙冷冷地打断我，说：“你的父亲曾经为财造孽，对象就是身边很亲近的人，你难道不该再清楚不过？我为什么说你的债是从家里带来的，你可能天生就不适合另起炉灶从商。”

“你……”

意识到韩沙在说什么，我背后立刻就出了冷汗。

韩沙的面色恢复淡然，几乎是带着一种悲悯注视着我：“从我第一次给你看骨相，我就知道你为什么开七次店都会倒闭，我们这行里有种说法叫作私债，父母债往往是最撇不清的，他们欠得越多，你要还得就越多……难道你不觉得奇怪吗老板？你的蛋糕明明口味很好，但是之前还是经历过那么多次失败，这从一开始可能就不只是你的问题。”

他说完，我脑子几乎是一片空白。

可以说，从我离开家里开始创业，我就很少去想过去的那些事情了。

毕竟，不管我怎么做，妈妈都不会回来，我能做的也就只有拼尽全力去满足她的心愿，让更多人吃到她的蛋糕。

韩沙轻声道：“老板，我知道你觉得很可惜，好不容易走到这一步却还是碰到这样的事，但是在我来看，世界上很多东西都有它的定数，当你一而再再而三地碰到钉子，你的定数就已经摆在你面前了。”

我张了张口，虽然想反驳，但是之前开倒闭了七家店也是事实，而这时韩沙就像是看穿我的死心眼，低低地叹了口气：“你是付钱雇我的人，我也只能言尽于此，至于这房子……我再试试吧。”

韩沙最终还是答应要做一场他力所能及的法事再试一试，而这一次，他明显是动了真格。

三天的营业结束后，韩沙早早就上了楼，整个人看上去杀气腾腾，架势就很不一般。

事后我也好好想过了韩沙和我说的那番话，从很多层面上来说，他确实没说错。

我爸不是什么好人，这点我和我姐早有共识，然而也正是因为这样，我才绝不要走上我爸的老路，要去走他不让我走的路。所以，就算这家店开不下去，我也得挣出本儿来。

不管怎么样，到了下一家的时候，不能再用我姐的钱了。

我一边算营业款一边发着宏愿，按照目前这么个财富积累的速度，或许我很快就可以搬到观音里前头和凉虾同场竞技了。

要说成年人的快乐不就是美美地做白日梦吗？我数完钱心情安逸了不少，然而一上楼，这样的安逸就很快烟消云散了。

韩沙正在浴室里拿着一把匕首对着他自己的手比画，作势要切，我一个箭步上去把他按住了。

“你干什么？”

我震惊道：“不是说不能在这里随便见血吗？”

韩沙淡淡看我一眼，说：“直接放血效果来得最快。”

我愣了一下的工夫，韩沙的刀又要往手上招呼，我心想我就付人家两百的红包让人做到这分儿上委实是过分了，一咬牙道：“你每周要回家看女儿，怎么和她解释身上的伤？要放血也轮不到你！”

大约是我吼得太有气势，韩沙竟然当场愣住，而我见状一把将他手里的刀抢了过来，张口就叫：“小何！你上来一趟！”

“你……”

韩沙瞪大眼，显然没想到我竟然这么无耻，还没等他反应过来，何剑已经像条大狼狗一样蹿到了浴室门口，我手一伸，命令道：“手拿来！”

“好！”

何剑很乖地把手递上来，而我深吸一口气，掏出刚结的营业款豪气万千地拍在他的手心里。

“去前头那个老火锅店，叫他们打包两份鲜鸭血。”

“要鲜的？”

“越鲜越好，不够红你都不要给我端回来。”

“了解！”

随着何剑飞也似的消失在了楼梯口，韩沙忍不住翻了个白眼，半晌才无奈道：“本来就不保证效果，现在只会更打折扣，你真的要做好心理准备，我剩下能做的已经不多了。”

很快，何剑就端着两碗鸭血回来了。

韩沙让他把东西摆在浴缸里，随着我们退到门口，他点燃一张符咒开始喃喃自语。

即使我是个外行，这一回也能看得出来，韩沙这次做的法事和以往都不一样。

他闭着眼声音压得很低，一遍遍反复念，直到他额上出了一层密密的汗。

“众生多结冤……”

念到最后，韩沙就像是在忍受什么我看不见的痛苦一样，声音颤抖得越来越厉害，最后竟是腿下一软，直接跪倒在了浴缸前头。

“老韩！”

我心里一惊，想要上去扶，但韩沙却摆手拒绝了。

“还没完，别进来。”

韩沙的声音听起来已经很哑，他勉强拿起三清铃，每摇一下都会念起一模一样的咒文，重复三遍之后韩沙想要站起来，但他刚屈起一边的腿，就好像有什么东西重重在他背后压了一下！

“咳……”

韩沙一个踉跄，手上的铃铛当的一声摔进了浴缸里，紧跟着，韩沙的脸色瞬间白得像一张纸，而我意识到发生了什么的时候心里同样凉了大半——韩沙的铃碎了。

这一晚的法事最终以韩沙烧了整整十张驱邪符收尾，临了，韩沙将二楼浴室的门紧紧用红线绑住，嘱咐我们今晚不能在里头洗澡，要等七十二个小时后才能开门。

韩沙的样子很虚弱，而“黄粱一梦”迎来了第一个需要开房洗澡的夜晚。

我在附近的快捷酒店开了一个三个小时的钟点房，等我最后一个洗完时间已经过了晚上十一点，我慢慢走在回 29 号的路上，一边吹着夜风一边给白柳发语音，顺便附了一张今天韩沙做法事的照片。

事到如今，显然是不能再瞒着她了。

“姐，问题大了……我请的员工今天做法事，法器都碎了，他说我这个屋子要找更专业的人来看，你那里有没有这方面的人脉啊？”

过了一会儿，就在我走到房门口的时候，白柳的语音消息来了：“怎么回事？你不是跟我说最近生意很好吗？”

我心想对我这种人来说生意很好还不够邪门儿吗，无奈道：“生意好归好，但是房子老出怪事啊，姐，你知道就这么短短两个星期，我店里一个小伙子梦游，浴缸‘来大姨妈’，今天我这个员工法器都碎了……”

“还是上次那个做法事做一半把警察招来的员工？”

“不然呢，他是我店里的长期工，今天弄完人都虚脱了。”

语音断了半分钟，白柳很干脆地说：“要不我看，你换个装修吧？”

“换装修？”我一愣。

白柳道：“很多所谓风水不好的房子其实就是构造有问题，譬如采光性太差，楼梯角度太陡，这些都可能导致住在里头的人出现心理问题进而发生意外。”

这么一说，我倏然反应过来，29 号的整体构造确实不太对劲儿。

二楼太挤，楼梯很陡，走廊和浴室连个窗子都没有，大白天进不了什么光，四处都影影绰绰的，即便是个大活人一声不吭地站在那，冷不丁都能把人吓出一身冷汗。

不但如此，那位胡经理好像还提到过，从第一任房主开始就没人改装过这个屋子……

白柳又道：“之前死的四个人都是租客，租客想要重新装修房子得取得房主的同意，还得花很多钱，很多做小本生意的人根本不可能花这个冤枉钱，也根本不想费这个事儿，所以，房子的问题就会被遗留下来，导致更多的问题。”

不愧是渝江女强人！

一下子，我的心底又升起希望。我拿钥匙开门进屋，甚至还没来得及换鞋，一股毛骨悚然的感觉倏然爬上了我的背脊，我猛地抬头，黑暗的一楼一角有个影子一闪而过，往楼上去了。

14

要换作几个星期前，我肯定掉头就跑，但此时此刻，我突然就有点明白了恐怖片里那种在荒郊野岭的豪宅作死的心情。

要换了你家日进七千的房子出事，你能跑得动？

我咬了咬牙，直接从门口抄了把雨伞，慢慢地摸上了楼。

兔子急了还咬人，我才刚开业两周就搞得这么鸡飞狗跳简直欺人太甚，也不出去问问我为了走到今天这步都付出过什么。

我现在已经不是之前的白央了。

踏上最后一级台阶，我深吸一口气，探出头去。

整个走廊上静悄悄一片，自从店里的生意好上来，“黄粱一梦”全员的睡眠质量都直线提升，就连原本最能熬夜的宋楠师房里的灯都熄了，估计美女洗完澡回来就睡美容觉去了。

躲到哪去了？

我也不知道是哪来的胆子，此时此刻竟生出一股掘地三尺也要把刚刚那玩意儿找出来的决心。

二楼的空间狭窄，浴室门上的红绳也好好拴着，想必对方再作死也不至于直奔韩沙的房里，我犹豫了一下，还是决定先将我和何剑的屋子搜一遍。

毕竟按照韩沙的说法，无论谁拥有这个屋子，都会成为靶子。

我轻手轻脚地推开何剑的房门，小伙子估计是玩了一半游戏就睡着了，手机压在手底下，对我推门的动作没有丝毫反应。

这种情况，当然不能指望他的警惕性能防得住屋里的其他东西。

无奈之下，我检查了屋子里唯一能藏人的衣柜，然而最终手机亮光只照亮了何剑的一小片衣服。

不知为何，这小子的物欲和我当年相比简直寡淡得像个和尚，我在他这个年纪的时候，几乎是成箱成箱地往家里搬烘焙工具，单橡胶铲就买过二十多把。

然而多亏了何剑的东西少，我随便翻了翻就确定衣柜里不可能有别的东西，很快就排除了那东西在我俩房里的可能。

我回到走廊，本想去我之前空置的房间里检查一下，然而借着灯光，我却忽然发现宋楠师原来紧闭的房门竟无声无息地敞开了一条缝。

一瞬间，一股寒意冲上我的背脊。

这兔崽子，竟然还知道跟我打游击。

宋楠师的房间里一片安静，我想到之前何剑明明体质过人，但在这个屋子里还是难逃被上身的命运，相比之下宋楠师的八字就算硬也不一定是无敌的，事到如今我说什么也不能再让一个姑娘为我的店铺冒险了。

想到这儿我毫不犹豫地推开了宋楠师的房门，心里却祈祷这姑娘可千万不要有什么裸睡的习惯，要不我真是跳进黄河都洗不清。

好在手机灯光照过去，宋楠师穿得很规矩，背对我蜷成小小一团，只露出一截白皙的胳膊。

当时在分配房间的时候，我们三个男人都一致同意将稍微大一点的一间让给漂亮姑娘，也因此宋楠师的房间比我们都要宽阔些。布置得异常整洁，四处都放着她画了一半正在晾干的娃娃，白天看还没什么，但是现在这个点，这些小东西被手机灯光一照都泛着白森森的光，很难不让人后背冒寒气。

冒犯了。

于情于理，大半夜进人家姑娘房间还到处乱翻都说不过去，我犹豫了一下还是决定先把宋楠师弄醒，轻手轻脚地走到床前正要推她，然而就在我的手碰到宋楠师胳膊的前一瞬，我却突然发现一件十分古怪的事情。

不管怎么看，她的动作也太别扭了。

宋楠师背对我睡，按照一般情况，人在放松的时候胳膊肘都会自然屈起，但宋楠师的胳膊却是直挺挺的，不但如此，它还相当不自然地侧翻着，站在我的角度竟然能看到手掌，简直像个木偶一样。

我心里一惊。

眼下这种情况，要不是宋楠师有什么特异功能，喜欢睡觉做瑜伽，要不就是——床上这个背对我睡着的人，根本就不是宋楠师。

要死！

我在骇然下倒吸一口凉气，头皮发麻的瞬间感到脚踝上拂过一阵古怪的风，就好像是有人在床底下轻轻对着我的脚吹气一样。

如果说床上的这个人不是宋楠师，那真正的宋楠师难道在床底下？

她在提醒我？

想到这我也顾不上床上那人一动不动，立刻矮身想要去确定宋楠师的安全，然而就在我的手电光照到床下的一刹那，一张目光空洞的惨白大脸瞬间被打亮。

在巨大的惊恐中，我连叫都没叫出来，后颈就被人猛地拉扯了一把，紧跟着就因为重心不稳直接栽倒在了宋楠师的床上。

床上也有……

我反应过来的时候已经来不及了，一截冰冷的胳膊压上来，我被吓得整个人都抽筋了，张嘴想叫，但一只柔软的手在这时一把捂住了我的嘴巴，紧跟着毛巾被往上一拉，我整个人都被罩住了。

“嘘！”

手机胡乱地掉在一边，照亮了黑暗里宋楠师的脸。

她身上穿着单薄的睡裙，一边用手死死捂着我的嘴一边用口型说：“老板你不要出声，就在床底下！”

我这时浑身已经被冷汗浸透，在毛巾被里和宋楠师大眼瞪小眼了足足半分钟之后我才意识到，她或许早就醒了，而且，也早就意识到床底下有东西。

问题是，刚刚床上那个东西去了哪里？

我后知后觉想到床上那只手，不由得四处张望。

此时宋楠师正用一只手捂着我的嘴，另一只手抓着毛巾被，然而，随着我的视线落在她的身后，我却发现另一只惨白的手正试图爬进毛巾被里！

“那……那个！”

我惊恐地对着宋楠师的手掌吐气，在短短两分钟里被吓得头都痛了起来，然而，宋楠师却只是回头看了一眼，随即毫不犹豫地把那只手给抓了进来！

要命啊！你能不能不要这么猛！

我整个人已经麻木了，拼命掐了一把自己的大腿，即使这样，宋楠师手里那只手也没有消失，非但如此，她甚至还用那只手拍了拍我的脸。

“这个，假的。”

宋楠师用口型说：“我买的硅胶假手，用来练手的。”

我愣愣地看着她，在这种情况下，宋楠师竟然被我看得脸红了起来，有些不自然地别开了视线，嗫嚅道：“我之前……也想去练练做美甲来着。”

我的大脑渐渐回血，后知后觉那手是宋楠师特意摆在床上的，为的就是让人以为那就是她的胳膊，而至于她在防什么……

想到刚刚床底下的那张大脸，我后背紧跟着又出了一层冷汗，无声问道：“床底下那个，你也看到了？”

宋楠师委屈道：“我感觉有点冷，就像是那天洗澡时一样，我觉得有点问题，所以才把假手拿出来的。”

我问：“你刚刚以为我是那东西？”

宋楠师点点头说：“之前也发生过，我房间里的娃娃偶尔会被人动……我知道有东西半夜会进来。”

那个到底是什么东西……

我越想越觉得后背发寒，但现在这个情况，我们两个一直躲在毛巾被里肯定不行，总得想办法从这张床上下去。

我尝试着撩开毛巾被往外看去，整个屋子里一片安静，就和我刚刚进来时一模一样，门依旧敞开着，外头一片漆黑。

它不会还在床底下猫着吧？

我很快惊悚地意识到，我和宋楠师现在的处境竟然就是我小时候最害怕的。我的手和脚完全无法伸出床，甚至没办法落地，生怕床底下的东西会伸手来抓。

我犹豫了很久还是没有胆子下床，但是让美女冒险又实在不是我的风格，我正纠结，宋楠师就像是看穿了我的心思，一脸坦然地对我小声道：“老板，之前我感觉有人半夜进来但没伤害过我，要不还是我来吧。”

宋楠师不愧是人美胆子大，话一说完人已经要下床去了，我脑子一热，想一把把她拉回来，谁知宋楠师的重心已经出去，被我这么一拽她措手不及，整个人歪歪斜斜地栽倒在了我怀里。

“啊……”

原本一直很淡定的宋楠师手脚都贴在我身上了，隔着一层薄薄的睡衣，我甚至感觉她的体温都在迅速升高，脸红得仿佛被烧熟了，而我甚至都来不及阻止，宋楠师已经发出了一声惨叫。

你连床底下有人都不怕，怎么会因为这种事情尖叫啊！

我脑子在顷刻间停止思考，而比我停止思考速度更快的还要属何剑的速度，也就五秒钟，宋楠师房间的灯就被人按亮，何剑冲到房间门口：“宋姐你怎么……”

他的话戛然而止，紧跟着戛然而止的还有跟在他身后韩沙的脚步，两个人在房间门口和我面面相觑，很快，韩沙翻了个白眼，问道：“老板，你下一个是不是要找我一起睡觉了？”

“不，不是……”

“我都跟你说了，无论和谁睡在一起都是图个心理安慰，即使小宋八字硬，也是没办法就这么分给你的。”

“等等……”

以前陪我姐看电视剧，看到那些随便抱在一起的偶像剧我时常嗤之以鼻，万万想不到，我还能碰上更离谱的。

我这时只能求救一般地望向宋楠师，结果这姑娘整个人已经“熟”了，正缩成一团把脸埋在膝盖里，还不忘像抱着玩具一样地抱着她的硅胶假手。

宋楠师声音细如蚊哼：“不是老板过来要找我睡的……是我把他抓上床的……”

我眼前一黑，还想挣扎一下还自己一个清白，但这时何剑像是突然发现了什么，他微微侧头看着宋楠师的床底，奇怪道：“那底下好像有什么白白

第三章

专程找茬

15

何剑这么一说我才想起床底下那个要命的玩意儿，手忙脚乱地指给韩沙看：“我刚刚就是追着这个东西进来的，它……还在底下吗？”

何剑二话不说直接把床底下那东西给拿了出来，然而发现又是报纸，这一次还直接来了三份。

我翻了一下，三份报纸分别记录了 29 号改建成商业区后发生的两起坠楼意外，还有一起煤气泄漏事故。

“所以只是来送个报纸？”何剑纳闷地问道。

“你见过大半夜到人床底下送报纸的？”我回道。

我看着报纸上不大的篇幅记录着的内容只觉得后背直冒凉气。加上上次在浴室缝隙里找到的，29 号四起事故的新闻报纸已经莫名其妙地出现在这个家里了。

我看向韩沙，犹豫着说道：“今晚才做完的法事为什么会……”

韩沙手上掐了掐，却是叹了口气：“逗留在这屋子里的东西，其中有想要你性命的，当然也有相对友好一些的。”

“你管这叫友好？”我脸一绿。

以我看脸的程度，我很难想象之前我在床底下看到的那玩意儿会是来跟我做朋友的，得亏了这些日子我在这屋子里过得水深火热，否则以我过去的胆量，那一下可能人就已经没了。

韩沙淡淡看我一眼：“一没让你见血，二没想害你性命，只是想让你离开这个屋子，这还不够友好？”

我一愣，问道：“什么意思，你是说它三番两次给我送这玩意儿，只是想让我走？”

“你只是听不见它们在说什么，所以，才会不敢相信它们。”

韩沙淡淡地说完，抱着胳膊靠在了衣柜上，同我们说起了一个故事。

那是十年前，在接连经受妻子去世和女儿重病的打击后，韩沙最终选择走上修道的道路，一来是为了调节心态，二来是为了给女儿多积些福德，让她的病未来能有好转。

拿到证下山的那一年，师父传了他法器，也给了他一些路子，他可以接触到对这方面有需求的苦主。

而也就是在那一年，刚刚入行的韩沙碰到了一个让他印象很深的房子。

七岩岗 172 号。

十年前，七岩岗 172 号曾是一家私营的书店，店主是双双罹患弱视的一对老夫妻，平时住在二楼，主要服务的是附近七岩岗中学的学生，营业十五年来，虽然没怎么赚过大钱，但日子勉强也够往下过。

然而，这样的平静很快却因为一场车祸被打破了。

那年的初夏，172 号门口的小马路上发生了一起十分惨烈的交通事故，一个刚刚放学的初中女生被一辆绕小路运输建筑垃圾的渣土车压个正着，由于卡车司机没有第一时间发现压了人，血肉碎骨被整整拖了半条街，最终才堪堪停在了 172 号前头。

可想而知，这起事故给 172 号的生意带来了多么沉重的打击。

之后的很长时间里，附近的居民包括学校的学生都绕着这条马路走，夫妻俩店里的生意因此冷清了下来，而且，两人都不约而同地产生了一种毛骨悚然的感觉。

虽然没有客人，但是从车祸发生的那一天开始，172 号里好像多了些别的东西。

韩沙接到委托的时候已经是车祸后一个月。

中间人没有告诉他太多信息，只说 172 号的房屋主人在近期遭遇了一些怪事，虽然还没有严重到危及性命，但也已经开始影响生活，甚至夫妻二人都已经好几晚只睡三四个小时了。

随即，五月里的一天，韩沙来到了这条听不到一点人声的小路。

因为一个月前的车祸，路口至今放着几束干枯的鲜花，而 172 号虽然是开门营业的状态，大门却紧紧闭合。

当时，韩沙走到门口试探着推开了一条缝，一股古怪的寒意扑面而来，他在打了个激灵的同时几乎立刻就意识到——这个地方确实有不属于这里的东西。

他很快就见到了老夫妻。

因为长时间的惊恐，二人就和韩沙过去接触过的很多苦主一样，眼圈青黑，面容憔悴，按照韩沙师父的说法，已是邪气入体了。

丈夫说，他们之所以睡不着，是因为屋里有声音。

那是一种他们很难用言语形容出来的声音，就像是快速地动嘴皮，却只从牙缝里发出一些气声，压根儿就不像是人类在说话。

连着几晚，这样的声音都从一楼的书架后传出来，由于书架很多，书店里能走路的地方本就狭窄，即使是从二楼楼梯上看下去，仍然有很多视觉盲区，加上夫妻的视力都不算好，除非走到跟前，否则根本无法验证那里到底有没有东西。

于是，一整晚他们就只能听着。

夫妻两人都年过六十，子女不在身边，碰到这样的情况只能整晚硬生生地熬着，直到第二天下楼，他们才发现店里的一些书被变动了位置，有些甚至还离奇消失了。

一开始，丈夫想过报警，然而，就在他准备去派出所的当天，店里却又发生了另一件怪事。

那是个大白天，听了一晚上怪声的丈夫收拾了书架，确定他们又丢了书，正准备出门，然而就在这时，书店深处突然传来了一声古怪的响。

像是一声弹舌，十分清脆。

一瞬间，丈夫就出了一身冷汗。

妻子正在二楼洗衣服，他甚至还能听见洗衣机的轰鸣，不论怎样，一楼都不该有其他人在。

角落里难道有人吗？

想到多日来的怪声，丈夫当即从收银台抄过了一把剪刀，慢慢地朝发出声音的角落靠去，很快就发现，那里空无一人。

啪。

又一声，这一次声音在身后，一本书掉了。

丈夫再一次过去，还是没有人。

啪，啪，啪。

连续几次，书平白无故落在地上，而每一次，男人摸过去的时候都没有看见任何东西，终于，他意识到了一个问题，每一次书落下的地方都在他背后。

换句话说，有什么一直在这个狭小的空间里跟着他，和他兜圈子。

一瞬间，丈夫的后颈起了一层鸡皮疙瘩，他深吸口气，猛地扭过头去。

这一次，他终于模模糊糊地看到了。

在书架的缝隙里，藏着一张煞白的脸。

“是那个女孩……”

丈夫已然疲惫万分，从那一天之后他们就放弃了报警，丈夫说道：“出车祸的那个女孩原本是我们这里的老客人，那天据说她是想来挑书的，结果却发生那样的事情……所以她可能恨我们吧。”

“恨你们？”

自从出师以来韩沙也解决过几桩冤债，却从未听过这样荒唐的结仇缘由，问道：“为什么觉得是那个女孩？你们原来跟她的关系是怎样的？”

妻子脸色暗淡地说：“因为我们两个眼睛都不太好，过去做生意很多时候是靠学生们自觉，后头我们想过，这些学生以前来的时候为了让我们两个安心，在书店里找书，过一段时间就会出声告诉我们……就和那天书反复掉下来的情况是一样的。”

丈夫这时补充道：“还有，后头我仔细对过那些变过位置或者消失的书，都是那些小姑娘爱看的小说……不会有错的，肯定是她。”

夫妻两人言之凿凿，然而韩沙却越听越纳闷。

可以说，这还是韩沙第一次碰到，闹腾了将近一个月却始终没有伤害苦主的亡魂。

他想了想，问道：“那你们希望我怎么做？”

妻子这时颤颤巍巍地从收银台后头搬出了一小摞书，都用红色的绳子扎得整整齐齐，而丈夫拿出了他们买来的一大袋纸元宝，里头还有不少给孩子特意买的纸书包和纸连衣裙。

丈夫叹了口气说：“她是个好孩子，道长，我们希望你也不要为难她，就让她好好往生吧……我们也不知道这孩子喜欢什么，就想烧些她喜欢的书给她，希望她最后能走得安宁一些。”

“我明白了。”

虽然从未做过这样的法事，但韩沙这时已经下决心，要在送女孩去往生前好好将事情问清楚。

在店里巡视一圈之后，他很快就在书店的最深处择了一小块空地。

当务之急，他要寻找一个合适的方式和对方沟通。

韩沙将书都搬空，就地燃起火盆，将一张张写好的符咒投入其中，默默念着咒文，一连念了几十遍之后，连摇三下铃，一次比一次重，而随着最后一声铃响，他快速跑到书店门口，小路上空无一人，只有一张从练习本上撕下来的残破纸页落在门口，上头歪歪斜斜写着一个红色的字——逃。

韩沙说到这，我背后已经起了一层鸡皮疙瘩，下意识想要抓住何剑，但苦于我现在手边只有宋楠师，我也只能默默将屁股往她那边挪了半个身位，战战兢兢开口道：“老韩，我这个晚上经历得已经太多了，你要说什么就直接说，别吓我了行不行？”

韩沙抱着胳膊莫名其妙地看我一眼：“这故事到现在都很温馨，有什么可怕的？”

“温馨？”

我不懂，但我大为震撼。

不知为何，宋楠师看起来竟然有点被感动了，说道：“所以其实那个孩子是好心？她希望夫妻二人能离开？”

韩沙点点头说：“这个故事我还没说完，后头在我的建议下，夫妻二人暂时搬离了那个房子，然后大概一个多星期后，他们的书店被人洗劫，警方在门口找到了踩点的记号，说是惯犯，在外省也做过案，专挑弱势群体抢劫绑架，折磨后还会灭口。”

何剑想了想，问道：“所以，如果他们还留在屋子里很有可能就会死？”

韩沙淡淡道：“车祸后这条路的人流量很少，甚至其他商家也关门了，对方就是看准这点才选上了他们。”

他叹了口气：“我一早就觉得那屋子里的不是凶灵，至少没想着要害他们，后头等他们再搬回去，那个屋子就再也没出过问题，连半夜会听见的那个声音都没了。”

韩沙说话时一直看着我，我意识到他想表达什么，问道：“所以说……

这个一直来给我送报纸的也是这样？”

韩沙点点头，正要解释，这时何剑却突然打断了他，犹疑道：“但是这个事情，有没有可能还有别的解释？”

16

何剑打断得很突然，韩沙愣了一下：“你说。”

小伙子一脸认真地摸了摸下巴，分析道：“不是说他们有踩点吗？我听说很多发生在学校周围的案件，团伙都会让适龄的孩子去踩点，很多都是残疾，甚至可能是哑巴，发不出正常的声音，加上夫妻两人的视力都不好，或许是来踩点的孩子平时就藏在他们身边，因为看不下去，所以一直在提醒他们呢。”

我倒是没想到这小伙子这么现实主义，好笑道：“那既然看不下去，又为什么要阻止夫妻报警？”

何剑说：“因为如果报警，丈夫可能都没法活着走到派出所。”

我背后一寒，没觉得这种解释让人舒心到哪里去，深吸口气说：“反正不管怎样，来给我送报纸的不一定是坏人，是这个意思吧？”

韩沙意味深长地看着我，说道：“他们也希望你能离开。”

事情最终还是又绕回来，我苦笑了一下，问道：“老韩，如果我真的很不想放弃这家店，你觉得换个装修会好使吗？”

韩沙叹了口气：“如果我跟你说你得癌症了，你觉得你去整个容就能好吗？”

这时候倒是讲究科学了，我无奈道：“你再让我想想吧，好不容易赚点钱，让我下这个决心的难度可不亚于刀子割肉。”

韩沙了然，淡淡道：“老板我也只是劝你，不用担心，我向来善始善终，只要你还在这个屋子里，按时付我工资，我就会想办法保你安全……这也是替我女儿做的。”

之后，再三确定了屋子里没有别的东西后，我回去艰难地躺下，这一晚我睡得很不踏实，后半夜甚至还梦到自己坐在浴缸里吃蛋糕。

明明我只吃了一小口，蛋糕却直接没了，一抬头才发现，浴室里除了我，还有四个面色惨白的人。

可想而知，蛋糕没吃上还见了鬼，在这种噩梦的摧残下，我不到七点就醒了。

为了让年轻人好好睡觉长身体，我轻手轻脚地下楼洗漱，却发现韩沙竟然比我醒得早，此刻正靠在门口抽烟。

“人年纪大了都会这样吗？”

我推门出去。

即使正是盛夏，这个时间点的气温也很舒服。韩沙这人长手长脚，长得也仙风道骨，披着衣服被风一吹更有那味道，他把烟盒递过来，说：“抽吗？”

我摇摇头苦笑道：“不抽，我姐说过的，发现我抽烟就让我鼻孔喝辣酱，要是棒棒糖我可以考虑一下。”

韩沙闻言哼笑一声，竟当真从口袋里拿出一个棒棒糖，我目瞪口呆，道：“这也是你算出来的？”

“你上次说得没错，我女儿生病之后一直很馋甜的……只是要遵循医嘱，平时饮食都很清淡，为了让她解馋，我就会买这种东西备着，馋得受不了了就给她尝个味道。”

韩沙吐出烟来，语气淡淡地说：“你上次给她做的蛋糕她很喜欢……我没敢让她多吃，但是她很感谢你。”

“谢什么，我后头又查了一些低脂低糖的方子，下次再给她尝尝别的。”

我们吹着小风晒着太阳，这真是29号为数不多的时候，我问：“说起来，你上次说接触这种东西多了可能会有影响，这些日子下来你身体还好吧？要知道，你可不是了无牵挂啊。”

闻言，韩沙的目光遥遥看着远处，沉默了很久才说道：“我现在做的一切都是为了我的女儿，当年我的妻子因为癌症去世，临走前让我一定要好好照顾好小婉，结果一转头，我女儿也进了医院。那时候我做生意还出了岔子，害我女儿多吃了很多苦……后头我一直在想，我到底应该怎样弥补她？”

在晨风里，韩沙的声音很轻，像是在问他自己，又像是在拷问我的良心。

正所谓重赏之下必有勇夫，但扪心自问，我付给韩沙的那点工资换我自己也勇敢不起来，也因此，韩沙能为29号做到这个地步，可以说是在做慈善了。

我的心头一热，下意识说道：“过去我妈妈去世的时候我也经常想这个问题，后来发现，其实我好好活着才是最重要的，我得继承妈妈留给我的心意走下去。”

“是吗？”

韩沙这时吐出最后一口烟，他将烟头按熄，脸上那点淡淡的茫然已然转瞬即逝。

韩沙说：“想好好活下去，你就不该住在这个房子里。”

就这样，赚大钱的一天很快就开始了。

我现在只庆幸，还好怪异事件都出现在晚上，白天的生意该做做，钱该赚赚。毕竟，对我来说，只要收银机一响，我原本欠费的胆子立刻就能充值，我又觉得自己行了！

因为新添了一台厨师机，外加宋楠师现在也能帮上忙，产能上去了，卖得当然更多。

晚上，看着这一天的进账，我只觉得没什么是我不能原谅的，当即心情大好地开了个更贵的钟点房，让大家洗澡去了。

毕竟，只要思想不滑坡，办法总比困难多，大不了以后二楼的浴室就一直封着，反正我开房让员工洗个澡的钱还是掏得出来的，未来等赚了更多，我还可以请他们去足浴店做精油按摩。

晚上十一点，睡觉前我最后和韩沙确认了一遍，二楼浴室看起来还算正常。

虽然现在韩沙已经没有铃可以摇了，但是为了安全，他在浴室门上下的缝隙里都塞满了黄符，加上横七竖八缠在上头的红线，视觉效果已经达到林正英来了都要说一句离谱的地步。

韩沙说，如果运气好，或许会就此平息，但也有很大可能会越挫越勇。

毕竟，连死四个人的屋子就算是在他的职业生涯里也是闻所未闻，干过这种级别的凶宅，用我们一般人的话说，基本等同于直接在国内龙头企业干到总裁秘书的位置了。

事到如今，我也只能祈祷29号会就此消停，然而，事实证明，世上所有事情都经不起念叨，尤其是像我这种运气的人，越念叨越要出事。

凌晨三点半，我睁开眼的一瞬间就知道大事不好。

既不是尿急也谈不上自然醒，我在这个点清醒只有一种可能。

有了上回何剑梦游的心理阴影，我腾地一下就坐了起来，好在小何正好好地睡在床上，屋子的门也是关着的，但不知为何，刚刚就是有一种古怪的寒意渗透过褥子，硬生生地把我唤醒。

总不能又是昨晚那玩意儿吧？

我现在想起那张大脸就后背发麻，眯着眼睛战战兢兢地朝何剑的床底下看了一眼——是空的。

而就在这时，又有一阵轻微的寒风拂过我的脊背，我猛地扭头望向门的方向，意识到，原来这阵风是从外头来的。

之前宋楠师提到过屋子里时有时无的凉意，按理说二楼的走廊上并没有窗子，尤其是在深夜，所有门都闭合的情况下，这样的凉风是从哪里来的？

人一旦起了这种心思就不可能再睡回去，我再一次轻手轻脚地爬起身，本想看一眼浴室的门是不是还好好关着，然而这一看不得了——

几个小时前缠得好好的红绳这时无声无息地落了一地，不仅如此，浴室的门也正大敞着，之前被塞在缝隙里的黄符此刻散在走廊上，从浴室一直延伸到了楼梯。

我倒吸一口凉气。

明明离七十二小时就还差一天，但显然，二楼的浴室已经关不住了。

碰到这种情况我哪里还能憋得住，立刻就把韩沙给吵了起来，紧跟着，29 号再一次在深夜里灯火通明，所有人看到浴室的情况都不由得面面相觑。

“我果然制不住它。”

半晌，韩沙发出一声叹息，对眼下的情况却无太多惊讶，只是面色疲惫地从房里抽了桃木剑出来，用刀割开了自己的右手，将血滴进浴缸里。

“老韩！”

我实在不愿他做到这个地步，但是韩沙这次的态度却很坚决：“上次我就说了，那么做不行，这次我再试一次，如果还是不行，那我就真的没办法了。”

说罢，韩沙点燃了符纸。

连着熬了两夜，每个人的脸色都不好看，韩沙更是在连续的疲劳作战下面如纸色，我生怕他一会儿要剑会直接倒在浴室里。思来想去，我还是决定去一楼拿一点巧克力，毕竟，用在自己人身上，也算不上太亏。

看来真的要尽快做个决断了。

从冰箱里拿东西的时候我依然忿忿不平，人生难得走一次财运，为什么就是走得这么不顺，总不能连老天爷都在帮着我那个混账老爸让我回去吧。

要知道，天底下所有事情我都可以退让，唯独这件事，我绝对不可能松口。

我咬咬牙，恶狠狠地关上了冰箱门，大踏步上了楼，走到一半，厨房里又亮起一点冷光，似乎是冰箱门没关好。

人倒霉起来连冰箱都会跟你作对。

我翻了个白眼走回去，果然看见冰箱门开了一条细缝，要知道对于一个开甜品店的人来说，这里头放着的全是第二天的生计之本，如果化了，我至少损失掉第二天一半的营业额。

想到这，我不得不压住火气，仔仔细细地把冰箱门重新关上，确定没问题之后才拿起盘子往楼上走，但还不等我走到一半，厨房里又亮起了那一点幽幽的蓝光。

不至于吧……

这一回，我的后背猛蹿起一股寒气，整个人当即僵在楼梯上。

站在这个位置，我甚至还能隐约听见韩沙念咒的声音，谁又能想到，就在这场法事进行的同时，一楼居然还能出幺蛾子。

我的手心里出了一层冷汗，犹豫了一下，最终还是放下托盘，慢慢地折了回去。

我倒要看看，这房子里到底有几个跟我过不去的。

我摸进厨房，猛地打开了厨房顶灯，果不其然，不大的厨房里不见半个人影，只有冰箱门被打开了一条手指宽的细缝，里头的东西也不见少。

总不能又是之前那个送报纸的，只是来吓吓我？

我尽可能以我最大的善意去揣摩这些“钉子户”的心情，第三次把冰箱门合上，我深吸一口气，大义凛然地开了口：“您要吃要喝可以自己拿，但我还要做生意，所以吃完了之后，能不能帮我把冰箱门关上？不要逼我跪下来求你！”

识时务者为俊杰，硬刚不行也只能认屃了。

再一次，我忐忑地走上楼梯，眼看就快到顶了，然而忽然间，一阵细小的冷风拂上我的后颈，我打了个哆嗦，就听一楼的黑暗里传来一个阴恻恻的气声。

“在这。”

17

听见那声音的一瞬，我头皮一炸，下意识回头望去，就见在光线暗淡的一楼大厅一角站着一个黑影，我盯着它的时候，它也以一种很诡异的姿势慢慢地探出头来，好像在回望我。

又是一阵寒意，我的腿肚子已经打起了战。

不知为什么，我有一种感觉，这时候只要我敢喊韩沙他们，这东西就会立刻朝着我冲过来。

毕竟……所有恐怖片都是这么演的，敌不动我不动，我一动，敌就要直接飞过来骑我脸上了。

还剩下五级台阶。

我慢慢调整呼吸，准备一股作气地冲上去，然而，还没等我下定决心，黑暗里的“那个东西”就像是等不了了一样，嘻嘻地笑了起来。

我后背瞬间就被冷汗浸透，谁这时候不跑，我敬他是条汉子！

我的身体立刻动了起来，果不其然，我一动，黑暗里的东西也跟着朝我飞扑过来，我只来得及看清对方惨白的大脸就再也控制不住地开始惨叫。

我只是个做生意的，没人告诉过我开个甜品店每天晚上要受这种罪啊！

我手脚并用地开始往楼上跑，直到此时此刻，我才深刻意识到我姐说的是对的。一个凶宅的风水不好，一定是装修不行，之前楼梯上会死两个人跟凶宅有没有关系我不敢说，但我现在知道了，他们之所以失足，一定和这个楼梯有脱不开的关系！

这楼梯怕是要害死我！

我脑子里冒出这个念头的同时，脚下紧跟着就是一崴。

29号最靠近二楼的几级台阶设计得实在过于离谱，平时脚踩在上头都踩不满，更不要说这时候我慌不择路，一脚踩空，眼看就要一头栽下楼梯，我的前襟忽然一紧，何剑一把抓住我，把我像抓小鸡一样往上一提，竟是生生将我拉上了二楼。

“怎么回事？”

宋楠师赶过来问我，而我只来得及说出“楼下有人”四个字，何剑就已经冲了下去，动作之迅猛，我连拦都来不及拦。

年轻人你都吃过一次亏了，不要这么猛行不行？

我连喘口气的时间都没有，立刻就回到了差点要我命的台阶上，而随着何剑按开一楼的大灯，29 号的大厅灯火通明……

别说是黑影了，这回连报纸都没有。

何剑到底年轻气盛，也不知道是不是还记着上一次的仇，立刻气势汹汹地把一楼从里到外搜了一遍。

他推开厕所的门，打开楼梯下的储藏间和厨房。

没有——什么都没有。

再一次，刚刚在黑暗里和我对视的东西，就这么凭空消失了。

彻底感到劫后余生的我腿一软，直接在楼梯上坐了下来，匆匆赶来的韩沙问道："你是不是又看见了？"

我抹了一把头上的冷汗，很想否认，但是嘴巴张了张，实在说不出这个话。

眼睛长在我脸上，我就算现在抽自己两个大嘴巴子也不可能醒，因为刚刚我所看到的一切就是现实——就发生在我买下的这个房子里。

事情到了这个地步，即使是心大如我也没法安慰自己，说 29 号的问题只要换个装修就能解决了。

想到这我的心不由得沉了下去，再看韩沙手掌上的伤口，我叹了口气，说："先把你的手伤给处理了吧……你也没有工伤保险，后头如果要上医院，钱我给你出。"

好在处理伤口是宋楠师的强项，她三两下就把韩沙的手给包好了，我心知今晚的事情肯定绕不过去，于是再一次，"黄粱一梦"全员围着桌子坐下，气氛沉重得几近凝固。

虽然我过去开倒闭过七家店，但最短的猫咖店也好歹开了半年，还是因为经营不下去才关的门。

我沮丧万分地想，早知道赚钱也会关门，当时猫咖店关门了我还不如就靠那两只还没绝育的小公猫和其他小母猫生活，等给那些小猫崽子找到了好人家，赚了足够多的钱，我再开始新的投资。

如今明明"黄粱一梦"正是最红火的时候，我却要因为这种鬼原因放弃，我是真的不甘心。

“如果……我们搬出去？”我咬了咬牙，还是不死心地说，“如果你们能接受的话，我可以在附近租个员工公寓，这样就不需要每天晚上这样担惊受怕了。”

“我没问题！”宋楠师立刻点头如捣蒜，“老板你安排，我都可以。”

我心里涌上一阵感动，然而再一看韩沙的脸色，我就知道事情没有这么容易。

果真下一秒，他叹了口气说：“这也不是长久之计，因为白日里生人的刺激，现在这里的情况已经在逐渐变严重，不仅仅是二楼，一楼也会出问题，老板，你不要嫌我讲话难听，但是如果未来真的不管不顾，早晚有一天会发展到白天出事的。”

“白天出事……”

我倒吸一口凉气，这下终于感受到29号的厉害了，说：“已经嚣张到这个地步了？不仅不怕你，连青天白日都不怕了？”

不知是因为放血还是因为别的，韩沙的脸色很差，无奈道：“说实话，我入行十年，还没见过如此阴邪的宅子，之前小何见到的红衣女人多半不仅是上一任出血而死的住户，还是29号里某种邪念的集合体，这里可能还有一些别的，但都不是它的对手。”

反正都已经开诚布公了，干脆就把该问的都问了，也好让我死心。

我又问道：“那如果一直住下去会怎样？”

韩沙想了想说：“我没接触过这么凶邪的地方，但是，过去我师父和我说过，越凶的宅子住人就只会越来越凶，因为被害死的人都会滞留在原地。换句话说，死的人越多，邪念就越大，一直留在这，你就等于是29号的储备粮，一旦哪一天被吃掉了，你就永远也无法从这里离开。”

“储备粮……”

我头一回听到这个说法，背后冷汗直冒。

宋楠师忧心忡忡道：“那如果老板直接搬出去了，这东西继续缠着他怎么办？我觉得……老板的运气是真的很差。”

“瞎说什么大实话。”

我叹了口气，迅速给宋楠师投喂了一根桃木剑巧克力堵她的嘴：“是啊，我都已经被打上储备粮的标记了，搬出房子它就能放过我吗？现在你都搞不定它，等到未来它找上我，那我还不是分分钟就嗝屁？”

“还有我！我！”

何剑慌忙插嘴：“我这几天还偶尔会做噩梦梦到那个红衣女人来找我……万一她真的对我有什么非分之想，这时候老板搬出去，我岂不是一辈子都要梦到她了？我还，还没结婚呢……”

“先别急，一个个来。”

韩沙疲惫地捏着鼻梁，先问何剑：“被上身之后是会对身体有一些后续的影响，我问你一些问题，你如实回答。”

何剑点点头。

韩沙问：“这段时间身体感觉虚吗？”

何剑说：“没吧……除了做噩梦，其他都挺好。”

韩沙又问：“可有漏丹？”

何剑噎了一下，再看韩沙似乎没有要解释的意思，他迅速用手机查了查，紧跟着脸慢慢就红透了，声音细如蚊哼：“呃……我，我还不至于，因为单身久了，就看什么都眉清目秀……”

韩沙淡淡道：“入你梦来却无法动你元精，说明你的根本还在，在这个屋子里的时候尚且如此，离开之后她又如何害你？”

我这时小声道：“那他以后总要找女朋友吧……我招人家来打工，总不能店倒闭了还要人家为我‘守活寡’啊？”

因为有满脸蒙的宋楠师在桌上，我的话讲得已经十分委婉，韩沙闻言却翻了个白眼，说：“你在想什么呢老板，这个店里的东西只是凭我一己之力无法降服，不意味着它就能一直为非作歹，只是你见过消防员先灭火再救人吗？当务之急，当然是要先保证你的安全，先不说它以后会不会对你不利，今天它都冲着你来了……你待在这个房子里，都不一定能活到以后。”

我又叹了口气。

既然聊到了这里，那接下来就是最重要的问题。要知道，我之前每一次开店都是租的房子，最后倒了就倒了，属于房财两空，我也没什么需要烦神的。

然而，29 号却是我买下来的。

虽然当时买进来的价格就很离谱，但那毕竟是钱，倒霉到我这个地步，三块钱红包都宝贵得像三百块钱，更别说是买房子的这一大笔钱了，说是我的身家性命都毫不为过。

我深吸口气，终究还是问出了那个我很不想问的问题："那如果找相关人员来处理，不至于要我赔太多吧？"

要是凶宅有网络点评，29 号好说歹说也能入选渝江凶宅前三名，光是冲着这个名头，它都不能被贱卖。

韩沙还没说话，宋楠师眼巴巴地看着我，说："老板……你真的不开这个店了啊？那我们以后……"

"你们要愿意跟着我干，开新店我当然还愿意再找你们来当帮工。"

想到我姐的启动资金已经被我用到了底，这大半个月挣的钱估计也只够我再租个凶宅，我不禁一阵心酸，本想再问对方一般肯花多少钱收凶宅，就在这个时候，何剑突然一拍桌子站了起来，怒视着我说："不许卖！"

"小何？"

我被吓了一跳，不知为何，何剑的声音突然吊了起来，变得非常尖锐。

配合何剑那张本就清秀的脸……简直像是个女人在说话。

我脑子里冒出这个念头的同时后背已经出汗了，而韩沙说了一句"不好"，起身去抓人，但何剑的动作更快，他迅速往后跳了一步，紧跟着阴恻恻地笑了。

"一个都别想走。"

何剑轻柔道："谁走，谁死。"

18

第二天一早，做完基本的库存，我临时把店交给韩沙和宋楠师，拉着何剑出门直奔寺庙。

到底是年轻，睡了几个小时何剑算是精神了，看着出租车上我半死不活的样子忍不住问道："老板……所以昨天晚上到底……"

我翻了个白眼说："所以您完全记不得了是吗？"

何剑有点心虚地说："呃……后头的那部分我当然知道，韩哥拿剑指着我的鼻子，然后老板你和宋姐把我压在地上了。"

我冷笑一声："你别说得像是我们几个欺负你一样，知不知道昨天晚上是你占我便宜？”

可以说在昨晚之前，我人生经历过最悲惨的乌龙事件还是被喝醉酒的白柳当成她前夫，然而，相比于被上身的何剑，喝醉酒的白柳算不了什么。

寻常人一定很难想象，一个身高超过一米八的男生言行像个女人，但行动起来力气却像头狮子。

韩沙最后已经动了要用折叠板凳打他的念头，为了防止我们和这小子任何一方受更重的伤，我只能被迫献身，好声好气地答应了他身上那位我会一直留下，趁着对方松懈，最后我们三个才一起制服了“何剑”。

事后，何剑对当时的事情记忆全无，而韩沙没想到这小子身上的问题严重到这种地步，建议我第二天带何剑去香火旺的寺庙或者道观收惊。

这回一进寺庙，我直接买了八百八十八块钱的香，香粗得仿佛是个点火版本的加特林，我在心里安慰自己，之前没给他们买工伤保险，这点钱总归是要出的，逃不掉。

寺庙的地方不小，我拉着何剑一个殿一个殿地拜过去，一连把五百多尊罗汉都看了，但何剑非但没什么异常，反倒有种带薪放假的兴奋，甚至还要拉着我拍游客照。

我也不知道这小子是真的心大还是看开了，相比之下我反倒像个操心的大家长。

毕竟何剑实在是太年轻了，家里头的父母又罹患残疾，万一真要因为在我这打工给后半辈子蒙上一些不明不白的阴影，我心里都过意不去。

烧完香，我小心翼翼地问：“刚刚一路你感觉有什么不舒服吗？”

何剑把他烧香的照片发给家里，莫名道：“就有点熏得慌……我以前没来过这座寺庙，不知道这里香火这么旺。”

我一愣，奇道：“你小子以前这么热爱学习啊，恋爱没谈过就算了，这里都没来过，你这个渝江人白当了啊！”

闻言，何剑顿时有些不好意思地摸了摸头，说：“其实一直说要来的，但因为我爸腿脚不好一直没有机会……我刚刚烧香的时候还想要把他们的份也一起烧了，保佑我妈身体早点好起来。”

你不要顶着这张脸在我面前说这样的话行不行！

我心里的那点愧疚被何剑这么一说当场翻倍，这小子来我店里打工就是为了能经常回家去看父母，一片孝心天地可鉴，结果现在给搞得连性别都会偶尔发生变化，我要是不对他负责，我简直不是人。

我瞬间就明白了网上那些“妈粉”的心态，大手一挥拍了拍他，说道：“买！都可以买！去给你自己挑个佛珠，不用管价格，今天老板给你报销。”

我把何剑推进了法物流通处，本来已经做好了大出血的准备，没想到这小子挑来挑去，却只挑中了三串不太贵的樟木念珠，可怜巴巴地说想给他父母也带回去两串……可想而知，我的良心瞬间被射成筛子，最后强行给他换了三串小叶紫檀才算作罢。

“老板，你对人也太好了吧，我以前还以为做生意的都是资本家，下午回去我一定好好干活儿！”

从寺庙出来，何剑十分感动地一直缠着我道谢，面对着这张脸，昨天晚上的那点事儿早就被我抛之脑后，我看了一眼时间，才刚到上午十一点，说道：“还早，要不我请你吃个饭？”

何剑眨眨眼说：“老板，你不会瞒着我们在外头还有副业吧，在店里没见你这么大方啊。”

事到如今，看这小子被我连累成这样了，有些事情也不好再瞒着，我笑道：“省钱是一种美德，但省钱不意味着没钱，先说吧，想吃什么？”

最后我和何剑走进了一家火锅店，我没给何剑拿菜单的机会，直接把招牌菜都点了一遍，说道：“你还在长身体，多吃点吧……老韩也说了，一而再再而三碰上这样的事情，就算你的身体底子再好也不能一直瞎造下去。”

何剑看了一眼菜单上的总价给惊得不敢动弹，半天才小心翼翼道：“老板，我们一会儿不会被扣在这里刷盘子吧，我以前来都只敢点今天三分之一的菜量。”

我给他倒上老鹰茶，说：“又担心我给你穿小鞋啊，放心，要真被扣在这里刷盘子，会有人救我，顺便把你捞出去的。”

何剑仔细看了我的脸色，不太像是在开玩笑，这才放心地开始往锅里下鹅肠，感慨道：“那老板我就不客气了，我都好久没好好吃上一顿火锅了，之前跟宿舍里那帮人吃，鹅肠这种好东西都得靠手快才能抢到。”

我好笑道：“有时间和室友吃火锅，却连个女朋友都没有？看你小子长得也不赖，大学都在干什么呢？到现在都单身，没有喜欢的？”

何剑苦笑了一下，说："也不是……没有喜欢的，只是我家里这情况，就算真有女朋友也怪拖累人家的，我又要照顾我爸又要打工，没时间陪人家，顶天也就能和宿舍里的人吃顿火锅了。"

我叹了口气。

要知道，我在何剑这个年纪，靠着我姐的资助玩得没边，在国外的时候经常为了尝一块新出的蛋糕坐三四个小时的火车去外地，说是败家也丝毫不为过。

我又给他夹了一条鹅肠，说："说起来，你爸妈倒是也不着急，好好的大学毕业生在我这种小馆子里工作，换了我爸，杀了我的心都有。"

"那是因为老板你家里没碰到过什么事，所以才会对你有这么高的要求……我爸妈只希望我好好活着就行了。"

何剑擦了一把汗，忽然笑了："小时候我爸就对我说过，什么都比不上平平安安地过一辈子。说起来，老板，我是不是还没告诉过你，我和我爸以前碰到过的那个意外？"

我摇摇头，心里想这小子得亏遇上的是我，否则一盘六十八块钱的鹅肠就能让他掏心窝子，我真的担心他以后会被其他的资本家压榨。

何剑淡淡道："我上初中的时候，有一天我爸开车载我去学校，在路上突然碰到一个女人在追面包车，一边追一边哭，说自己的女儿被面包车上的人抱走了，当时整条街的人都听得到她的呼救，但是没人敢上去拦，因为面包车开得实在太快了，跟疯了一样，一路都在闯红灯。"

我张了张口，已经猜到这个故事的结局，我喉咙里的声音就像是被卡住了一样。

何剑这时下意识去摸自己的后背，像是伤口还在灼痛，继续说道："当时……我爸只犹豫了一下就开车去追了，那是我第一次坐那么快的车，我爸踩了几脚油门，很快就追上了那辆面包车。然后，我还没反应过来就听到一声巨响，接着车子就翻了，我当时倒挂在车里，看到面包车上的人抱着一个孩子要逃。这次终于有好几个人围上去，一起把他放倒了。"

"所以。"何剑耸耸肩，并没有继续说后续，"谁都不知道明天和意外哪一个先来，平安活着就好了。"

很明显，这小子的实心眼儿是遗传自他爸。

何剑说话的语气很是轻松，但只要一想到他现在是“黄粱一梦”的最大受害者，我的良心就像在反复挨打。

我越想越是懊恼，终于忍不住道：“早知道不该搬过来在你房里打地铺，天晓得这鬼东西这么诡计多端，就算上我的身也好，至少我没你练得这么壮，还好制伏一点……”

“老板你想什么呢？”何剑愣道，“你命又没我硬。”

“但是我……”

我犹豫了一下，最终还是下定决心，郑重道：“你之前不是担心住了这个凶宅没有售后吗？现在你就放心好了，即使我把房子卖了也一定不会不管你的，到时候如果寺庙搞不定，我负责带你去其他的地方看，大不了多捐点香火钱建个庙，我就不信治不了这个邪。”

话说到这个地步，何剑终于听出不对了，颇为震惊地看着我，说：“老板，你怎么突然这么财大气粗，对我这么好啊？你不是对我这种单纯的大学生有什么想法吧？”

我心想这小孩社会经验没有，乱七八糟的想法倒是不少，翻了个白眼说：“瞎想什么呢，你不是和我说了你家里的事吗，那我就投桃报李，也跟你说下我家里的事情怎么样？”

何剑满脸蒙地点点头。

按道理说，这种时候我应该来杯啤酒或者来根烟，只可惜这两样我都不行，无奈之下只能要了份冰粉，开口说道：“其实我没你们想得那么穷。”

何剑眨眨眼，问：“老板你真的有副业？”

年轻人的心思还是单纯，我笑了笑说：“我是说，我家里其实没这么惨，真要说，如果你身上真有什么事，我养你包括你家下半辈子也没什么问题，我家里可以给我兜得住这个底。”

何剑慢慢明白过来，两眼亮晶晶道：“老板你姐姐这么厉害？我、我、我……老板你不行，但姐姐，我应该可以！”

我被他气笑了，又道：“你对我姐可以没用，你得对我爸可以才行，毕竟我姐其实也是个打工的，她为白家打工，而我就是因为不想打这份工才跑出来。谁能想到，想要自食其力赚点钱这么不容易，前头七家店都倒闭了不说，现在这家还总出怪事，真不知道我是不是上辈子欠了什么冤债……”

说到最后我叹了口气，本想承诺白家肯定会对他负责到底，没想到年轻人却若有所思地摸着无名指，忽然嘟囔说道：“这么看来，或许真正的‘鬼’……是跟着老板你来的也说不定。”

19

何剑这话说得突然，我的背后倏然蹿上一股寒意，问道：“什么意思？什么叫作真正的？”

小伙子认真道：“韩哥不是说，29号里的东西是某种邪念集合体吗？上次的警察叔叔也说，以前也没闹得那么厉害，我就想，咱们弄成这样可能是和老板你的体质有关系。比如说可能原本29号里的东西没有这么难缠，是老板你带来的变数让问题加剧了，我现在努力回想一下昨晚……”

小伙子说着整张脸都皱起来，我生怕青天白日他变个性，那麻烦就大了，赶紧拉住他说：“行了，这事我来处理，如果说是我的体质……”

我喃喃念着，却很快感觉他的话像是一盆冷水浇在了我的脑袋里。

“你要是信这套，还能投资失败七次还接着开？死了四个人的凶宅保不齐还没你背呢。

“老板，这个还是我拿着比较安全……我给你分担一点。

“世界上很多东西都有它的定数，当你一而再再而三地碰到钉子，你的定数就已经摆在你面前了。”

我倏然想起之前听过的一些话，现在想来，几乎所有人似乎都提醒过我，29号发生的一系列状况可能不仅仅是它自己的问题。

有可能，其实我也是问题的一部分。

我心里一沉，还未来得及多想，摆在桌上的手机一阵狂振，是韩沙打来的电话。

四十分钟后，我和何剑急匆匆地赶回店里。

这时一楼的情况还算是稳定，虽然今天店里的菜品不全，但还是有不少客人，看到我回来，店里的议论声瞬间沸腾。

一对小情侣对我吹了声口哨，神神叨叨地指着楼上说：“老板，上头刚刚好像出了什么问题，把你们店里的小姐姐吓得够呛。”

看对方一副看热闹不嫌事大的表情，我心想这些小年轻要是知道 29 号的问题大到什么地步，怕是就不想吃蛋糕了。毕竟，谁又能想到就在中午一点，外头日照最足的时候，“黄粱一梦”的二楼会出现怪异事件呢？

我在厨房找到韩沙的时候，他的脸色非常难看，只跟我说了一句：“上头的情况我大概控制住了，不过小宋的状态不好，老板你们最好上去看看她。”

在我的概念里，以宋楠师的胆量，大半夜和三个女鬼凑一桌打麻将估计都不成问题，然而韩沙刚刚打电话来说的原话分明是“小宋被二楼的东西吓得惊叫，还砸了一些东西，楼下客人也听见了”。

这会是一种什么量级的惊吓，我真的很难想象。

上楼之前，我不放心地问韩沙：“确定二楼没问题了吗？小宋八字这么硬都能撞上，现在我和小何可都是高危人群。”

闻言，韩沙只是疲惫地看我一眼，轻声道：“我现在无法跟你保证任何事情……发展到了这个地步，这个屋子里其实没有任何人是安全的，不光是我们，也包括客人。”

我心里咯噔一下。

谁能想到短短一个月，29 号竟然已经进化到了这种地步……白天也能闹腾，真是反了天了！

我望着黑洞洞的二楼入口，我的心脏不可避免地瞎跳起来。我带着何剑慢慢往上走去，结果刚到二楼，就听到了宋楠师轻轻吸鼻子的声音。

比让美女害怕更致命的是让美女哭鼻子，这在我们“外貌协会”的世界里是罪无可恕的，我内心当即涌起一阵无名火，大步走进了房间，却见宋楠师画好的娃娃碎了一地。她看到我们进来，慌里慌张地擦了一把脸，但眼睛和鼻子却还是红着。

“老板……你小心别被陶瓷割到。”

宋楠师一开口声音里带着浓厚的鼻音，我不由得更火大了。

过去即使白柳天天欺负我，但要是有人敢在我面前让她掉眼泪，那都是不可原谅的。

白柳离婚那段时间，我前姐夫就让她哭了太多次，也因此他俩领完离婚证我干的第一件事，就是一拳把我们两个都干进了派出所。

我小心翼翼地坐在床边，问道："怎么回事？听老韩说你被吓到了，还是因为那个浴室？"

宋楠师抱着胳膊坐得很拘谨，闻言幅度很小地点了点头，说："娃娃不够了……我想上来拿，有个娃娃滚到了床底下去，我伸手想去够，然后……"

她说着，慢慢松开了一直紧紧按在左边胳膊上的右手，一下子，我看清她白皙的手臂上有五道青紫的抓痕，就像是被人用力攥过一样。

我倒吸一口凉气："这个是……"

宋楠师嗫嚅道："伸到床底下的时候被抓的，我被吓了一跳就忍不住……好像吓到了楼下的客人，对不起老板。"

何剑又问："那屋子里这些东西是什么时候碎的？"

宋楠师把自己缩成小小的一团，说："我被吓到之后就拼了命地想把手抽回来，然后就莫名其妙掉了几个娃娃，还好只碎了几个我就把手抽回来了，其他的都被我塞到了被子里，就没碎。"

她掀开被子，果真剩下的驱邪娃娃都完好无损地被堆在里头，她小声道："还好没碎太多，肯定还够今天用的……碎掉的我今晚补画应该也来得及。"

"都什么时候了还操心这个？重要的是你没受伤！"

我一看美女红通通的眼角就不能忍，抽了纸巾替她把剩下的眼泪给抹了，继续说："都别在楼上待着了，先下去，晚点我和老韩再商量一下怎么处理……不行今晚我给你们开好房，都出去睡。"

妈妈说过，没有人吃的蛋糕就算好吃也没用，同样，如果这屋子真的害得我身边的人都折进去，那它就算再能赚钱也不能留。

我下定决心，要拉着宋楠师下楼，就在这时，楼下竟突然传来一连串盘子落地的巨大动静！

"老韩！"

我心里一凉，急忙冲下楼，却见满屋子的客人此时都是发蒙的状态，有几个胆大的人想要跑进厨房去看情况，却被韩沙吼了出去。

"不要进来！"

韩沙的声音里像是压抑着极大的痛苦，乍一听几乎可以说是扭曲，而还没等我反应过来，厨房里竟传来一个女人的笑声，听得我浑身血液当即凉了大半。

不至于吧……当真就青天白日见鬼啊！

这声音一出，不光是我，客人的脸色也大多变了一个颜色，刚刚冲我吹口哨的那个男生此时已经完全缩在了女朋友身旁，颤颤巍巍地说："老婆我们走吧……再不走，再不走可能就来不及了。"

他话音刚落，那女人的笑声又响起来，而这一回竟是直接成了立体声……想来要不是这一个多月练出了强大的心脏，我这时候可能已经腿软了。

然而，我没叫，不意味着别人不会叫。

在经历过短暂的思维空白之后，我的脑子里立刻就冒出了这个更为致命的事实，但显然已经来不及了。

刚刚的那个男生打了个哆嗦，还没等他女朋友出声安抚，男生已经爆发出一声短促的尖叫，头也不回地冲出了大门！

"大白天……大白天闹鬼了！"

男生的声音响彻不大的街道，瞬间整个 29 号就陷入了一片混乱当中。

短短几分钟内，坐得满满当当的一楼已经彻底空了，连带门口等位的客人都直接消失不见，29 号就在那声尖叫后彻底回归了一个多月前的荒凉状态。

"黄粱一梦"最终只剩下了我和我的三个员工。

"老韩！你没事吧！"

我扑到厨房门口拼命砸门，事情闹到这个地步，青天白日出来砸我场子，这种恶势力想必换了林正英来都得低头。

我心里头这时已经不觉得可惜了，毕竟就这么两天，我眼睁睁看着何剑和宋楠师都吃了亏，绝对不能允许韩沙再在我眼皮子底下出什么事。

我砸了一会儿，门里传来韩沙十分虚弱的声音："老板……不好意思，你的这些盘子没能保住。"

我这时顾不上装穷了，没好气道："我一个富二代还差你这几个破盘子的钱！让你们跟我干活儿不是要你们真把命卖给我！我不开店也没什么大不了的，下半辈子也能活下去，你给我把门打开！"

又等了一会儿，门里终于有了动静，而在韩沙打开门的一瞬间，我整个后背都麻了。

韩沙的半张脸都是血，衣服上全是，地上也全是，整个厨房好似一个杀人现场，而韩沙的脸色惨白，看上去非但不像是凶手，反而像是死而复活的尸体。

"你在搞什么……"

我倒吸一口凉气，目光落在地上断成两截的桃木剑上头，问："你刚刚跟人家拼刺刀了？你还没拼过？"

韩沙倚在灶台上，轻声道："老板……听我一句劝，这房子真的不适合做生意，你也不适合做生意。以后跟你家里划清界限，不要和他们沾上关系，这样的话，或许再过两年，你就可以开店了。"

说到最后，韩沙整个人却像是如释重负，表情堪比在讲遗言，我也不知道他身上有哪里受伤，上去把他拉起来，说："先别说这些没用的了，出这么多血，你赶紧跟我去医院检查检查，你毕竟还有个女儿……"

我越想越懊恼，嘱咐宋楠师和何剑把店里收拾一下就放假，拉着韩沙就要出门打车。

"老板……没能保住你的生意，抱歉，我尽力了。"

出了门口，韩沙竟然还在跟我说废话，我一边叫车一边还得回复顾客群里的消息，忙得忍不住翻了个白眼。

"平时也没见你和我这么客气过，不要突然搞得这么良心发现，像要临终关怀一样……告诉你，之后你还得给我介绍人接盘我的房子，现在你绝对不能出什么事情。"

"是吗……"

韩沙苦笑了一下，不再说话，而我连着打了几辆车都不肯绕到观音里后门来接，正考虑要不要直接打给白柳的司机，结果就在这时，不远处传来急刹车的声音，一阵急促的高跟鞋响由远及近。我一抬头，脸色阴沉的白柳已经到了我的面前，竟然连司机都没带。

"姐？！"

我叫了一声，但白柳根本没有理我，她直接绕到我的身后，看着韩沙轻声说："韩老三，你真的不该来找我弟弟。"

说完，白柳一个耳光就扇了上去。

20

白柳的手还没挨到韩沙的脸就被我捏住了。

倒不是我搞清楚了状况，只是我上次打人进派出所是被白柳捞出来的，这一回如果换了她进去，我可没法保证能把她弄出来。

面对白柳凶神恶煞的眼神，我无奈道："大姐，打人是要拘留的，而且这位是我的员工，就算要打也该是我来……我的力气可是揉手套膜练出来的。"

韩老三。

这三个字我听得清清楚楚，用小指头想也知道是个昵称，可以说我心里当即就凉了半截。

毕竟，按照电视剧的套路，像我姐这样的霸道总裁突然出手打人，对方轻则是她渣到家的前男友，重则是我爸流落在外的私生子，总之，短短几秒钟内我脑内滚过一连串要命的猜测，没有一件是好事。

我该不会要叫韩沙大哥吧……我爸能搞出四十岁的儿子，他还是人吗？！

还好，在我已经开始琢磨我和韩沙长得像不像的时候，我姐冷静了下来，冷笑一声，说："你身上的血不是自己的吧，你可不是舍得让自己流这么多血的人……就不用去医院检查让我弟费心了吧。"

韩沙没有说话，脸上的神情恢复了往日的淡然，说："白小姐如果不嫌弃，可以就这么和我说话。"

"滚进来和我说话，否则你马上见的就是我的律师。"

白柳把手从我这里抽走，又看了我一眼："你也进来，过一会儿我给你机会，你可以自己决定要不要揍他。"

我们回到了"黄粱一梦"，正在收拾残局的宋楠师看到白柳愣了一下，随即竟是紧张地直接给她搬了张凳子，一副招待贵客的架势，说道："您您您……您坐！"

白柳被逗得笑出声，坐下意味深长地看我一眼，说："没想到有一天我还能因为你小子占上漂亮姑娘的便宜。"

我翻了个白眼说："你赶紧说正事，我现在生意都没得做，心情真的非常差。"

"我看到了，你们这里白天闹鬼的事情现在传得到处都是，我已经在找媒体朋友帮忙了，但是估计很难压得下去。"

白柳抱着胳膊冷冷看了一眼韩沙："韩老三，你的目的达到了是不是？从来应聘开始你不就是想要搞砸我弟弟的生意吗？"

我心里咯噔一下，这控诉可比我要叫韩沙大哥严重多了，正色道："姐，你把话说清楚，说清楚了我一会儿好揍他。”

白柳勾起一个皮笑肉不笑的微笑，说：“你小子也不是第一次遇人不淑了，所以这回我帮你做了一下基本的员工背调。央子，你知不知道你店里这位道长来头可不小，韩老三是被他坑过的人给他起的尊称，真要说起来，他十年前还和我们白家做过生意，虽然不是和我做的生意，反正不是什么好生意就是了。”

我越听越心凉。

被坑过这么多次，虽然我在坑面前基本还是个瞎子，但要说最大的长进，就是当我站在坑底仰望天空，我会对我怎么掉进去的有一种准确的直觉。

白柳稍微起个头我就能猜到后头的事情，毕竟……韩沙之前确实说出过我家的底细，其中甚至还有很多是我从未对外漏过只言片语的事。

为什么他会知道我妈妈已经不在了？

为什么他会知道我和我爸关系不好？

为什么他会知道，我爸之前造过的那些孽？

这些事情如果不是我的骨头会说话，那有没有一种更简单的可能，就是说——他认识我爸。

韩沙不但认识我爸，他还就是冲着我来的。

渐渐地，这句话在我的脑内像蛋糕糊一样地被搅拌，然后重组成了另一句话——

白央，你是不是个傻子？

只有傻子才会被这种小儿科的骗局骗到。

29 号里的空气在此刻趋于凝固，我看着面无表情的韩沙，想到不久前我还给他女儿做过蛋糕，只觉得耳边嗡嗡直响，说道：“姐……我觉得我这运气可能是不适合做生意，好好在家里当个富二代不好吗？”

白柳拧着眉头看我一眼说：“别想回来和我抢业务。”

我这时已经不想说话了，闭着眼揉了揉眉心，半晌只觉得手上被放了什么东西，一睁眼就发现宋楠师很自觉地给我递来了两根巧克力，怯生生道：“老板，客人桌上拿的，包装都没拆。”

“谢谢。”

我把桃木剑巧克力塞嘴里，心里却想现在最应该驱邪的确实是我的脑子，要不是脑子有病，我怎么会到什么人都相信的地步。

如果韩沙就是冲着砸我的生意来的，那么29号出了这么多怪事也就不奇怪了。

毕竟，把老板吓跑了，生意还能怎么做？

想到这，我恶狠狠地咬断桃木剑巧克力，再一看，宋楠师满脸写着一个“蒙”字。

事到如今，估计也就这姑娘不知道我家里是做什么的，我无奈道：“小宋你放心，就算这店不开了，第一个月的薪水我还是会照发的。之后你如果找不到工作，我会想办法给你介绍一个……虽然不是完全对口，但我们家这边跟餐饮业还是有很多联系的。”

“直接找我。”

白柳插了嘴，说：“虽说这小子的店肯定还是要开，但是如果妹妹你不想跟着他干了，直接来做我的助理……白家辣酱应该听说过吧，我这个执行总裁还缺个漂亮秘书。”

“白家辣酱？”宋楠师睁大眼，“不会是那个……”

她下意识望向厨房，很显然，在一般人的概念里，不会存在第二个白家辣酱。

而天底下也不会有比这更磕碜的——揭露自己是富二代的桥段。

“是，就是那个。”

我垂头丧气地说出了我平生最不喜欢让人知道的事情：“我们家是做辣酱生意的，就是那个和某干妈品牌打擂台的竞品，你天天拌饭的那个……说起来我自己也不信，自家的辣酱我吃一口就能进医院。”

“别说得像是辣酱有质量问题一样，那可是妈妈的手艺……你比任何人都知道那代表什么。”

白柳不客气地打断我，对韩沙道：“确实，我父亲当年开始做辣酱生意的时候手段不太地道，但这不是你来找我弟弟麻烦的理由，毕竟，我弟弟现在没在做白家的生意，做生意的是我，你该来找我。”

白柳的声音愈发不客气，在我的印象里，她用这种语气说话的潜台词就是，“你死到临头了”。

都开到第八家店了，居然还要亲姐出来这么兜底，我的眼睛不争气地酸了起来，问道："姐，当年到底发生什么了？小说里要这么隐姓埋名报复后代的可都是杀父之仇。"

就我对我爸的了解，在人品方面，他确实不怎么样。他骗走了妈妈的手艺又不回家，连她得了癌症都不管，忙着在外头和人喝酒谈生意，妈妈过最后一个生日时，连个蛋糕都没有……从小我和白柳就说好，永远不会原谅他。

但是，即使是这样，我也不觉得我爸那种人会有胆子犯罪。

我深吸口气，说："他要是做过什么违法乱纪的事情我早就把他大义灭亲了，还能让人报复到我头上？"

"你先冷静一点央子，事情还没到不可挽回的地步。"

大约是听出我已经在崩溃边缘，白柳叹了口气，看向韩沙说："反正都查出来了，给你个机会，自己告诉他怎么样？坦白不一定从宽，但抗拒……老娘会让你死得很难看。"

一时间，屋子里寂静了下来，我焦虑地啃着桃木剑巧克力，心里正在考虑一会儿听完，我是该上去给他一拳还是直接一巴掌扇过去。然而我甚至还没想出个结果，一阵熟悉的笑声毫无征兆地响了起来。

是刚刚那个女人在笑。

我倒吸一口凉气，却见韩沙从口袋里掏出了一根细长的录音笔，他轻轻按了一下，那只笔便又像女人一样，尖厉地讥笑了起来。

"你……"

虽然早有预料，但看到韩沙脸上那得逞一样的笑容，我还是感觉一股热血冲进脑子，问道："你……弄成这样就为吓走我的客人？"

韩沙长舒口气，紧跟着从身上掏出一个干瘪的袋子，虽然破了一个很大的洞，但还是能看出里面被染得血红。

韩沙吹了口气，那只袋子轻飘飘地落在了地上，同时他低低地笑了起来。

"老板，你真的太好骗了……我没想到白一鸣的儿子会这么傻，难怪你之前会投资失败这么多次，你真的不像你爸那么会占人便宜，他以前可不是像你这么做生意的。"

韩沙笑得很冷，加上一身血，我估计这时如果店里有年轻的客人，会觉得他是"堕入魔道"了。

"冷静。"白柳这时轻声提醒我，"自己要听的真相，被气爆炸也要听完。"

我心想你一个上来就要给人家一个大巴掌的霸道总裁还好意思说我，强忍怒火地开口："继续说，你还干了什么？"

"我还干了什么，你现在要是再想不明白就是蠢了。"

韩沙微笑着，从口袋里摸了一根烟点上。

"要怪只能怪这个店确实底子不好，老板，我和你说的是实话，这里不适合做生意。"

我恶狠狠道："你从什么时候开始骗我的？第一次见面？"

韩沙懒洋洋地吐出烟，说道："是啊，这个出血的把戏我也不是第一次用了，你还记得第一天我流的鼻血吗？那也不是我自己的血，我当着你的面拽门把手的时候真担心你跟你爸一样精，但你在这方面真的完全不像姓白的。"

既然要算总账，我只能逼着自己从第一次见面开始回想。

他用我家里的事情让我相信了他，紧跟着屋子里接连出现怪异事件，宋楠师看到的眼睛，小何被上身，浴室里的头发，还有我看到的人影……

这些难道……难道都是韩沙搞的鬼吗？

我越想越觉得头皮发麻，瞪着韩沙问道："你总不会给我们下药了吧？"

"下药？"韩沙一愣，很快却又大笑起来。

"你是觉得只有我一个人搞不起来这些怪事吧，毕竟没有人唱双簧，这出戏是很难演下去的。"

韩沙眯起眼，视线却慢慢转到我身旁的宋楠师身上。

他还没说话，但我的心已经凉了大半。

是啊，至少今天的这出戏，得有两个人才能演。

我震惊地看向宋楠师，白柳立刻意识到韩沙在暗示什么，皱眉拉住我，说："央子，别上他的当，你店里所有人我都查过，其他人没有问题。"

然而，这时我面前的宋楠师却已经有些惊慌失措地躲开我的视线……

确实，一个不会骗人的人最终又能骗到谁呢？

小丑竟是我自己。

"你胳膊上的伤……是真的吗？"

我听到自己用一种毫无感情的声音开口说道。

21

从小我就觉得，我和辣椒这个东西八字不合。

小时候看我姐一碗一碗地吃辣酱拌饭，我当然是不甘心妈妈做的好吃的都被我姐一个人吃了，我尝试过无数次，但无一例外都以我被辣得哭鼻子收场。

最后，在我又一次哭成傻子，气得再也不要理我姐之后，妈妈为了哄我，第一次给我做了奶油蛋糕。

现在想想，那可能是辣椒给我带来的唯一一次美好回忆。

之后，我爸偷拿走妈妈的辣酱配方，冠以白家的名字，自从看过妈妈在病床上偷偷哭泣的样子之后，白家辣酱于我而言就是莫大的耻辱，从小到大我不屑于和任何人提，更没有任何想法要回去从我爸手上接这个叫人眼馋的大生意。

谁能想到有一天，这个白家二儿子的身份竟然会给我带来麻烦。

宋楠师甚至还没等我进一步追问就崩溃了，哭道："韩哥跟我说……要让咱们这里更像是凶宅一点来吸引客人，然后怕你不同意不和你说，所以……"

我深吸口气，摆摆手让她别再说下去。

"还有谁要坦白从宽，最好现在开口，否则我一会儿真的不知道自己会做出什么来。"

不得不说，人在愤怒到一定程度的时候，感受到的痛苦就和吃辣差不多，理智断线，头昏脑涨，我有那么几秒甚至觉得自己不能开口，否则随时可能会喷出火来。

我不得不扶住柜台缓了几秒才能发出声音："姐，早知道我就拿着你给我的钱出去当个正经富二代了，那样指不定你现在已经连弟媳都有了……现在你说我图啥呢，图住凶宅天天担惊受怕，还是图被人骗得团团转？"

我说完，宋楠师脸色发白，抽泣得更凄惨了。

我心里却想，你又有什么好哭的，该哭的明明是我。

除了没少个肾，我现在的处境和被人骗财骗色有什么区别？我心疼的美女骗我，我信任的手下也骗我，关键是骗我就算了，还是我花钱雇他们来骗我的。

天底下还会有比我更悲惨的资本家吗？

“姐……我可能真的没办法完成妈妈的心愿了。”

愤怒到最后，我眼前都是妈妈苍白的脸，她去世的时候，我连奶油都不会打，让妈妈吃到的最后一个生日蛋糕半生不熟，和妈妈做给我的不能比，但她还是吃完了。

之后，等我学会做更好吃的蛋糕时，妈妈已经不在了。

从国外回来第一次创业的时候我就想，白家已经偷走了妈妈的辣酱，但这一次，没有人可以从我这里偷走妈妈的蛋糕。

只是……整整六年，无论我怎么做，好像都没办法让更多人吃到妈妈的蛋糕。

所以，我真的很讨厌辣椒。

小时候一吃辣我一定会哭，以至于长大之后只要一哭我就觉得自己在吃辣，直到我姐把泪眼模糊的我给搂过去，我还有种自己在吃火锅底料的错觉，抽着鼻子说：“姐，要不你来帮我卖蛋糕吧，我回去卖几个月辣酱试试……反正都是受虐，我还不如卖辣酱。”

“你想得美，老娘上千万的生意你当在外头摆地摊？”白柳拍拍我的背，轻声在我耳边道，“你也就这点出息，和人吵架吵一半就开始哭，这和直接给人跪下有什么区别？”

“姐，我还请他们吃蛋糕，自己做的……”

“行了行了，知道你委屈死了，我刚刚已经给你叫奶茶了，不过马上你要冷静一点听人说话，因为，下一个要坦白从宽的，可是我。”

“哈？”

我这下连鼻子都忘记吸，一把拉开她，震惊道：“姐，连你都做了对不起我的事情啊？”

“臭小子，花着我的钱，用着我的人脉，出了事指望我给你撑腰，现在还敢说我对不起你！”

白柳往我脸上拍了一张纸巾，松开我说：“还不是看你太惨了……有些事情再瞒着你也不合适，今天干脆一起解决了。”

说完，她从口袋里摸出一盒烟，走到韩沙面前递给他一根，淡淡道：“我弟弟的性格你也看到了，不得不说，你还挺会挑我们白家的软柿子捏。”

韩沙就着白柳手里的打火机点上烟，冷冷看着她，问道：“你想说什么？”

白柳自己也点上烟，眯起眼道：“我只是觉得你挺没品的，其实我现在很想把这根烟按在你脸上，让之后每个见到你的人都知道你是个骗子。”

韩沙嗤笑一声：“试试？忘记你弟弟说的了，打人是要拘留的。”

“你以为我不敢？”下一秒，白柳一把扯住了韩沙的头发，语气阴冷道，“我弟弟真心待你，结果你来恶整他。姓韩的，我既然能靠照片就把你这些年的家底挖出来，你还真当我不知道你还有个女儿现在在住院？”

“你……”

韩沙脸色一变，我也被白柳吓得直接站了起来，说：“姐，咱们可不能去派出所搞家庭团建啊。”

“当然，我只是想告诉这位道长我没有我弟弟这么好说话，接下来和我讲话最好掂量一下……不要触碰我的底线，否则我可能会让你鼻孔喝辣酱。”

白柳笑了笑，松开了韩沙，如同一个真正的大佬一般吸了口烟，说：“我很好奇，你的目的到底是什么？我仔细查过，我知道你和我父亲有过节，我想，你应该没有那么没出息，会接受我父亲开的条件整我弟弟吧？这不符合你的人设呀。”

不得不说，白柳这句话里的信息量太大，别说是韩沙瞬间瞪大了眼，连我的大脑都在顷刻间无法思考。

什么叫作……什么叫作接受我父亲开的条件整我？

我不理解，但是我大为震撼。

我瞪着白柳，问道：“姐……你说什么……”

白柳吐出烟，似乎已经从韩沙震惊的表情里找到答案，无奈道：“所以我还把你的背景想复杂了，你不是我父亲的人，你还真的就是来捏软柿子的……”

说到最后，白柳甚至扶着额头笑出了声：“韩老三，我都不知道怎么说你，你还真是机关算尽最后找错了人，差点就如了你真正仇人的愿了。”

这下子，我和韩沙脸上的表情终于统一，彻底蒙了，不等韩沙开口，我先坐不住问道：“姐，你什么意思，关咱爸什么事？”

白柳苦笑着叹了口气，说：“央子，你好歹也是我弟弟，还真当自己一点做生意的底子都没有，能随随便便开倒闭七家店啊？虽然花钱不能改变命运，但你也不看看你花了多少，前几家店的地段再加上你店里的口味，要是没人折腾你，你早该称霸网红界了。”

这下连宋楠师都不哭了，所有人直愣愣地看着白柳，甚至我整个人直接呆了。

她在说……什么东西？

我瞪圆了眼，脑子里慢慢把“我爸”“折腾”“条件”这几个词串联在了一起。

最终，它们组成了一个显而易见的答案。

“他为了让我回去要做到这个地步？”

我脑子一热，万万没想到绕了一圈，最后竟然又变成了家庭问题。

我是和我爸互相看不顺眼，但是没想到他竟然还虎毒食子啊！

白柳头疼一般地揉着眉心，说：“你对他是个什么样的人心里还没数吗？偷了妻子的辣酱配方做生意却连个创始人的名分都不肯给她，如今又怎么可能放心把牌子交到我手里？”

我皱眉道：“你给他打了这么长时间的下手，他到现在连你都信不过？”

白柳叹了口气说：“央子，我也是个女人，在我们的好父亲眼里，我和妈妈一样，无论如何都是没法撑起这个牌子的。换句话说，白家名正言顺的继承人从始至终只有一个，就是你。”

说罢，白柳自嘲一般苦笑起来，我几乎瞬间就在她身上看到了当年病床上妈妈的影子，一股怒气直冲大脑，怒道：“他还敢像对妈妈一样对你，哪里来的胆子！”

我想也不想，掏出手机就打算和那个老家伙算账，白柳上来按住我的手，好笑道：“你和一个骗子吵架都能吵得泪崩，我还能指望你硬刚过咱们家大老板？省省吧，有这个工夫，你不如好好把这个店做下去，不要如他的意，让他找不到理由让你回去。”

我冷静了一下，问道：“所以……姐，你早就知道我之前的店倒闭都是咱爸搞的鬼？”

白柳耸肩道：“那当然，你花的可是我的钱，赔钱了我当然要去做调查……只是，我要是明着和你说了，不就是直接跟他老人家翻脸了吗，当然只能两头拖着让你试了，毕竟，只要试到他放弃，我们就赢了。”

对上白柳无可奈何的眼神，我这下终于知道为什么我连着倒闭七次我姐都没把我打死了，心虚道：“那这次你直接告诉我……”

“我要是再不告诉你，你说不定就真要放弃了，我可不能给你机会回来跟我抢总裁的位置。”

白柳捏了捏我的脸，压低声音说：“我们以前说好的……我要把妈妈的辣酱拿回来，央子，你得帮我。”

只要能把这家店开下去……

我咬了咬牙，想起了自己手上这个烂摊子。

谁能想到，开一家网红店能戏剧性到这个地步，既是恐怖片，又是家庭伦理片，同时，还是普法宣传片。

我深吸口气，看向韩沙，说道：“你刚刚说他不是爸的人，而且跟爸有仇……”

韩沙脸上的表情此时非常复杂，很显然，白柳刚刚这些话没有避着这屋里的任何人，又或者说，本来就是讲给他们听的。

白柳笑笑说：“这位道长，我可是和你说大实话了，你现在应该心里也有数，我们老白家是个多么‘父慈子孝’的家庭……没必要再嘴硬了吧？”

我还没想明白，问道：“你跟我爸到底什么仇什么怨要找到我头上来？总不能是暗恋我妈……”

“瞎说什么！”

白柳毫不客气地敲了敲我的头，又说：“我估计这位道长恐怕是以为给你埋单的一直是白家。毕竟，开倒闭七家店都接着开，这可是怎么看怎么像表面和家里不和，但实际被爸爸惯坏的富二代。”

我翻了个白眼，天底下还会有我这么惨的富二代吗？便宜没占到一分，麻烦全往我这跑。

一想到自己被骗了这么久，我没好气道：“还有，姐你怎么还叫他道长，这不是给他脸吗？”

“他是个骗子，但他也是有真才实学的骗子，比方说，他确实修了十年道，这件事他没骗你。”

白柳抱着手臂靠在桌上，说：“韩道长是聪明人，话都说到这种地步了，你应该知道为什么到现在我还没把你送派出所了吧。”

闻言，韩沙沉默了片刻。半晌，他却忽然淡淡问了我一个问题。

“老板，你相信这个世界上有鬼吗？”

第四章 新世纪唯物主义

22

我万万没想到，事到如今这人还有脸摆出这副表情来和我聊这个，不由得冷哼一声："骗我还没过瘾是吧？"

韩沙笑笑说："其实我年轻的时候就和你一样，既容易相信人也容易相信鬼，会上当受骗确实不能怪老板你，要怪只能怪你吃的亏还不够多。"

世界上怎么会有如此厚颜无耻之人！

我恨不得直接把打蛋器插他脑袋里开最高档，没好气道："这么说我还要给你交学费？"

"老板我收你红包收得够多了，不如最后再给你讲个故事……关于一个修道者的故事。"

韩沙说着又点上一根烟，他开口的时候白柳没有阻止，我立刻就知道，她也是希望我能听一听韩沙的"缘由"的。

都是自己人，韩沙甚至没有无中生有，一开口就是十二年前。

那一年，韩沙的妻子因为胃癌撒手人寰，只留给他一个三岁大的女儿，韩婉。

就像所有操心的母亲一样，临终前，妻子嘱咐韩沙一定要好好照看女儿，不要让她和自己一样生病，然而就这样一句寻常的未雨绸缪，在不久的未来一语成谶。

仿佛冥冥之中的定数，在妻子离开后的第二年，某次去完游乐场摔倒后，韩婉走路的姿势就一直有些奇怪。韩沙的母亲带孩子去医院做完检查，几天后的一个早上，韩沙接到了电话。

在换了四家医院之后女儿的病终于查出了结果，韩婉得了一种他听都没听过的罕见病，现在虽然还没有症状，但或许不久之后就会影响行走，甚至要切开气管，一天二十四小时戴着呼吸机生活。

很明显，对于当时事业一帆风顺的韩沙而言，这通电话无异于晴天霹雳。

他匆匆赶去了医院，在电话里还很冷静的母亲一见了他就忍不住泣不成声，韩沙生怕病房里的女儿听见，将母亲拉去了角落，终于断断续续地从母亲那里听到了一个让人欣喜又心碎的消息。

作为一种罕见病，女儿的病在五年前就有特效药了，然而，特效药不但要终身用药，而且价格昂贵到让人望而却步。

两百万,一年。

两周注射一次，如果能一直用药，女儿除了不能运动，可以完全像正常人一样生活，甚至可以就这样过完一生。

然而……

透过病房小小的窗子，韩沙看见对自己病情一无所知的女儿晃荡着腿坐在高高的椅子上，一瞬间，他只想破口大骂，骂天道酬勤只是一句谎言，他勤勤恳恳地过了三十年，但老天爷先夺走了他的妻子，紧跟着又要用这种方式让他的女儿一点点凋零在他面前，这有何公平可言！

那一天，韩沙放任自己在医院的楼梯间里崩溃了五分钟——但也只有五分钟。

身为一个生意人，韩沙经手百万的生意都至少要考虑一两个小时，然而，面对女儿如同无底洞一样的医药费，他只花了半分钟就决定了。

治，肯定要治。

医生说天底下能治的罕见病只有百分之五，韩婉至少是那百分之五，无论如何都要治。

崩溃完了，韩沙平静地回病房安抚女儿，然后转头就去了公司，二话不说就开始凑第一笔钱。

韩沙要卖房子。

那时候韩沙出于对市场敏锐的把握囤了几套商铺在手里，妻子生病的时候卖了一套，如今为了女儿的病，其他的几套眼看也留不住了。

特效药在国外，即便立刻申请也需要时间，韩沙没有那么多时间考虑，立刻找到了之前合作过的中介，告知了对方情况，希望处理掉手头的两套房子。

当时，女儿要办理住院，家里又没有妻子打点，韩沙的时间就变得极度紧张了起来，他将房子委托出去之后便去调动公司的资金，一连三四天，韩沙一共也没有合几个小时的眼，正在焦头烂额之际，房产中介打来了电话。

中介经理说，近来全国房产市场不稳定，之前被炒得爆火的温城房产因为经济泡沫破裂正在下跌，开了一个很不好的头，劝韩沙将房价多下调一些，避免市场形势变动大，房子万一烂在手上就完了。

接电话时韩沙还正在和港城方面的专家讨论特效药的申请事宜，已然全靠着香烟吊着精神，闻言想也不想就说："我现在急着用钱，重要的是把房子卖掉。"

房产中介一转小心翼翼的语气，很快报出一个价格，比起原来韩沙提的要低了很多。

身为一个生意人，韩沙下意识地就要拒绝，但这时中介却打断了他。

中介说："韩先生，我知道你女儿生病着急，但是你这个价格我问了几家，对方现在都不敢下手……如果急着要用钱，我建议价格再压一压，要不我怕市场不好，也耽搁小姑娘的身体。"

听到女儿的名字，一下子，韩沙发现自己说不出话。

要是换作平时，这个价格他是决然不可能接受的，但是现在女儿的病只要一天用不上药，对身体造成的伤害就不可逆，女儿的命就等着用钱去换了。

于是，韩沙只能疲惫至极地应了一声。他说："你知道我女儿的情况……之后还有很多要用钱的地方，你看着卖一个最好的价格吧。"

就这样，不到一周的时间，韩沙的两套用来救命的房子都有了下家，签合同的那天韩沙见到了买房子的人，对方递过来的名片上写着一个名字——白一鸣。

买房的人说，他也在创业，急着要房开商铺，这次听说了韩婉的病，他也想让小姑娘多点救命钱,所以在中介的价格之上尽他所能"让"了几万……这已经是他能给韩沙最大的帮助了。

十年前的白一鸣长着一张很是温和的脸，年纪又长，韩沙没有多想，只是道了感谢。

他拿着救命的钱将女儿送进了医院，安顿下来，随着韩婉的状态稳定，韩沙在松一口气的同时也终于有精力去关注别的事情。

韩沙托人去问了自己那两套房子的下落，却震惊地发现当时说要急着开店的白一鸣根本没有使用那两套店铺，如今，明晃晃的招商广告就贴在门口。

白一鸣将它们转手了。

以韩沙的经验，他立刻就明白了事情的前因后果。

中介和白一鸣有勾结，压价拿走了他的房子，然后再高价转手从中牟利。

想到对方是看准了他为给女儿治病着急将房子出手，这里头的用心险恶让韩沙勃然大怒，他查询了附近商铺的转让价格，价格上的巨大落差几乎让他无法呼吸。

在愤怒之下，韩沙也试过联系中介和白一鸣讨要说法，然而，对方的回答是冷冰冰的。

“都过户了，现在也由不得你后悔。”

一句话，韩沙就被打发了，而同时，药企的回复还有医院的缴费单都摆在韩沙面前。

钱，都是钱。女儿未来的每一步都需要钱，但韩沙才刚刚察觉到，自己被人骗走了将近一年的医药费。

韩沙睁着眼在女儿床边躺了一夜，天亮的时候终究还是气不过，他联系了律师，准备起诉。然而彼时韩沙还不知道，就是这个决定，会将他和女儿的未来都推进一片深渊里。

韩沙的故事在这里戛然而止。

他脸上的笑容变得冰冷，直勾勾地看着我说：“你想知道我为什么会去修道吗，老板？”

我这时其实已经隐约猜到了，在我爸刚开始做辣酱生意的那几年，他连我妈都能辜负，就更别说是别人了。

韩沙冷冷道：“你父亲，在我女儿最需要钱的时候骗走了她将近一年的药费，不光如此，在我决定起诉他之后，他做的第一件事不是道歉，而是请了一帮记者堵在 ICU 病房门口报道我女儿的罕见病，不但害得我女儿差点被逼转院，我母亲患上严重的心理疾病，还让我的投资人失去了信心。不到一年，我的公司就倒了，而之后，我还有每年两百万的药费要付。”

一下子，韩沙将我堵得哑口无言。

之前我想过很多种白家和他结仇的方式，但是，我对我爸的了解不足确实限制了我的想象力。

我没想到他竟然能无耻到这个地步。

韩沙直视着我淡淡道："我决定去修道那天就站在你们家楼下，我知道你快放学了，那天我手里拿着一把刀，我想反正用不上那么久的药，我女儿也会死，我不可能放过你的家人。"

如今，我肯定是记不得以前是见过韩沙的，我张了张嘴，艰难地从喉咙里发出声音："那你……"

"我最终没有动手，因为那天我看到你手上抱着一个蛋糕，歪歪扭扭的，应该是你自己做的。"

韩沙平静道："我想到了，我女儿在病床上哀求我给她买生日蛋糕吃，如果我杀了白一鸣的儿子我就得去坐牢，那样我女儿就吃不上当年的生日蛋糕了……也就是从那一刻开始，我觉得我必须去做点什么，我想知道，世界上真的有鬼吗？如果有鬼，那为什么像你爸那样的人还活着？我怕这样下去还没等我女儿坚持到这病有得治，我就会疯掉。"

之后的事情，即使韩沙不说我也能猜到。

他一定好好调查过我们家，以至于连我爸拿走妈妈辣酱这样的秘密都能探听到。

最终，韩沙决定来找我，大概和当年一样，因为我爸伤害的是他的女儿，为了以牙还牙，所以，我就成了我爸的替罪羊。

"所以央子，我说我会给你个机会揍他，现在你可以动手了。"

白柳拍了拍我的后背，语气听不出是在安抚还是在怂恿。

她淡淡道："虽然不想承认，但韩道长说的都是实话，咱们家那位确实干过这样的事，十年前正是房地产最旺的时候，他用高价转让店铺拿到的钱开了咱们家的老厂……没有那家厂子，咱们俩都不能站在这里说话。"

换句话说……白家能有今天，靠的确实是从韩沙那里骗来的救命钱。

一时间，我大脑一片空白，还不等我说出话来，被半拉下的卷帘门外却忽然响起了脚步声，紧跟着就是嘈杂的问话。

"'黄粱一梦'的白老板在吗？我们是瓜视频的，听说你们这里发生了灵异现象，是真的吗？"

来人的声音很兴奋，像是终于搞到了大新闻要赚一笔大的似的。

我的心瞬间凉了半截，下意识望向白柳，然而她却在看韩沙。

白柳苦笑道："这么多年他老人家的手段一直没变过，以前怎么搞你，现在就怎么搞我弟弟……韩道长，这一次你难道要看着历史重演吗？"

23

听白柳的口气，她对门口这帮人的到来丝毫不意外，我心中隐隐浮上一个猜测，小声道："姐，你说你找人压不下去不会是因为……"

"他还指望着我做事当然不能跟我撕破脸，无非就是和我拼资源……但在这方面我不得不承认，比下三滥我还嫩了点，换了我可想不出开业跟派出所举报这种不要脸的做法。"

白柳抱着手臂，声音很冷，加上一身烟味，那模样简直像观音里的"教母"，和过去她在我爸面前的乖顺形象完全不同。

这么长时间以来，一直都是我姐在护着我，否则我恐怕连尝试这七次的机会都没有，一早就被我爸拉回去当他的"辣酱太子"了。

想到这儿我咬了咬牙，问道："姐，我要怎么做才能帮你？"

白柳好笑似的看我一眼，说："临时抱佛脚想当霸道总裁可来不及了……不过还好，别的虽然不能指望你，但靠你这张脸，还有人格魅力，白老板，你也还算是有点东西。"

门口人声鼎沸，好似菜市场，我忍不住翻了个白眼，说："都什么时候了，能不能不要再调戏我……"

白柳却摇头道："我没调戏你，毕竟就我对韩道长的了解，以他这几年做生意没有底线的程度，在你店里搞的这些虽然其心可诛，但要我评价，下手可真够软的。"

"哈？"我震惊道，"你还是我亲姐吗？"

白柳耸耸肩说："他想让你吃亏，第一是要让你亏本卖房子以牙还牙，第二就是要彻底搞砸你的口碑断你后路。要换了我来做，对内骗你房子闹鬼，对外第一周就在网上散播谣言说你这里有客人死了，把你弄崩溃愿意压价卖房子之后，还要在你蛋糕里放蟑螂，曝光你的个人信息，让你以后再没生意可做。"

我沉默了一会儿，才问道："家里那位是不是想这么做？"

白柳瞥我一眼没说话，而这时韩沙笑了笑站起身，说："真不愧是白一鸣的女儿，不过这么下作的手段我确实不想用在你弟弟身上……毕竟，他虽然长着一张和白一鸣一模一样的脸，但论心眼儿，简直像是白一鸣充话费送的。"

"你可不要现在说你良心发现，我可不吃这套。"

我瞪着他。

韩沙没理我，只是走到白柳身旁叹了口气："你这个当姐姐的心可真够大的，这房子不干净是真的，我让他尽快出手不是骗他的。"

白柳笑笑说："这么说，接下来的事情我们应该达成共识了吧？"

韩沙一身是血却还是很斯文地理了理领子和袖口，淡淡道："要我帮你可以，不过你应该知道让我做事都是有价的吧……我家里还有个女儿在治病，我的价钱可不便宜。"

"当然，我弟弟的前途也不便宜。"

"成交。"

我听得云里雾里，白柳回头看了我一眼，很快满意地拍拍我的脸说："可以，就这张很凄惨的脸正好，一会儿出去不要说话，让我和韩道长说话就行了。"

她说完，给韩沙递了一个眼神，后者二话不说地打开了玻璃门，随着卷帘门被拉上去，我震惊地发现门口竟然围了黑压压一片的记者还有自媒体人员。

这架势简直就和我开业那天一模一样，但这一次我已经心里有数了。

这些人十有八九都是被我那个指望我回家继承"王位"的亲爹找来的。

一想到他是怎么对待妈妈的，我就恨得牙痒痒，在这方面我比不上白柳，演不到那个份儿上，面对此情此景，虽然我努力想要挤出个难看的微笑，但最终整张脸还是忍不住耷拉着。

记者这时已经把话筒直接推到了韩沙脸上。

"道长你身上的血是怎么回事？之前这家店里发生的灵异事件是真的吗，还是人为的？"

好一个一针见血的问题。

我捏紧了拳头，意识到我爸或许早就知道韩沙来我店里工作的目的不单纯。

毕竟就算韩沙是找我报仇的，但只要我能回去，他的目的就达到了。

我越想越气，想到白柳的话却不得不死死咬着牙，一言不发地站在一边。

而这时我听见韩沙淡淡地说道："这并非人血，只是鸡血，至于之前发生的事情，只是我在排演法事，并非真有妖邪作祟，还请各位放心。"

我听得背后冷汗直冒，终于知道我姐为什么让我别说话了，毕竟，这里头有个很微妙的尺度——一个凶宅网红店不能说破的尺度。

如果认了"黄粱一梦"真有灵异事件发生，那就一下拉高了吃蛋糕的风险，一些胆小的客人再想来时免不了要掂量一下。

然而如果完全说是人为，29 号的凶宅滤镜又会碎得彻底，我好不容易包装出的噱头也就再也用不了了。在这件事上，最好的处理办法是让 29 号的真面目永远蒙着一层纱，未知，才是让人为好奇埋单的最终法宝。

而韩沙现在显然就是在打这件事的圆场。

收了钱来的记者们自然没这么好被打发，不依不饶地问道："那有客人听见盘子碎裂的声音，包括有女人在笑，这些也都是在排演法事？"

闻言，韩沙只是淡淡看他一眼，紧跟着便讲出了一句震惊我全家的话。

"打破盘子是法事所需，至于女人的笑声……那其实是我在笑。"

不光是我，现场的所有记者都惊呆了。

世界上最可怕的骗子就是认真的骗子，韩沙说谎说得过于脸不红心不跳，昂首挺胸，甚至有一种"姐就是女王"的自信在里头，以至于他面前的记者视线瞬间下移，似乎立刻就开始怀疑起了韩沙的性别。

白柳究竟要付给韩沙多少钱才能让他说出这种鬼话？

我心里大为震撼，下意识去看白柳的脸，结果这女人却只是一脸敬畏地看着韩沙，似乎已经完全入戏了。

可想而知，记者群在安静了几秒后迅速炸开了锅，而面对争先恐后递到面前的话筒，韩沙连眼睛都没有眨一下。

"扶乩术而已……道法博大精深，我修道十年也不过只修了个皮毛，实在没想到会吓到店里的客人，非常抱歉。"

寥寥两句，韩沙将他一手惹出的乱子一笔带过，同时重申了自己道士的身份。

“他是个骗子，但他也是有真才实学的骗子，比方说，他确实修了十年道。”

我想起白柳的话，后知后觉韩沙是在利用他的身份给这个店打烟雾弹，就像那场盛大的开业仪式，做法是未雨绸缪，不意味着有鬼，但店里有真道士又恰好证明了29号确实是凶宅。

眼看韩沙就这么简单地将事情对付过去了，几个不甘心的自媒体人员开始打起了我姐的主意，问道：“请问您是这家店的幕后股东吗？早上的事情您知道吗？”

白柳似乎早就在等着他们，闻言只是十分霸气地用两根指头递过去一张名片，说道：“我是做辣酱生意的，这是我弟弟的店……我早上听说店里出事从公司赶过来看看，今天发生的事情很多，希望你们不要再来打扰我弟弟了。”

说完，白柳拉着我就往店里撤，而齐刷刷地，十来部手机和相机在一瞬间都转到了我的脸上，只让我心里咯噔一下。

我上次上热搜是因为进局子，今天顶着一张刚哭完的丑脸再上热搜简直不要活了！

我慌里慌张地想要遮一遮，然而在一片兵荒马乱里，我只来得及吸着鼻子说一句“别拍了”，卷帘门就被拉下，白柳拉着我飞速退到了店铺的最里头。

门口的骚乱还没结束，但很显然，白柳和韩沙的戏已经演完了。

白柳捏过我的脸看了看，刚刚脸上的担心已经消失得无影无踪，淡淡道：“有你这张哭唧唧的脸上热搜，我觉得那些小姑娘肯定又支持你了……网上说得没错，你确实够好看的，央子。”

我深吸口气，说：“所以你叫我出去就是为了出卖我哭唧唧的色相？”

“那不然呢？”韩沙淡淡道，“网红店不就是做你们这些‘外貌协会’的生意吗？”

我翻了个白眼，怒气冲冲地说道：“还轮不到你来教我做事，我跟你的账还没算完。”

不管这人之前和我们家有怎样的深仇大恨，一想到他不光自己跟我过不去，还撺掇宋楠师一起骗我，我就咽不下这口气，愤恨道：“你还说你手段不下作？不下作你让别人跟着你一起来骗我？”

在这之前宋楠师和何剑已经很久都插不上话，这时一听我开口提她，宋楠师的眼睛顿时又红了一圈。

何剑不慌不忙地给她递纸巾，大着胆子道：“老板……我觉得宋姐可能真的是为了生意才那么做的，她之前工作有多卖力你又不是没看到。”

“我……”

宋楠师本来生得就白，一哭起来两只眼睛红得像兔子——我根本不敢多看，生怕我心里想着不原谅，结果多看一眼美女落泪嘴巴就不听使唤。

韩沙好笑似的看我一眼，说：“看不出来你这么狠心，老板。”

“你给我闭嘴。”我心一横，“一码归一码，我是心软，但我也不喜欢被人骗，之前我也没亏待过你们，一个两个的骗我就这么好玩？”

闻言，韩沙却只是笑笑，意味深长道：“别的不讲，在这个屋子里，小宋是和老板你最像的人，否则也不会这么轻易被我骗过去……她真的是为你好，我也是看中了这点，想把你的左膀右臂拆出去，所以才会趁你们不在临时找上她。”

眼看宋楠师又开始轻声地啜泣，白柳先看不下去了，走过去帮她擦眼泪，瞪了我一眼，说：“我都说了，这屋子里其他人的底细我都查过，你手底下其他两个小朋友没有问题，这件事你还信不过我？你自己都被骗这么久了，就不允许人家小姑娘好心办坏事啊？”

“外貌协会”法则第一条：在好看的人面前，人是没有原则的。

何剑也帮宋楠师求情：“老板……要我说这屋子里发生的怪事也不完全是假的呀，你看我被上身就不是韩哥弄的，宋姐虽然这次是骗你的，但以前肯定不是一直骗你的，你就别生气了吧。”

“外貌协会”法则第二条：两个好看的人一起说话，会有叠加效应。

我叹了口气，在心底劝自己，事到如今，连韩沙都帮了我的忙，白柳显然希望我们合作，在这时候一直记仇没有什么好处。

扪心自问，我也确实舍不得放弃这么好看的姑娘帮我刷碗和做蛋糕。

我犹豫了一下，走过去想给宋楠师递张纸巾，然而也不知是不是因为我脸色太难看，姑娘好似会错了意，我刚伸手她就一把抱住我的胳膊，瞬间泣不成声。

“老板……你别生我的气了，我确实对不起你，我来你这里打工，也是有自己的目的的……”

24

宋楠师哭得上气不接下气，因为模样实在太过凄惨，我根本没工夫去思考她话里的内容，全凭“外貌协会”的本能将她搂过来擦脸。

“先别哭了，有话慢慢说……我这不是也没说要怎么样嘛。”

这下我终于理解刚刚白柳说的，就冲一张哭唧唧的脸，确实会有人埋单。

我自己是什么样我不知道，反正宋楠师哭唧唧的样子我忍不了，这姑娘本来也不化妆，哭起来简直是达到我看一眼就觉得良心在痛的程度。

让美女掉眼泪，这就是在犯罪！

不知为何，宋楠师一到我怀里就哭得更惨了，一连弄湿了我手里好几张纸巾，我擦得手忙脚乱，白柳见状意味深长地看了我一眼，说道：“确实，她是和你挺像的，小时候我说你偷吃我饼干你也这么哭。”

我翻了个白眼，说：“这能是一回事吗？我那时是哭你明明是我亲姐，我吃你块小饼干都要计较……明明知道我喜欢甜的。”

白柳好笑道：“怎么不是一回事，不都是委屈吗？还到处和人说什么‘我最喜欢姐姐，结果姐姐说我是小偷’……你怎么不问问人家姑娘，她在委屈什么？”

我这时冷静下来一想，确实啊，虽然宋楠师骗了我，但我看她也不至于瞎到这个地步，先不说这姑娘确实是没什么心眼，主要之前无论是在厨房里帮我打下手，又或者是出去帮我查资料，她表现出的真诚都不像是假装的。

就因为她被人蒙了我就怀疑她的本性有问题，这换谁都会委屈。

这么一想我心里顿时开始过意不去，软下声音道：“别哭了，是我说过头了……这账我该跟韩沙算，不关你的事，好不好？”

宋楠师哭了一会儿好不容易才止住眼泪，一边吸鼻子一边泪眼婆娑地盯着我，小声问：“老……老板，你不会把我赶出去吧？我，我好不容易才有……”

这下不光是白柳，竟然连韩沙这个罪魁祸首都憋不住笑出了声，若有所思道：“我觉得我还做了一件好事。”

“闭嘴吧你！”

我恶狠狠地瞪了一眼韩沙，帮宋楠师把脸上剩下的眼泪都抹了，好声好气说道："反正也营不了业，一会儿请你吃蛋糕行不行，我知道你喜欢芝士。"

宋楠师嗫嚅道："老板你真不怪我了？我其实……一开始来你这里打工的时候，确实是有别的想法的。"

今天是什么日子，所有人都要来坦白从宽一下。

我叹了口气，天大的火气也被她这通痛哭给浇没了，无奈道："放心吧，今天是天下大赦的日子，你前头有个应该被杀头的现在还在活蹦乱跳呢，你还担心什么？"

宋楠师眨眨眼，犹豫道："即使……我一开始是想做'凶宅西施'？"

我很震惊。

这些年我听说过很多西施的说法，什么"炸鸡西施""卤肉西施"都有，甚至连我姐都曾经被叫作"辣酱西施"，但是……"凶宅西施"是什么？

白柳这时扑哧笑出了声，好笑道："原来就这，我说我的调查怎么可能出错……还以为你是贪图老板美色来的呢。"

宋楠师局促地咬着嘴唇，不好意思地说："之前我有些同事说，要在殡仪馆拍短视频什么的，说不定能火……但我始终觉得，在殡仪馆拍这种东西对死者太不尊重了，我就想，反正我胆子大，要不就去别的地方试试……"

"所以你一开始就是冲着29号是凶宅来的？你就想住凶宅？"

我大为震撼。如今人类的多样性竟已经发展到了这种地步。

宋楠师脸一红，慌忙解释起来："也不全是！一开始我是冲着房子来的，但是后来……后来我一直留下，是因为老板你……"

姑娘的声音越说越小，白柳见状重重地叹了口气，捏了捏宋楠师的肩膀："我这个弟弟这两年投资失败次数太多，现在满脑子除了搞钱就是搞钱……你之后可得好好努力，他以前可没这么不解风情。"

宋楠师立刻点头如捣蒜，白柳补了一句："他要是再敢欺负你，你就哭……只要你一哭他什么都能答应，这可是我从小对付他的秘诀。"

"你就不能教点好的？"

我没好气地给宋楠师拿来一块蛋糕，心里却想我姐在做生意方面必然比我谨慎，如今她看起来好像还挺喜欢宋楠师，这意味着，这里恐怕确实只有韩沙一个"无间道"。

而现在的重点是，这个真正的"无间道"该怎么处理。

随着门口的人声散去，我心知这次的危机算是暂时解除了，然而，之后“黄粱一梦”要怎么继续开下去，还是一个问题。

想到这，我直接拉了把凳子来坐下，说：“既然都说实话了，那不如就彻底开诚布公，解决一些实际的问题……我可不想一歇业就是好几天。”

韩沙了然，到我对面坐下，问道：“要问什么？”

“你说这房子真的有问题，到目前为止，哪些是骗我的，哪些是真的？”

我姐验过了宋楠师和何剑的身份，那至少排除了他们唱双簧的可能……但这屋子里发生的怪事绝不可能是韩沙一个人做的。

29 号确实有问题。

韩沙闻言，很爽快地说道：“二楼的声音和报纸都不是我做的，头发和血不是，小何的上身更不是，我本来想了很多套路，没想到这房子问题会这么大，都不需要我特意来吓你，只要跟着临场发挥就行了。”

等等……

我心里稍一盘算不由得倒吸一口凉气，这里头至少一大半都是这房子本身的问题。

我震惊道：“这房子怪成这样，你还有心思来骗我……大哥，你这么不怕死的吗？”

韩沙耸耸肩，简单明了道：“我更恨你爸，况且，我有什么好怕的？”

我一时哑然，一咬牙，开始好好地盘问他。

“你的所有法事都是假的？”

“法事是真的，但是没有你想要的那种效果，大多都只是祈福用的……如果真有那种烧烧纸就灵验的法术，你爸早就被我咒死八百遍了。”

“你的法器呢？中间不是还碎了吗？”

“早就被我提前弄碎了，剑和铃都是，你忘记你开始想要摇铃我不让你摇了吗，从那时起就是坏的，只要你摇的力度不对，它会立刻碎掉。”

“那你……连个真的法器都没有，就敢住进来？”

“怎么没有，我给你戴过的红绳就是真的，我会定期带去道观重新加持！”

韩沙晃了晃手腕，道：“这是我为我女儿求的，这十年来她每每最危险的时候，这根红绳都在她身上。”

韩沙搬出女儿，我深吸口气压住火气，又问：“如果我看到的那个影子和小何的上身都不是你做的，那这屋子的情况已经堪比恐怖片了。大哥，你怎么还能有闲情逸致陪我在这里演戏，你不怕自己出什么事丢下你女儿一个人吗？”

韩沙却只是好笑似的看着我，说：“老板，我这些年在人身上见到的‘妖魔鬼怪’比这些可怕多了，见过了那些，你以为我还会怕眼下这个？”

又是一个明知山有虎偏向虎山行。

我头疼地揉着眉心，道：“您可真行，演到最后自己都信了吧，为了演戏还能在身上划口子，我真佩服你。”

韩沙的脸色严肃了起来，淡淡道：“我舍得做到这一步是因为我真的希望你离开这个屋子。老板，你没发觉吗，每一次这屋子里的东西出现几乎都是冲着你来的，这件事我没有骗你，做生意的人都该有一套衡量利弊的准则……我不希望我女儿以后吃不到她喜欢的蛋糕。”

“看不出来啊韩老三，居然还走心了。”白柳抱着胳膊在旁边阴阳怪气道，“难怪呢，今天这出戏血都泼了，结果到头来因为你没开门，客人都没瞧见……你到最后其实已经不想骗他了吧？违心硬演，可以啊。”

闻言，韩沙只是好整以暇地还了她一个十分勉强的微笑，说道：“这些付出我之后都会算在那个价格里头的。”

说起这个，我无奈地看向白柳，问道：“你真觉得他可以合作？”

白柳目光如炬地盯着韩沙，说：“你是不知道这位赚钱的能耐……过去这十年里他可没闲着，从餐饮做到美容，甚至连医美都做过，虽然是打游击，但是几乎所有商业风口他都碰过。手段嘛，比较难看，但是挣得钱可不少……那小姑娘到现在还活蹦乱跳的，就是最好的证明。”

我听得一个激灵，干巴巴地问：“挣……挣得很多吗？”

白柳微笑道：“虽然当年我们家那位整倒了他的公司，但是他这些年却没断过给他女儿治病的特效药……他女儿现在的医药费一年算下来，就算能报销，七七八八也要至少五十万往上，而他在赚钱之余还有闲工夫来这里陪你演戏，对比某些只会做蛋糕完全不会搞经营的人，你说他值不值得合作？”

一想到我之前连开倒七家店，赚的钱拿到人家面前说不好只是个零头，这下我是无论如何都说不出话来了，只能有些尴尬地瞪着韩沙。

难怪这厮各种团购软件用得这么溜……他当老板的时间说不定比我久多了。

韩沙穿着之前的血色衬衫，整个人显得格外“衣冠禽兽”，和之前装道士时大相径庭，他笑眯眯道：“白家辣酱的执行总裁出钱让我来帮忙，这我可要狮子大开口了……白小姐，你是真的要请我帮你弟弟开店吗？”

白柳在我身边坐了下来，直截了当道：“我父亲当年欠你的我可以加倍奉还，不但如此，我弟弟的店如果能做得好，我还可以给你额外的报酬，保证你女儿每年都能用上药……这些日子我看你拿着几千块钱在我弟弟这里演戏演得也挺开心，现在他这个傻白甜给你当老板，我这个大冤种给你付钱，你帮他就等于让我父亲不痛快，这样的安排你还有什么不满的？”

“唔……”

韩沙看似为难地想了想，说：“当年白一鸣羞辱过我很多次，所以想要我咽下这口气，我有个条件。”

我心里一紧，心想这厮不至于还要让我跪下来给他道歉吧？我正在胡思乱想时，韩沙却饶有兴致地看向我：“我女儿喜欢你的蛋糕，之后但凡她要吃，你都要给做她。”

我一时无语。

“呵，你还真是挺喜欢我弟弟的。”沉默半晌，白柳冷笑。

“如果这条能答应，那我可以留在这里给你们白家人打工。”

见我心不甘情不愿地点头，韩沙满意地抱起胳膊。

韩沙说：“我们先从第一个问题开始解决……如果你真的想在这里开店，这个凶宅，我们得想办法和它共存。”

25

在韩沙的建议下，我将“黄粱一梦”的套餐升级了。

黄符套餐配了稀释草莓果酱，附赠一支毛笔酥，方便客人自己进行描符，而三清铃可露丽则附赠红绳软糖，客人也可以自己加上糖珠进行进一步的手工制作。

最后，所有在店里一次性消费满一百元的客人都可以抽一次签，如果不幸抽到下签，则可以获得红绳软糖或者下一次消费八折的优惠券。

韩沙一套资本家操作，成本没上去多少，但看上去“驱邪”的威力确实大大加强。本来他狮子大开口，上来就要把价格提高到八十块钱，我实在看不下去，最后勉强定了六十五块钱。

再次开业前，韩沙对我的良心表示不能理解，一边帮我在新菜单上题字一边淡然道："网红店的受众可不缺你这点钱，自己冒着生命危险开店还有闲工夫心疼人家的钱包……真搞不懂白一鸣是怎么养出你这种不会占人便宜的儿子的。"

可以说，经历了两天前那场"白日闹鬼"的风波，韩沙在我面前终于彻底撕掉仙风道骨的假面具。用我姐的话来讲，这些年女儿的医药费就像是座大山一样压在韩沙身上，而他至今没被压死，靠的就是八个字——一心搞钱，毫不要脸。

在搞钱的手段上，韩沙向来没有什么底线，只要不犯法，什么来钱快他干什么，也因此这么多年下来，他手上的证书一大堆，最离谱的时候甚至连男月嫂都做过。

因为过去在道观里干过兼职，韩沙同样写得一手好字，很快就把写好的新菜单像对联一样裱在了墙上，我见状忍不住好奇道："我姐说你也干过餐饮，你不会也会做蛋糕吧？"

闻言，韩沙冷冷地看我一眼，说："我做过餐饮并不意味着我要事事亲力亲为……我还在夜总会工作过，你看我像是会伺候人的吗？"

我一时无言以对。

整顿完营业模式，"黄粱一梦"的另外一件大事显而易见。

店里的道士摇身一变成了商业顾问，二楼的浴室怎么办？

韩沙事后也承认，正是因为他知道 29 号是凶宅才会选择用道士的身份来搅局，而韩沙向来不打没准备的仗，在来之前，他也是做了功课的。

"29 号确实发生过怪事，很多人都见过。"

两天前那场坦白局上，韩沙突如其来的发言害得我差点被自己的口水送走。

我难以置信地瞪着他问："你早知道这样还敢来？"

韩沙莫名其妙地看着我，说："要是这房子完全不古怪，我一个人也很难把这出戏唱起来吧，这不就是钻了它的空子吗？人家不生孩子也不需要月嫂，这房子不古怪你还会需要道士吗？"

说得何其理所当然……

白柳在我身边嗤笑一声：“你看看人家，铁血赚钱机器，也就是这两年年纪大了，否则韩道长赚钱的路子比现在还野。”

我那时已经顾不上和人打口水仗，急道：“这房子之前发生过什么？原本你是个道士我还能稳一稳，现在你只是个骗子，那我和之前的房主又有什么区别？”

“有区别，你人多啊。”韩沙扬起眉道，“我一开始是不希望有别人搅和进来的，因此第一次见面，我本来想要劝你别招其他人，结果没想到老板你这方面的运气还可以，招来的人竟然真的帮你挡掉了一些事。”

他意有所指地看向插不上话的何剑和宋楠师，而我一想到这事就气不打一处来，问道：“所以童男还有八字硬也都是你瞎编的？咱们现在的优势就只有人多？”

闻言，韩沙好笑似的用手指敲敲太阳穴，说：“什么叫瞎编，脑子是个好东西啊老板，小何这么年轻被姑娘近身还会脸红，不是童男是什么？至于小宋，一个小姑娘，敢在殡仪馆工作，这不是八字硬又是什么？”

老狐狸！

我气得咬牙切齿，恶狠狠道：“赶紧说！反正你现在自己也住在这里头，下回再出怪事大家一起吃亏。”

“主要吃亏的还是你。”

韩沙淡淡道：“来你这里应聘之前，我问过几家观音里的店家，29 号的事情其实私底下传得很开，甚至在这个房子空着的时候就有人听见房子里有声音……而且不止一个人听到过。”

我听得背后冷汗直冒，疑惑道：“那我在网上怎么什么都查不到……”

韩沙用看傻子的眼神看我一眼，说：“你开个凶宅网红店都不希望别人证实你店里真有什么，人家开发商搞个商业区当然也不希望别人知道这里有个成天死人的凶宅……这样的新闻怎么会让它曝光到网上？”

要不怎么说资本家最懂资本家。

我深吸口气，问道：“所以说，其实 29 号已经出现古怪事件很久了？”

“确实是……很久了。”这时宋楠师小声插嘴，“这个房子……在我们渝江殡仪馆好有名的，所以我才会找过来，就刚好看到了老板你贴的招聘启事。”

“好有名？！”我大惊失色，在一个殡仪馆里好有名，这听起来就像是柯南来加你好友，绝对不是什么好事，“不要告诉我前头那几任房主都送你们那里去了！”

宋楠师点点头说：“因为都是意外嘛，在下葬之前，确实都是送到我们那边去的，我之前还听他们说过那个自杀的房客……就跟小何形容得一模一样，泡得有点巨人观，然后身上衣服都被染红了，就像是……”

“这么说，之前小何说得完全没有一点差错……”我震惊地看向满脸无辜的何剑。

宋楠师和韩沙都多少是带着目的来的，但何剑刚从大学毕业，完全是干干净净的一张白纸，这件事我姐验证过了。

换句话说，从他嘴里说出来的东西，可信度是最高的。

我问道：“小何，现在你是唯一没骗过我的人，说说你的想法。”

何剑想了想说：“如果非要说……我觉得，她希望老板你能帮助她。”

“帮助？”

“嗯……她不希望你走，因为，她需要你的帮助。”

何剑犹豫了一下，又说：“她也是被这个房子害死的……老板你留在这里，或许我们很快就能搞清楚到底是什么害死了她。”

于是——

这个店肯定还是得往下开。

“黄粱一梦”再次开业的前一天，我又去了一趟寺庙，这回直接请了一尊菩萨回来。

左右店里的假道士已经指望不上了，就不能怪我病急乱投医了。

翌日一早，歇业了三天的“黄粱一梦”再次准备开门了。

一如之前，这一次白柳依然帮我铺了一些渠道，而我本来还打算继续走老路线经营，但韩沙却说什么都不肯，只说这次再开门生意不会差，让我做好爆单的准备。

这几天我忙着换菜单根本没空去关注网上的言论，我听他说这种话只当他是吹牛，谁能想到开业这天卷帘门一拉开，甚至新菜单还没挂出去，大老远就冲过来一堆人，我还没反应过来，一个老气横秋的大叔直接扑到了我身上。

“我这边排两桌！两个人的，先来拿号！”

我目瞪口呆，这时我后头的韩沙却立刻接话："一人一号，我们店没有网上预约服务，只能本人现场取号。"

"那就排一位，赶紧给我个号！"

对于接下来发生的事情，韩沙显然适应得比我快，轻车熟路地指导提前来的客人排成了长队，然后招呼何剑来给他们取号。

"搞什么鬼？"

一进室内，我立刻拽住韩沙，问道："你让我姐用'钞能力'了？"

韩沙好笑似的看我一眼，说："是你要转运了老板。"

我心想我这种招三个员工其中还有一个骗子的运气，突然转运才叫邪门儿，狐疑道："你早知道会来这么多人？"

韩沙叹了口气："老板，你动脑子想一想，那天出的事宣传了什么？"

"什么？"

"A、店里有道士会日常用鸡血驱邪。B、店老板的姐姐是白家辣酱的执行总裁。C、店老板有一张哭唧唧但不难看的脸。现在告诉我正确答案是哪个？"

"你……"

我心想你还好意思提，然而对上韩沙淡然中夹着几分狡黠的眼神，我倏然反应过来，道："所以，我姐当时让我们三个一起出去是为了……"

韩沙嗤笑一声："这道题是多选题，说起来你姐也是个厉害角色，这几年把翅膀养硬了，白一鸣少了她活不了，现在直接跳出来给你撑腰，意味着承认你这家店是她罩着的，算是公然和白一鸣对着干了。"

这么一说，我心里不由得一紧，想到这两天我姐都没怎么给我发消息，估计是家里的麻烦事儿找上门了。

这时我能做的也只有把这家店开下去了。

我咬了咬牙，当即不再瞎想，一头就钻进了厨房。

"黄粱一梦"复营业第一天，店里准备了一百八十份套餐的材料，到了下午四点，已经用光了一百四十份。

我没想到韩沙那一闹能闹出这样的效果。

不光是客人数量暴涨，经过前两天的"洗礼"，宋楠师做事的卖命程度直接翻倍，很多时候一言不发就把我的工作揽过去，导致我竟然还会有在后厨闲着手的时候。

太安逸了。

这是什么钱自动进口袋的神仙日子。

我听着前场的动静简直热泪盈眶。

不光是宋楠师，何剑和韩沙也都没在这种高强度的营业里掉链子。在彻底放飞自我之后，韩沙的演技甚至不退反进，一手收银，另一手还有空给店里抽签的小姑娘解卦，冷着一张脸却生生搞出了满屋子快活的气氛，让我越发相信这人以前在夜总会绝对没干好事。

就这样，“黄粱一梦”热火朝天地营业到了下午五点多。

随着太阳落山，眼看冰箱里的材料没了，我让小何去门口疏散还在排队的客人。本来我已经一门心思要去数我的钱了，就在这时，何剑突然急急忙忙地推开了后厨的门。

“老板……”

有危险！我的“大冤种”雷达刚一奏响，何剑背后的男人已经怒气冲冲地跳到了我面前，吼道：“我姐姐的事情你们知道多少！谁让你们全网宣传她自杀的事故的！”

26

好在29号当天的营业已经接近尾声，后厨的动静最终没有闹大，我靠一顿火锅稳住了人。在歇业后，我带着全员去了附近的老火锅店，可怜巴巴地在子母锅中间小小的菌汤里涮牛肉吃。

老话说得好，在渝江，伸手不打火锅人。

即使是半个小时前看起来要揍我的人，现在在牛油锅的安抚下都慈眉善目了很多，有点僵硬地对我自我介绍：“我叫杨平，我是观音里29号上一任住户杨娟的弟弟……在网上看到短视频过来的。”

虽然早有预料，但听他说出来我还是免不了感到心虚，当即给他加了两盘牛肉，苦笑道：“你姐姐的事情很抱歉……我们原本也不想特别宣传，但是这房子确实是有些古怪，我这也是没办法，因此请了位道士坐镇，那天就是做法事被人拍下来了，所以才闹得这么大。”

坐在我旁边的韩沙淡淡插嘴道：“很抱歉……如果那天的法事让你观感

不好，确实是我们的问题，我的本意是想让 29 号的死者好好往生，也希望你姐姐能安息。”

真的很难想象，眼下这个满脸慈悲的人竟然和前两天那个说“死了人的房子一样能攥出油水”的资本家是同一人。

韩沙的演技真是让人叹为观止，拿个金奖都是屈才。

我按捺住自己想翻白眼的冲动，给明显是个老实人的杨平推过去一盘牛肉，软下声音问道：“其实之前我对你姐姐的事情了解得不太多……方便和我们说说吗？”

我一示弱，坐在杨平两边的宋楠师和何剑也都很有眼力见儿，一个倒水，一个送西瓜，就差上去给人捏肩膀了。最终，在我们的攻势下，杨平的肩膀松下来，开始同我们说起杨娟的事。

五个月前，杨平的姐姐杨娟决定从渝江市郊来市中心做生意，打算将原本生意就不错的小面馆开得更大一些。

对于姐姐的决定，人在外地的杨平虽然举双手赞成，然而条件并不算特别优渥的他有自己的顾虑。

姐姐靠开小面店挣了一些钱不假，但是作为一个直辖市，渝江市中心的地皮可谓是寸土寸金，杨平很难想象杨娟能靠兜里的那点钱，在市中心找到多好的商铺。

然而，出乎杨平意料的是，仅用了不到半个月，杨娟就在观音里找到了一间月租金只要一万块的商铺，上下两层，一共有一百五十平方米，算下来每平方米只要六十多块钱。

要知道，就算是杨娟原本相对偏僻的商铺，月租金每平方米也要五十块钱，如今多花一点钱就能在观音里租到独栋开店，这可是原来他们想都不敢想的事情。

可想而知，在这样一个价格的诱惑下，急着想让小面店再次开张的杨娟很快就和房产经理签了合同，前后只花了一个多星期就搬进了 29 号。

在最初的计划里，杨娟打算稍稍装修一下 29 号就立刻开门营业，毕竟房租不会等人，即使再便宜，耽搁一天的钱都要靠卖十几碗小面才能赚回来。

出事前一个星期，杨娟还让杨平来了一趟 29 号商量装修的事情，杨平至今都记得，他第一次踏入观音里29号时的感觉。

当时还是三月，渝江的气温在十五六摄氏度，按理说也就是穿一件外套的程度，然而，一踏进29号的大门，杨平就瞬间感到后颈上的汗毛一根根倒竖了起来。

好冷。

杨平裹紧了衣服才得以抵御住这股寒气，他问起杨娟，杨娟却只说是这两天渝江下冷雨导致的，29号的上一次住人是两年前的事，平时没人打理，难免有些装修不到位，保暖不行。

当时杨娟信心满满地告诉杨平，她想把二楼装修成包间，反正之后她最多只会再招一个帮工，要这么多房间也没有什么用处，还不如利用起来增加客流量。

事后回忆起来，杨平只记得那天姐姐很高兴，一直和他商讨装修的细节，没有告诉他这个房子以前出过事，只说在观音里能租到这么好的商铺是她运气好，之后如果做火了，杨平也就不用再跟着人家干活儿了，可以直接来她这里帮忙。

当时，杨平怎么也想不到，仅仅一个星期后，他就接到了观音里派出所打来的电话。

姐姐死了。

“我姐，她不可能会自杀的。”

即使事情已经过去了几个月，杨平提起姐姐还是忍不住红了眼。

韩沙这时在桌子底下掐了我一下，轻声道：“老板，要破费了。”

我还没反应过来，韩沙已经叫住服务员：“劳驾，来瓶好酒。”

大哥，你请客啊？

我瞪着韩沙，但服务员已经满脸高兴地跑了，韩沙飞快地给我发了条消息。

既然要做凶宅的生意，之后可能还有别的受害者家属找来，公关工作要做好，免得之后再被你亲爹钻空子。

发完，他又补了一句。

还有，你难道不想知道，上一个死的租客到底是个什么情况？

我对上韩沙看透一切的眼神，心不甘情不愿地咬了咬牙，确实，我现在用凶宅做生意，这对于之前在29号里去世的死者家属来说算二次伤害，不管怎么样，对人家有个交代也是应该的。

想到这，我认命地叹了口气，说："喝点吧，我也有个姐姐，突然发生这样的事情家里肯定很难接受吧？"

杨平本来就在拼命压抑情绪，被我这么一说眼泪直接顺着脸颊淌了下来，崩溃道："我姐去年年底才刚刚离婚！好不容易……好不容易可以自己开店，赚的钱不会再被人分走了，怎么会碰上这样的事情？警察说她自杀，她才刚开始过自己的生活，还要养我的小外甥女，怎么可能会自杀啊！"

杨平递过来一张杨娟和女儿的合照。

照片上的女人胖胖的，面相有些憨厚，手里拿着冰激凌，正抱着女儿对镜头笑得灿烂。

如果不出意外，这就是在二楼浴室自杀的那位租客本来的样子。

一想到最终杨娟凄惨地倒在浴缸里，我忽然就有点明白小何说的，对方不希望我离开，希望我找到29号真相的意思。

她原本只是个向往幸福生活的普通人而已……就和妈妈一样。

一想到这，我心里瞬间难受了起来，反正钱也花了，服务员把好酒一上，我二话不说就给自己和杨平都满上，说道："你放心，你姐的事情我肯定上心，如果真是29号里有什么蹊跷，我一定想办法查出真相！"

说罢，还不等韩沙阻拦，我整杯酒就已经下了肚。

借着直冲上头的酒意我问道："你姐出事前，就没有和你说过29号发生的怪事？"

同样是一杯酒下肚，杨平似乎是彻底对我们放下了戒心，哽咽道："出事前我在外头接了个活儿，没空过来，她就一直给我发短信，都在说装修的事情……中间就一次，她和我说过29号里的怪事。"

"她也碰到怪事了？"正在给我们倒酒的何剑动作一顿。

杨平毫不犹豫地又喝了一杯酒，痛苦万分道："她……她说屋里头好像有老鼠，有的时候她在楼上会听到楼下有动静，但当时我觉得这房子这么长时间没人住，有动静也不奇怪，就没有在意。”

这时韩沙已经放弃拦我喝酒了，眯起眼问道：“那她有没有检查过？屋里确实有老鼠吗？”

杨平一边喝酒一边流着眼泪说：“她……她没说，我后来和警察讲了，但是警察只说屋子里没有其他人的痕迹，房屋主人也说，29号确实有老鼠的问题，所以这个事情就不了了之了。”

闻言，宋楠师若有所思道：“之前我确实经常听见我屋子里有动静……难道是老鼠吗？”

我想到之前宋楠师床底下的那个东西，如果没有看到，我甚至可以安慰自己是老鼠赶来送的报纸，然而我可是亲眼看过那张脸的，天底下要是有长成那样的耗子，人类早该灭绝了。

之后，杨平又絮絮叨叨地回忆了许多杨娟的事，甚至给我们看了杨娟生前给他发的短信，其中不是在询问女儿的情况，就是在和杨平商量29号的软装事宜。

根据杨娟发过来的那些购物链接不难看出来，她除了想要将二楼改装成包间，还想要重新装修二楼的浴室，甚至连洗手池和镜子都已经选好了。

这场饭局最终以我和杨平双双喝趴下告终。

我的意识中断在韩沙用我的脸刷屏付饭钱，之后只隐约听到韩沙说要把杨平送到附近的快捷酒店，便彻底神智不清了。再醒过来时，我人已经在何剑的背上。

“这么看来，在你们白家确实是你姐更适合做生意。”

夜色里，韩沙走在何剑身边，三十一摄氏度的天气，他的中式外套披在我身上，让我一时搞不清他是要关爱我还是要害我。

见我醒了，韩沙不冷不热道：“我让你买酒是为了套对方的话，我还是第一次见应酬先把自己喝倒下的……你可真行啊老板，要换了我以前工作的地方，你这顿酒喝完肾和贞操至少得少一个。”

我勉强恢复了一些理智，翻了个白眼说：“你刚刚是不是拽着我头发刷我脸付钱了？”

韩沙好笑地看我一眼：“反正酒也都是你自己喝的，给自己付酒钱天经地义。”

我懒得理他，转头看另一边，宋楠师提着剩菜还有那瓶没喝完的好酒走在我旁边，见我醒了慌忙道：“老板，你还好吧？早知道你这么不能喝……我就帮你喝了。”

我心想在我这里哪有让漂亮姑娘给我挡酒的道理，笑道：“你一个姑娘喝多了不是更要命？”

“以前上学的时候存放‘大体老师’的房间都很冷，为了驱寒我经常喝酒，最多能喝快两斤。”宋楠师满脸担心地看着我，说，“老板，你今天最多只喝了四两。”

我被噎了一下，还没说出话来，忽然何剑脚下一个踉跄，我差点从他背上栽下去。

“对不起啊老板！咱们门口的台阶有点不太好走，房子确实老了。”

何剑慌忙给我道歉，然而我却被这一震弄清醒了大半，一阵夜风吹过，我脑子里莫名就想起来上次我姐和我说的“29号风水不好，楼梯太陡，二楼太阴，要换装修”。

那天我就站在现在这个位置——29号的门口和我姐聊微信，说起来了装修。

然后，我立刻就看到了一楼的人影。

装修……

我心里咯噔一下。

杨娟死前正准备装修，而她还没能实施就死了。

难道说29号里的东西，不希望外人改变这里的布置吗？

27

又过了一周的店休日，我去见了当时卖我房子的胡经理，顺带给他带了几块蛋糕。

不管怎么说，即使29号在我手上依旧不怎么安分，但它好歹能赚钱，这一星期二楼没闹出什么幺蛾子，我每天看着银行卡进账都能多吃一碗饭，而这一切归根结底，还是要感谢胡经理当时把房子介绍给我。

我提着蛋糕上门，不大的中介房屋里死气沉沉，除了胡经理外，其他两个房产经理都在睡午觉。

事后我才知道，之前观音里那一波扩建排场太大，然而这两年新开发的商业区不怎么景气，论热度始终比不上前头的美食街，故而 29 号旁边的商铺至今都没有租出去，洞子火锅店破烂不堪的招牌始终都留在原地。

那在房子都卖不出去的情况下，房产中介的日子显然不好过。

胡经理身上的烟味很重，见了我勉强挤出一个笑容来，迎到门外说："白先生，你怎么有空过来了？前些日子看你都忙得脱不开身了。"

我笑笑说："今天是店休……就算我不想休息，店里帮工的人也有家要回，所以得空我就过来看看。"

说罢，我把蛋糕递给他，胡经理感谢之余夸赞道："白先生你手艺真好，我之前还一直想去光顾你的生意，毕竟我老家在南方，家里都喜欢吃甜的。"

左右房产中介这里一时半会儿也不会来人，胡经理干脆和我走远了一点，选了个室外的位置坐着聊了两句。

我给胡经理买了杯咖啡，寒暄道："还是没人来问附近的商铺？"

对此胡经理也很无奈："主要是除了 29 号，其他的店铺都没出过这么多事情，顶着观音里这个名字，就算我们劝房屋主人降价，人家也不愿意啊。"

我好奇道："那 29 号旁边商铺的租金是……"

胡经理点上一根烟，满脸写着头疼，道："是 29 号的三倍到四倍吧，不瞒你说白先生，当时扩建的时候其实开发商是很看好这一带的，谁能想到这两年不景气啊，来问的人都很少，我们这里好几个业主都已经不抱希望了。"

这么一对比，29 号还是争气的，不枉我吃了这么多苦头。

我心里十分欣慰，但在愁眉苦脸的胡经理面前显然不能说这个，我很快切入正题。

我小心翼翼问道："胡经理，不知道你方不方便帮我联系一下 29 号前头几户租客？"

胡经理一愣："这……"

我直接开始哭诉："胡经理，我知道你也要养家糊口，所以当时卖房子的时候你跟我隐瞒了一些东西……我能理解，换了我好不容易有人来问 29 号这个老大难，我也不敢告诉他那房子有古怪，但是现在这房子我都已经买了，你就不能帮帮我吗？"

一提到房子古怪，胡经理的脸色就变了，我知道这意味着我说对了，无奈道：“不是很早以前就有人听到那个房子里经常发出动静吗？这个事儿观音里官方不敢对外声张，我都明白，只是你看，前头都死了四个人了，如果胡经理你不帮帮我，我说不好就是下一个。”

我可怜巴巴地盯着胡经理。

好在从小到大我卖惨一直是可以的，最终，像是妥协了一般，胡经理叹了口气说：“白先生，这确实是不太合规定，但是……我会帮你的。”

紧跟着，胡经理回中介所帮我找了资料，我谢过他之后也不敢耽搁，立刻麻溜地回到29号，却发现一早回家的宋楠师这时已经回来了，正呆呆地坐在一楼发愣。

“来，小宋，帮我个忙。”

我顾不上别的，只想赶紧验证一下我之前的猜测。

我尝试着联络了第一位死者薛女士的紧急联系人。

现在距离薛女士在楼梯上失足已经过去了八年，薛女士的丈夫早已再婚，然而问起那时的情况，男人却记忆犹新。

“我记得那个房子……从一开始我对它的观感就不好，不想让我前妻租，结果果然就出事了。”

“一开始观感就不好？为什么？”

“那时候虽说观音里的名气大，那一带的房子卖得也还可以，但是那个商铺的整体户型就很奇怪，好像是开发商想省设计费，直接用的原来的户型进行重建，还说要打造什么复古街区招揽客人，结果倒好，小复式的楼梯陡成那个样子，我前妻就是活活被那个楼梯害死的！”

男人越说越义愤填膺：“当时我小孩才三岁，我前妻为了方便带孩子，从单位退下来，租房子开了个服装店，我每次去都觉得那个楼梯太陡，不敢让小孩在二楼，也提醒过我前妻很多次，但是一直没有钱搞装修，直到那店开了一年多，她攒出钱来了，我们就准备好好把房子弄一下。”

来了。

又是要命的装修！

我心里一紧，问道：“你们当时是做了一些装修的吧？”

男人咬牙道：“做了，我们当时和房屋主人说好，做了一楼全套的装修，但是因为楼梯和二楼的情况比较复杂，施工师傅说如果动，铺子得歇业，所以当时我们就等了等，没想到就这一等……”

接下来的话不说我也明白。

还没等薛女士开始动二楼和楼梯，她就在楼梯上发生了意外当场身亡，丢下了她当时只有四岁出头的女儿。

我简单安抚了薛女士的丈夫，又拨通了第二位死者王先生的联系人电话。

这一回接电话的是王先生的妹妹，六年前，王先生在搬进29号六个月后，在二楼浴室煤气中毒身亡。

听闻我现在就住在29号，女人的声线便紧张了起来：“你怎么还敢买那个房子！那房子里有鬼害人，你不知道吗？”

我心想我能不知道吗，住进29号的这段日子，我把我上半辈子攒下的所有胆子都用完了，我无奈道：“王小姐你能具体和我说说吗？我现在确实在29号里……碰到了一些怪事。”

女人颤颤巍巍地回忆道：“你要小心，小心那个二楼的浴室……我大哥出事之前和我说过一次，说他想要给浴室装个窗子，因为觉得在里头洗澡总是阴森森的，然后他就因为煤气中毒……”

装窗子。

我皱起眉道：“所以说，王先生在出事之前有想要装修二楼浴室的想法？”

女人恐惧道：“对，我哥租29号是开咖啡店的，楼上是他的工作室，他平时就住在里头。他跟我说过几次，觉得二楼太压抑了，想要换一换装修，但是还没等他换装修就出事了。”

又是装修！

一下子，我的心口突突直跳，耳边好像响起了《名侦探柯南》的背景音乐。

名侦探竟是我自己！

我挂了电话，迫不及待地看向宋楠师，她早就联络完了，说道：“第三位摔下楼的宋女士是做小龙虾生意的，是搬进来三个月后出的事。她家里说她当时赶上旺季赚了一笔钱，正在考虑装修店面，然后却因为晚上下楼的时候失足出了意外。”

“所以说，每个死去的人都想装修29号，而且，他们出事出得越来越快了。”

我手心冒出汗来。

薛女士开了一年店铺才出意外，王先生是半年，宋女士是三个月，而那天杨平说，杨娟还没有等到开张就出了事，前后可能也就大半个月的时间……

无论 29 号里到底有什么，按照时间来推算的话，如果它要弄死我，应该快了。更别说，那天我还在房子门口说我马上要装修。

这么一想，最近这些事就是来警告我的？

想到这，我的背上猛地蹿起一阵寒意，我不得不捏紧拳头逼迫自己冷静下来，思考目前的对策。

如果对方的雷区是装修，那么房子本身就是问题，如果不是 29 号成了精，那么就必然是有人非常珍重这个房子。比如说……过去曾经居住在这里的人……

“都说这房子前后死过四个人，其实根本不止，当年还是居民区的时候就发生过火灾，说是烧死了人，29 号原址下面就是一片废墟……”

一瞬间，我想到不久前看到的匿名评论，赶忙让宋楠师去找，结果再看那条评论已经不翼而飞了。韩沙也说过，观音里官方肯定不愿看到凶宅的传闻散播到网上，所以，被删掉的评论很可能说的就是事实。

29 号确实着过火，也确实死过人。

这件事如果在网上问不出来，那剩下的办法就只有一个。

我犹豫了一下，立刻拉上宋楠师，带着剩下的蛋糕库存出了门，开始询问 29 号附近的商家。

事实也证明，一个漂亮姑娘加上糖分的威力约等于“糖衣核弹”。

虽然周边大多数的店主都只是租客，但是面对一个眼巴巴的宋楠师再加上我手里的蛋糕，每家店主最终都尽可能地提供了他们所知道的“传闻”。

其中，最有用的情报来自离“黄粱一梦”很近的那家奶茶店。

奶茶店的店主说道：“我们家三年前过来的时候也问了那家，当时价格就相当便宜了，我老公就觉得有问题，一问房产公司，居然是凶宅。我一开始还不信邪想租，后来房产公司那边的人看我大着肚子，不忍心，就偷偷和我们说这宅子底子不好。”

“底子不好？”我心里咯噔一下。

女人点头，小声道：“就是最早开发商要从原住民这里收房子，不是特别顺利，也闹过强拆这种事，说是 29 号当年就是钉子户，和开发商条件谈不拢，之后莫名其妙 29 号就着火了，里头困着的人都没出来，是活活烧死在里头的。”

我听得后背发凉，想起老韩瞎掰出的那套楼梯浴室的逃亡理论，觉得有几分道理。

29 号改建之后没有改变原来屋子的构造，换句话说，现在的 29 号和过去是一模一样的，如果真的是过去住在那里的人还不肯离去……

我不禁打了个寒战，奶茶店老板似乎看出了我脸色不对，又道：“要不……你们再去前头酸辣粉那家问问吧，他家老太太就是观音里的人，之前说 29 号卖掉的时候，老太太反应还挺大的。前两天我们去的时候他家老板还说呢，说你开业去买酸辣粉，他心疼你买了那个房子，辣子和粉都忍不住多给了两勺，生怕你之后就再也吃不上了……”

第五章

没有故事的女同学

28

年纪轻轻就买了死了四个人的凶宅，再一次来到酸辣粉店门口的时候，我明显感觉花臂老板看我的眼神不一样了。

现在想来，上一次我来这买粉，他应该是当断头饭卖给我的，我也因此有幸在以缺斤少两著称的观音里美食街上吃到一碗足量的酸辣粉，回去就在宋楠师面前哭到泪失禁。

老板也一定没想到，我居然到现在还活着。

我对老板说："一杯酸梅汤，一碗中辣酸辣粉，都在这吃。"

这个点，店里的人很少，我和宋楠师挑了个电风扇下的位置，旁边一桌坐着个干瘦的老太太，正在看短视频。

我当即决定自己上前，问道："阿姨，我想问一下，您知道 29 号之前的事情吗？"

闻言，老板下粉的手一抖，颤声说："你……你在那个房子里也碰到事情了吗？上回说闹鬼不是说是假的吗？"

这么一看，老板虽然长得比我威武雄壮很多，却也是个胆小的人，我干笑一声说："哥，上回确实没闹鬼，是我家员工未雨绸缪了。但那房子的黑历史不是摆在这吗，我总得有备无患啊。"

老板给我们上了菜，犹豫了一下对旁边的老太太说道："妈……要不，您和他们说说？虽然物业让我们没事不要聊这个，但毕竟都在这片开店……"

"等等……物业不让聊这个？"我一惊问道。

老板苦笑道："要是能说，上回你来买粉的时候我不就和你说了嘛，我们这都讲……"

"那房子太邪了，小伙子，你怎么想起来买它的呀？"

这时老太太突然插嘴，她把手机一扣，直接将板凳拉到我身边，痛心疾首地拽过我的手，说："看小伙子你人长得挺俊，怎么就是个方脑壳，这种房子也敢买来做生意，你知道29号以前烧过吗？所有跟那个房子扯上关系的都没好下场。"

我赶忙追问："那这么说，您知道29号的火灾？"

老太太叹了口气："怎么不晓得，我以前就住在这里，当时开发商出钱让我们搬，我男人为了几个钱跟他们签了什么合同，等过了几年我儿子再想过来做生意，才发现租金翻了好几倍，心黑啊。"

我又问："那29号里原来住的是什么人？当时发生的事您能和我说说吗？"

"小伙子你是问对人咯。"

老太太像是早就等着我开口似的，在我手背上大力拍了两下，一副没拿我当外人的样子，说道："当年那房子离我家不远，我记得里头住着一个女的，姓林，四十多岁，房子是她家老汉留给她的，住了好多年。她喜欢玫瑰，她门口的玫瑰都长得可好咯。"

"所以她一个人住，没有家人？"

"我们住在观音里的时候没见她有什么家里人，不过据说是结了婚的，早些年离了，家里人就搬走了，后头出了着火的事情，她丈夫好像跟观音里要钱，还要了不少呢。"

我心里咯噔一下。

一个孤零零的女人，被烧死在祖传的房子里，然后她的家里人似乎并不在乎她的生死，更在乎她兜里的钱……

这简直是标准恐怖片的剧情。

我忍不住问："那当时房子为什么会起火？"

老太太一咂牙花子，说："就是弄不清才奇怪，说是什么电路老化，也没人看到火是怎么起来的，只晓得烧得半个观音里都能看见。虽然当时我们已经搬走，但是都说啊，那个女的一开始在二楼呼救，声音还传得很远，只是观音里那时候都空了，谁能来救人啊，后来她从楼梯上跑下来的时候浑身都烧着了，倒在门口就已经没救了。"

浴室……楼梯……

我越听心里越凉，下意识地陷入了沉默。也不知是从我脸上看到了什么，老太太忽然一捏我的手，神神道道道："小伙子，我跟你说那房子可不能一直住下去啊，就算是为了你店里的小姑娘考虑，她家里人可担心了，我这边网上都看到——”

“什么？”

我大脑根本来不及运转，老太太已经把手机递了过来，她轻车熟路地将视频往前一翻，瞬间，一对中年夫妻便出现在画面上。

就见瓜视频的记者迫不及待地将话筒递到这对夫妻面前，问道：“请问宋小姐之前确实是在殡仪馆做遗体化妆的工作吗？”

夫妻二人尴尬之余却是答非所问，满脸忧心道：“当年是她非要去学殡葬，结果现在好好的工作马上就要转正了，突然一声不吭地辞职，从家里搬出去，还非去个凶宅做蛋糕，现在连我们的电话都不接……”

“别……别放了！”

视频播放到一半，宋楠师手忙脚乱地扑过来将手机屏幕按熄。

直到此时，我才意识到她其实一直不在状态，平时吃辣酱拌饭能加半瓶辣酱，结果今天一碗中辣的酸辣粉却只吃了两口。

似乎自从宋楠师白天回过一趟家，她的样子就不太对劲儿。

和家里闹矛盾这事我可以说是很有经验了，然而老太太显然没我这么会读空气里的气氛，继续说道：“哎呀，我就是觉得小姑娘长得这么好看，家里还盼着你早点嫁人呢，你看你爸妈都担心成什么……”

“老板！我，我先回去了！”

老太太话没说完，宋楠师已经飞也似的跑出了店外。多年哄我姐的经验让我意识到，这时候不追上去肯定会完蛋。于是我二话不说跟出去，很快就在不远处截住了慌成一团的宋楠师。

“你没事吧？”

我一拉住她就发现她眼圈已经红了，我立马心软，放弃了今天的查案，说：“问得差不多了，回去我教你做新蛋糕怎么样？做你喜欢吃的抹茶巴斯克？”

有了上次韩沙的那一出，我发现宋楠师其实是个非常好哄的女孩。在韩沙那么惨烈地骗过她之后，他只用了两顿外卖就把她哄好了。

我刚说的话效果立竿见影，姑娘的眼睛抬起来，犹豫了一下问：“老板，你真的会一直留我做蛋糕吗？虽然我学得慢，但……但我下次可以帮你挡酒！”

我被她逗笑了，说：“挡酒就免了吧，就算你能喝，但让女孩子喝酒可是流氓行为。再说了，小宋你看店里其他两个人像是做蛋糕的人吗……老韩恨不得帮我打个鸡蛋都收两百块钱辛苦费，小何那手劲儿，拌面糊估计分分钟能拌成水泥，除了你，我现在还能依靠谁啊？”

“老板……”宋楠师感动道，“只是我家里的事……”

我笑了笑说：“只要你想在我这里干，我是不会管别的事情的……还有，刚刚那个说不定还是我连累你，毕竟我爸可能到现在都没死心，还变着法子想把你们从我店里挖走。”

看来之后得让白柳找个靠谱的律师，免得那群媒体像苍蝇一样天天绕着我身边这些人转。

我想着冷笑一声，又说：“天底下恐怕找不到第二个这种爹，自己儿子为了开店日子过得水深火热，结果他还给我找更多麻烦……”

我越想越气，忍不住在心里诅咒那个老家伙天天吃辣椒被呛，而这时，我手背上忽地一温，宋楠师轻轻抓住了我。

她眼底的薄红这时已经消散了，两只明亮的眼睛直直地看过来。

“老板没事的，我是不会走的。29号的麻烦再大，你也还有我。”

宋楠师语气温柔，清秀的脸上写满了真挚。

想来，如果我是刚认识她，听了这个开头我心里肯定就软成一块布丁了，然而，她可是宋楠师——

“就算你出事了，我也可以及时把你送医院，不会像之前的人那样，死在房子里都没有人发现……万一烂了，那样化妆也会很困难。”

果然，美女会沦落到跟着我干活儿是有原因的。

“老板我……”

宋楠师看起来还想说话，但一想到我的生命已经进入倒计时，我就觉得我还是得先买杯奶茶冷静一下。

“我马上回来。”

我正要走向对面的奶茶店，忽然，宋楠师一把拉住了我。

她满脸惶恐。

“老板，我是不是又说错话了？我刚刚想说的其实是……我，我不是那个意思！”宋楠师懊恼道，“只怪以前上班的时候每天接触的活人实在是太少了。虽然我也练过！但是……尸体毕竟不会说话……”

最后，她就像只做错了事的金毛犬，委屈巴巴地盯着地，我心里不由得升起一股负罪感。

就这么一个连话都不太会说的美女，不怕死了四个人的凶宅，顶着外界和家里的压力，一门心思要在我这么一个小破店里跟着我学做蛋糕……

一想到这些，我就算是块石头也该化了。

“老板？”等不来我的回答，宋楠师的肩膀很快塌下去，“其实，我一直知道的，我不会说话，因为之前那些介绍我相亲的人都说，我的性格只能做入殓师，这张脸长得再好在我身上一点用处都没有……”

宋楠师的声音越来越轻：“我就是……被这么说有点不甘心，明明我做入殓师是因为喜欢，但是最后却成了他们嘴里的缺点，说我无趣，说我浪费。我怕再这么下去，我真的会变成他们说的‘没有故事的女同学’，我不想这样，所以我才想要试试别的，比如说，‘凶宅西施’什么的……”

到最后，姑娘的头已经彻底垂了下去，一时间，我们周围只剩下观音里的热浪和蝉鸣。

我内心忍不住叹了口气。

以这姑娘的业务熟练程度，恐怕她过去一天画的尸体比一年落在我手里的鱼类尸体还要多，这样的工作简历，无论在哪里都可以说是劳动模范。要让我知道哪个人敢用这种职业精神打压她，我第一个扇死那个人。

我犹豫了一下，将手放在她的脑袋上，感觉她微微发颤。

我无奈地开始安慰：“这位女同学，首先，做蛋糕不是声控的，不需要你会说话。其次，下次谁再敢说你长得漂亮没用，请让他直接来找我。最后，你做这些尝试本来也不是为了在这些人面前证明什么，而是为了你自己，毕竟，人只要豁得出去……”

忽然间，我的话戛然而止。

一个厨子的常规操作就是，给人灌“鸡汤”结果自己先痛饮两大碗，一下子，我竟莫名联想到了 29 号现在的处境。

“事实证明，人只要豁得出去，没什么是干不成的。”

进“黄粱一梦”的第一天，我就知道这个道理。

无论里头有什么，之前一直都是它主动来搞我，把我弄得穷途末路，然而——

如果这一次我反客为主，整点不一样的呢？

就在一瞬间，一个极其大胆的想法已经在我的脑袋里成了形。

29

当天晚上，我做足了心理准备，终于站在了浴室门口。

可以说，我这辈子还从没洗过这么有仪式感的澡。

在韩沙坦白从宽过后，虽然屋里的其他三个人已经开始将浴室当成一个正常浴室使用，甚至前两天我还听见小何在里头洗澡哼歌，然而对我而言，韩沙的辟谣却并不意味着危险解除了。

针对房子的问题，我之前和白柳聊过，本来是希望她这回能给我介绍个靠谱并且和我家没仇的大师，结果白柳转头却告诉我，这事她已经帮我找警察了。

白柳说，毕竟之前已经死了四个人，观音里派出所那边不希望我再出事，因此对于29号的情况已经上报了，之后会有专人找我来了解情况。

看上去，白柳十分不担心，也十分放心将亲弟弟的性命置之度外，但毕竟住在29号里的人是我自己。为了第二天的营业款和我这条命，我必须自救和报警两手抓，容不得一点轻敌。

白天我已经仔细分析过，前头的四个租客，有两个死在浴室里是不争的事实，按照之前出事的时间，从一年到大半个月，我能活这么久已经算是天降恩赐了。一直这么如履薄冰也不是个办法，我得想个一次性解决的法子，比如说——

钓！

就硬钓！

我做足了心理准备，正要推门进去，韩沙拎着热水瓶从房间出来，一看我如临大敌的样子，他脸上的表情立刻转为戏谑，说道："要是害怕，干脆去问问，小何愿不愿意看着你洗澡？"

我面无表情地看着他，说："大哥，这对我和小何都算性骚扰的。"

韩沙大笑起来："说真的，你如果实在太害怕，可以去问问，说不好这屋子里真的有人愿意呢。"

说罢，韩沙提着热水瓶就下楼了。

要不是这货跟 29 号一样能挣钱，我早把这种资本家的脑袋按进厨师机里了。

我咬了咬牙，恶狠狠地按下了浴室门的把手。

试问，把 29 号惹怒需要几步？

第一步，进入二楼浴室。

第二步，假装洗澡。

第三步，开始和它从挖墙钻地聊到电路下水道，一起看窗、门、墙纸、地板，总之，告诉它，这是我家，就算搞装修又怎样？

我的计划很简单，既然比起之前的住户，我最大的优势就是人多，那我还不如就在 29 号反复说装修的事情，把它钓出来。然后乐观一点，我们可以对它进行正义地群殴，悲观一点，打不过也有人帮我叫救护车，总之——只要能钓出来，那就不亏。

为了防止在洗澡过程中出什么意外搞得很不体面，我先草草冲了一下，穿好衣服之后靠在洗手池上，一边擦头发一边假意给白柳发语音。

“姐，上次不是说要重新装修吗？我想过了，二楼确实太挤，你那有没有靠谱的设计装修团队，给我推荐一下？”

我连着发了五六条，白柳估计还在酒桌上，都没回复，但这不重要。

重要的是，我要让 29 号感受到我迫切的装修打算，要让它觉得，如果今天晚上不给我一点教训，我明早就会带着电钻来把浴室给掀了。

做戏做全套，我虽然紧张得手心出汗，却还是秉持自我修养给我姐发完了所有的装修图纸。又等了一会儿，我脑袋都要擦出火了，白柳没回，浴室里也没动静，我心里不由得有些失望起来。

难道是我的花样儿还不够多？

29 号已经识破了我的小把戏？

我一咬牙，深吸口气，最后对着空气恶狠狠道：“我警告你啊，我装修的手段可是很野的，绝对不会因为你是个老房子就跟你客气，反正你现在已经是我的房子了，我想对你做什么就做什么。”

不大的空间里，我的声音甚至还有小小的回声。

在静谧的浴室里，我耐心等待了两分钟，然而，回答我的只有水滴落在浴缸里的声音。

29号没有上钩。

不仅没有上钩，它甚至连理都没理我，完全把我放置了。

等到最后，浴室里的雾气都散了，我只能安慰自己或许对方反应没这么快，毕竟之前那几位也不是提了装修下一秒就出的事，我总得给29号一些时间，让它想想该怎么弄死我。

实在不行……明天我就拿电钻吓吓它？

我推开浴室门，心里还提着一口气，结果迎面就撞上了一团头发，我险些被吓得直接跳起来。

“老板！对……对不起！我没想吓你的！”

直到宋楠师冲上来慌里慌张地扶住我的胳膊，我才意识到来人不是29号派来暗杀我的人，喘匀一口气说道：“你站这干吗呢？”

“不是，我是在等老板你……等你洗完澡。”宋楠师眨眨眼，小声道，“老板……你来我房间说话好吗？我不想吵到韩哥他们。”

她说着，不由分说地拉住我的睡衣袖子，我就这么被她拉进了房间。

我上一次进到这个地方的方式不太体面，也没来得及仔细看，而这一回，我下意识四下看了看，发现宋楠师的房间和寻常姑娘一样。

一些白森森的小东西堆得到处都是，也有不少抓娃娃机里的毛绒玩具，在桌子旁还有一个简易的化妆台，上头放着的东西和我姐平时用的不太一样，但也整整齐齐地放满了。

咔嚓一声，宋楠师轻轻关上了房门。

一下子，屋子里只剩下她床头一盏不算亮的小灯，而宋楠师半个身子陷在阴影里，不知为何一句话不说，看着这种情形，我心里突然涌上一种很不妙的预感。

我刚刚还在浴室里大放厥词，紧跟着出门就撞见了宋楠师。

她二话不说就要把我拉进房里，还要避开其他人。

不至于吧……

我倒吸一口凉气。

我手心不由得开始冒汗，下意识往后靠在宋楠师的化妆台上，咽了口口水，问："小……小宋，你有什么事吗？"

宋楠师还是一言不发，慢慢走了过来。

这姑娘本来就长得白，被灯一照更是白，此时两只黑且大的眼睛直勾勾地盯着我，很快就让我心跳连带呼吸都要停止了。

"小宋？"

我颤颤巍巍地往后仰，正在犹豫要不要叫人，就在这时——

"老板。"

宋楠师停在离我半米开外的位置，突然以迅雷不及掩耳的速度弯下腰去，给我鞠了一个标准的殡仪馆水平的躬。

"谢谢你！没赶我走！给我这个试试的机会！"

宋楠师接下来的话都是鞠着躬说的，行云流水得仿佛在进行遗体告别的流程。

"我其实是瞒着所有人辞职的，我爸妈都不知道，因为我知道他们不会同意，就像他们一开始也不同意我去做殡葬业一样。"

宋楠师用力吸了一下鼻子，接着说："我原本并不想辞职，因为我喜欢做殡葬这份工作，觉得……挺浪漫的，只是，对我爸妈而言，殡葬工作只是一个铁饭碗，他们想让我转进编制内相亲结婚，一直催我……我没办法，就直接裸辞了，当时想好要做'凶宅西施'，但其实……我没有粉丝，不会说话，也不会拍短视频，除了遗体美容我根本不知道自己能做什么，所以如果没有碰到老板你，我现在可能都在睡大街了！"

说到最后，即使宋楠师没有起身，我还是眼睁睁地看着一大滴清亮的泪从她垂下的发丝后面落下，直接砸在了地板上。

我白央这辈子的原则就是，可以我为姑娘哭，不能姑娘为我哭。

这么多年，我还从没让任何姑娘因为我连着哭过三次——前女友都没有，我姐更不可能。

我脑子一热，赶忙把宋楠师搀了起来，果真见她哭得满脸是泪，整张脸都皱在了一起，但她还是硬生生憋着没出声。

我被气笑了，说："哭都哭了，还忍着干什么？我都在你面前哭两回了，你还有偶像包袱啊？来吧，还有什么委屈的都和我说，我之前还没问呢，到底是哪个不长眼的，对着这么好看的姑娘都能说出那么重的话。”

“老……老板……”

宋楠师忍了一会儿还是没忍住，最后呜咽着一头扎在了我的肩膀上。

“我其实……其实也不是只喜欢给尸体化妆，我也一直很喜欢一些可爱的东西，经常去夹娃娃什么的，但是……我以前画了小娃娃送给别人，他们都觉得晦气，就只有老板你说很可爱，还叫我量产。还有，我之前想学做饭，但是我爸妈说，以后要娶我的人肯定不会让我做饭的，因为我平时都在拼尸体，后来我一气之下就只吃辣酱拌饭，也就只有老板你，肯教我做蛋糕……”

怎么说呢……那些小娃娃可爱归可爱，但也只限白天的时候。

我看着房间里那些白森森的小东西，回答得有些心虚：“还有呢？我看你不是也有个化妆台吗？当然，女生化不化妆是她的自由，但是如果你喜欢，为什么不试试呢？”

“真的吗？”宋楠师擦了一把脸，猛地抬起头眼睛亮晶晶地看着我，说，“我如果化妆的话，老板你会喜欢吗？”

我帮她把脸上的眼泪抹了，说：“我喜不喜欢不重要，重要的是你喜不喜欢。一开始我做蛋糕的时候家里也不同意，还觉得男生不应该做这个，但是怎么办，我喜欢，所以就值得。对你来说也是一样，你喜欢的东西是有价值的，至少在我这里，我绝对不会看低它。”

“呜呜……老板你真好……”

眼看宋楠师眼睛又红了，为了分散她的注意力，我干脆把她往化妆台前一按，说：“哭也哭够了，要不，我们做点别的？”

看着化妆镜里宋楠师泛红的脸，我觉得这种长相就算刷水泥都不会难看，而在此时我还完全不知道，很快，我即将做出一个让我后悔整晚的决定。

30

凌晨一点，在我又一次难熬地翻身却仍然没有丝毫睡意的时候，我知道大事不好。

从小到大我很少失眠，即便是要赶第二天飞国外的飞机也会睡过头，仅有的那么几次睡不着觉，最终都可以归结在一个原因上——我是真的怕。

回想起来，我上一次被吓成这样还是我姐离婚后为了发泄，非逼着我和她一起看恐怖片。结果她倒好，看到一半酒喝多睡了过去，留我一个人在她家大沙发上抱着抱枕瑟瑟发抖，最后不得已做了一晚上蛋糕，劳动到太阳升起来才敢睡下去。

可以说自打进了29号，我的心理承受能力有进步了，可不被吓死和不害怕之间还是仿佛隔着马里亚纳海沟，我本想熬到天亮再和韩沙他们讨论29号的问题，但现在看来，我的大脑根本不买账。

归根结底，这一切还要从三个小时前我让宋楠师化妆开始说起。

狗狗最大的优点就是好哄。

本来我让宋楠师化妆，只是希望能尽快转移她的注意力，毕竟如果换了我姐，没有四瓶啤酒连哄的可能性都没有，但好在宋楠师远没有白柳那么复杂，一听我的提议，她立刻就不哭了，甚至我觉得如果这姑娘有尾巴，这时候都已经摇成了螺旋桨。

“老板，你给我点时间。”

宋楠师说着就开始摆弄桌前的东西，看着手法也还算熟练。

作为看我姐化妆长大的人，我深知姑娘化妆是个慢工出细活儿的事，为了不给她太大压力，我有意低头玩了一会儿手机，想留给她足够的时间，然而却不想宋楠师的手速很快。

还没等我打两局游戏，宋楠师已经轻快地叫了我一声：“老板，我好了。”

我一愣，下意识看了眼时间，才过了十分钟出头。

我没想到这姑娘化妆速度竟和她洗碗一样快，放下手机笑道：“这不是挺利索的吗！我看看好不好——”

我话还没说完，抬头对上宋楠师雪白的脸，还有那双直径巨大的乌黑瞳孔，我的后脖子一凉，剩下的话自然也被死死卡在了喉咙里。

我现在总算知道宋楠师为什么不化妆了。

在屋子里只有一盏灯的情况下，即使宋楠师仍是十分和善地盯着我，我脑子里还是控制不住地开始想恐怖片，一阵寒意涌上背脊，我艰难地发出声音。

“小宋……你这化妆技术和谁学的？”

宋楠师眨眨眼说：“我师父，他教我的第一节课就是要涂匀，但我的美瞳不小心买大了，我废了好大力气才学会戴。”

我默默按开了她床头的大灯，想要努力寻找一些可以夸赞的方向：“看你用的粉底和我姐用的不一样，是什么牌子的？”

闻言，宋楠师兴高采烈地把我拉到化妆台前头，像一条大狗拉着我去看它珍藏的骨头，说：“给遗体化妆的东西用在活人身上太油了，所以我按照色卡，直接去专柜买了一些类似的，也没挑牌子……感觉好像有点白，不过之后等我买了腮红，应该就问题不大了。”

问题不大……

我心想，腮红明显不能解决诡异的问题。

教人做蛋糕我还行，但化妆这事，看来之后得让白柳操心了。

我内心叹了口气，随手拿起箱子里一个白乎乎的小罐子，准备岔开话题：“这个是？”

宋楠师答道：“这个是肤蜡，如果脸部有缺失，会拿这个来补，现在好像也有人用它来垫鼻子……不过这两年技术好了，更多的时候会用硅胶 3D 打印，像是遭遇火灾、车祸之类的人，如果脸上缺得多，我们也会直接打印面具组装上去。”

说起这个，我不由得好奇道：“这么说你那个假手也是……”

“那个啊……”宋楠师脸上露出一丝心虚来，“老板，你能不能先答应我，不要生气。”

“生气？”

“嗯……我一开始来 29 号不是想当网红的吗，”宋楠师可怜巴巴地看着我说，“话虽这么说，但我其实……是不太相信这种东西的，而且我同事也说，网红都得靠演，所以我就弄来了这个假手，本来是想当作道具用的。”

我恍然大悟道：“你是怕这个凶宅名不副实，所以买了假手打算表演‘闹鬼’，好给你增加一些粉丝和流量？”

宋楠师点头如捣蒜，说：“不过后来我就发现，其实根本不用演！因为 29 号真的有古怪！我住进来就知道了，老板你这个房子买得真的很超值！”

我一时无语。

在这方面，这房子确实是一分价钱一分货……胡经理没有蒙我，29 号名副其实是跳楼跳出来的价格，甚至之前还“跳”死了两个人。

见我沉默，宋楠师小声问道：“老板，你真的不生气吧……我确实一开始是想当网红来着，那天韩哥让我骗你的时候，我是想要练一练演戏和化妆才答应的。只是后来我发现我压根儿不是这块料子，所以，我现在真的是一门心思只想做蛋糕师了。”

见她一副忧心忡忡的样子，我心想我也不至于沦落到和老韩一样，在员工心里头就是这么个铁血资本家的形象，无奈道：“你这都回头是岸了，我还有什么好计较的？再说了，我和老韩都没计较，还能和你计较这个？”

“所以，老板你真的不生气？”

“真的，要不我给你发个誓？”

说着我就要举起三个指头，宋楠师见状一把把我的手按了下去，说：“不行老板！原本我是不信的，但是自从搬进这个房子我就信邪了！老板你说好不生气了啊，你不生气的话，我……我才敢给你看接下来的东西。”

我一愣，问道：“怎么还有接下来的东西？”

这么一说，宋楠师这个点把我拉进房里，好像确实是有些过于郑重了。

我后知后觉，心里不由得咯噔一下，立刻想到了最坏的可能，又问：“总不会是你之前已经签约了什么真人秀直播，马上会有导演来联系我？”

人倒霉到一定程度之后，说警察马上要来踢我的门我都会相信，好在宋楠师立刻就摇了摇头，说：“不是……我根本找不到看得上我的公司，所以，我本来是打算先录一些作品放网上，挣一点流量，但是……后来老板你对我太好了，还送我蛋糕，所以我也没敢放网上，录的东西，都还在我手里头。”

说着，宋楠师拿出电脑，打开了桌面上一个名为“老板不生气了就给他看呜呜呜”的文件夹，里头有二十多段视频。

宋楠师眼巴巴地看着我说：“我之前因为经常听到动静，所以架过一个小型摄像机在房间里，本来就是想试一试，如果没东西我就自己演，但是没想到……”

“没想到？”我突然有了一种很不好的预感。

宋楠师目光如炬地说：“没想到，29 号真的有古怪，老板，我拍到了！”

“你……”

我脑子一热。本来以为韩沙为了报复我爸不惜以身犯险已经很离谱了，没想到还有一个拍到古怪东西憋着不说的。

这些人都是吃什么长大的，泡打粉吗？心这么大！

我一口大气没喘上来，脸都绿了，道：“你……你确定那是……”

“肯定是！不信老板你看！”

宋楠师生怕我不相信她的坦白，直接打开了一段她标注过的视频，只见镜头是被放在她的衣柜上，从俯视的角度能看到宋楠师正裹着毛巾被躺在床上，看样子，时间应该是凌晨。

宋楠师说：“这是老板你上次进我房间前几天的事情……也是我最后一次录视频，我之前，就是为了录这个所以才会偶尔睡得很晚的。”

她说着，将视频往后拉了一段，准确地停在了凌晨三点。

“注意看老板，右下角。”

在宋楠师的叮嘱下，我即使心里万般不想看，但是视线还是不由自主地往那个角落里飘去，很快，我背后的汗毛就一根根竖了起来。

三点零二分，画面的一角出现了一个佝偻的影子，正以一种诡异的姿势慢慢爬向宋楠师。

即使是画质不高的夜视视频也不难看出，那东西的脸十分惨白，虽然模糊不清，但我看了一眼就可以确定，多半就是我在宋楠师床底下看到的那个东西。

我的手心里立刻开始出汗。

要是这是个恐怖片，我现在肯定立马扭头不看，然而，一想到这就是我的房子，这就是我隔壁的房间……

我咬了咬牙，逼迫自己往下看。

只见画面里，那“东西”朝着宋楠师爬去，动作似人非人，整个过程非常缓慢，大概足有四五分钟，它才到了床边，撑着床沿慢慢支起身子。

眼看它要爬上床，我的心已经快从嗓子眼里跳出来，实在是控制不住按下了暂停键，问：“小宋，你不害怕吗？”

“为什么要害怕？”

宋楠师面色如常地说：“它也没伤害我，我甚至不知道它有没有实体，毕竟，要不是摄像机录了下来，我也光是听到一些声音而已。”

我震惊道：“它都到你床边了，为什么之前不拿出来给我看？就是怕我怪你想做网红？”

一提到这个宋楠师反倒有些屄了，忐忑道：“虽然有古怪，但是它也没有伤害我，所以相对而言，我还是比较害怕老板你会把我赶出去……毕竟老板你的事——我，我是说……人的事情，比它要重要吧。”

我一想到这玩意儿就在我眼皮子底下骚扰我的女员工这么久，头就不由得痛了起来，我深吸口气压下复杂的情绪，揉了一把宋楠师的脑袋：“下次要晓得怕，你自己也说，人的事情比较重要，万一这东西要害你呢。我生气归生气，但还可以哄，但这东西要是真伤害了你，那就不可挽回了。”

“老板……”闻言，宋楠师直愣愣地看着我，半晌才仿佛回过神来，慌里慌张地点头，又开始播放视频，说，“你还是先看完吧，它确实没有伤害我就走了。”

于是，我的视线艰难地转回画面上。

随着宋楠师将视频以三倍速快速播放，画面上的东西先是凑近宋楠师看了看，临了摆弄了一下她放在床边的娃娃，最后像是来时一样，慢慢地爬出了右下角。

凌晨四点左右的时候，它消失了。

看完全程，我就像是叫人迎头浇了一盆冷水一样，再看宋楠师这个文件夹里，有四五段视频旁边都标注着这个红点，我的后背不由得冷汗直冒。

“小宋……你一共拍到它几次？”我问。

“五次吧。”

宋楠师用那双被巨大直径的美瞳撑起的眼睛直勾勾地看着我，说：“大多数时候，它都是进来一圈就出去了，不过我还录到过一次特别近的，里头有脸……老板，你要看看吗？”

31

在宋楠师那里翻来覆去看那几段视频的最终结果就是，只要一闭上眼，我眼前就会出现宋楠师录到的那张大脸。

哪怕只出现了半秒，但我可以确定，那肯定不是人的脸——不可能会有活人长成那样。

我问宋楠师，这和他们殡仪馆之前接过的上一任租客的尸体有没有相似之处。然而宋楠师却很认真地告诉我，淹死的尸体不会呈现出这种体态，毕竟，这东西太“瘦”了，丝毫看不出巨人观不说，反倒更像是烧死的人会呈现出的斗拳状姿态。

不说还好，一说我更害怕了。

这不巧了吗，29 号在改建成商业区之前偏偏就发生过火灾，而且，还烧死过人。

最终，我从宋楠师那里复制了一份视频，想要第二天一早和老韩、白柳商量一下怎么办。然而，我也确实高估了自己的心大程度。

我在床上躺了两个半小时，小何已经睡死了，而我看了二十多个助眠视频，结果别说是想睡，我连将那张大脸从我脑袋里赶出去都做不到。

要知道，那东西是从大门爬进宋楠师房间的，换句话说，它就在我们身边，能爬进宋楠师房里，就有可能爬进何剑房里。之前没伤害宋楠师是一回事儿，但这玩意儿长成这样，半夜出现在 29 号，吓死一个我那还不是绰绰有余?

我每隔一会儿就控制不住地要睁眼看一下门口，生怕突然在门缝里看到那张惨白的脸，而这样反复无数次后，我终于忍无可忍。

还睡什么睡!

我猛地睁开眼。与其躺着给人可乘之机，还不如保持清醒，等天一亮，我还就不信，找不到对付这个东西的办法。

时间指向凌晨两点，而现在问题变了。

熬夜的方式有一万种，但要想放松，那对我来说就只有一种办法——吃甜的。

这是我从小养成的习惯，一开始是白柳和我炫耀她能吃上妈妈的辣酱拌饭，我气不过，就开始像个仓鼠一样地囤各式各样的甜食，结果一发不可收拾。

本来在外租房子的时候，我通常都会有个自己的“小金库”，里头存些巧克力棒、果冻、糖果之类的。然而，自从搬进了29号，各种事情应接不暇，我现在还在小何房里打地铺，更是谈不上什么小金库了。

要命。

本来大半夜的，食欲是最经不起撩拨的，我们甜品人就是这样，一想到巧克力，立刻想到布朗尼、黑森林、热可可、梦龙脆皮卷、冰山熔岩蛋糕……

总之，短短两分钟，我确实不再想视频里那玩意儿了，取而代之，我脑子里出现了一个更加致命的念头——我得下楼去整点巧克力。

人生第一次，我对自己嗜甜这件事产生了一些反思。

毕竟，想要吃巧克力，我就得凌晨两点穿越二楼的走廊，下那个死过两个人的楼梯，到那个上回“闹鬼”的厨房，从不知道被什么东西反复开关的冰箱里拿我的桃木剑巧克力棒。

付出这么大的代价，只为了吃个巧克力，真的值得吗？

犹豫了三十秒之后，我掀被而起。

毕竟，人类没有甜食，一些美好的品质就会丧失。

我打开房门，小心翼翼地观察了走廊的情况，最终还是打开楼梯上的小灯，慢慢地下了楼。

白天的时候29号周边就没有人烟，这个点更是一片死寂，估计连隔壁火锅店的狗都睡了，然而我却还在为了拿几根我自己做的巧克力棒而心跳加速。

还好，直到我走进厨房，无事发生。

反正巧克力冻起来也快，大不了明天太阳升起来之后我再做一点。

我一边安慰自己，一边从冰箱里火速抓了一大把桃木剑巧克力棒，然而就在我把冰箱门带上的一瞬间，我下楼时开的楼道灯竟应声而灭，整个一楼瞬间陷入了伸手不见五指的状况！

“啊……”

得亏了这一个月我练出的强大心脏，现在碰到这种事我只是后背出了一层冷汗，竟然叫都没叫出来。

一片漆黑里，我迅速摸到厨房外的开关，但无论我怎么拨弄，别说是楼梯上的灯不亮，厨房和一楼大厅的灯也没有任何反应。

29号断电了。

换作一个多月前，突然碰上这种事我可能还会觉得是巧合，但是，经历了这么多光怪陆离的麻烦事，如今我的“冤种雷达”早已十分灵敏。

29号早不断电晚不断电，偏偏就在我大半夜下楼的时候断电，这要是没鬼，我就该换个慕斯蛋糕当脑袋了！

偏偏我下楼的时候连个手机都没带，如今的体验甚至还不如恐怖片主角。

就非要这么恶整我吗？！

人在极度的恐慌下很容易狂怒，我一手摸到做千层的平底锅，心想天天这么搞我真的是欺人太甚，之后我管它是“红衣女鬼”还是“地上爬的大哥”，只要敢在我上楼的路上挡道，今天这个红太狼我当定了。

这么想着，我杀气腾腾地摸黑出门，但还没走出两步，一种毛骨悚然的感觉忽然就蹿上了我的背脊。

等等……

29号的电闸，明明就在厨房里啊！

我倒吸一口凉气的同时猛地转过身去，但就在一瞬间，我的脖子上突然一紧，突如其来的窒息感几乎让我眼前发黑，我下意识松开了手上的锅，拼了命地想要扯开勒在脖子上的东西。

是电线？

一摸到那东西的质感，我心里顿时凉了半截。

绳子越勒越紧，我的喉咙根本出不了声，绝望之中只能用双手胡乱地往后摸去，我本想要找一个可以将它弄松的缺口，然而，就在一片混乱当中，我突然摸到了一只冰冷的手！

兔崽子！

即使濒临窒息，我这时的火气也完全上来了，心想你就算是女鬼我今天也要灭了你！我恶狠狠地用指甲去抠，而这一下好像还真的奏效，下一秒，我喉咙上的桎梏便松了下来，我趁机大喊一声，手肘用力往后捣去，一下就撞在了一个绵软的东西上，将它打出去了至少半米！

“老板你没事吧！”

我还在喘息，黑暗里响起一个声音，是何剑。

他是拿着手机下来的，而随着白晃晃的手电光晃过来，我眼前有个黑影一闪，似是想往外逃。

“小何小心！”

我急得出声提醒，但显然已经来不及了。

那黑影动作极快地蹿出了厨房，上去就撞飞了何剑手里的手机，一下子，屋子里唯一的光源落地。我生怕何剑吃亏，这时候也顾不上三七二十一，摸黑扑上去，而在一片漆黑当中，我只觉得手腕上传来一阵剧痛，整个人还没反应过来，却已经叫人按在了桌子上。

“老板，你们大半夜在搞什么！”

这时韩沙的声音从楼梯上传来，同时另一道手电光照射在我们周围，我拼了命地扭头，这才发现按住我的不是别人，正是何剑。

“怎么是老板你？！”

何剑发现是我，手上立刻就松了，而我这时已经感觉不到自己的手腕了，忍不住大翻白眼，说：“平时担心我给你穿小鞋，这时候倒不担心了？”

何剑没顾上回答我，他四处张望，明显还没缓过来。

我当然知道他在找什么，但此时此刻，一楼哪里还有什么黑影，刚刚出现在我们俩面前的那个“东西”就像是凭空消失了一样。

“老板……你看清楚了吗，刚刚那个到底是什么？”

何剑从地上捡起手机，不甘心地在一楼找了一圈，但是，确确实实，这个地方没有第五个人。

“我要是知道是什么就好了。”

直到韩沙拉起电闸，一楼重新亮起来，我才后知后觉脖子、手腕都疼得厉害，没好气道：“我真服了，刚刚那玩意儿都没能弄死我，结果差点被你弄死……小何，你这都在哪练的，有这身手不早说，早知道我就让你陪我下楼拿巧克力了。”

“抱歉老板，我在健身房练过散打，本来是想抓住他的，没想到你会扑上来……所以下手重了。”

何剑一看我的手腕都青了，有些心虚地想上来给我揉揉，但是我现在已经不相信这小子的手劲了，毕竟，就刚刚按我那力道，让他揉个面，估计能把面筋都揉断。

我没好气地摆摆手说：“行了，重点也不在你那……重点在这。”

我指了指脖子，即使不看都知道，肯定勒出印子了，要不我也不至于连说话都会痛。

宋楠师冲上来帮我检查了一下，面色很快变得凝重起来，说：“老板……你这个要是勒得再重一点，就是我们殡仪馆还挺常见的一种伤了。”

我叹了口气，没想到经过前几次的铺垫，这回竟然直接上物理攻击了，我恶狠狠道：“差点就用上我的平底锅了！”

我说着，想将地上的平底锅捡起来，结果韩沙突然冲上来一把抓住了我的手腕，说：“先别动。”

我一愣，顺着他的目光看去，才发现自己的左手上竟不知什么时候沾上了一些红色血迹。

一旁的何剑见状也是脸色一变。

“这个是……”

我想起刚刚在搏斗中抠过对方的手，震惊道：“它还会流血？”

韩沙皱眉想了想，忽然说道：“小宋，你那应该有干净的棉签吧？拿两根来，之后老板你和小何去报个警，毕竟你们两个都直接接触到了对方。”

“报警？”我一愣。

韩沙翻了个白眼说：“我一个信道的都跟你说报警了，能不能相信一点科学，要真是有鬼要害你，你觉得它能流血？”

一下子，我只觉得一股寒意从背脊上蹿了上来，猛地回过味儿。

确实，这次和以往都不一样，对方甚至事先关掉了电闸。

而传统意义上的恶鬼，会需要在关电闸的情况下，费这么大力气用电线把我勒死吗？

看着宋楠师一点点擦拭我指甲间的血迹，我越想越觉得毛骨悚然。

如果刚刚那个是真的人，那么，又是谁要这么大费周章地大半夜来我家杀我，之后他又是怎么做到凭空消失的？

在那一瞬间，我忽然觉得自己已经摸到了29号“闹鬼”真相的大门，但剩下的东西显然已经不是靠我们几个人就能处理的了。

凌晨三点，“黄粱一梦”全员去了观音里派出所。

32

可以说一到派出所我就意识到，29号确实是有排场。

即使是大半夜去报警，前台的两个小伙子一看到我们集体出现，脸色立刻大变，迎上来问道：“是出了什么事吗？”

小警察脸上的紧张显而易见，我下意识问道：“你们是不是也没想到我能活到现在？”

小警察一愣，被我逗乐了，说道：“白先生你别瞎说，真没有……29号的事上头现在很重视，分局领导说要派人来盯，不会让你出事的。”

我真是没想到，29号已经火到公安局了。

要说整个渝江，恐怕打着强光手电也找不到任何一个房子，一头火到公安局，一头火到火葬场，这排场着实让我震惊，不禁问道：“那怎么到现在都没人来和我了解情况？你们是在等着我报警吗？”

闻言，小警察也有些无奈，说：“我们也有自己办案的流程啊，毕竟什么都没发生就天天搞调查，这不是也影响老百姓做生意吗？不过白先生你放心，我们队长交代了，对你的报案一定要重视，所以，还请您一五一十地把所有情况告诉我们。”

之后，“黄粱一梦”全员都被请进了询问室。

两位值班警察十分尽职尽责，几乎是从开业第一天开始问，一直问到今晚。光是我就录了快四十分钟笔录，韩沙和宋楠师也有小半个小时，最后到何剑的时候，天都快亮了。

眼看何剑已经困得脸色发白，两位值班民警也没有强求，他们收下了我手上宋楠师的录像之后，让我们先回去休息，还说他们会先把今晚发生的事情上报，并且把录像送去技术部门研究，一旦立案，很快就会有分局那边的负责人来联络我。

清晨五点，我在顾客群里发消息说今天要暂停营业一天。回到 29 号的时候我已经累得连一根小指头都抬不动，往地铺上一倒，只花了三秒不到就睡死了过去。

本来，以我的睡眠质量，这一觉如果没人来吵我，我能直接睡到第二天去。

然而，只睡了不到五个小时，我就被一阵手机的振动声吵醒了。

我爬起来，何剑此时不在床上，我顶着巨大的起床气将手机接起来，半点火气还没发作出来，对面已经传来杨平急切的声音："白老板，警察联系我了，说是 29 号的事情要立案重查了！他们说你昨晚差点出事，你现在没事吧？"

一觉醒来，我的脖子仍然疼得厉害，对着镜子一看昨晚勒出的印子都发紫了，我叹了口气："还死不了……就是昨天晚上我为了吃个巧克力差点被人勒死，警察那边好像也觉得之前的几起案子有蹊跷，说是上头给了指令，要一起重查。"

"那白老板你现在没事的话方便开下门吗，我和两个警察同志就在 29 号门口，他们说为了避免证据流失，要尽快来现场取证。"

"好，我马上来。"

我哪能想到警察的效率如此高，本来还想收拾一下，结果小何却在洗澡，无奈之下，我只能草草换了衣服便下楼把人迎进来。

和杨平一起来的还有两个便衣警察，看着都很年轻，见了我很利落地做了自我介绍，男的叫陈源，女的叫王薇，都是山城分局的刑警。

短短一个晚上过去，来了解情况的已经从派出所民警变成了支队刑警，我心里不由得咯噔一下，小心翼翼问道："这是……已经定性了吗？ 29 号问题很大……非常大？"

杨平上来感激地拉住我的胳膊，说："多亏了你白老板，有了你提供的录像还有证据，我姐的事情终于要重查了！他们说一会儿在这取完证回去就给重录笔录。”

我心想这事说到底还得感谢这屋子里的其他人，就像是韩沙说的，相比于之前几个租客，我最大的优势就是人多，要是昨晚这屋子里只有我一个人，我可能也没命这么快报警。

我问两位刑警：“是现在就开始取证吗？我这还有三个员工，昨晚都没睡，我先把他们都叫起来，这样也方便你们看屋子里的情况。”

闻言，陈源和王薇笑了笑说：“那你先去吧，我们也要等副队过来才能开始走流程。”

我吃惊道：“副队？玩儿这么大的吗？”

王薇认真道：“当然，你的人身安全都受到威胁了，加上这屋子的历史，局里对 29 号的问题很重视，我们副队之前应该是要休假的，但他主动提出要亲自过来，你之后见到他就知道了。”

刑警支队副队长放弃休假也要过来，我大为震撼！

没想到警方竟然认真到这种地步，这对于已经在 29 号里吃了一个多月苦的我来说，简直是久旱逢甘雨。

我忍不住多问了两句：“你们副队多大了？结婚了吗？有没有孩子？我店里蛋糕很多，难为他放弃休假也要过来，我总不能太亏待人家，至少可以给人家孩子带两块蛋糕。”

闻言，陈源和王薇双双一愣，随即同时笑了起来，陈源道：“老板你不要费心了，我们副队刚过三十，才离婚也没孩子。这次放假本来是想让他离婚后散心的，但是他确实是太心系工作了，放不下这个案子，所以说什么都要过来看看……白先生，你也不用破费了，这本来就是我们的工作，相信副队他应该不会计较的。”

因为之前白柳说，之后碰上负责这个案子的警察一定要好好招待人家，毕竟以后还要做生意，好好解决 29 号过去的问题是必须的。

我不甘心道：“那他自己呢？反正我今天也不营业，卖不出去的蛋糕与其浪费，不如你们带回队里分分吧，就当是我感谢你们愿意重视 29 号。”

“这……”

陈源还在犹豫，王薇却笑了笑，说：“等我们副队来了之后您直接和他说吧，现在反正等着也是等着，先把店里的员工都叫起来，之后我们可能要系统地把这整个屋子搜查一遍。”

一想到昨晚那东西莫名其妙就消失了，我现在也很想把整个29号翻过来，上楼叫醒了韩沙和宋楠师，这时浴室里的水声刚停，我叩了叩门，说：“小何，警察要来搜屋子了，你弄好赶紧下来。”

“知道了老板。”

何剑到底是年轻人，就睡了四小时，洗个澡声音里的疲惫感就消失了。

我心想昨晚的事情估计把他吓得够呛，洗澡洗这么久，便也没催，说道：“你把浴室好好收拾一下，人家一会儿肯定要重点看这边，别弄得都是水。”

好不容易29号的问题迎来了一些希望，我心里半是忐忑半是兴奋，下楼等待的时候不忘给两位警员切了蛋糕，好奇道：“所以说，分局早就注意到29号的不对劲儿了？”

在甜食面前人人平等，即使是公安局干警，吃蛋糕时高兴的样子也和奶茶店前排队的妙龄白领一模一样。

王薇小口吃着芝士蛋糕，说道：“辖区内可从来没有哪间屋子前后发生过四起致命意外……副队之前是从别的组调过来的，处理过很多危险重大案件，工作经验丰富，鼻子很灵，早就闻出这里头可能有问题了。”

陈源连啃了三根桃木剑巧克力棒之后神情也放松了不少，说：“我们副队什么都好，就是太工作狂了，他之前一调过来就注意到这个屋子，早就说要重查，但是当时毕竟已经定性为意外。原来的屋主人觉得这屋子卖不出去，怕我们一调查他更要赔本，怎么都不肯让我们仔细搜，所以才一拖拖到现在。”

我越听越纳闷。

这么说，警方早就怀疑29号的意外是人为的了，但既然后来29号换了屋主人，按道理警方早就可以来联络我。毕竟，和前屋主人不一样，我可是住在这里头的。相比于保价，我显然更想保命。

我犹豫了一下，忍不住问：“那后来这房子卖到我手里，你们为什么没及时来联络我？我可是受了很久的苦，早就等着人民警察来拯救我了。”

这时，沉默很久的韩沙忽然不冷不热地插了句嘴：“别乱说话，你怎么知道人家没联系你？”

嗯？

我还没反应过来，心急如焚的杨平却已经等不及了，说：“你们副队是不是被什么事耽搁了？要不要打个电话问一下？”

“呃……应该不会吧？”

陈源说完，杨平似是察觉到他的尴尬，无奈道：“也对，他是你们副队长，你们催不合适，要不还是我来打吧，你们给我个手机号，我联系一下？”

陈源和王薇对视一眼，就像是达成了什么共识，王薇无奈道：“我们副队平时做事有他自己的规划，也不知道他是在忙什么，我们就不催了，杨先生，就麻烦你来联系了。”

说罢王薇报了个手机号，不知为何，杨平那边一边输手机号，我一边觉得，这串号码莫名听着很熟。

“那我打了。”

杨平满心都是姐姐的案子，二话不说就拨了出去。而在一瞬间，整个一楼就彻底安静了下来，王薇和陈源吃蛋糕的动作都停了，表情看上去有些古怪，说是紧张却也不像。

因为常年在外跑生意，杨平的手机声音开得格外大，即使站在两米外，我都能听见听筒里传来的嘟嘟声。

没有人接。

我猜想对方怕是正在开车，正要劝杨平等等再打，然而就在同时，随着楼上传来一声开门的动静，一阵响亮的电话铃声也跟着响了起来。

“没接，我再打一个，对了，你们副队姓什么？”

杨平说着，已经把电话挂断，而几乎同时，楼上的电话铃声戛然而止，却又在一秒钟之后再次响了起来。

这一次，有人接了。

“请稍等一下，我马上来。”

杨平电话里传来一个年轻男人的声音——这已经不是耳熟的程度了。

我眼睛瞬间瞪得像铜铃，猛地抬头去看，一个和电话里完全重合的声线就来自五米外。

何剑将潮湿的头发全都捋到脑后，换了黑色开衫和牛仔裤，手上捏着一个电话站在楼梯上。

“我刚洗完澡。”

何剑对着我笑了一下，笑得很成熟，分秒之间，我整个人都呆愣了。

何剑又往下走了两步，脸上依旧是我从来没见过的表情。他挂了电话，从口袋里掏出一张警察证递到我面前，上头写着“渝江市山城分局刑警支队”。

我愣愣地看着他，何剑对我伸出手。

“白先生，重新介绍一下，我是山城刑警支队一队副队长何剑秋……从现在开始，由我来负责 29 号的案子。”

第六章

白央.exe停止运行

33

整整三分钟，我盯着何剑那张脸，思考我是不是在做梦。

最后，何剑走到我面前对着我晃了晃手，笑道："老板，你还好吧，要不我还是叫你老板，你也还是先叫我何剑好了，我知道要一下改口很困难。"

问题是这个吗？啊？！

我缓了缓，立刻从口袋里摸出手机打给我姐，那边一接通，我劈头盖脸问道："姐，你不是说我店里的人你都查过，没有问题的吗？"

一听我的语气不对，白柳几乎立刻就明白过来，用一种看热闹不嫌事大的口气问道："总算被你发现了啊。"

一听她开始憋笑，我一口大气差点没上来："你早知道我房间里睡着个刑警副队长你不和我说，我还是不是你弟弟？"

闻言，站在我面前的何剑露出商业式的微笑，而白柳竟然还在电话里委屈上了，说："就是因为你是我弟弟，住在凶宅里有警察保护你我才放心，再说了，我说他没问题说错了吗……他是警察哎。"

说到最后，白柳实在憋不住地爆笑出声，而我忍无可忍地挂了电话，忽然又想到刚刚韩沙和我说的话。

"你怎么知道人家没联系过你？"

"你也知道？"

我猛地扭头瞪着韩沙，结果后者也毫不客气地当场笑出了声，无辜道："我之前说了，你要害怕，小何肯定愿意当你监护人看着你洗澡，老板你还说这对小何警官来说是性骚扰啊……不过说到底，我知道有什么用，他可是警察哎。"

一下子，他身边的陈源和王薇也开始别过头去笑，我这时终于知道这两人刚才为什么会露出那样古怪又欲言又止的表情。

那句话怎么说来着，他们是专业的，绝对不会笑，除非……

“原来，小何是警察……难怪，身材这么好。”

这时，我听见宋楠师呆愣的声音，再一看这姑娘眼睛都瞪直了，心里总算是好受了一点。

还好，这屋子里还有一个和我一样无知的受害者。

我撑在楼梯上，还在努力接受和我同屋的应届生居然是离过一次婚的刑警副队长这个事实，结果当事人就站在我旁边装起了可怜，说：“老板，你要不就看在我是个警察的份儿上，原谅我一下？”

我恶狠狠地瞪他一眼，却发现何剑的脸当真是进退自如，犀利的表情一褪，分秒间就又变成了清纯大学生的样子。

他是警察，要忍住，白央。

他是警察啊！

我咬了咬牙说：“你能不能暂时别跟我说话，我怕你再说话我会袭警。”

闻言，何剑却也不恼，拍拍我的肩膀说：“行了，别憋着了，要是我平时做预审，犯罪嫌疑人都能像你这样把心里话都写在脸上就好了……要骂就骂，袭警嘛，反正你也打不过我。”

我心想这可是你主动送上门的，别怪我当着你手下的面给你难堪，张嘴就想骂，话还没说出口，我看着何剑那张极度显年轻的脸，忽然想到他之前跟我说的家里的情况，于是到了嘴边的字眼儿生生又咽了回去，硬邦邦地问道：“这么说你没和我说过一句实话，家里那些也都是骗我的？”

何剑摇摇头说：“家里的事我没骗你，车祸是真的，我父亲也是警察，重伤在家。不过我身上的伤嘛，大多是这些年的工伤……还有什么想知道的现在一起问了，也算是让我给你赔个罪。”

“行。”我冷哼一声，“你给我的身份证是假的？”

何剑耸耸肩道：“任务需要，我不是第一次出这种任务，不过之前的老板做的都不是什么合法买卖，没有五险一金的问题，我没想到你会提，也还好，你没一下就要给我们办。”

“你还经常做这种任务，不会是因为你这张……”

“当然是因为我这张脸，人长得嫩还是有些好处的，我已经三十一了，老板，只是当时来应聘的时候，我猜你店里会更喜欢年轻人，所以老韩说我是什么童男的时候我就顺水推舟了……还好，这种角色我以前经常演。”

“那你之前被‘上身’……”

一听我提到这个，何剑苦笑起来，说：“本来我潜入就是想在不暴露身份的情况下调查这个屋子，不搞出太大动静。谁能想到老板你突然提出和我睡一个屋子，我让你睡床还不肯，这么一来，晚上要做调查，当然很容易被你发现了。”

我一愣，一下反应过来，震惊道：“所以你只是因为不想暴露你在调查屋子才……装的梦游？”

何剑笑笑说：“反正老板你已经发现了，那一不做二不休，我想还不如兵来将挡，验一验你屋子里其他人的身份，毕竟当时我还不理解为什么老韩一定要来你这里装神弄鬼。我查过他，我知道他虽然有修道基础，但绝对不是个封建迷信的人。”

我还是没想通，又问：“所以你究竟为什么非要潜入调查？这屋子有问题你直接和我说不就完了。”

何剑看着我无奈道：“这里头的原因有很多，首先是之前的案子都已经结了，我在没有任何直接证据的情况下贸然重新调查不符合规定。再来，29号之前出事的都是住户，想要知道他们到底经历了什么，那最好就是变成这里的住户，引蛇出洞。”

这么说来，何剑的第一次“上身”是因为意外被我发现，而第二次……

我皱眉道：“你想要验明老韩的身份，所以你第二次装被‘上身’，只是想要再推他一把？”

“没错。”

何剑承认得很坦然：“老韩一直在劝你卖房子，我初步猜测他是想吓你然后自己把房子弄到手，毕竟之前几任住户唯一的共同点就是这个房子，我想弄清楚老韩对这个房子到底有什么需求，所以就顺着演咯。”

我后知后觉，何剑是个警察，他早就看过29号上任租客的尸检报告了，当然也会知道所谓的“红衣女鬼”是什么样子。

结果就是这两个不同阵营的骗子在我这里玩过家家，一个敢诌一个敢演，最后把我吓得每天提心吊胆。

何剑叹了口气说：“一开始老板你非要和我拼屋睡对我来说确实是个麻

烦，不过后来我发现，这屋子里大多古怪的现象都是针对你发生的，事实也证明，只有这样我才能最好地保护你的安全。”

原来如此，29 号出了这么多怪事，我跟白柳说了之后她也没有太过着急。

有个警察睡在屋里，我确实很难出事。

虽说是被骗，但又挑不出毛病。

我恶狠狠地捏紧了拳头。

人家放弃休假来给我打工就是为了查案子，又长着这么一张大学生的脸，导致我现在都不敢看何剑，生怕一不小心就消气了。

“所以……老板，咱们现在算是和解了？”

见我不说话，何剑的语气竟然有些讨好，我没好气地瞪他一眼，说：“不和解还能怎么办，你是警察哎！离婚了给你假也不休，非要过来加班，我还能拦着你吗？”

何剑有些无语。

本来，我就是随口一说，没想到他却真的苦笑了起来。

等等……

我这时忽然想起这小子之前跟我编的那些瞎话，什么家里情况特殊、忙得顾不上谈恋爱、平安最重要，我脑袋里那根筋突然就转了过来。

我震惊道：“你一离婚就给你放了假，难道不是给你时间去挽回你老婆的？结果你却来我这做什么调查！”

“这个之后我再和你说吧，闲话聊得够多了，查案要紧。”

何剑拍拍我，表情瞬间就变了，他招呼道：“小陈、小王，记得我说的，每一寸地板都要敲过去，一楼二楼都要，29 号的气温时常发生变化，我怀疑是屋子里存在我之前和你们说的，通向外界的通道。”

“知道了头儿。”

随着陈源和王薇散开，我震惊道：“你是说 29 号里有暗道？这么复古？”

何剑大步走进厨房，四处敲敲打打，淡淡道：“说起来复古，但往往是灯下黑，如果是藏毒制毒，这招很常见也很好用，干过缉毒的人都会很熟悉，但刑侦这边就不一定了……要是藏得好，往往需要非常仔细地搜查才能发现。主要由于之前四个租客的死亡都没有定性成他杀，现场的勘查力度估计不够，我看了案卷之后一直觉得很有可能有疏漏。”

之后发生的事情就完全是我的知识盲区了，警察们开始一寸寸地搜查整个29号，不光是地面和墙壁，连柜子都要看。就在我给他们上了两轮蛋糕之后，何剑口袋里的手机忽然一振。

“结果出了？”

只听了不到半分钟，他就将电话挂了，转向我说道：“老板，昨晚的DNA加急出结果了。”

“DNA？”

何剑笑道：“就是小宋帮你采集的血，派出所上报分局之后加急出了报告，猜猜验出了什么？”

我翻了个白眼说：“这种时候就不要跟我打哑谜了吧，反正肯定不是鬼了，我们的高科技应该还没先进到这个地步。”

何剑明显没把我当外人，直接给我看了手机上发来的报告。

我皱起眉道：“所以昨天晚上那个是……”

“是个男人。”何剑言简意赅道，“一个A型血的男性昨晚有预谋地袭击了你。他能凭空出现再凭空消失必然是使用了这屋子里的密道，我怀疑之前屋子里的种种异象也和他有关，包括二楼无人时的响动，浴室里的血迹和头发，以及报纸，还有你在床下看到的……都是他，只是之前一直没有切实的证据证明这一点，直到昨天晚上。”

“那他图什么？”我下意识问道。

如果要杀我，他在一开始就可以杀我，完全可以不用在29号钻来钻去搞这些事情，那如果只是恶作剧，又是什么让他最后忽然动了要我命的心思？

何剑想了想，正要说话，忽然间楼梯下的储藏间里传来陈源激动的声音：“头儿，找到了！”

我心里一惊，猜想房子里有密道和直接找到密道是两回事儿，要知道，当时验房的时候我可是一平方米一平方米地看过，现在相当于我买了个餐包，你突然跟我说是麻薯，里头是空的……搞什么鬼？

所有人瞬间都涌到了储藏间门口，这个不大的空间里放满了之前租客留下的东西，包括一个废弃的小冰柜，全都是我搬进来之后堆进去的。

陈源蹲在冰柜的后头，掀开了原本铺满储藏间的旧地毯，叩了叩底下的板子。

乍一听听不出有什么问题，但何剑立刻就皱起了眉头，跟着我也察觉出了不对劲儿。

“地毯。”何剑道，“地毯掀起放下不会有什么声音，搬开板子放在地毯上也可以静音，最关键的是……即使在灰这么大的地方，也没有留下明显的脚印，难怪之前消失的时候一点动静都没有。打开。”

随着何剑的一声令下，陈源搬开扣得严丝合缝的板子，一瞬间，伴随着一股阴冷的风，一个将近半米深的大洞就这样无声无息地出现在了储藏室的地板上。

还真是个空心的！

“老板。”

何剑对目瞪口呆的我道：“你准备好抓 29 号的‘鬼’了吗？”

34

也不知是不是为了弥补这些日子对我的欺骗，在进入大洞前，何剑竟让陈源给了我一张临时工作证，道：“我跟局里打过招呼，毕竟这次的潜入调查给你带来了很多麻烦，29 号是你的房子，真相对你来说同样重要，所以，特许你亲眼见证是谁一直在你的房子里搞鬼。”

我愣了一下，一边穿戴鞋套和手套，脑子里想到的却是另一件事：“所以，如果我之后给你发工资，你相当于在局里和我这里领双份？您才是那个有副业的人！”

何剑被我逗乐了，说：“哪能真收啊，虽说我也是第一次做有正式工资的卧底，但老板你放心，你之前打赏我的东西我之后会按原价把钱算给你的。”

说着，何剑给鞋底贴上胶带，立刻就要下到大洞里，而我一想到他是在为了 29 号身先士卒，一把拉住他，说：“别还我了……这一个月我也没少使唤你，本来就是给你爸妈祈福用的，留着吧。现在不是说这个的时候，抓‘鬼’可不等人。”

何剑拍拍我，拿着打火机试了试便直接跳进了洞里，然后他对我伸出手，说："你走我后面，王薇留在29号，陈源下来殿后。"

"知道了头儿。"

一想到马上要亲眼见到长久盘踞在29号的"恶鬼"，我的心脏立刻不争气地乱跳了起来。在何剑的搀扶下手脚并用地下到大洞里，很快就发现这底下的通道已经被修缮得很成规模了，在里头都不用爬，成年人低着头就可以直接行走。

手电光一打，我几乎目瞪口呆，没有想到这底下的空间会这么大，堪比地宫。

要是这地方以后可以不封，也算进29号的建筑面积里，我完全可以在底下开个小型泡菜厂。

我脑子里正在胡思乱想，忽然间，一股轻微的冷风拂在我脸上，瞬间我就明白了，29号里头那时有时无的凉意是从哪里来的。

现在看来，那个储藏间里很有可能还有通往二楼的入口，三番五次将我大半夜唤醒的元凶就是——29号并不是完全密封的建筑，除了我们知道的门窗，底下还有这么大个洞对外通风。

我拉住何剑想把发现告诉他，然而此刻的何剑已然恢复成我全然陌生的副队长的样子了，他眼神犀利地对我比了个"嘘"的手势，用手电往下一照——

只见布满尘土的泥地上，密密麻麻都是人的脚印。

我头皮一麻，下意识往他身后躲去，而何剑悄无声息地带领着我们走向了通道的另一头。

很快，在通道的尽头出现了一个被木板盖住的洞，也不知是因为风吹还是盖得匆忙，此时木板有些歪斜，露出黑洞洞的一角，以至于有凉风从另外一边吹了过来。

"先别动。"

何剑用口型对我们示意，在他伸手往后腰摸的时候我才意识到问题的严重性。

显然，之前陈源和王薇不是空手来的，他们还给他们的副队长带了家伙。

"我们探路，你在这儿等着。"

何剑示意我原地不动，和陈源一人一边移开了木板，他就如同一只矫健的豹子，拿着枪的身影一下就消失在了木板后头的黑暗里。

可以说从住进29号开始，我就一直享受着老弱病残的待遇，这会儿正等得心焦，忽然间，木板的另一侧传来两声模糊的狗叫声，我心里不由得咯噔一下。

狗叫声……难道说……

还没等我回过神儿，何剑在门那边说了一句“可以了”，随即他和陈源直接把板子整个移开，我一眼就看到了一张有凹槽的桌子。

那是火锅桌。

我倒吸一口凉气，拿着手电筒照了一圈，只见漆黑一片的防空洞里散放着一些破烂不堪的桌椅，地上满是烟头，而墙上贴着的火锅菜单还没完全撕掉，上头印着的招牌我过去在29号的路口看过很多次。

这就是“黄粱一梦”旁边的洞子火锅店！

何剑把枪插回后腰，随手捡起一张底下的报纸，是三个月前的渝江晚报。

何剑淡淡道：“这就是在浴室上头发现的那张报纸的其他页……当时那份报纸我拿去局里查过，因为不是封面，上头连报刊亭老板的指纹都没有，根本无从查起。”

我这时后知后觉这小子原来是因为这个才要接盘报纸的，忍不住斜了他一眼，说：“亏了我还以为你是真孝顺我……”

“我都要帮你抓‘鬼’了还不够孝顺？再说了，我年纪可比你大，老板，你不能占我便宜。”

何剑笑笑，联系了增援后就和陈源四下寻找，为了以防万一，我还是寸步不离地跟着他。很快，我们就在火锅店的角落里找到了一些食物的包装袋。

“两年前的。”

何剑看了一眼日期，把塑料包装塞进物证袋里，说：“我之前查过这周围的店，这家洞子火锅店已经歇业将近三年了。之前观音里保留了这个防空洞，但招商一直不理想，空置了很多年才租给了这家火锅店，从装修到倒闭一共只用了七个月。”

我想了想说：“29号从八年前就开始死人了，看这个密道的规模肯定早就存在，只不过或许一开始没有开这么大……”

“现在看来，洞子火锅店从观音里官方那里收房的时候肯定没有发现这个密道，也就是说当时它必然是被封死的状态，而且也成功把火锅店给糊弄了过去。”

何剑和我一起理了一下时间线，很快就发现，在洞子火锅店开业的这七个月里，29 号也是空置的。换句话说，在那七个月里，这个密道也没什么使用的必要。

问题在于，是什么人能合理合法地出现在防空洞里修密道不被发现，同时还能对火锅店的到来未卜先知，又在火锅店收房之前把密道封上了……

到了最后，即使是我这种侦探小白的推理能力，也很容易就能得到一个答案。

一瞬间，我只觉得一阵寒意涌上我的背脊。

“该不会是……”

我的话说了一半，站在门口位置的陈源忽然吼了一声：“什么人！”

一瞬间，我听到一声锁链落地的脆响，与此同时我面前的何剑已经不见了，我眼睁睁地看着他翻过面前的桌子，和陈源一前一后向洞子火锅店外疾奔而去。

很显然，刚刚有人试图打开铁门上的锁，被陈源发现之后迅速跑了。当我艰难地跟上去时，却见何剑连地上的钥匙都懒得捡，直接一脚踹开了大门，在一群野狗的簇拥下飞也似的追人去了。

知道一个人是刑警副队长，和看到他是刑警副队长是两种意思。

我现在总算知道何剑那一身肌肉是怎么来的了。

眼看店外的野狗追不上何剑和陈源，转头就要进店里来咬我，我心里咯噔一下，赶忙卡住了铁门，从密道回到了 29 号。

另一边，韩沙他们早已等待我们多时了。

王薇将灰头土脸的我拉了上来，道：“副队和陈源呢？”

我喘匀了一口气，无奈道：“他俩跑得比狗都快，我觉得我还是不要不自量力了……总之，这个密道是通到旁边的洞子火锅店的，有人拿着火锅店的钥匙从那边过来。”

我这么一说，韩沙和宋楠师的脸色双双剧变，韩沙皱眉道：“那个店面还在出租，如果说对方有钥匙……”

我咬了咬牙道：“我看咱们也别闲着了，今天是工作日，如果不出意外他应该是在上班的，我们可以断他后路。”

事不宜迟，我们剩下的人立刻出发，而走过去的一路上我心里七上八下。毕竟，29号底下都发现“地宫”了，买一百五十平方米的房子送一百平方米，试问碰上这种事，谁能立刻接受得了？

反正现在抓人的事情也轮不到我，为了缓解紧张情绪，我给白柳发了消息之后，干脆和王薇攀谈了起来，问道：“说起来你们局里的增援到现在都没来，你们副队长就这么去抓人不会出事吧？”

王薇愣了一下，很快笑道：“不会，这种任务副队过去出得多了，比这危险的比比皆是，所以他还有个绰号，叫‘山城鬼见愁’。刚调过来那会儿副队还说呢，他现在抓的人可比原来要讲道理多了，至少不会随随便便把他送进医院躺两个月。”

派个“鬼见愁”来抓“鬼”，确实是对口了。

我心里叹了口气，又忍不住问：“他真是主动来查这个案子的？我之前应该没说错吧，你们队里给他放假难道不是为了让他挽回婚姻？”

王薇犹豫了一下，最后还是点了点头说：“何队他……离婚离得很突然，之后除了回家看父母，几乎要住在局里了。我们副局看不下去，强行给他放了假，谁想到还没过两天，他就说他要查这个案子……”

这么看来“鬼见愁”也不是无敌的。

我心里稍稍一琢磨就明白过来了，而这时不远处忽然传来一声“站住”，我一抬眼，就见一个熟悉的人影飞快地跑了过来，何剑紧随其后，一看到王薇他吼了一声：“小王，堵住他！”

王薇哪里还需要他说，早已冲了上去，那人脚下步子一顿的工夫，何剑飞身上前猛地将人扑倒，紧跟着无比利落地挡下了对方的挣扎，擒拿、上铐、拘捕来得一气呵成，还没等我反应，他已经开始给队里打电话了。

“抓到了，来观音里的福来房产，我们就在门口。”

何剑将人从地上提了起来，哪怕发丝凌乱、满头是汗，但这张脸我是不可能认错的。

“人在慌不择路的时候会下意识选择自己更加熟悉的路，果不其然他竟然真的跑回来了。”

何剑抹了一把汗。

见我神色复杂，他叹了口气说：“你应该想到是他了吧……能够同时改造 29 号和洞子火锅店的人必然要长时间持有两边的钥匙，而因为官方招商情况不好，观音里售楼处包括这里的一些房东早就将钥匙全权委托给了中介，让他们负责带人看房。”

“你为什么要做这样的事情，胡经理？”

虽然想到了，但我还是不明白。

除了买下这个房子，我和他无冤无仇，他究竟为什么要半夜摸进我家里，想要取我性命？

即便这一个多月以来，我的心理承受能力已经大大增加，但一想到他是我搬到观音里后认识的第一个人，我的心还是难免沉了下去。

人心叵测，但是……总得有一个理由吧。

“究竟为什……”

“那个房子，没有人有资格住。”

忽然间，胡经理抬起头冷冷地看着我，说：“那是属于死人的房子，没有人该住，你也一样。”

35

直到跟着何剑的车去了山城分局，我才知道之前警察说的“分局对这个案子很上心”是什么意思。

先不说一路上都是对何剑这个“山城鬼见愁”打招呼和行注目礼的警察，就连胡经理被送进审讯室，副局长都直接下来叮嘱了，指定让何剑来审。

身为局外人，我原来还有些不解，结果这样的疑惑都在何剑进入房间的时候被解开了。

胡经理看着何剑冷笑一声，说：“你们突然对这个案子这么上心，恐怕是观音里那帮老东西也给你们施压了吧？”

我一愣，然后突然想起这几次我店里“闹鬼”的事情是因为我那个爹的推波助澜闹得很大，我姐用“钞能力”都没能压下去，可想而知这必然也对观音里官方造成了不小的压力。

一旦“闹鬼”的新闻传开，难免会有人问起当年火灾的事情……也难怪物业会叮嘱其他的店家不要多声张。

这种事情一旦闹大，进一步影响到商铺的售卖，只怕是官方最不希望看到的事情了。

回到局里之后，何剑已然完全退去了稚气，恢复成了行动利落、神情犀利的副队长何剑秋，闻言淡淡道："29 号的案子本身就有疏漏，早晚会重新查，你犯下的罪行即使没人揭发，最终也一定是难逃法网的。"

"难逃法网……"

胡经理低低地笑了："你们警察竟然还说得出这个词，观音里 29 号'闹鬼'闹了十年，怎么就没人问问，这个宅子为什么会变成凶宅？之前犯下罪行的人，怎么就没人去抓了？"

我隔着一道单向玻璃，看着胡经理脸上陌生的神情，只觉得心里发寒。

很明显，这个人对我隐瞒了很多事情，而不久前何剑拿到他的资料时神情也有一瞬的吃惊，最后却只是拍拍我，说让我直接看审讯结果。

何剑看着胡经理，直截了当地问道："胡林，这是你现在的名字，为了确定你的身份，我们比对了你和你父母的 DNA，发现你虽然不是他们的亲生儿子，但是谱系能对上。换句话说，你名义上的这个父亲只是你的叔叔，而你的生父胡冲已经过世。他也曾经有过一个孩子，叫胡伟，十几年前出车祸死了。"

哥……你在说什么绕口令？

我在门外听得云里雾里，一旁的王薇似乎看出了我的不解，小声解释道："换句话说，当年死的其实是胡林，出于某种目的，胡冲将自己的亲生儿子过继给了弟弟，让胡伟变成了胡林活下去。"

我哪里想得到一上来身份就搞得如此复杂，然而，何剑说这些的目的似乎不仅仅是核对胡经理的身份，他的手指叩了叩桌面，继续说道："要没有这层身份打掩护，你也演不到这个时候，毕竟在最早我开始查 29 号的时候就查过当年的火灾。当时被烧死的房屋主人名叫林秀芬，我查到她和前夫胡冲育有一子，但是再往下这个线索就断了，因为不论是她的前夫还是儿子都死了……直到拿到 DNA 结果我才发现，真相还真是'远在天边，近在眼前'。"

眼看胡经理的脸色变得黯淡，我心里不禁咯噔一下。

"也就是说，胡经理其实就是拆迁前房主的儿子？他母亲就是活生生被烧死在观音里 29 号的那个受害者？"

王薇叹了口气说："头儿一直怀疑29号的怪事和当年的那场火灾有关系，但之前调查却都碰壁了，后头他说找不到联系干脆就直接抓个现行……毕竟只要抓到那个在29号装神弄鬼的人，再搞清楚他的身份就不难了。"

简单来说，就是推理没用的时候干脆看淡生死，上来就干。

我从王薇的话里头嗅出了几分"鬼见愁"的味道，心想难怪之前何剑在29号碰上了怪事基本上都是带头冲的那个，原来就是一个擒贼先擒王的心理，管你是人是鬼，你敢闹到我面前，我就敢当面给你骨灰扬了。

事实也证明，当对方最终憋不住直接出现在我面前时，离揭开他的真面目确实是近在咫尺。

如果胡经理就是当年死者的孩子，那这么多年他蛰伏在观音里一个小小房产中介里的目的就很明显了。

这时沉默已久的胡经理忽然笑了。

"很讽刺，不是吗？"

胡经理轻声道："人杀了人，事情轻描淡写就这么过去了，但是'鬼'杀了人反而会更受瞩目，这么多年来口口相传，竟然把那个房子传成了一个没人敢接近的凶宅。"

何剑抱着胳膊靠回椅子上，说："都到这个地方了，也没什么好藏着掖着的了吧，看你憋了一肚子的话想说，现在给你个机会，都倒出来，我们听着。"

"行。"

胡经理想了想，问何剑要了一根烟，整个人显得十分疲惫。

他说："真正把29号变成凶宅的人，并不是我。"

胡经理吞吐着烟雾，他的故事开始于三十多年前。

一九八九年，胡冲和林秀芬的儿子胡伟出生在老观音里一栋老洋房的二楼，他降生得突然又顺利——就在胡冲急匆匆准备送妻子去医院的时候，一声婴儿的啼哭已经撕破了房里的安宁。

可以说，胡伟从出生那一刻起就成了观音里的居民。

和多年后被改建的新观音里商业区不同，老观音里住的大多都是一些地地道道的渝江人，胡伟的母亲林秀芬也是如此。

往上数，林家已经在观音里住了快半个世纪了，林秀芬的父亲早年死于哮喘，大姐早在几年前去了国外，也因此观音里的老房子只剩下林秀芬和她的母亲居住。

二十世纪八十年代中期，林秀芬大学毕业后不久母亲不幸罹患了癌症，看着日渐虚弱愁眉不展的母亲，林秀芬最终决定早些将人生大事定下来。很快，她便经人介绍认识了在观音里附近做工的年轻人胡冲。

两人在来年成婚，之后林秀芬的母亲最终也没能撑过两年，就在胡伟出生的前几个月，老房子里办起了丧事，林秀芬挺着肚子送走了母亲。

关于自己的出生，记事后的胡伟记得父母曾经吵过很多次，原因也很简单。

对于林秀芬很看重的观音里老宅，胡冲始终觉得不祥，想卖房子。

胡冲说，林秀芬的父母都死在这个屋子里，而且都是在二楼去世的，这样就算了，在林秀芬母亲死后不到几个月，林秀芬又莫名其妙地在二楼遭遇了早产。如此多的厄运都集中在同一个地方，这房子早晚会给他们惹来大祸。

当然，读过书的林秀芬无论如何也不能苟同这种封建迷信的想法。

早早失去了父母之后，老观音里的老房子于她而言是唯一的家了，对于胡冲三天两头提出要卖房子的事情，林秀芬一开始没当回事，但渐渐地，她也瞧出这里头的猫腻儿来。

两人成婚本就仓促，虽然胡冲外表长得端正，但要说和林家门当户对是绝对谈不上的。彩礼没出多少也就算了，婚后住着林家的房子还天天说要卖，这里头的心思简直昭然若揭。

然而，事已至此，两人的儿子都已经出生，这时再计较显然也没了用处，日子只能心知肚明地凑合过，就这样，胡伟在父母的吵吵嚷嚷里长到了八岁。

小时候，胡伟就熟悉观音里的每一条小路，他几乎闭着眼睛都能走。和母亲一样，他也不觉得家里的老房子“阴森”，无论是那些陡峭的楼梯还是咯吱作响的地板都是胡伟所钟爱的，以至于从小到大，他从来没有想过有朝一日自己会从这个屋子里搬出去。

事情最终发生在胡伟十岁的时候。

那一天，他的父母再次大吵一架，而这一次林秀芬和胡冲终于各自讲出了最难听的话，胡伟蹲在楼梯上，只零星听见了其中几个最尖锐的字眼儿——“居心不良”“狗眼看人低”。

争吵一直持续到半夜，不久后，胡冲带着胡伟离开了这个家，林秀芬则被孤零零地留在了观音里的老房子里。

直到很多年之后胡伟才想明白，这就是父亲和母亲谈好的条件。

如果不愿意放弃房子，那她就必须放弃自己，很公平。

而母亲最终选择了房子。

在父母离婚后，胡伟仍然经常回到老观音里去。

在他上了初中之后，老观音里也渐渐有了一些变化，他家附近的菜场、蛋糕房和修鞋的店都不知何时不见了，房子被空了出来却迟迟不见人搬进去。

有人说，这是老观音里要拆了，毕竟离江这么近，前头缆车一下来就是观音里。这两年渝江的旅游业红火起来，市政府也同意观音里扩建，把后头的老房子都买下来，劝里头的居民搬走，让这里变成更大更好看的商业区。

拆迁的消息很快在街区里不胫而走，甚至连谈判的通知书都塞到了门缝里，但对于林秀芬而言，这显然就只是一张废纸。

胡伟曾经亲眼看到，母亲将谈判书团了团，转手就丢进了垃圾桶里。

然而，不管胡伟愿不愿意承认，老观音里确实是在一点一点地变空。

想要让所有人离开是一个浩大的工程，一直到胡伟上高中，老观音里的拆迁都在持续着。

渐渐地，林家老宅附近的洋楼都被搬空了。

二〇〇六年，整个老观音里的住户已经迁走了百分之八十，剩下的被媒体起了一个统一的名字——钉子户。

胡伟依旧每周去往母亲家，只是如今这一路上已经没有什么地方可以买汽水和零食了，那些他从小熟识的小街小巷都变得空空荡荡，拆迁留下的碎片到处都是。

天黑之后，老观音里变成了一片“鬼城”，而林秀芬老宅里的那一点灯光则是支撑胡伟去吃一顿热饭的最后的动力。

胡伟是知道的，母亲不会搬——她为了这个地方连自己都会放弃，又怎么会因为那一点点的钱就离开这个她住了几十年的家？

随着老观音里的人越来越少，最后竟连胡冲都在酒桌上问起他：“你妈还不打算从那搬走啊？”

胡伟从父亲的话里听出了一丝不屑——显然，这不是什么关心的问句，更像是一句嘲讽。

胡伟不知该怎么回答，只好点点头，随即父亲又哼了一声。

他说：“你外公外婆都在那个屋子里死了，连你都差点死在那，我看那就是个属于死人的屋子，现在有人愿意花钱去买她还不肯，真是愚蠢到家。”

这么多年，胡伟已经对父亲喝了酒之后的乖戾个性有了很深的了解，闻言只是一声不吭地回了房间。

他们当时住的地方离老观音里只有三四公里的路，在开始写作业之前胡伟习惯性地望向窗外，他本是挂念母亲，但是让他没想到的是，就在那个夜晚，胡伟却突然看到一大团灰色的烟云，正从老宅的方向徐徐升了起来。

观音里着火了。

36

胡伟再见到母亲的时候，母亲已经不是自己认识的模样。

老观音里的一场大火将林家的老宅烧成了一片焦土，而事发时林秀芬虽然穿越火场逃到了门口，但因为周围的邻居都已经搬走，等最近的救援人员赶到现场时，林秀芬已经因为重度烧伤陷入了昏迷，浑身上下甚至连一块好皮都瞧不见了。

火灾来得突然，接下来的事情更是一地鸡毛。

由于林秀芬的父母双亡，唯一的姐姐在国外，也早已断绝和国内的联系，最终能为其主持公道的血亲只剩下十七岁的胡伟。

然而，在急诊室门口，还没有成年的胡伟甚至没有给林秀芬签字的权利。最终几经商讨，给林秀芬签字的是和她离婚多年的前夫胡冲。

交手术费时，胡伟听见了父亲骂骂咧咧的声音，他在说：“我先给她垫着，不能让她死了，否则怎么让地产商把这个钱吐出来？那房子肯定是他们放火烧的。”

父亲打电话的声音远了，而胡伟看着病房里浑身裹满绷带的母亲。忽然间，急诊室里的电话铃响、吵架声、推担架的声音、护士查房的声音全都混作一团，化作一声藏在乌云里的雷鸣，胡伟仰起头，才发现那团乌云已经朝自己沉沉压了下来。

在那个无比混乱的时刻，胡伟想起了上一次去母亲家时的情景。

明明是盛夏里最明媚的午后，老观音里却犹如鬼城，一个个小房子人去楼空。

在穿过那些绵长的小道时，胡伟忽然觉得老观音里就像是一片被弃置了的蚁巢，巨人即将一脚将它踩碎。而那片巨人的阴影投射在母亲的房子上，就是一片挥之不去的乌云。

他们以为自己是人，马上要来的也只是一场雨。

然而，他们其实都只是巨人脚下的蚂蚁而已。

想到这里，一种巨大的无力感如同浪潮一样淹没了胡伟。

胡伟想救母亲，但他没有钱。他想去找巨人算账，但蚂蚁想要打倒巨人又要花多少年呢？

十七岁的胡伟抬起头，巨人的模样笼在乌云里。

在医院的全力救治下，林秀芬的伤势暂时稳定下来，但后续住院的花费是一个无底洞。

最开始的时候，胡伟一直提心吊胆，担心本就对母亲没什么感情的父亲会放弃治疗，但是，胡家对林秀芬的伤显然有些别的打算。

律师一个又一个地进了胡家的大门，即使胡冲每回都会将胡伟赶进卧室，叮嘱他当务之急是不久后的高考，但胡伟还是控制不住自己。

他轻手轻脚地将耳朵贴在门板上，父亲和叔叔的声音传进来。

“对方已经说了，现在他们那个商业区本来就是万事俱备只欠东风，不希望我们把事闹大，反正钱是肯定愿意出的。”

“也还好没烧死，烧死了就只赔一笔，现在这样吊着，我们随时可以找他们的麻烦。”

“就是怕这些人玩阴的，小林刚考上大学，小伟马上也要高考了，咱们还是得小心点，也不能逼得太过。”

听了一会儿，胡伟回到了书桌边，他看着面前白花花的试卷，脑子里却都是原来母亲为他盛饭时白净的手背。

如今那双白净的手已经不见了，上一次胡伟去医院的时候，母亲的手正毫无生机地吊在半空中，一圈圈绷带下都是渗出的脓液。

在那场大火之后，林秀芬变成了一个麻烦，但对于胡家，她也是一张能反复打的牌。

警察在半个月之后给出了调查结果，林家老宅着火的原因是电路老化，碰巧又点燃了附近地上散落着的易燃的拆迁垃圾，加上老洋房本来是木质结构，所以一旦起火便会酿成大祸。

胡伟隔着房门听见警察刚出门，父亲转头就给叔叔打了电话，他说："警察没说是纵火，但是也跟他们拆迁有关系，之后让律师咬死了这条，钱必须叫他们吐出来。"

不大的房间里，父亲的声音格外清晰，如同一只手，猛地攥住了胡伟的心脏。

期盼已久的公道没有到来，到来的只是另一份筹码。

为什么不是纵火？为什么父亲就认了？为什么母亲要被这么对待？为什么一个人的生命就能低贱到这个地步？

胡伟愤怒地捏紧了拳头，他的耳边嗡嗡作响，那片乌云再一次笼罩下来，而穿透云层，胡伟模糊地看到了巨人的模样。

那里头竟也有他父亲的脸。

胡伟不甘心。

哪怕天底下所有人都把母亲当作一只可以被玩弄、被捏死的蚂蚁，但对于胡伟而言，她是不一样的。

胡伟无法忘记她在阳光下给玫瑰浇水的样子，也无法忘记她在门口对自己挥手道别时的微笑。

从很早以前胡伟就想明白了，母亲并不是因为不爱他，才放弃他留在了那个房子里。

她只是没有选择。

因为天底下并没有人会去在乎一只蚂蚁所珍爱的东西，甚至连她的生命都只是一颗棋子。

胡伟咬紧了牙关，然后他猛地反锁上了房门，回到桌子前。

那一晚，胡伟上网胡乱开了一些账号，开始匿名将母亲在观音里的遭遇发上各个门户网站。一开始没有什么人关注，直到胡伟将老房子被烧的照片放上论坛，结果一石激起千层浪。

大量被迫搬离老观音里的住户开始在论坛中回应，陆续有人爆出观音里给出的补偿条件不公。而几个小时后，事件开始迅速发酵，把自己锁在房间里的胡伟甚至还没来得及庆祝，一阵愤怒的砸门声便将他拽回了现实。

胡冲已经发现了。

在父亲的拳头面前，胡伟无处可躲，但这一阵狂风暴雨般的情绪发泄来得快去得也快，不因为别的，只因为父亲兜里的电话也开始响个不停。

胡伟的匿名显然没有让他隐形，而当原先微妙的平衡被打破，谈妥了的“生意”也自然开始节外生枝。

父亲很快就顾不上胡伟了，胡伟趁机跑出了门，他奔跑在大街上，用力呼吸胜利的空气。

蚂蚁赢了！

胡伟兴奋地想，只要一千只蚂蚁能够团结在一起，他们就可以赢得这一切……他们就可以讨回自己的公道。

十七岁的年轻人在夜晚一路狂奔，他一路跑回了老观音里，钻进被铁丝网拦住的禁区，想要将这个消息告诉记忆里的母亲。

是的，母亲和观音里，观音里和母亲，这两者不能分开。

胡伟最终气喘吁吁地停在了那片烧焦的老房子外，他拿出手机，想要大声念几条刚刚看到的回复，然而，他却很快愣在了原地。

页面上是一片空白。

胡伟震惊地发现，短短一个小时之内，刚刚发上网的新闻已经消失，他发在论坛里的原始帖子也不见了……什么都没了。

他直接搜索观音里火灾，一开始还能出来一两条新闻，但是再一刷新，这些新闻便如同轻烟一样地消失了。

一阵夜风吹来，胡伟打了个哆嗦，还没等他不死心地继续搜索，胡冲的电话来了。

之后的事情谁都没想到。

胡冲打来电话不是为了责骂胡伟，而是上来就问了他在哪里，语气十分紧张。

胡伟不敢和父亲说实话，只是支支吾吾地说自己正在外头吃饭，他本以为胡冲会怒气冲冲地找来，没想到父亲却只是让他待在人多的地方，暂时先不要回来，免得惹祸上身。

胡伟被吓到了，结结巴巴地问是怎么回事。

父亲说的下一句话直接让胡伟浑身的血液都凉了大半。

他说："你堂哥在外头让车子给撞了，现在还在医院抢救，你小子自己惹的事自己有数，现在开始不要再乱跑，免得有人找你麻烦。"

胡伟挂了电话，腿一软，直接靠在了观音里破旧的围墙上。

他不敢回家，在外头二十四小时营业的快餐店待了一晚，第二天再接到家里电话时，堂哥胡林已经因为伤重去世了。

公安调查后发现，胡林因为被怀疑是老观音里拆迁的匿名爆料人，在躲避媒体采访的路上遭遇了车祸，出事前正要给家里打电话。

胡伟几乎是头脑一片空白地回了家。

在快餐店里他一晚没睡，一直在看观音里相关的新闻，但是，那些不久前热火朝天的附和声全然不见了踪影。除了堂哥胡林的死，昨晚发生的一切都像是一场幻觉。

蚂蚁回归了泥土，而等待胡伟的命运，却是他过去从未想过的。

因为堂哥的死，往日里一直对胡伟不错的叔叔和婶婶直接翻了脸，他们坚信胡林是因为观音里地产商的报复才会死，要让胡冲给他们儿子的死一个说法。

胡林面目全非的尸体还停在殡仪馆，一连吵了几天后，瑟缩在角落的胡伟看见父亲慢慢转过头来，他的脸上写满了疲惫，在那一瞬间，胡伟心里已经有了预感。

他也即将变成父亲的一笔"生意"。

最终，胡冲和弟弟达成了协议，把自己的儿子赔给他们。家里打通了关系，让出车祸的人变成了胡伟，胡伟则一举变成了要复读一年的堂哥，正式被过继给了自己的叔叔和婶婶。

到此时此刻，因为那天晚上的决定，胡伟的人生已经彻底被改变了。

母亲最终也没能撑过那年冬天，巨人不费吹灰之力就撕毁了胡伟的家，夺走了他的母亲，又让他被父亲出卖。

胡伟被迫变成了另一个人，而作为害死堂哥的"凶手"，他被过继后的日子自然也不会好过。面对叔叔和婶婶的责骂，胡伟说不出一个字，他只能慢慢地挨，慢慢地熬，将那年夏天发生的事情装进心底的最深处，偶尔在深夜里回去看一眼，独自品尝那些仇恨。

再之后，观音里重建了，在老观音里的废墟上，新观音里拔地而起。讽刺的是，它竟然还沿用了原来的构造，只为了还原观音里的“风土人情”。

大学毕业后，胡伟用胡林的名字应聘了观音里附近的小型房产中介，时隔五年，他又回到了这个让他熟悉又陌生的“家”。

新观音里建好之后，商铺卖得并不如意，半年里陆陆续续空出了很多房子，房产中介门口的黑板上写满了价格。

其中，观音里 29 号被写在了最下头，歪歪扭扭。

这是以母亲的生命为代价建立的房子。

胡伟面无表情地盯着那排白色的粉笔字，最终将最后的月租金擦去，用红色粉笔又写了一遍。

他想，或许蚂蚁这辈子都战胜不了巨人，蚂蚁也不可能团结在一起，但即使这样，蚂蚁的复仇也不会停止。

他的复仇，从现在才刚刚要开始。

37

说完了长长的故事，胡经理舒了口气，冷笑道：“最开始将 29 号变成凶宅的，是观音里的人……既然如此，也怪不了我替他们再多做一些，让这个房子永远卖不出去。”

玻璃后胡经理的眼神木然至极，我却只觉得一阵悲哀。

在妈妈去世之后，我曾经也有一段时间非常恨我爸，恨到一心想要做个败家子，天天逃课去网吧。本来是想一直沉迷网游，让我爸就当没养过我这个儿子，没想到人算不如天算——

就在我决定当边城浪子的时候，网吧旁边开了一家很好吃的蛋糕店。后头我游戏打得一塌糊涂，每个月的零花钱却不减反增，等到我姐在蛋糕店找到我的时候，我这个童工已经快干成临时店长了。

而我至今还记得我姐气得将一整盘蛋糕丢在我的脸上，指着我的鼻子破口大骂：“把自己毁了算什么报复他，啊？！央子，你要是恨他，恨他欺负妈妈，好，那只有两条路可以走。要不，变得比他更霸道，把他的一切都夺走；

要不，如果你心软，没有办法面对他，那你就去做妈妈没完成的事情，完成妈妈的心愿，让他永远不可能彻底抹杀妈妈的存在……就只有这两条路，没有别的，你明白吗？”

从小到大，我姐很少对我发这么大的脾气，也因此那一次我在大街上着实哭得很惨。事后虽然我姐为了哄我承包了我一学期的甜食支出，但是也就是那时候，我和我姐正式做了约定。

无论要付出什么，我们两个都绝对不会让我爸称心如意。

就像胡经理说的，报复一个比自己位高权重的巨人是一件很难的事情，而像我姐这样能直接变成巨人的人更是寥寥无几，这件事我很清楚。

但是，为了报仇而自甘堕落，为了给被轻贱的生命讨回公道而轻贱更多生命。这样的报复，真的能称之为报复吗？

想起当年白柳杀气腾腾的样子，我一时有些晃神，这时审讯室里何剑用笔敲桌子的声音把我拉回了现实。

何剑淡淡道：“所以，你用来报复观音里的方式，就是杀死之前的每一任租客，想要彻底搞臭这里的名声？”

胡经理笑道：“我只是想让他们记得自己造过的孽，就这么简单。”

何剑冷笑一声：“杀人的理由我听得多了，你这个说法倒还挺新鲜。不过，你杀死的那些人，难道不也是你口中的‘蚂蚁’？你觉得你妈妈的命对观音里无足轻重，那在你杀死他们的时候，那些人的命在你眼里难道不也是一样毫无意义？”

闻言，胡经理垂下眼没说话，半晌，他轻声道：“你是不是想问过程？想问我是怎么做的？”

何剑抱着手臂，冷声问道：“你是从什么时候开始修那条密道的？”

胡经理怀念道：“几乎是从观音里把钥匙交过来的第一天开始吧。拿着钥匙的人要负责防空洞的日常清洁，他们当然都不愿意做，这给了我很多时间。要知道，小时候我还住在那个房子里的时候，旁边的防空洞就存在了，那时候我们几个小孩一直说想要挖个地窖，一直通到防空洞里去……反正，我们这些蚂蚁也只能做这种见不得光的事情不是吗？”

“这么大的工程，你一个人做的？”

“当然，我花了整整一年多才做完，一开始还担心中途防空洞会租出去，后头却发现连个来看的人都没有……真是得感谢他们不肯在价格上松口，我才有这样的机会。”

“怎么做的？”

“钥匙在我这里，晚上挖，然后用我自己的车运出去……这鬼地方都没人租，又怎么可能开着监控？”

“你一开始挖地道就是为了杀人？”

“这不是我一开始的想法，我一开始只是想搞出一些动静，让人觉得这屋子是凶宅，但是后头我发现，杀人是最快的……我也警告过他们了，每个人来买房子的时候我都提醒过他们，这是凶宅，但他们不听，所以也怪不得我了。”

“说一下过程吧。”

何剑也不知是不是见多了这样的事，听到如此让人毛骨悚然的话语眉头都不皱，说道：“我们已经将29号搜过一遍了，你还挺能挖，储藏间里还有通道可以上楼，这样的本事我过去只在从东南亚过来的毒贩身上见过。”

胡经理笑了笑说：“没有人比我更了解那个屋子，也就是这次我进出得频繁了一点，确实容易被发现，以前人少的时候可比现在轻松。”

我打了个寒战，倏然想起我第一次看房时，屋子里甚至还有让人休息的躺椅，而那时我还天真地以为所有人都只能从大门进来。

“好，现在说吧，人都是怎么死的。”何剑冷冷地打断他。

胡经理舒了口气，说：“头三个其实都没什么好说的，第一个是被我推下去的；第二个煤气中毒，是我换了他的排烟管；第三个嘛，楼梯老化的手脚也是我做的……当年观音里官方不也是用这招烧死了我的母亲，你们警察也查不出来，实在谈不上什么稀奇的手段。”

何剑眯起眼，问道：“杨娟呢？为什么你要把她的死伪装成自杀？不怕风险更大？还有，你动手动得越来越急了，为什么？”

胡经理笑起来：“这其实是一个问题，就是因为我越来越急，所以才等不下去伪装什么意外……我想看看观音里官方还能这么做多久，死一个人就封一次消息，要是死的人足够多呢？纸真的包得住火吗？我当时只是想要把事情闹得更大些，所以才在她的杯子里下了安眠药，然后‘帮她自杀’了。”

“几乎每个受害者在死前都和人讨论过装修29号的想法，这是不是你决定杀他们的原因？”

“当然……毕竟装修的话我被发现的风险太大了，而且，这是妈妈的房子，我也不想让别人动它。”

“那白央呢？他是这些年第一个把这个房子买下来的人，你在他身上花的精力明显和别人不一样，前期还一直在吓他，为什么？你其实不想杀他？”

何剑问出了我一直好奇的事，我不由得目不转睛地盯着胡经理的脸，想从他那里看出蛛丝马迹来。

而很快，胡经理脸上露出了一丝无奈，说道：“警察同志你这话问的，我是急于求成，但我又不蠢，你们屋子里有四个人，警惕性又高，我要直接动手实在太容易被抓住了，那最好的情况当然是吓走他换别人来。”

“你为了吓他都做了什么？”

“送之前发生意外的报纸，在下水道里放了假发和鸡血，晚上戴面具潜入房间，戴上面具爬。”

何剑皱起眉道：“那为什么最后又决定对他动手了？”

胡经理无奈道：“那当然是没办法的办法，本来他能宣传29号是个凶宅挺好的，我也不打算动他了，但他不但开始调查以前的案子，还要装修房子，为了自保我只能对他动手，我也不想。”

搞半天居然真的是被我钓上来的！

听着胡经理的话我眼前一黑，早知道装修真的是一踩就爆的点，我那天晚上就应该拉着所有人开睡衣聚会，还傻乎乎地下楼拿巧克力？

何剑手里反复转着笔，在桌子上戳戳点点了一会儿，又问道：“如果你只是想吓他，为什么还要去宋楠师的房间？减少出现的次数才能明哲保身不是吗？”

闻言，胡经理只是怀念一般地垂下眼，说：“她睡的那个房间，过去是我母亲的卧房……说起来，白老板其实是个不错的人，上次‘闹鬼’之后我看到外头一些媒体说，他不肯回家继承家里的生意，只是因为想要完成他母亲的心愿，在这点上其实他和我有点像，所以，如果他不提装修的事，也不去调查那些过去的意外，我差点就不想杀他了。”

说完，他就像想起什么，抬起头，望向了单面玻璃，就好像知道我正站在另外一边一样。

胡经理淡淡道：“现在想想，能把这个房子交到一个对的人手里也不错。至少，他会善待这个屋子，然后，给它一个更好的结局吧。”

之后，何剑又盘问了一些关于前四个受害者的细节，胡经理都答了，神情平静得仿佛他早知道这一天最终会到来，而他的执念也已经放下。

在母亲死后，29 号就是胡伟的母亲。身为 29 号的孩子，他生在这里，长在这里，最终，也要死在这里。

29 号的连环意外一朝变成了连环凶案，取得了这种进展，何剑身为副队长自然是脱不开身。出了审讯室，他只来得及拍了拍我，丢给我一句“辞职的事情我之后会当面来找你说”，转头便忙得不见踪影。

王薇提出要送我回去，然而刚到分局门口，我就看到白柳正靠在她那辆扎眼的红色豪车旁等我。

“不劳烦警官了，我弟弟，我带回去就行。”

白柳走过来，还不忘给王薇递了十二杯冰奶茶，感谢道：“这次的事情实在是辛苦你们了，大热天至少消消暑。”

在这种事情上，白柳做事向来比我周到，也不怪她比我会赚钱。上了车，还没等我拉安全带，白柳已经一把把我搂了过去，说：“从刚刚就看你一副要哭鼻子的样子，在你亲姐面前还忍着？”

被她这么一说，我反倒觉得眼睛有点发酸，无奈道：“我真没有……你别再乱激我了，哭了还不得你哄？”

白柳放开我，确认我脸是干的之后才好笑道：“怎么，这回出息了？我可是收到何警官的短信才来的，说你情绪不太对，碰上这么大的事，没几个人可以一下子泰然接受的。”

我一听这意思，白柳果然早就和何剑有联系，没好气地翻了个白眼，问道：“你是不是上回查老韩的时候就查出他的身份了？之后就一直和老韩一起蒙我？”

白柳耸耸肩，启动车子，说：“韩老三估计发现得更早，他就是察觉到何剑身份不一般，那次白天‘闹鬼’也是想早点搞出场大戏跑路……不过也多亏了有个警察你才没出事不是吗？我还打算请何警官吃饭感谢他呢。”

一路上，我将 29 号的情况和白柳都说明了，除了偶尔挑一挑眉头，白柳没有给出太多的反应，直到最后我说这一切都是胡经理为了给母亲报仇，她才淡淡道：“我当年就和你说过，报复一个人不是这么个报复法子。”

我深吸口气道：“我也只是比他幸运……毕竟，如果我背后没有你，我也没办法用更体面的方式完成妈妈的心愿，不是吗？”

闻言，白柳只是苦笑了一下，没有再说话。之后她径直把我送回了“黄粱一梦”，这时 29 号的周围已经被警方围起了黄线，我们屋子里的全套家当，包括大小行李也都被暂时移出来，方便他们对 29 号进行进一步的搜查。

眼看生意是暂时没法做了，我本想给韩沙和宋楠师都放个短假，没想到白柳这时却拉住我。

“别急，事情还没完。”

她点点不远处的一家咖啡店，冲我狡黠地眨眨眼，说：“劫后余生，我还有份礼物要送给你们。”

38

在进入店里的一瞬间，我就知道白柳为什么要特意来接我了。

她把整家咖啡店包了下来，里头挤满了各种拿着“长枪短炮”的媒体，而我一眼就看到手捧一大束鲜花的杨平坐在角落的座位上，在他身旁，还有七八个我没有见过的生面孔，一见到我都腾地站了起来，手上也都捧着花。

“他们是 29 号过去受害者的家属，还有几个在外地赶不过来。”

韩沙轻声道：“听说案子性质变了，他们特意来感谢你。”

宋楠师瞪大眼睛，悄声在我背后道：“老板你好厉害啊，以前在殡仪馆，都只有最大的领导才能有这么多人送花。”

这时候我也顾不上纠正宋楠师了，白柳在我旁边轻轻推了我一把，说：“去吧，没有你一直在那个屋子里坚持，这个案子翻不了，他们都是为你而来的。”

我愣了一下的工夫，那些手捧鲜花的受害者家属已经流着泪围了上来，杨平更是直接拥抱了我，泣不成声道：“我就知道……我姐不会自杀，她不会的，白老板谢谢你。警察和我说，如果不是你一直坚持留在屋子里，他们也没这么快可以找到证据翻案。”

“这个事你主要还是得谢小……谢小何警官，一直坚持查案的是他，我只是……”只是坚持想要赚点钱。

我被夸得心虚，但受害者家属们的情绪已经到位了，甚至还有一个年轻女人直接抱着我号啕大哭——六年前，她在29号里失去了她唯一的哥哥。

长久以来亲人突然去世的阴霾像是一块石头一样压在他们的心头，如今迟到很久的正义或许并不能彻底治愈痛苦，但至少，29号的真相应该属于他们。

这场突如其来的“感谢会”最终以白柳统一安排车子将人送去分局补录笔录结束。

在屋子里只剩下媒体记者之后，白柳的脸色一变，冷冷道：“今天的事情，我让你们见报的时候才可以见报。要是让我知道你们谁先捅出去了，干扰警方的工作，我一定会告得你们倾家荡产，以后再也没办法在这行混，明白吗？”

“看来白家辣酱是该换老板了。”韩沙在我身后低声笑了笑。

送走了一大帮的媒体记者后，我有些不解道：“姐，你怎么……”

白柳点上一根细烟看我一眼，说：“拿凶宅做生意是有风险的，你的红火毕竟是建立在这些人的痛苦之上。我本来就一直在考虑怎么解决这个事，好在现在结果还不错，就是怕以后家里那位再翻出什么花样，未免落人口舌，得先有个保底。”

韩沙哼笑一声，道：“还挺聪明，虽然拿凶宅赚钱，但也因此还了受害者一个真相，这样这家店的底子就彻底洗白了。”

“只要警方那边一发重新调查的通告，我就会让他们把消息发出去，何队说也就是这两天的事。”

白柳抽完烟，十分霸气地过来捏了一下我的脸，说：“该做的已经都做了，这两天好好调整一下。等再开门，我要听你给我每周报账，要是做不到数，央子，我可是会跟你计较以前的投资的。”

“哈？”

今天发生的事情太多，我的脑袋这时候已经彻底转不动了，难以置信地瞪着她，说：“大姐，29号是破了个案子又不是开光了，我这个小破店难不成还能……”

不等我说完，白柳已经摇摇头打断了我：“你这个小破店，很快就要开光了。”

她对我眨眨眼说："一周后我请了寺庙的副住持帮你做法事，这次我可是会全程直播给家里那位看，专门气他……你一定不会掉链子的，对吧？"

我一时有些无语。

事实证明，"黄粱一梦"和寺庙确实有一些不一般的缘分。

我姐这回直接给寺庙捐了口新钟，上头的捐赠人里不但写了白家辣酱和"黄粱一梦"，还有29号所有受害者的名字。

白柳说："以后每一年的新年，所有来寺庙撞钟的人都会为他们祈福。"

可想而之，在我姐的"钞能力"运作下，一星期后寺庙的法事极为隆重，在寺方的主持下，所有受害者家属都在佛前供了灯。而随着29号真相被媒体披露，"黄粱一梦"的凶宅性质发生了彻底的扭转，再一次开业时，店内甜点包装都换了。

韩沙建议我将驱邪套餐全都改成祈福套餐，另外新添了专门的公益套餐。套餐里包括我做的奶冻莲花蛋糕和莲花清心特饮，由专门的第三方监督，公益套餐的全部收益会统一捐给受害者家属的公共账户。

做好一切准备，开业当天，白柳以白家辣酱执行总裁的身份盛装出席。非但如此，她还邀请了众多探店网红和渝江著名烘焙大师来当试吃员，可谓彻底坐实了白家就是"黄粱一梦"背后股东的传言。

当然，一开始，我是不愿意让这两者产生关联的。

妈妈的辣酱已经被冠以了白家的名字，我本来不希望她的蛋糕也跟着姓白，在开业前几天还别别扭扭地和我姐提意见，结果她一句话就把我堵了回来。

"我和你都姓白，我们没办法把那个人的基因从我们的DNA里抠出去，就像你改变不了观音里29号是凶宅的事实一样，但是，现在既然死了四个人的凶宅都能在你手里变成网络评分高达四点六分的网红店，那姓白又怎么样？它是姓白，但从今往后，那也是白柳的白，白央的白了。"

就这样，当天晚上我们久违地在一起喝了顿大酒，第二天醒来，我姐就直接把那份开业仪式的计划拍在了我的脸上。

这一次，白柳明显是势在必得。

开业第一天，为了防止我忙不过来，她还给我派了几个厂里的老人来帮工，这种操作已经完全不顾及家里的面子，大概率董事会已经被她拿下得七七八八了。

在这种情况下，“黄粱一梦”的生意不可能会差。

一边是网红店铺天盖地的营销，另一边是29号重大刑事案件初破的新闻。开业第一周，几乎每天直到店里库存卖完了门口都有一百多号人在排队，其中甚至还有从外地专程赶来的，开了两百多公里路，就为了来吃一块蛋糕。

为了招待数量暴增的客人，我和宋楠师，还有店里的三台厨师机都已经拿出了吃奶的干劲儿，但即使这样也还是满足不了店里的需求，加上在何剑“意外离职”之后，店里始终缺一个招待，不得已，最后我只能和韩沙还有白柳商量，开启了网红店的终极办法——预约制。

“黄粱一梦”以每天的最大库存量放出各类套餐预约券，总计一百八十份。每天晚上十点开启预约，凭借预约号入店用餐。

在过去，也就只有业内最大牌的网红店敢拿出这个大杀器，几个月前，我也想不到有一天我的小破店能变成尊贵的预约店。

第一天放号，“黄粱一梦”全员一起在一楼盯着我小小的手机屏幕看。

离十点已经过了一分钟，宋楠师紧张得堪比查高考分数，小声道：“老板……要不你刷新一下？”

我心想还需要她提醒，早在十点零一秒的时候我就狂按刷新键，但不知为何，手机直接卡了。

强行让韩沙这个点加班很显然十分触怒他这样的中年员工，他见状翻了个白眼，说：“究竟是什么给了你们俩这种错觉，觉得变成预约制会影响生意？”

我心想你开倒闭了七家店也会像我这样有心理阴影，手上按了十几下刷新后，终于，在十点零二分，放号页面出现了一排小字。

今日预约号已抢完，请明日再来。

我一瞬间甚至都怀疑自己看错了，震惊地刷新了两次之后，看到还是这行字，我不禁目瞪口呆道：“这才两分钟啊？”

韩沙脸上写满了当“保姆”的痛苦，无奈道：“老板你开了这么多家店怎么还没搞明白，饥饿营销是网红店最有用的营销手段。信不信，你三个月不扩大店面，每天就放这么多号，之后每天上线五秒钟号就会被抢光？”

到底是穷太久了，我始终对能这么轻易赚钱的现状有一些不真实感，韩沙见状笑笑说："不信就试试看，你每天就做这么多份，一份不多，只要能保证口味，之后你的生意只会越来越好。"

虽然在人品这件事上，韩沙大有问题，但是在做生意方面，韩沙确实是配得上我姐的眼光。

之后的三天我按照韩沙说的试了一下，严格做了预定的份数，哪怕客人想现场多点也一份都没有。就这样，三天之后，我和宋楠师掐着秒表，发现"黄粱一梦"的一百八十个预约号在晚上十点零二秒的时候就被抢空了。

不得不承认，当代网红店的经营模式很深奥，堪比电商购物节的满减规则，而我现在才摸着个皮毛。

尝到甜头之后，我继续保持每天一份不多做的套路，但是很快我就发现，"黄粱一梦"下一个掉链子的东西可能是老板的脑子。

连着两天，我准备的库存数量都匹配不上第二天客人来点单的数量，虽说只差一两份。因为人手不足，忙中出错是避免不了的问题，而这也让我开始考虑"黄粱一梦"是否需要立刻再雇个人。

毕竟，在生意步入正轨之后，因为客人变多，不光是白天前后场都缺人手，关店后大厅的清扫工作光靠宋楠师一个姑娘也很艰难。这两天为了把一些丢在犄角旮旯里的垃圾都清理掉，宋楠师根本来不及帮我准备第二天的库存。

何剑不可能再回来上班，而我总不能指望韩沙出卖"色相"当招待员。

看来，是得尽快把招人的事情提上日程了。

又一天的营业结束后，我思考着这回应该写个什么样的招聘启事，才能够招来一些靠谱的帅哥美女……特指不想骗我的那种。

而我正想得出神，忽然间门口的铜铃一响，我下意识说道："今天的营业已经结束了，您要不预约明天的……"

话还没说完，来人已经将一杯奶茶递到了我面前。

我抬起头，就见穿一身黑色便服的何剑已经站在我的面前。他像是刚从附近的电子产品店里出来，手里提着一整袋的东西，对我笑了笑。

"老板，你现在有空吗？我是来办离职手续，顺便来赔礼道歉的。"

第七章

进击的网红店

39

毫不意外，一个刑警副队长带来的赔罪礼物，是五个高清监控摄像头。

何剑帮助我把摄像头分别装在了一楼和二楼的走廊，多余的一个则装在了我的房间，笑道：“之前也多亏了小宋提供的那段录像，我们才有了确凿的证据，这次你的店铺重新开业，可不要再忘了装这种东西。”

我心想之前这货就在我眼皮子底下找了这么久的证据，最后靠的还是歪打正着，忍不住问道：“你之前怎么没想着孝敬我几个摄像头，那样说不定早就抓到那家伙了。”

何剑苦笑道：“这不是怕打草惊蛇吗？毕竟以前和我打交道的那些家伙可都是很贼的，一弄不好，任务失败不说，连命都会没有。”

他这么一说，我忽然想起上回王薇说的，何剑过去的工作性质很危险，如果说他身上那些横七竖八的伤都是工伤……我内心叹了口气，事情到这一步，我最后的一点不满也随着何剑的“赔礼道歉”烟消云散。我对他说道：“离职的事情出去谈吧，你应该不仅是要和我说这个事情吧？”

毕竟，29 号的案子对我来说是尘埃落定了，但对山城分局来说却还没有查完，之前何剑一直忙得不见踪影，连我姐想要见他都没见到。

何剑笑了笑说：“确实，我本来也是要请你吃饭的，走，去前面那家小龙虾店，我之前在这上班时就馋很久了。”

说完，何剑直接领着我出了门。我们在小龙虾店外找了个角落的位置，何剑给我点了不辣的清水龙虾，还不忘给老韩和小宋都买了外卖，说道：“早就想来了，但是实在太忙了，这是我这两天第一顿不吃泡面的饭。”

我早就注意到何剑的黑眼圈，无奈道：“这么看来，你在我这干活儿确实是放假了。”

“可不是吗！”何剑苦笑，“我现在都开始怀念在你那打工了……我们局长可没你这么好说话，就刚刚还在给我发消息催案子进度。”

我一愣，没想到这案子都这么板上钉钉了，他们内部压力还这么大，奇怪道：“人都抓到了，又跑不掉，还催什么？”

何剑一边飞速剥虾，一边说道：“人是抓到了，但证据还不够啊，疑罪从无，他前头杀的那四个人光是靠他的口供是不够的，还有很多证据链要梳理，最近我天天住在局里忙这事儿。”

一听就是个巨大的工程。

我想了想，问道：“所以现在又有什么进展了？”

“最近正在查他的经济情况，今天来也是想问你这个事。”

何剑说着终于把手里的虾放下，正色看着我，问道：“当时他把房子卖给你的时候，你觉得有什么奇怪的地方吗？”

“奇怪？”

“就是……他有没有表现出非常不希望你买这个房子的样子？”

何剑斟酌了一下用词，说：“我们本来是想找到他购买犯罪工具的证据，结果却意外发现，胡伟的账户上有一笔数额不小的存款……从他的口供里来看，胡伟因为一直在犯罪，个人的生存欲望很低，加上没有家庭，所以他存这笔钱的目的很奇怪。”

“等等……”

我慢慢意识到了何剑的言外之意，震惊道：“你不会是想说……他原本是想把 29 号买下来吧？”

何剑点点头道：“从那笔钱的数额来看，应该就是打算买房子……胡伟平时个人的花销非常少，甚至因为经常睡在防空洞里，连固定的居所都没有，可以说，他这些年绝大多数的钱都存了定期。当然，如果是观音里正常房子的价格他是绝对负担不起的，但是因为 29 号接连发生凶案，价格一降再降，如今他账户里的钱其实已经差不多够买下 29 号了。”

我这时后知后觉地想起当时胡经理接待我时的神情，那样的欲言又止。

如今看来，胡经理或许并不想把房子卖给我。

我倒吸一口凉气，说：“他说，他会告知租客 29 号是凶宅，警告他们不要接近这个房子，在房子价格没降下来之前他说这样的话确实是警告，但是对我来说……”

“对你，他或许真的是想把你吓退，因为他也不愿意一直杀人。”何剑摇摇头，接着说，“那个房子对于胡伟来说就是母亲的象征，所以他最终还是想要把 29 号收回来，放在自己手里……只是，人都没了，还要一个房子又有什么用呢？”

一时间，二人安静了下来。

很显然，即使对何剑这样身经百战的警察来说，发生在胡伟身上的悲剧也一样难理解，以至于何剑沉默地剥了两个虾，最终还是叹了口气：“说实话，这案子查得人心情怪不好的，你是不知道，这两天我们办公室里气压都很低，我今天还听见小王在说什么想来你这吃蛋糕放松放松。”

“那何副队长都难得出来透气了，就想点别的吧。”我剥了一只虾，忽然话锋一转，“不如聊聊你的婚姻状况怎么样？”

“咳……”

一下子，正在喝茶的何剑险些喷了一桌子，他缓了缓，说：“老板，你还没消气是吧？”

我好笑地看他一眼，说：“你的手下都看不下去了，说你醉心工作，难得休假还非要来管我的案子。怎么，‘鬼见愁’难不成还有怕的事情？连家都不敢回？”

何剑被气笑了，骂道：“这群小兔崽子，亏他们还是干这行的，怎么什么话都往外说，看来以后是干不了什么卧底工作了。”

这么长时间一直都只有我吃瘪的份儿，好不容易能扳回一局，我不依不饶道：“不是要让我消气吗？那就和我说实话，你不会真因为要查 29 号的案子没有去挽回你老婆吧？”

这一回，何剑沉默了很久。半晌，他长长叹了一口气，说道：“这两者没有因果关系……只是，当一个警嫂不是那么容易的事情，也没有外头想象得那么光鲜，她不该再跟着我过这种日子，所以离就离吧，长痛不如短痛。”

这话一出，我心里立刻就有数了。

毕竟，有了我前姐夫和我爸的前车之鉴，我自诩在鉴定“渣男”这件事上还是有一些天赋的。

而相比对我姐和妈妈毫无感情的前姐夫和我爸，何剑脸上的表情显然没有轻松到在说“离就离吧”。

我无奈道：“所以……去寺庙那天，你和我说不想拖累对方是这个意思？你怕你家里的事情拖累你老婆，所以宁可离婚？”

何剑垂着眼没说话，而我心想果然还是不能空手套白狼，瞄见旁边生意红火的“茶什么月色”，问道：“聊感情还是得多少喝点，要不给你点杯奶茶，多加点奶盖什么的，你不是喜欢奶油吗？”

说着我起身就要去排队，结果何剑一把拉住我说：“老板别破费了……奶油，也不是我喜欢的。”

我震惊道：“你不喜欢？连这个你也骗我？”

“是我前妻喜欢。”

何剑无奈道：“她父母很早就因为车祸去世了，性格虽然很刚强，但就跟你一样，也喜欢甜食。之前为了照顾我父母，她没办法工作，所以我就给她买了烤箱，让她在家里做这些东西解闷，有几次看她做了奶油蛋糕吃还挺高兴的，所以……每次看到奶油我都会想起她。”

我心里一沉，说：“所以，你父母的身体真的……”

何剑苦笑道：“我发现老板你真的是个很神奇的人，本来以我的习惯，是绝对不可能让你看出我的个人喜好的，毕竟放在以前，要是不小心暴露了真实想法，后果会很严重……虽然我已经退了，但我是真没想到我会在人跟前懈怠成这个样子。”

“不是我神奇，是蛋糕神奇，我妈妈说过，甜食是打开人心扉的秘密武器……吃一块蛋糕不能解决，那就吃两块。”

我说着，心里却想他之前还会在思考时无意识地摩挲无名指，如果何剑过去的工作性质真如他所说，恐怕这样的松懈会要了他的命。

我问道：“所以，你就是因为这个原因才离婚的？”

何剑笑了笑说：“原因很多吧……老板，你还记得上次我和你说的那个关于我小时候发生的意外故事吗？”

“当然，这个你应该没骗我吧？”

“是，我没骗你，我父亲当年也是警察，他开车追上去，翻车之后下肢瘫痪了。后来查出，开车的人是毒驾，因为没有毒资了，临时起意才当街拐卖儿童，多亏被我父亲拦了下来，那个孩子才被及时追回了。”

“所以……”

我犹豫了一下，最终还是没有把我的猜测讲出来。

虽然他已经足够信任我，但是……

不说，或许已经是我们这些普通人能给予他们的最后保护了。

何剑淡淡道："我父亲瘫痪之后，我母亲不得不辞去工作照顾他，后来甚至把身体都累垮了……我小时候为了这个还生过我父亲的气，谁能想到我自己结婚后却和我父亲一模一样，不但经常回不了家，还连累她失去工作，照顾我的父母。而且，我还要让她和我母亲一样天天提心吊胆，结婚六七年连个孩子都不敢要，生怕孩子以后生下来会没有父亲。"

我张了张口，却发现自己说不出话来，最后我决定再挣扎一下，说道："可你不是都退了……"

"我是侥幸，捡回了一条命，否则做我们这行哪能这么轻易全身而退！老板，关于这件事其实你也不用劝我，毕竟，当时我中了一刀差点没命，在医院里躺了两个月，想得最清楚的一件事就是，之后我不能再拖着她了。"

何剑再一次伸手摸向后背，就像是伤口还在痛一样。而我想到他背后那些纵横交织的伤疤，胸口不由得跟着沉重了起来。

也难怪，他会觉得在我这里打工是休息。

或许这对他来说真的就是休息。

到最后，何剑对我笑了笑，说："不管怎么样，老板，这段时间都谢谢你，我从来没做过这么轻松的卧底工作，还有上次你给我的蛋糕我也送给我前妻了……她很喜欢，下次如果有机会，我也会让她来店里尝尝。"

吃完饭，何剑毫不意外地要赶回局里继续加班，而我考虑了一路，最终还是在 29 号的门口拿出手机给王薇发了条消息。

何剑这个副队长身上的担子太重，很多事情后面看来还是得和他的手下沟通。

处理完这些事，我心里松了一口气，进门就碰到一脸嫌弃的韩沙提着垃圾袋准备去倒。

韩沙皱着眉道："老板，明天店休，你赶紧找人上门看看有没有老鼠的问题……客人吃剩的东西到处都是，还有一些装饰用的花也乱七八糟，小宋都收拾不过来！网红店卫生不过关可是大忌，之后万一有什么'料理鼠王'直接出现在客人面前，你的生意可是无论道士还是和尚都救不回来了。"

虽然韩沙的态度很差，但是听了这话，我心里居然有一丝感动。

是的，在 29 号的谜团被解开后，“黄粱一梦”碰到的问题终于不再是“闹鬼”，而是寻常餐饮店都会头疼的麻烦，店休的日子我也终于敢放所有人都回去，自己躺在店里睡大觉了。

忙了一个星期，我本来已经想好这一觉要六亲不认地直接睡到中午。然而，人算不如天算，第二天不到九点，除鼠的人先来了。

三个小伙子进来检查了一遍，前后忙活了快一个小时。结果别说老鼠，连根老鼠毛都没有，我不得已付了个上门费一头栽回去，然后等我再醒来，时间已经到了下午。

夏天刺目的阳光从窗帘里照进来，我睡得眼睛都睁不开，下意识想要去抓手机，但也就是这一抓，我却意外在床头抓到一个冷冰冰的东西。

40

在摸到那个冰冷的东西的一瞬间，这一两个月 29 号给我带来的心理阴影瞬间让我清醒了过来。

我猛地坐直身子，结果却发现床头柜上竟散落着一个我用来包桃木剑巧克力的塑料包装袋，上头还粘着店里用作装饰的玫瑰干枯花瓣，以及一根半长的黑色毛发。

这个东西……怎么在这？

我脑袋瞬间有些蒙，试图回想昨晚我有没有偷吃店里的库存，但很快就否定了自己的猜测。

毕竟，之前为了帮我戒掉偷吃的习惯，韩沙拍了我偷吃桃木剑巧克力的照片挂在收银台后头，还和每个客人都说“黄粱一梦”的巧克力品质过关，用的是老板自留款。导致之后我只要一开冰箱门就会想到那两天被羞辱的经历，从此就再也没有在歇业后碰过任何一根桃木剑巧克力。

然而，如果这个东西不是我吃的，它为什么会出现在这里？

一下子，我想到这几天店里的库存莫名减少，一种耗子半夜在我床头办聚会的不适感冲上心头，我迅速奔下床去冲了个澡，转头就打算在网上找一家更靠谱的灭鼠团队上门。

好歹 29 号下头被人挖出了一整个泡菜厂，虽然警察现在已经将通道封死，但是人进不来，不意味着老鼠进不来。

在胡伟被逮捕后，他养在隔壁洞子火锅店防止人误闯的野狗也被带走了，加上这段时间渝江接连下雨，谁都说不好在没有天敌的情况下，像防空洞这样阴湿的地方会不会养出整窝整窝的大耗子。

我越想越觉得硌硬，再一想到连我自己都没舍得吃的巧克力最后都便宜了这些小畜生，我气得连灭鼠团队都等不及，干脆直接在外卖上下单了十五个粘鼠板。

无论如何，今天至少也要把敢在我床头柜办聚会的耗子给灭了，以儆效尤。

眼看东西还有四十分钟才能送到，我用电脑连上何剑昨晚送我的监控，想要确定一下二楼耗子的方位，结果还没等我操作完，何剑的电话却先打了进来。

“老板，你现在还在 29 号吗？”

何剑头一句就把我吓了一跳，他的背景音是一片嘈杂，像是刚下什么会。

我艰难地单手操作着电脑，说：“今天店休啊，我当然在店里睡大觉了。”

“你赶紧从 29 号出来！”

何剑的声音瞬间就扬了起来：“我们查到胡伟母亲林秀芬的死亡证明是伪造的！因为担心胡林的死是被地产商报复，他们不敢一直用林秀芬的伤同观音里交涉，所以在最后一次谈判里，胡家在收了一笔很大的赔偿款之后就伪造了死亡证明给观音里。”

我一愣，问道：“什么意思，所以说林秀芬其实没有死？”

“老板你别多说了，赶紧从那个房子里出来，我们现在找不到林秀芬的下落，很有可能，29 号里不止你一个人！”

何剑话音落下的一瞬间，我的电脑成功连接上了二楼卧室的监控，因为摄像头有动态追踪的功能，它甚至截出了一张房内“活物”运动的图作为封面。

而我只看了一眼，就意识到截图里正在动的那个东西并不是我自己。

天底下也肯定不会有这么大的惨白耗子！

一瞬间，我的背后已经被冷汗浸透，下意识想要回头，但何剑的声音就如同一道惊雷一样把我的神志给拉了回来。

“老板！赶紧从房子里出来！我现在已经朝那边去了，观音里派出所马上也会派人来保证你的安全，我这边先出警，有问题随时联系我！”

说完，何剑果断挂了电话，而之前加载的视频此时也已经开始缓缓播放。

这是昨天晚上凌晨三点的录像，摄像头记录了当时房间里唯一的动态影像。

先是一只惨白的手悄无声息地推开衣柜，然后，一个瘦骨嶙峋的惨白人形用一种极度诡异的姿势从狭小的衣柜里钻了出来，慢慢地爬向了我的床头柜。

这是……之前宋楠师视频里拍下的那个人影！

难道说……她就是林秀芬？

“这个是肤蜡，如果脸部有缺失，会拿这个来补，现在好像也有人用它来垫鼻子……不过这两年技术好了，更多的时候会用硅胶 3D 打印，像是火灾车祸之类的情况，如果脸上缺得多，我们也会直接打印面具装上去。”

我突然想起宋楠师之前无意间做的科普。

如果是烧伤严重的人，会使用肤蜡或者硅胶做的面具来掩盖身上的伤痕，而林秀芬当年被观音里的大火烧得不成样子，那张惨白的脸，或许只是她脸上戴着的硅胶面具！

她怎么会从我放箱子的衣柜里钻出来？

还是说，她一直就没走？

我大脑一片空白，紧跟着猛地想起，因为 29 号发生的种种怪事，我和何剑同住一屋，而我放行李的房间则一直是空置的状态……

之前警察来搜屋，他们的重点一直在这个屋子上，也因此，虽然他们已经仔细地看过房间的每一块地板，但是，他们却并没有一件件地搜过我们所有人的行李，而是将它们暂时移出了房间，之后又原封不动地放了回来。

如果说，对方的身材已经瘦到可以钻进我的箱子，在白天的时候一直待在里头，直到晚上才会出来拿我放在厨房里的库存吃，用一楼的卫生间……

联想到我这几天一直无故丢失的巧克力，散落在角落里的装饰玫瑰，还有包装袋，我只觉得头皮一阵发麻，然而再一想到那个衣橱如今就在背后，我浑身上下竟是没有一块肌肉可以动弹，只得像块石头一样一动不动地盯着面前的屏幕。

电脑上的视频还在继续播放着。

悄无声息从衣橱里爬出来之后，她竟然趴在我的床边直勾勾地盯着我看，中途甚至将枯树枝一样的手指伸向我，却又在离我很近的地方停住了。

我后颈上的汗毛倒竖。

就像之前她会半夜去看宋楠师一样，现在，她盯上的却是我。

临末了，那个不像人的影子慢慢地爬出了我的房间。从监控来看，她并非故意要把包装纸丢在我的床头，只是无意中丢下的。

似乎，对方的行事其实也没有那么仔细……之前她之所以一直没有被发现，难道是因为胡经理……

还没等我想出个所以然，楼下突然传来一阵猛烈的拍门声，有人扬声喊道："白先生！我们是观音里派出所的，请问你在里头吗？"

是何剑帮我叫的警察！

我猛地回过神来，好似叫人一把拉回了阳间一般，一种逃生本能促使我腾地一下从座位上站了起来，也顾不上她是不是还在衣柜里了，几乎是夺路而逃，准备一头就扎进门外警察叔叔温暖的怀抱，然而——

我就知道以我的运气，事情绝对不会这么容易。

我几乎是刚跑到楼梯口，就直接撞上了正从楼下往上爬的"惨白鬼影"！

也不知是不是楼下的声音惊动了她，此时她正急于要回到我房间的行李箱里，结果却在楼梯口和我碰个正着。

"啊……"

虽然我在29号前前后后撞"大鬼"也有好几个月了，但毕竟，之前每次我都是有队友的，这回单打独斗，还直接撞上本人，我看着匍匐在楼梯上的"鬼影"，说是心脏骤停也毫不为过。

要死！要死！要死！

我和"鬼影"中间只隔了不到两米的距离，因为光线昏暗，我只能看清她身上裹着脏而破旧的衣服，脸和身体的比例明显不协调，就像是套了一个巨大的惨白口袋在头上，看上去极为诡异。

"白先生！你在里头吗？我们是观音里派出所的！"

门口的拍击声还在继续，然而，此时此刻我却连半个字都说不出来。

整个 29 号里的气氛此时凝固了，我和“鬼影”在楼梯上僵持着，我不动，她也不动，然而，如果我动了……

我紧张得腿肚子都要抽筋了，结果这时门口又传来民警和对讲机对话的声音：“没有人应门，不确定里头是否遭遇了危险，我们准备叫消防队直接进去……”

等下，如果现在有外人突然出现……

我心里一惊，结果就在同时，“鬼影”的喉咙里忽然发出了一声让人胆寒的咕哝，然后下一秒，她突然用极快的速度朝我爬了过来！

我就知道！

我眼前一黑，好在经过这段时间的“训练”，我身体的反应已经快过脑子，分秒之间我人就退回了房间里，死死抵住了门！

那句话怎么说的，敌不动我不动，我一动敌就奔向我！我就知道！

我没想到她还能爬这么快，而最要命的是，直到这时我才发现，卧室的门锁竟然是坏的！

绝对是她为了方便进出，早早把门锁弄坏了，然而因为我一直住在何剑那间屋，居然到现在才发现这个问题！

没有门锁，我不得不拉来了床头柜和椅子抵住门。就在我颤颤巍巍地要打何剑电话的时候，何剑先打了进来，与此同时门板也被人重重撞击。隔着一道门，外头传来了一声似人非人的痛苦号叫，直叫得我浑身的血液都凉了大半。

她想要进来！

随着撞击继续，我只得用整个身体抵住障碍物，接起电话就喊：“小何！她现在就在二楼门外头！现在想要冲进来！”

何剑那边满是呼啸的警笛，闻言语气也立刻变得紧张起来：“老板，29 号的卷帘门只有消防队来了才能打得开，你现在是不是没办法下楼去开门？”

“我……”

门外又是一声让我头皮发麻的号叫，我这时候再后悔搞了这么厚重的卷帘门也来不及了。

自从搬进 29 号，外头的贼哪有这屋子里的东西可怕！我就应该“我家大门常打开”，让外头那些小崽子也知道知道我在里头受的苦。

眼看门已经被顶开一条缝，我听到何剑正在跟那边的对讲机里说“让他们想办法进门”，我的脑袋里却突然生出一个想法。

火灾，林秀芬，不喜欢装修，和我们共处一室……

她都摸到我和宋楠师床边了也没有伤害我们，但是警察只是在外头拍了拍门，她就突然像是疯了一样，难道说……

“等等……叫派出所的人先别动了！”我对着电话里吼道，“如果真的是林秀芬，不能破坏房子！否则她只会更受刺激，让你的人先别发出动静！”

闻言，何剑立刻在对讲机里复述了我的话，而很快，门外的哭号停止，撞门也没有再继续。

这么看来，或许还有沟通的余地……

我用汗津津的手捏紧了电话，问道：“小何，你们还有多久能到？”

“至少二十分钟。”

“好，你先把你那的线索都告诉我……鬼的话我没办法，但是只要是人——”我深吸口气，冷静下来说，“我可是开甜品店的，无论是什么客人，我总有办法让对方满意。”

41

在电话里，何剑与我讲述了29号故事的后半段，也是他们刚刚从胡家人那里问来的真相。

经过那场大火，在和观音里官方的博弈中，重伤的林秀芬一直是捏在胡家手里的王牌，然而，这样一边倒的局面却在胡林死后发生了变化。

胡林的死，即使不是观音里官方一手促成的，也仿佛是一种警告。警告胡家，与虎谋皮本身就是一桩非常危险的生意，一不留神，他们就要付出难以想象的惨重代价。

在向观音里官方持续索要了四笔医疗费之后，胡家萌生了退意，他们想着，如果这时林秀芬能一死了之，那么他们便可以一次性向观音里索赔一笔数额巨大的赔款，从此不再有牵扯，以绝后患。

然而，偏偏就在这时，林秀芬的状况有了好转。

经过长达大半年的治疗，林秀芬的身体奇迹般地开始恢复，而当观音里派来的医疗代表注意到这件事时，一种说不清道不明的诡异感觉开始在每个参与这件事的胡家人心底萌芽。

林秀芬虽然活了下来，但她的伤需要后续的治疗，无疑会是一个无底洞，而这显然不是地产商希望看到的结局。

一旦林秀芬带着一身伤活了下来，她无异于一个行走的丑闻，随时随地会给潜力巨大的新生商业区带来风险。

在新一次的谈判里，官方派来的代表还是文质彬彬、进退有度，但就在一切快要结束的时候，对方忽然问道："听说之前家里出了其他意外，现在打点好了吗？"

就这样一句看似无意的话，却瞬间让在场的两个胡家人出了一身冷汗。

胡冲才刚刚将儿子过继给了弟弟，这几个月心里一直很不痛快，如今叫对方一戳，他就好像一只漏了气的球，非但底气全无，还灌了一肚子的凉水。

虽说，无论是林秀芬遭遇的大火，还是胡林遭遇的车祸，表面上都和观音里无关，但是涉及如此巨大的利益，对方想用点手段来对付他们这样的普通人，那自然是手到擒来，不会叫人抓住把柄。

如果说，对方现在已经对他们失去了耐心，认为他们会拿林秀芬一直要挟自己，那么，下一步会发生什么？

胡冲越想越是心慌，但偏偏事情已经开了这个头了，这时候即使他们承诺以后再也不会要钱，对方会相信吗？

不知不觉，他们已经将自己置于非常危险的境地了。

代表离开后，胡冲慌忙地想要和弟弟商量，然而，刚失去了儿子的弟弟却只是冷冷看他一眼，说："现在要放弃抢救也迟了，你要是再不要钱，之后那女的你养着？"

这时候，摆在胡冲面前的困境已经很直白。林秀芬如果不死，那么对观音里官方而言他们就永远可能"反悔"，这样一来，说不好随时又会有什么"意外"降临在他们头上。

然而，如果想要林秀芬死……

可以说直到此时此刻，胡冲才开始真正后悔去打这张危险的牌。他想，或许放任前妻烧死，然后从头到尾只问观音里要一笔钱才是最好的结果，如今，一切都已经迟了。

观音里官方虎视眈眈，而林秀芬甚至很快就可以出院，在这样的进退两难之下，一个可怕的念头第一次浮上了胡冲的心头。

如果，他们能让林秀芬一死了之呢……

又过了一周，随着重伤的病人回到了家，已经变成胡林的胡伟再一次回到母亲的身边。

而他之所以有了这个照顾母亲的机会，也不过是因为胡家现在无人愿意收拾这个烂摊子，再加上，他的生父正在酝酿一个让胡伟根本无法想象的计划。

显然，一个女人被重度烧伤，儿子还刚刚“死”了，在这样的情况下，她会喝药自杀简直再正常不过。

万事俱备，剩下的只有操作方法。

伴随着一件又一件的意外，胡冲的神经似乎已经彻底麻木。在林秀芬回家的第二周，他便回老家取来了农药，准备让它们“不经意”出现在家里。

原本胡冲的计划是很完备的，他考虑到了实操的方方面面，却唯独忘记了一件事——即使胡伟已经成了“胡林”，但林秀芬毕竟是他的亲生母亲，他不可能眼睁睁地看着已经身受重伤的母亲再受伤害。

连着两次，胡冲下在杯子里的农药都被胡伟直接倒掉。在胡冲想要第三次故技重施时，胡伟直接站在了他的面前。

年轻人的脸上只有冰冷的神色，仿佛面前的人早已不是他的父亲。

胡伟说：“如果再做第三次，我会报警。”

胡冲脑子一热，直到这时他才意识到，原来自己的这个儿子什么都明白，胡冲咬了咬牙道：“你要害死我吗？”

“是你先要害人的。”胡伟的声音里不带一丝感情，“你为了从她身上捞钱，把她害成现在这样，还逼着我做了别人的儿子，这还不够吗？你还想要她的命？”

虽然只有十七岁，但胡伟此时此刻表现得仿佛是一个彻头彻尾的成年人，胡冲的心里一冷。他在一瞬间就知道了，即使胡伟是他的亲生儿子，他也真的会报警。

不得已之下，胡冲只得软下态度，他告诉儿子他们现在的困境，用林秀芬活着也很痛苦的理由劝说他，但是，胡伟不为所动。

因为一系列的巨变，胡伟已经在短短几个月里长成了胡冲不认得的样子，他冷笑着一字一句道：“如果你敢动我妈，我一定会把你送进监狱，反正我现在已经不是你儿子了不是吗？”

说话时，胡伟的手里就捏着他那个破旧的手机。胡冲的脸色几经变化，最终还是铁青着一张脸重重地摔上了门。

有了胡伟这个变数，对于林秀芬，他只能想别的办法。

谁都没想到，因为这一场火，胡家非但没有被团结在一起，反而彻底被撕裂。由此，父亲变成凶手，母亲变成受害者，儿子则成了家里最不留情面的人。

胡冲不敢小瞧胡伟的决心，最终不得不服软，他们弄来了假的死亡证明，又将林秀芬送回老家藏起来——一个重伤到无法说话的女人显然已经没有独自生存的能力，胡家想让她自生自灭，但是，胡伟再一次横在了中间。

实际上他的叔叔还有婶婶也不待见他，让胡伟做他们的儿子不过只是想要要回一些损失，因此有没有他的陪伴并不重要，重要的是，他们需要一个给他们养老的人。

再一次，胡伟回到了自己母亲的身边，他一边准备高考一边照顾母亲。他要挟父亲给赡养费，否则就会告发他，而即使这样，他得到的钱还是很少，胡伟把它都用在了母亲身上。

毕竟，他觉得，如果那时他也在房子里，母亲就不会被烧成这样。

一年的时间，足以让那些被烧得面目全非的皮肤长出新皮，而因为呛入了太多致命的烟雾，林秀芬的声带受损，再也讲不出完整的话。大多数时候她只是安静地一个人待着，像一只破烂的人偶一样蜷缩在黑暗的屋子里。

母亲从始至终都是清醒的，这件事让胡伟感到尤为痛苦。

过去那个会对他微笑，会带他去吃蛋糕的女人，如今甚至连出门都做不到。偶尔母亲身体虚弱，他带母亲去县里看病，去的一路上他把母亲捂得严严实实，但只要一摘下帽子，露出那张被火烧过的脸，即使是见多识广的医生也会脸色剧变。

母亲变成了一个让人害怕的存在，即使她才是那个最该害怕的人。

胡伟感到愤怒，但他的愤怒无处宣泄，就只能在深夜里对着书籍发泄。

变成胡林之后，他成了要复读一年高三的人，而胡伟已经想得很清楚了，他必须去上大学，因为……他还有仇要报。

一年的时间转瞬即逝，胡伟最终考上了一所老家的二本学校，收到录取通知书的那天没有任何人可以和他一起庆祝，就只有母亲……他从县里的蛋糕店买了一小块奶油蛋糕，放在母亲面前，庆祝他和母亲的新生。

胡伟从一开始就想好了，他要带母亲回去，那些人越是要夺走的，他就越是要拿回来，重新放在母亲的掌心里。

大学四年，胡伟奔波在学校和母亲住的地方之间。慢慢地，林秀芬又可以做一些简单的家务了，她行走有困难，很多时候都是在爬。而为了让母亲好受一些，胡伟试了各种各样的方法，用化妆品，用肤蜡，用惨白的硅胶，只为让母亲看上去能更像一个“人”。

再度回到观音里的时候，即使一切已经变了样子，但胡伟看出了母亲的激动。

这里是生她养她的地方，最后被强行从她那里夺走。胡伟看见母亲满布疤痕的眼角滚出眼泪，心中的痛苦就犹如刀绞一样。

母亲已经失去了太多，他只想把她丢掉的东西拿回来。

一开始，胡伟将母亲安顿在附近便宜的出租屋，然而好几次下班回来，他都看见母亲在痴痴地看着原先老家的方向，眼神里的向往他已经许久没有看到过了。

母亲也想回去。

胡伟心里涌上一阵庆幸，还好，至少母亲还有想要的东西，他也还有机会可以满足母亲的心愿。

深夜的时候，他带母亲去看了29号，女人的喉咙里发出了一些含糊而高兴的声音，胡伟依稀听出其中的字眼儿。

她说：“回家……家……”

是的，29号是属于林家的，它应该是母亲的家，不应该属于任何人。

他得让母亲回去。

这样想着，胡伟拿到了防空洞的钥匙，相比于29号，这个巨大的防空洞不可能在短时间内被占据，他有足够的时间实施他的计划。

深夜里，胡伟一刻不曾停歇地挖着，有时，他甚至会让母亲陪在自己身边。

就像是知道自己要做什么一样，母亲从来都只是静静地看着，就像小时候耐心等着母亲做饭的自己。

胡伟拼了命地在29号被租掉之前打通了暗道，终于，他让母亲回到了这个地方。

毫不意外，29号里幽静的气息像是镇定剂一样安抚了母亲，那天晚上他们甚至就睡在了房子里，整晚好眠。

就这样，胡伟愈发频繁地带着母亲来到防空洞，进出29号，直到……房子被第一任租客租下。整整几个月，林秀芬在黑暗的防空洞里呆呆地看着暗道入口，她想回家，但房子里却住着别人。

再一次，强烈的不甘涌上胡伟的心头。

本来就是母亲的东西，凭什么现在要这样轻易地易主，既然那些赔偿款一分都没有到母亲的手里，那这个房子也就没有让给他人的必要。

于是，就在第一位租客搬进29号的半年后，胡伟带着母亲于深夜钻回了那间屋子。

他们才是这里真正的主人。

胡伟想，没有人比他们更应该睡在那个屋子里。

42

“这些都是胡经理和你说的？”

何剑语速极快地给我讲了这么长一个故事，我目瞪口呆道：“他早知道林秀芬被留在了我这，没了人照顾，为什么之前不开口？就非要来吓我一跳？”

何剑凝重道：“我们查到林秀芬没死之后先联系了胡家人，知道是胡伟一直在照顾林秀芬，但胡伟也不是立刻就愿意开口的……我和他说，如果会伤害你，林秀芬可能会被当场击毙，他才愿意告诉我们这些。”

这么说……在胡伟原来的设想里，我和林秀芬应该是能安然相处的？

他压根儿没想到林秀芬有被击毙的可能？

我脑中的念头一闪而过，何剑又道：“胡伟不愿意告知林秀芬在那些凶杀案里扮演的角色，很大可能是为了给母亲脱罪……我们至今没有找到第一任房主被推下楼的直接证据，当时的尸检完全指向意外，所以我怀疑，第一次的谋杀案并不是胡伟主动，而是当时房屋主人无意间目击了林秀芬，所以导致的意外坠楼。”

我倒吸一口凉气，道：“你之前说，他一直想把房子收回去，而发生意外之后，29号的价格就开始下降……”

何剑叹了口气说：“是，后头的三起意外我们都找到了相关证据，确实是胡经理的主动行为，很可能是因为他通过第一次的意外发现，一旦发生死亡事件，29号的价格就会下调，为了最终把屋子买回来让母亲居住，他只能一次又一次地犯罪，直到屋子的价格降到他可以负担的程度……这才是他杀人的真正原因，而他越来越急也是因为林秀芬的身体状况不好，他不敢再等了。”

我眼前一黑。

“天底下怎么会有这么傻的人，脑袋里装的是奶油吗，一个褶子都没有啊？”

此时此刻，一切都串了起来。

在第四任租客死亡后，29号的价格终于下调到了一个胡经理可以接受的范畴，结果就在这个紧要关头，好死不死，我家的“渝江女强人”不知从哪听来的消息，让我来看了29号的房子，也导致胡经理不得不再次眼睁睁看着房子落入别人之手。

可以想象，在房子被我买走的时候，胡伟很可能已经和母亲打了包票，要让她搬回29号。

而这也导致了林秀芬之后一直反复出现。

屋子外头暂时平静下来，我深吸口气说：“所以说，之前29号‘闹鬼’其实一直是两个人的行为……胡经理，还有林秀芬。”

何剑嗯了一声：“林秀芬大概率一直就在屋子里，这也是为什么胡伟动用了很多诸如在浴缸里放头发和血的手段，急于想要把你吓走……让一个大活人一直住在我们眼皮子底下还不被发现，这里头的风险太大了。”

这么一来，之前的冰箱门被反复开合，紧跟着就突然有人出声吸引我的注意力，把我吓回楼上就说得通了。

如果说屋子里有两个人的话，那么，开门想要拿食物的多半是林秀芬，而出声的则是胡伟。

那时的胡伟还能带着母亲往返于暗道，保证她在 29 号里不饿肚子，但现在……

“林秀芬有独自在屋子里生存的能力，她早就会去我的冰箱里拿东西吃了，只不过之前都有胡伟阻止她而已。”

我深吸口气，已然全部明白了。

为什么胡伟会破罐子破摔直接半夜来勒我……或许，他只是想要最后破釜沉舟地试一次，看看能不能把我吓走，让母亲住回这个屋子。

归根究底，一切的一切只是因为，29 号里一直多住着一个人。

“老板，你没事吗？”

何剑听不到我这里的动静，担心地问道：“我们还有两个路口就到了，如果有危险，老板你最好先……”

“现在想想，老韩当时有句瞎话编得不错。”

我想了想，冷静地打断何剑：“29 号里的‘亡魂’确实不喜欢生人……刚刚来了两个警察拍门就把她吓成那样，你们要是直接把门锯开，我怕她更要失控。”

“那老板你想怎么做？”

“我……”

我犹豫了一下，也不知道是哪里来的勇气，抓住抵门的床头柜，将它慢慢地往回拉。

随着卧室的门打开一条缝，我屏住呼吸往外看了一眼，门口此刻哪里还有什么“鬼影”。

“我电话不挂，马上下楼把钥匙丢出门缝……你们不要急着进来，等我的信号。”

说完，我连做三个深呼吸，最终鼓起勇气小心地出了房间。

29 号里一片寂静，而这时我已经能听见远处传来的警笛声。

何剑他们离我已经很近了。

恐怖片里的警察都是事后才能赶上吃席，我以前一直对此嗤之以鼻，直到这一次我也碰上了一样的事，我才知道，人一旦倒霉起来，真的会喝凉水都塞牙缝。

我尝试走下楼，这一次没有人在楼梯上拦着我，我就这样一路顺畅地将钥匙丢出了门外，紧跟着转身走进了厨房。

在不久前我最后一次见胡伟的时候，他曾经说，29 号交到我手里，我至少会善待它，给它一个更好的结局。

那时的我还觉得，一个人会对一栋房子有如此深的眷恋真是件很奇怪的事情，但是，直到今天我才明白，他指的也许并不止是 29 号。

明知道自己被捕之后母亲就要被独自留在这里，但他还是没有选择坦白，这样不顾一切的袒护里隐藏着一种逻辑。

或许，能够和我们相安无事地“相处”这么久的林秀芬并没有攻击性，而胡伟也相信，我会善待他的母亲。

你可以的白央，“外貌协会”不是混球，不搞烧伤歧视。

我在心底默默念着，从冰箱里拿出留给自己的蛋糕坯还有奶油。

我深吸口气，硬着头皮将蛋糕坯放上转盘，擦掉手心里的冷汗，开始用奶油抹面。

我和小何的通话还在继续，但此时此刻，电话里没有任何声音，甚至连警笛声都没了——我知道，这意味着他们人已经在门口了。

“小何……何警官，老板，老板他不会已经没了吧？我，我不想给老板化妆啊。”

抹面抹了一半，我忽然听见电话里传来一个听起来担心万分的女声，是宋楠师。

“应该没事，就他那个胆子，要是有事早就鬼叫了。”

另一个很冷静的声音几乎立刻就回答了她，而我忍不住翻了个白眼，没想到都到这份儿上了，韩沙居然还在“人身攻击”我。

“嘘，听里头的动静。”

伴随着何剑的低语，手机里的声音彻底消失，我的抹面也已经进行到了最后。

“白先生你手艺真好，我之前还一直想去光顾你的生意，我家里是南方的，喜欢吃甜的。”

“后头我再去妈妈家的时候，她常吃的蛋糕店都已经搬走了。”

此时此刻，雪白的蛋糕在我面前旋转，我回忆起过去听过的一些话，忽然想到了一种可能。

上次我给胡伟带去的蛋糕，最后是不是也给了林秀芬？

她尝过我的手艺，所以她才会偷拿我的库存，会是这样吗？

奶油的香气袭来，我将剩下的抹面材料全部倒进了裱花袋，轻车熟路地在雪白的蛋糕表面点缀了一层白色的玫瑰。

之前酸辣粉家的老太太说过的，林家老宅前头，长了一片非常漂亮的玫瑰，都是林秀芬种的。

听不到我的动静，何剑不明所以地问道："老板，你那边是在……"

"先别着急，我请客人出来。"

我将蛋糕放上盘子，手上虽然端得稳，但实际内心已经尖叫八百回。

就算是做足了心理准备，这也是人生第一回请"鬼影"吃蛋糕，我愿意请她吃和我害怕这两件事有什么冲突呢？

人只要豁得出去——

我再次深呼吸，强撑着发软的腿肚子，扬声说道："林……林女士，你别害怕，我不会伤害你。只是你如果肚子饿了，光吃巧克力肯定不行，我给你做了蛋糕，你出来尝尝？"

想想，请吃蛋糕总比请吃火锅强，那样大家还得顶着这张脸面对面涮四十分钟菜。

我在心底安慰自己，又道："您儿子……我是说，胡经理这两天不在，拜托我来照顾您，前几天店里比较忙我有点怠慢，不过之后我会好好招待您的。"

要不是想到门口可能有二三十号人，我的声音就要止不住打颤了。本来还在担心"请"不动对方，结果，我话音刚落，左手边的一楼卫生间的门忽然发出"咔嗒"一声脆响，打开了一条细缝。

挺住啊白央！你可以的！撑十秒钟就已经很厉害了！

我背后全是虚汗，强撑住捧着蛋糕蹲了下来，尝试着循循善诱道："您这两天不是也拿走了一些我店里的玫瑰吗，我猜您喜欢就做了一些玫瑰的裱花，您来尝尝好吗？"

天知道讲这些话耗费了我多大的勇气，但好在，这一次"鬼影"好似听明白了我的话，闻言竟真的慢慢从卫生间里爬了出来。

这几天没有胡伟帮她打理，她身上的衣服已经很脏，脸上的硅胶面具戴得有些歪，露出底下被烧得伤痕累累的脖子，上头还挂着一些细长而晶莹的痕迹。

眼泪？她在害怕？

我心里一惊，紧跟着恍然意识到，或许刚刚派出所的砸门让她以为是当年意外的重演，毕竟，曾经有人十分强硬地想让她从自己家搬离。

在这件事上，林秀芬也只是一个受害者而已。

“林女士……地上凉，蛋糕是给您做的，我们坐下来吃好吗？”

我将蛋糕捧到对方面前，希望她能站起来，但是，女人细瘦的身体却只是簌簌颤抖，又有两大滴的眼泪从硅胶面具后滚落，砸在一楼的地板上。

“儿子，火……跑……”

她的喉咙里发出一些模糊的声音，整个人都在瑟瑟发抖，我心里不由得一沉。

不知从什么时候起，林秀芬竟把我错认成了胡伟，而刚刚她朝我冲过来很可能只是想要从“破门而入的人”那里保护我这样一个人，神志都不算清晰，别说是伤人，恐怕连离开这个屋子都有困难。

想到这，我再顾不上这么多，直接上手帮她，却只觉得怀里的躯体委实轻得过分，就像是当年在病床上病重的妈妈，从里到外就只剩下一把骨头。

“火……”

女人还在发抖，像是害怕，而我将她抱上凳子，犹豫了一下，对手机里道：“你们动静小一点，可以进来了。”

外头早就等着我开口，一瞬间卷帘门的锁孔发出脆响，我面前的女人犹如惊弓之鸟，下意识要往桌下钻，我一把拉住了她。

午后灿烂的阳光伴随着何剑他们打开卷帘门照射进屋子，直到这时我才看清，在硅胶面具后，林秀芬满布伤痕的眼皮下是一双饱含热泪的眼睛，她颤抖道：“儿子，他们要烧……烧我们。”

“不会，只是太阳照进来了妈妈……不是火，有我在这，没人可以伤害你。”

我对着门口的何剑轻轻点头，他身后是两名临时叫来的医护人员，因为不清楚林秀芬的身体状况，他们要先给她注射镇定剂，带她去医院做检查。

“没事了，没事。”

眼看医护人员还在犹疑，我轻柔地抓住女人瑟缩不安的手，犹豫了一下，还是替她解下了面具。

闹了这么久的“鬼”，我本以为面具底下会是一张很可怕的脸，然而真正见到的时候，我却发现，那其实只不过是一张伤痕累累又满是眼泪的脸而已。

“吃块蛋糕吧，没事。”

我将盛着奶油玫瑰的勺子递到她的嘴边，在这一刻，真切希望林秀芬眼中的人是她自己的儿子。

“我们回家了，妈妈。”

43

随着第二次搜屋结束，“黄粱一梦”的“闹鬼”时代也终于真正落幕。

在医院里，山城分局最终确认了林秀芬的身份。经过一番检查，林秀芬除了营养不良，还罹患中度的阿尔茨海默症，直到最后，她甚至都不知道胡伟已经被抓了。

“看来我是该退了，这么大个人在眼皮子底下都没发现……放在以前都该死两百回了。”

对屋子里还有一个人却没被发现的事，何剑非常愧疚，在医院里就说要请我吃饭，然而还不等我敲他竹杠，何剑就被他们局长叫去开会，紧跟着就整整消失了大半个月。

想想也知道，观音里29号的案子牵扯了四条人命，再加上十多年前胡家的旧案，何剑这个专案组组长的压力太大。以至于我几次想要旁敲侧击地从王薇那里问问进度，小姑娘的回复始终都是一个哭泣猫猫头的表情包。

据说何副队长已经让他们买折叠床了。

为了感谢山城分局在这次案子里的付出，白柳提出让我去送一次全组的外卖——出发点当然是好的，但是我姐显然已经忘记了，经过这段时间各方报道的狂轰乱炸，“黄粱一梦”现在已经是渝江网络点评榜排名前十的网红甜品店，每天的预约名额难抢程度堪比春运火车票。

在店里缺了个人的情况下，我这个可怜的厨子每天都忙得快“半身不遂”了，别说是做全专案组的外卖了，就算是我自己想吃甜食都腾不出手做，宁可点别家的外卖。

显然，招人的事情已经迫在眉睫。

又过了半个星期，何剑那边的工作终于告一段落。为了招待专案组，我特意选了店休日，在一楼摆上了一些我拿手的甜点，就当是冷餐会。

虽然是邀请了全组，但专案组最后只来了不到一半的人，剩下的一半何剑说他们也不是不愿意来，像是陈源惦记这顿蛋糕足足惦记了两天，结果回家一躺下就叫不醒，到了下午三点连手机都还没开机。

“你们最近平均睡眠有到六个小时吗？”

我让宋楠师给所有人上了咖啡，看着何剑脸上的黑眼圈已经快要挂下来，觉得自己这个问题着实有些多余。

何剑苦笑道：“老板，一个冷知识，有案子的时候，警察的睡眠是不按照小时来计算的。”

我叹了口气说：“那现在这个案子有定论了？”

何剑想要开口，但嗓子是哑的，一旁正在吃云朵舒芙蕾的王薇见状插嘴：“何队这两天开会开得太多了，我来说吧，很快这个案子就要送交检察院那边了，可以肯定的是，29号之前发生的三起意外实际是故意杀人。”

我心口一沉。

毕竟，无论是出于什么缘由，29号里都有无辜的人死了，这是没有办法改变的事实。

“所以他都承认了？”韩沙问。

何剑点点头道：“自从知道我们把林秀芬安置在疗养院，胡伟就把什么都说了……他还跟老板你道歉。”

“道歉？”

“毕竟他对你动过手，而且也没有告诉你林秀芬还在这个屋子里。”

何剑无奈地啃着一根手指饼干，说：“他不说其实也是破罐子破摔了……林秀芬因为被‘死亡’，这些年看病都成问题，这次胡伟发现她精神出现问题也没法带她去看病，只想在最后满足她母亲最大的心愿，让她留在这个屋子里。”

宋楠师坐在我身边默默听了一会儿，忽然问：“那位阿姨之前经常来看我……”

何剑苦笑道："一来是因为你的房间过去是林秀芬的卧室，二来是因为……林秀芬好像挺喜欢你的，胡伟这些年为了照顾她一直没有成婚，林秀芬再怎么说也是个母亲，她当然也有这方面的诉求，想替她儿子物色儿媳妇什么的……"

"原来是这样……"

宋楠师听到最后脸色微微发红，小声道："别的还行，但这个真的不行，毕竟我……"

"毕竟？"我奇道。

"没什么……我给他们去加点咖啡。"

宋楠师有些可疑地站起身去拿咖啡壶，我还没反应过来，韩沙却已经对着我开启了嘲讽模式，道："原本觉得老板你只是脑子缺根筋，现在看来缺的还不止一根……你的榆木脑袋真的欠钻。"

我翻了个白眼，心想这些修道的嘴巴这么毒真的不会被雷劈吗？正要当场和他对骂，坐在对面的王薇忽对我使了个眼色，我在瞬间反应过来我还有正事要做，立刻说道："小宋，你把冰箱里最里头的奶油蛋糕拿出来，马上还有客人要来。"

"还有客人？"

这下不光是何剑，连韩沙都愣了一下。

我心里不禁得意，之前都是这些人骗我，难得有一回我蒙他们，也算是报仇了。

而这时，就像是得到了什么指令一样，坐在屋子里的六七个刑警忽然齐刷刷地站起身，王薇打头说道："头儿，今天难得放假，我们想在观音里逛逛行吗？"

"你们……要在辖区里逛街？以前巡逻还没逛够？"

何剑很是震惊，显然这种要求的离谱程度堪比主动加班一整年，即使是对于人民警察，也像是脑子被门夹了。

然而王薇显然是没打算征求他的同意，二话不说便直接带着其他人走了，一时间，整个"黄粱一梦"只留下我和我的三个"冤种"员工。

"老板，出息了啊，连专案组都调遣得动？"

韩沙何其敏锐，一看这架势立刻明白了过来，问道："是不是要收拾一下？”

“快收拾，马上客人就要来了。”

我立刻起身就开始拾掇，而还不等我们把地拖一下，门口已然响起一声铃铛的脆响。

“黄粱一梦”今天最重磅的客人已经提前到了。

“请问白老板是不是在这……”

来人推开门，恰逢何剑转过身去，两人的目光短暂交汇之后何剑立刻反应过来，震惊地扭头看我：“老板你……”

“你没找错地方，雷小姐，就是我正在招人。”

我见来人站在门口，生怕她马上掉头就走，赶紧上去把她拉了进来。

直到这次真正见面，我才发现何剑这小子的桃花运其实一点都不差，我的老婆和他一样长着一张清秀的娃娃脸，梳着一头利落的短发，能看得出过去做的职业应该和何剑差不多，只不过因为长期的操劳，现在眉头、眼角都能看出一些深藏的疲惫。

王薇之前偷偷和我说，何剑的前妻叫雷虹，与何剑是大学同学，过去是技术岗的警察，后来因为何剑的工作特殊，家里又有父母要照料便退了下来。

如今，两个人虽然已经分居，但雷虹在打临时工之余还是会在每周末去何剑家里料理家务和做饭。也因此，在王薇以及一众何剑的手下眼中，两个人的离婚也是“薛定谔的猫”。

“老板，我和你说嫂子包的饺子可好吃了，自从他俩离婚了我们就再也没吃着过，你可千万要给力啊……我敢打包票，他俩没有感情问题！而且，嫂子以前在警校可是出了名的尖子生，但因为年龄之类的问题，到现在都没有找到稳定的工作……我们都希望她能找到一个靠谱一点的单位。”

不久前，王薇在我拉的秘密小群里给我发来了一连串的流泪猫猫头表情包，还特意标注了这是一队全体人员的心声，他们想念雷虹包的饺子不是一两天了，现在“黄粱一梦”就是他们全队的希望。

“来，雷小姐咱们这边坐，我和你聊聊我这里招聘的条件。”

我不由分说地拉着雷虹在何剑对面坐下，将我提前做好的奶油蛋糕摆在她面前，清了清嗓子，搬出我提前几天就想好的词儿。

“你的情况我已经听说了，首先呢，我们店现在已经是全市排得上号的网红店，所以如果你愿意来‘黄粱一梦’工作，工资不用担心；其次，不光是五险一金，像是蛋糕这样的员工福利每周都有；还有，我们这里工作时间也比较自由，早上十点半开门，基本上晚上七点前就收工了，想要住店里或者回家都可以，每周还有一天的店休，可以在观音里逛逛街什么的。”

我说完，雷虹却还有些发怔，她看看何剑又看看我，说：“所以白老板你怎么会……”

我笑道：“一个萝卜一个坑，咱们这个店最多只能住四个人，在你前夫离职之后，我就一直缺一个人，想来想去，还是熟人介绍的比较靠谱。”

我想了想，又补了一句：“再说我之前可是听某些人夸过，说他老婆厨艺很好，而且也喜欢烘焙，比起要我从头来教的新人，那肯定还是有基础的会比较好，你觉得呢，雷小姐？”

“我说呢……”

雷虹到底是做过警察的，很快就反应过来王薇将她介绍到我这里来的目的不纯，无奈道：“我说怎么他们一个个都这么积极……”

“毕竟现在这么优渥的工作可不好找了。”韩沙冷不丁地插嘴，“工资高、老板傻、时间自由、包吃包住，你要回家也随时可以……雷小姐，我们店里是真的很缺人。”

“没错！老板他超好的！姐姐你真的不考虑一下吗？”

宋楠师也眼巴巴地看着雷虹，僵持片刻后，雷虹忍不住笑出了声，说：“要不是王薇他们推荐，你们这强买强卖的架势真的会让我怀疑自己进了传销组织。”

说着，雷虹尝了一小口桌上的蛋糕，似是察觉到味道熟悉，她促狭地看了一眼何剑，说：“我说之前突然带那么大个蛋糕回来……原来何剑秋你现在的卧底工作都做到甜品店来了，挺有本事。”

直到听到自己的大名，沉默许久的何剑才有了机会说话，一脸头疼道：“所以老板，你真的是铁了心要给我们家发工资……”

“什么叫给你们家发工资？”我义正词严地纠正他，“我是要给雷小姐发工资，不像有些人，除了脸长得好什么都不会，雷小姐可是会做蛋糕的，‘黄粱一梦’可不会错过这样的人才。”

“山城鬼见愁”肉眼可见地发起了愁，说：“雷虹，你如果要在这工作……”

“我要在这工作，不用天天待在家里靠你养我，你是不是就不会没事找事提离婚了？”

雷虹一开口就把何剑堵得半句话都说不出。

能搞定“山城鬼见愁”的女人毕竟不一般，叫我说，雷虹才是“超级加倍鬼见愁”，以至于还没等我进一步确定意向，她看了一眼表，在一瞬间人仿佛已经入职半年老员工的样子。

“还好那边就是临时工，我下午去收拾一下，最快应该后天能来上班。

“我平时不住店里，希望老板你能把这笔吃住的钱发给我，毕竟我不想再叫某些人给我发钱买菜了。”

雷虹利落至极地说完，手上已经开始给她的雇主发离职短信，而桌子对面的何剑终于不负众望地捂住了脸。

“鬼见愁”你也有今天！

我差点笑出声，却还惦记着王薇他们的请求，说道：“然后就是嫂子，我这有个饺子的事……”

不等我说完，我口袋里的手机铃声大作，是白柳打来的，她语气兴奋万分：“央子，你那边招人的事情搞定了没有？我这边已经把‘黄粱一梦’的合作谈下来了。”

44

在“黄粱一梦”成为全市榜上有名的网红店之后，不论是韩沙还是白柳都跟我聊过转型的事情。

毕竟，29号作为凶宅的真相已经被解开，随着案子的细节被公之于众，再靠凶宅来做营销显然不是长久之计，“黄粱一梦”早晚都得找些别的出路。

为此我和白柳还有韩沙商量过很多个解决办法，但29号凶宅的前身摆在这，就算是女鬼想转型做偶像也没办法一步到位的。在前后毙掉无数个方案之后，最终，事情的转机来自何剑的电话。

在29号的案子收尾之际，何剑告诉我林秀芬已经被转送了疗养院，因为她的情况特殊，已经没有任何可以依靠的亲人在身边，所以现在的相关费用都由公益组织垫付，长期的费用问题他们现在还在想办法。

而就在一瞬间，我脑内突然就冒出了一个念头。

既然 29 号的悲剧始于林秀芬，那么最终，29 号的宿命自然该是避免下一个林秀芬的出现。

毕竟，如果没有人拉一把，有些人的命运就像是蛋糕一样易碎。

之后的事情自然是白柳出面去谈的。

“渝江女强人”的面子放在这，事情的顺利程度远超我的想象，前后不过半个星期，渝江几家公益组织已经和我姐达成协议。之后他们会组织有行动能力、意识清晰的老人来店里做帮工，一来帮助他们重新接触社会，二来“黄粱一梦”也会给老人们提供适当的工资作为补贴，改善他们的生活。

在转型真正实施之前，韩沙已经帮我想好了宣传理念。

“公益网红店……站在道德的制高点，我倒要看看你爹还有什么牌可以打。”

那天晚上韩沙对着一纸策划满脸冷笑，要是不知道他在筹备开业，我还以为他是在写什么暗杀计划呢。

韩沙认定我爸不会轻易放弃折腾我的店，然而这段时间我爸一直没作妖，我心里也很清楚，肯定是我姐下了功夫。

在这方面，我姐远比我要心狠手辣，装乖女儿的时候是贴心小棉袄，现在既然敢放开手直接跟他对着干，老头想要再阻拦，就必然会见识到我姐强硬的那一面。

这么一来，为了安度晚年，他下一次动手前也会掂量一下。

想到这里，我心里安定了不少，事实也证明，如今的“黄粱一梦”不比之前，两千多条的点评都是我一边在凶宅里当小白鼠，一边一条条挣出来的。即使是装修开业，“黄粱一梦”也不会再是一家无人问津的路边小店。

它现在已经是观音里堂堂正正前三的招牌。

这次重新装修，观音里地产官方甚至还要请我吃饭，毕竟这段时间因为 29 号的案子，十多年前强拆的丑闻再次把观音里官方推到了风口浪尖。韩沙这么鸡贼的人，用鼻子闻一闻就知道那是鸿门宴，二话不说就替我去了，回来之后轻描淡写地告诉我，这回装修的钱有人替我出了。

最终，我还是保留了 29 号最初的样子，红色的洋楼，复古的内饰，我还在门口修了院子，种上了玫瑰。

重新装修后29号多了室外的座位，每天可以接待的人数翻倍。如果只有我和宋楠师两个甜点师当然不够，但是现在我们还有雷虹。

和小宋这个入殓师转行做蛋糕师一样，警察转做这行我之前也是闻所未闻，但直到雷虹开始在我这里干活儿，我才知道，为什么“山城鬼见愁”会拿她没办法。

雷虹简直不是我嫂子，她是我大哥。

正所谓你大哥永远是你大哥，雷虹做蛋糕之利落，打扫卫生之干净，对待客人之周到，驱赶“黄牛”之凶狠，几乎样样都挑不出毛病。我要是何剑他爸妈，知道他非要和雷虹这样的儿媳妇离婚，我肯定当场扇死这个逆子。

可以说，自打有了雷虹的加入，“黄粱一梦”简直是如虎添翼。

新版的菜单做了全面的升级，除了原来的黄符蛋糕，我新添了随机印花的老黄历轻乳酪蛋糕和白玫瑰奶油小方，饮品也多了红糖汤圆拿铁和老观音里豆奶冰粉，我打算将之前的驱邪菜单一点点往复古风格扭转。

至于店里原来的公益套餐也被我保留了下来，其中大半的收益捐给29号的受害者家属，剩下的小半则用来保障林秀芬之后在慈善院的生活。

既然29号是个有故事的老房子，那么老房子配老人——总有人惦记着那些被人遗忘的梦。

最终，我将这句话印在了“黄粱一梦”门口的地毯上，而一周后，我姐让它变成广告出现在了观音里的地铁站里。

可想而知，短短几天，“黄粱一梦”的点评数量直奔两千五，评分也从四点六分上升到了四点八分。

随着每天营业额飙升，老韩的表情愈发慈祥得像个老父亲。又过了两周，赶上店休，我约了何剑和白柳，打算吃一顿迟来的庆功宴。

这时已经到了初秋，我种在院子里的木芙蓉都开了，而晚上七点半，29号桌上的火锅才刚刚煮沸。

“央子，全桌就你一个不吃辣，你借个子母锅会死？”

白柳显然对要和我一起坐在菌汤这边很不爽，但这毕竟是庆功宴，她这个幕后老板总不能和底下这帮毫无眼力见儿的员工抢位置，最终也只能屈尊和我还有宋楠师待在一边。

“是老韩借的鸳鸯锅，你要不爽可以直接扣他钱。”

一想到半个锅都是我的，我的心情倒是不赖，顺带把事甩给韩沙——我甚至怀疑他借这个鸳鸯锅就是为了让白柳不痛快。

闻言，韩沙只是笑眯眯道：“老板这段日子辛苦，人都瘦了，借个子母锅我怕饿着他。”

“呵。”白柳皮笑肉不笑，毫不客气地一筷子抄走了韩沙刚下进牛油锅里的毛肚，“那行，一会儿我叫你下什么你就给我下什么，要拍马屁，我就让你一次拍个够。”

“东西够吃吗？不够我再切点？”

这时雷虹切完最后的土豆片，提着菜刀从厨房里出来，由于她气场太强大，很多时候我甚至觉得我是她雇来打工的，慌忙道：“嫂子你还是别忙了，赶紧来吃吧……再让你一个人忙下去何队该找我麻烦了。”

“找你麻烦，他敢！”

雷虹睨了一眼何剑，顿时把后者看得苦笑起来，说：“好不容易大家聚聚，你是知道的，说不好我一会儿就会被叫回局里。”

“帮我涮几个丸子，我去洗个手。”

我雷哥就是我雷哥，一句话就让“鬼见愁”服服帖帖地开始帮她涮火锅，我心里正感慨我雷哥的魄力，一旁的宋楠师小声问：“老板，你想吃点鸭血吗，我帮你下？”

在吃辣水平上，宋楠师和白柳可以说是不相上下，但不知为何，宋楠师像是对她现在的座位还挺满意，满眼亮晶晶地看着我，说：“这个鲜鸭血是我买的……看颜色就知道很嫩，以前在殡仪馆的时候，这种颜色都是刚进来不久的。”

29 号里最亘古不变的，就是宋楠师的语言水平。

好在我现在已经习惯了，有句话韩沙说得没错，从某种程度上，宋楠师确实和我很像。我是从小被我姐保护得太好，而宋楠师则是压根儿没有机会接触到外头的世界。

“黄粱一梦”重新开业后，我曾经试探性地问过宋楠师，想不想带她父母来 29 号坐坐，让他们直接参观一下，说不定就能放下心来。

然而，对于我的提议宋楠师只是支支吾吾地说：“我已经……和他们说了店里的事情，我爸妈现在已经没那么反对了，他们以后会过来的。”

不管怎么样，如果真有那天，我肯定得好吃好喝地好好招待两老，毕竟，宋楠师这种吃苦耐劳天赋又高的美女徒弟实在是不好找。

现在她好不容易出师了，我可不能轻易把人放跑。

随着火锅再次煮开，雷虹也上了桌，按道理是要喝酒的，但碍于何剑一会儿还得回局里，所有人的杯子里就只剩下豆奶。

我举起杯子，说道：“这店能开得这么折腾，可以说在场各位都有责任，不过——”我笑道，“‘黄粱一梦’能有今天，也多亏了各位的辛苦付出，我是有良心的老板，今天这顿饭主要是谢谢大家。”

韩沙嗤笑一声，杯子便碰了上来：“都被坑没七家店还能有良心，我要是白一鸣，知道有你这样的儿子，晚上都睡不着觉。”

“现在你是顾问，要是让他被坑没第八家店，我是会找你算账的。”闻言，白柳只是凉凉地看他一眼，也和我碰了碰杯，“我负责监工。”

“我负责，好好帮老板的忙。”宋楠师小声说。

“听说某人之前把老板骗得很惨。”雷虹干脆地与我撞了杯，又斜了一眼何剑，“虽然离婚了，但我还是得把他的债一起还了。”

“我都说了，那真不是骗……”何剑最后无奈地端起杯子，“再说这不是都结案了吗？”

喝完一轮，按道理已经到了闷头抢菜环节，而我想了想，还是决定将我接下来的重大计划摆上台面。

我清了清嗓，说道：“其实……按照‘黄粱一梦’现在的势头，我觉得在一年之内，我们可以考虑开分店。”

我话音刚落，韩沙眉毛一扬，立刻就要反驳，而我根本没给他这个机会，接着说道：“这个分店上次转型的时候我就考虑过了，毕竟，我们联动了养老院之后，也有其他的公益组织找上门，其中就包括渝江罕见病关爱协会。”

果不其然，一瞬间韩沙就哑了火，甚至颇为震惊地看着我。

白柳则是一眼就看穿了我的托词，满脸无奈道：“是他们找上你，还是你找上了他们？臭小子，开个网红店野心倒不小，你以为你管得过来这么多事？”

“毕竟，如果这是妈妈的店，她也一定会这么选择吧。”在火锅氤氲的水汽里，我又想起妈妈微笑的脸。

对于我来说，蛋糕一直就是我和妈妈之间的纽带。即使是被遗忘，被忽视，被看轻……无论是多么不起眼、多么弱小的存在，他们都可以在纽带的另一端找到关心他们的人。

想到最后，我都要把自己感动了，本想再进行一番高谈阔论，没想到这时白柳在手机上翻了翻，冷不丁打断我："央子，你手头的钱现在够租多好的房子？"

我心里咯噔一下，哪想到她效率这么高，说："等下姐，我没说这么快就要……"

"做生意可不等人。"刚刚打了一针鸡血的韩沙瞬间就进入了商业顾问的角色，"有商铺房源？"

"有。"

白柳转向我，不知为何，她脸上的表情让我的"大冤种雷达"久违地响了起来。

要知道，我姐当头一棒的能力一直是可以的。

"央子，我这有个挺便宜的房子，就是……"

白柳斟酌了一下，问道："你这回……能接受死过几个人？"

番外一

白奶油

渝江的秋天多雨，连着下了一周，整个城市的上空都弥漫着一股潮湿的气味。

何剑秋将车开进烈士陵园的时候，雨下得正大，偌大的停车场空空荡荡，看不到他人的身影。

平时出现场时他们基本上都穿警用雨衣，也因此直到何剑秋准备下车时他才想起车上没有伞，不得不小跑两步进了门房，问守陵人借了一把。

“何队，下次让您太太给您在车上准备把伞吧，咱们这就是雨多。”

守陵人早就认识他，除了伞，还给了他一瓶二锅头，说：“按您说的，我平时都会给他倒一瓶盖，现在这瓶就快见底了，何队您就全拿去吧。”

“好。”

何剑秋犹豫了一下，还是没有告诉守陵人他已经离婚了，只是撑着伞慢慢走上灰白的小路，路上不忘看了一眼手机。

他和白央约的是下午四点，他请了一天的假，时间还来得及。

何剑秋走快两步，很快就在一众灰白的墓碑里找到了一处不起眼的方碑。就像守陵人说的，墓碑前搁着一只小小的白酒杯，如今里头盛满雨水。

身为缉毒警察，新闻媒体上很少出现他们的照片，也就只有在烈士陵园这样的地方，这些逝去战友的照片才会被鲜明地印在汉白玉石上。

一转眼，何剑秋已经从警十年，而他从缉毒调到刑侦才刚满一年半，一切就好像发生在昨天。

“说好一起退下来回国喝酒吃小龙虾的，结果你倒好，早早当神仙去了，小龙虾也没得吃。”

何剑秋伸手拍了拍潮湿的墓碑，想起他的师弟去世时只有二十四岁，要是在国内，正是刚刚毕业找工作的年纪。

那一年，他们一起在国外卧底做下线，何剑秋化名何剑，师弟则叫阿辛，两人负责潜入当地的贩毒组织，里应外合将交易地点提前通报给联合专案组。

然而，和许许多多悄无声息倒在禁毒一线的公安烈士一样，阿辛最终没能从那里回来。

在最后的任务里，他选择暴露自己保住同僚，最终，何剑秋眼睁睁地看着他被淹死在了一个窄小的鱼缸里。

直到很久之后他成了山城支队的刑侦副队长，那个鱼缸还是会时不时地出现在何剑秋的梦里。阿辛在水里睁着眼睛看着他，嘴巴一张一合，像是在说让他带自己回家。

有好几次，何剑秋甚至已经梦到自己不顾一切地扑上去，就在枪响的时候，他醒过来，恍惚间，只觉得自己已经有一部分跟着师弟一起，早早死在了异国他乡。

因为天生长着一张娃娃脸，何剑秋在这十年里反反复复地扮演过很多个失足青年，然而，自从那次回来，他就再也没有用过何剑这个化名。

直到这回他在辖区里做了一个小小的潜入任务。

“说起来那年，你应该快过生日了吧，我记得弟妹和我说过，你的生日在秋天，枫叶都红了，她还说要等你回来和你一起吃蛋糕。”

何剑秋说着，从袋子里拿出一块切得规整的奶油蛋糕，上头没有任何繁复的装饰，就只有雪白的奶油堆叠。

缉毒十年，何剑秋见多了不干净的人和事，而他所知道的真正无暇如纯白奶油一般的生命，却大多都早早凋零在了黑暗里。

“当然是要纯白的蛋糕啊！你在想什么！”

何剑秋站在墓碑前，忍不住想起不久前，白央在和他打电话时用一种恨铁不成钢的语气说道：“虽然我们做蛋糕的都是‘外貌协会’，天生喜欢花里胡哨的东西，但是这种追求还是有的，越纯粹的东西越要纯粹的蛋糕来配……只有奶油的那种。”

何剑秋眼前浮现出白央那张一提到甜点就煞有介事的脸，不禁笑出了声。

在认识这个神奇的甜品店老板之前，他从来不知道一块蛋糕还能有这么多讲究，但最终当他听完那一番话走进蛋糕店，想给故人选一块生日蛋糕时，他挑中的就是手上这一块。

纯白奶油蛋糕。

“我最近认识个朋友，他说干净的蛋糕衬干净的人……阿辛，生日快乐。”

何剑秋在雨里给故友庆生，他唱完生日歌，将蛋糕放在墓碑前，很快，有雨滴打在蛋糕上，奶油渐渐化了，就像是被人舔掉了一角一样。

这场雨来得快去得也快。下山的时候，雨已经停了。

何剑秋回去送伞，守陵人到底忍不住好奇道：“何队，您今天怎么突然有空过来了？之前您不是一直很忙吗？”

何剑秋笑道：“我今天请假了……家里有点事，想过来和他说一声。”

“有事？”

“人生大事。”

何剑秋没有多说，眼看白央又发来三四条催促的短信，他匆匆上了车，掉头就往市区赶去。

很显然，命运摆在每个人面前的难题都不一样。

虽然山城支队的何副队顶着一个“鬼见愁”的响亮名号，年纪轻轻就已经因为工伤“退过一次休”，工作态度和工作能力都无可挑剔。但是，在个人情感问题上，“鬼见愁”难得也有发愁的时候。

雨过天晴，是渝江难得一见的秋高气爽。何剑秋一路飙进商场，他的卡里存着刚发的工资，还热乎着，但今天何队长已经想好要怎么把它们花光了。

柜台上的销售员看他的面相，只当他是刚工作不久，上来推荐了几款价格相对不高的对戒，却不想何剑秋大手一挥，苦笑着摇头道：“我这是要复婚，别太磕碜，让我有点胜算……至少不能输在起跑线上吧。”

“您……您都复婚了？”

销售员难以置信地瞪大了眼，满脸写着现在的年轻人玩得真花，她将何剑秋上下打量了几个来回，最终拿出了几个闪瞎人眼的款式，说：“要是复婚……这几款都是之前一些太太来亲自选的，买回去之后现在都生三胎了。”

“生孩子也不是我生，就随她吧……现在她只要能点头我就烧高香了。”

何剑秋甚是头疼地盯着眼前的一堆钻戒，罕见地手足无措起来。

“山城鬼见愁”上半辈子什么没见过，风里来雨里去，鼻子比狗还灵，有时光闻一闻就能抓住毒贩，但是要论挑戒指的经验，何剑秋的知识储备量大概还比不过手底下的实习生。

毕竟，上一回结婚，戒指是雷虹买的，婚也是雷虹求的，认真想想，“山城鬼见愁”觉得自己这回其实应该算“头婚”。

“您有觉得合适的吗？”

戒指的价格不便宜，销售员的态度也逐渐热情起来：“您长得这么帅，妻子也一定很漂亮吧？既然是复婚，要不您和我说说你们之前的婚戒长什么样，我帮您推荐推荐类似但更好的款式。”

“呃，之前……”

何剑秋犹豫了一下，他其实想过要参考之前的婚戒，但是——无论怎么看，雷虹之前买的婚戒看上去都像是两个钥匙圈。

当年雷虹的原话是：“你都答应我的求婚了怎么都得娶，反正现在我俩工资都不高，就省省吧，把钱留着之后过日子，柴米油盐都要钱，可比这玩意儿重要。”

然后，他俩就把那俩钥匙圈戴了十年。

见他不说话，销售员再次改口：“或者……您说说你们是怎么认识的，她的性格和爱好，我也可以帮您参考参考，毕竟，之前这么多来买戒指的，肯定有人和您太太的喜好相似。”

“怎么认识的，性格和爱好……”

何剑秋隐约觉得这种盘问方式有点熟悉，但现在留给他的时间已经不多了，为了尽快赶去“黄粱一梦”完成白央的“大计划”，他必须得立刻做出决定。

于是，他这回仔细想了想，最终，开口认真说道：“这么说吧，我刚和我老婆认识的时候……我管她叫大哥。”

上学那会儿，何剑秋和雷虹会产生关联几乎可以说是理所当然的。

毕竟，当时整个班上就属他俩长得最嫩，乍一看像是两个高中生。就连辅导员都忍不住开玩笑，说长着这种娃娃脸，以后怕是掏警官证都镇不住犯罪嫌疑人。

这个话后来传到了雷虹的耳朵里，她对这个玩笑的回应，是在搏击课上将自己的娃娃脸搭档反复摔打在垫子上二十次，直到对方再也站不起来为止。

日后当何剑秋回想起那场相识，他的记忆里都是雷虹摔他时脸颊上滚落的汗珠……不知为何，她就像是晒不黑一样，在太阳底下几乎要闪闪发光。

下课的时候，雷虹将他从垫子上拉起来，何剑秋晕头转向地找不着北，但他还牢牢记得自己要做的事情。

“那个……同学。”他拉住雷虹，很快意识到这条狠狠摔他的胳膊其实算得上纤细。

“怎么？弄疼你了？”

雷虹扭过头做出一些大佬发言，一瞬间，她的眼睛更亮，像是猫的瞳孔一样在阳光下变得锐利。何剑秋一下就知道，娃娃脸其实也是能唬住人的。

何剑秋笑了一下，努力不表现得太过腰酸背痛，说道：“不好意思，但我能要你的联系方式吗？”

那个下午，何剑秋的社交软件好友里多了一个名叫“雷哥”的人——这甚至不是他给对方取的昵称，而是雷虹本来的网名。

虽然长着一张秀气的娃娃脸，但雷虹的脾气就像她搏击课上的表现一样，与其说是娃娃，不如说是长着娃娃脸的高达。何剑秋本以为这样一来估计没多少人敢做自己的情敌，然而，让他万万没想到的是，不怕被打死的竟然大有人在。

出操时，雷虹的手边总是不缺别人递过来的水瓶，吃饭时，她对面的座位上也总坐着人，每天都不一样，男的女的都有。

直到很久之后何剑秋才知道，雷虹的父母在她高中时因为一场车祸早亡，为了处理丧事，她曾经休学了两年，这也导致现在的她比班上所有人年纪都要大，非常擅长“随手”照顾人，也因此人缘好得出奇，就连高年级的学长学姐偶尔碰上她都会叫一声“雷哥”。

为了抢到雷虹对面的座位，何剑秋排了快两周的队。而等他终于得到这个机会，何剑秋自然也不会浪费。

毕竟，就像雷虹一样，另一个娃娃脸的性格其实也一点不“娃娃”。

从小就不爱拖泥带水的何剑秋根本不想搞这么多弯弯绕绕，坐下之后他直接将碗里为数不多的红烧肉都夹到了雷虹的盘子里，对上对方狐疑的视线，何剑秋咧嘴一笑，说：“要是吃撑了，一会儿我可以陪你去逛操场……你要是热，我也可以帮你扇风。”

两句话，娃娃脸成功打败了他百分之九十的情敌。那天中午，何剑秋也终于又有了机会，近距离去看雷虹额角那些晶莹的汗珠。

刚上大一的姑娘还没学会化妆，但是实际上，何剑秋觉得雷虹根本不需要。

第三天在大太阳底下暴晒，何剑秋买了冷饮，雷虹吃了一口后，何剑秋问她："雷哥，你那个好吃吗？"

闻言，雷虹英气的眉毛一扬，眼睛又变成了似猫眼的样子，她在太阳底下凝视他，把那根平平无奇的绿豆冰棍递到他嘴边，挑衅一样地对他笑。

"你尝尝？"

尝，当然要尝。

何剑秋怎么可能放过这个送到他面前的机会，不仅如此，他还要得寸进尺。

那天中午何剑秋并没有满足于尝一尝冰棍，在下午上课前，他有了一个女朋友。

是的，冰棍是他买的，接受挑战和得寸进尺的都是他，然而，最后告白的却是雷虹。

在他们互相尝过对方嘴唇上的冰碴子之后，雷虹没有害羞，没有脸红，什么都没有，只是凝视他。

"你想追我？"

"想。"

"确定要追我？"

"确定。"

"不会后悔？"

"当然不后悔。"

雷虹像个真正的警察，好好盘问了他一番，最后的最后，她锐利的眉毛才终于弯了下来。

她说："那行，不用追了，我也挺喜欢你，要不我也不会脑子进水答应你在三十七摄氏度的天儿逛操场，如果你想，之后做我男朋友，每天中午都跟我一起吃饭。"

就这样，两个娃娃脸毫无意外地在大一的第一学期就走到了一起。在这之后，何剑秋这声雷哥叫得更顺嘴了，原因无他——很多时候虽然他已经觉得自己算是"胆大包天"，但很显然，雷哥的名号也不是白叫的。

两人谈恋爱后，不但翻墙出去吃烤串雷哥的动作比他利索，甚至在外过夜时雷哥也远比他轻车熟路。

那个夏天他们在没有空调的小旅馆里汗津津地抱在一起，何剑秋脑子一热说想要毕业就结婚，而雷虹好笑似的给了他一巴掌。

她说："男人这种时候说的话可靠不住，如果真想结，到时候我也会再和你确认三遍。"

"先生？"

销售员的一声呼喊将何剑秋游离的思绪拉了回来。

他的目光重新落在手上光彩夺目的戒指上，想起就在两分钟前，他盯着上头闪闪发亮的钻石，忽然觉得它很像是那年夏天雷虹在太阳下发亮的眼睛。

直到他们成了夫妻，雷虹才告诉他，之所以凡事都要确认三遍，是因为她亲手送走了自己的父母，从此之后她的生命里就不再有过客这个概念。

所有人想走进她的人生，她都要再三确认，然后将他们牢牢抓紧。

而那双发亮的眼睛，就是那个夏天她唯一能回馈给年轻恋人的礼物了。

"就要这个了。"

这一回，何剑秋甚至没有去翻看戒指后头的价格，他今天是铁了心要把自己一个月的工资全砸出去，而他心里很清楚，这还远远不够。比起这十年雷虹在他身后的付出，这点钱顶多能支付个利息……甚至连利息都不够。

之后，"鬼见愁"风驰电掣地回了一趟家。

今天是"黄粱一梦"的店休日，按道理雷虹应该是要回去给他父母做饭的，然而，因为白央提出的一些非分要求，这个点，雷虹并没有在家里，而是正在去菜市场买饺子皮和肉馅的路上。

一回家，何剑秋父母的脸上都写满了惊讶，何父看起来更是恨不得当场展现医学奇迹——从轮椅上跳起来打他。

"你回来干什么？"

老警察对着自己的亲儿子横眉立目，道："我们好不容易才让雷虹不要回来了，你怎么还在这磨磨蹭蹭的！戒指呢？"

"戒指已经买了，回来找个东西，图个安心。"

何剑秋顾不上多说，一头就扎进卧室，将衣柜里那个皱巴巴的信封翻出来倒了倒。

只见，一枚毫不起眼的戒指滚落在他的掌心，就像是一个铁制的钥匙扣，毫无光泽。

就是它了。

何剑秋轻车熟路地将戒指套在了自己左手的无名指上，也不知是不是他的错觉，这一瞬间，他似乎觉得自己的手指变得完整了——他终于不再时时刻刻都想动手去摸它。

信封里还有一些别的证件，何剑秋一股脑将它们都塞进兜里，最后戴上了白央送给他的佛珠。

“臭小子！你到底有没有把握？”

快出家门口，何父忧心忡忡地拉住他，说：“她这些年在我们跟前忙前忙后的，你至少得定个高级馆子。”

高级不高级不好说，但白央说了，“黄粱一梦”连凶宅都能开成网红店，复个婚应该……问题不大？

“别瞎操心了爸，选的地方风水好着呢。”

何剑秋在出门前又雷厉风行地补了一句：“如果今天来不及——争取明天一早我们就去民政局把证领回来。”

何剑秋觉得，“黄粱一梦”的白老板确实是个很神奇的人。

他一毕业就去了缉毒一线，干了将近十年，这些年见过的人数不胜数，其中好人也好，坏人也罢，大多数都活得不那么纯粹。

当年在国外做下线时，杀死阿辛的毒贩子最初就是为了给母亲治病才走上贩毒道路的，前脚将他的同事淹死在鱼缸里，后脚就给母亲汇钱。

再后来，他在粤州出任务时碰上了过去认识的线人，明明那人救过自己，但再见时却直接给了他一刀，让他在医院里躺了两个月，险些丢了性命。

在何副队眼里，世界上大多数人都没法做到像奶油一样干净无暇，即使是退下来，常年警惕的工作习惯还是让他对人生不出多少信任，“山城鬼见愁”的名号也是因此而来。

同事们都觉得他鼻子灵，却不知道他日日夜夜都在噩梦里辗转反侧，何剑秋曾经一度觉得自己没办法再活回一个正常人的状态，直到这次休假来此。

在来“黄粱一梦”入职前，他也没想到这个毫无危险性的潜入任务最后会以这种方式收场。

而他同样没想到，自己会在现实中再碰到一个像阿辛一样干净到发傻的人，被人骗得团团转，最后竟还要替那些“骗子”忙活一些完全不相干的事。

何剑秋回过神时，已经站在了“黄粱一梦”的门口，手里汗津津地捏着不久前新到手的小盒子。

“你也太磨蹭了吧！以为是逛菜市场啊？”

白央穿着围裙从屋子里冲出来。

长着一张温和脸庞的小老板脸上甚至还沾着奶油，一把就把他拉进了屋子里，没好气道：“再磨蹭下去，一会儿没等抹面你老婆都买菜回来了，你又不是不知道雷哥干活儿有多利索……你到底还想不想和你老婆复婚啊？”

何剑秋被生拉硬拽进了29号，才发现屋子里的布置已经变了模样，宋楠师正在往桌上的复古花瓶里插白玫瑰，而埋头算账的韩沙抬头看了他一眼，报出一个数字。

“三百六十四。”

韩沙毫不留情道：“所有布置加上蛋糕准备成本，看何队你是自己人，就不跟你收人工费了……按道理说，我们这些人放弃休假过来帮你，这算加班。”

何剑秋哭笑不得，要知道，他刚刚把他一个半月的工资都一掷千金了，相比之下，这三百多块钱简直还不够塞牙缝。

“别说废话了，赶紧的！雷哥说不定已经在回来的路上了！”

白央急得火烧眉毛，伸手就把小盒子给拿了过去，一打开，里头的大钻戒晃得白央一阵眼晕，他震惊道：“何队长，你确定要用这么大钻的吗？这可是要塞在蛋糕里的，万一一会儿卡喉咙里怎么办？”

“我觉得用小的不是更容易被吞？”

何剑秋好歹是个警察，撇除情感，基本的逻辑思考能力还是有的，无奈道：“而且说实话，老板，你们布置成这样太明显了，雷虹以前可是干技侦的，她看一眼就会知道……”

“那也是情趣好不好？你到底有没有结过婚？”

白央根本不给他反驳的机会，二话不说已经给戒指消完毒塞进了奶油里，抹面的手法逐渐粗暴，说道："你好不容易才退下来，这次既然要重追我雷哥，那当然得使出雷霆手段！要不是看你年纪大脸皮薄又是公务员，我就让你在江边直接给雷哥跪下求原谅了。"

"老板，我要是和雷虹有个儿子，估计都没你对这事上心。"

"山城鬼见愁"有些头疼。

虽然，他是和局里请了一天的假。

虽然，队长那边说的是，这半个星期他都不用来上班，队里已经没他的位置了。

虽然，他也确实是很想把雷虹给娶回来。

然而，眼下这个情况，白央似乎是觉得雷虹一定会答应，但是那个人的脾气他是知道的。

之所以凡事都要确认三遍，就是不想给对方吃后悔药的机会。

就像当年那场告白一样，结婚的时候雷虹问了他三遍，离婚的时候也问了三遍，雷虹在这件事上从不打马虎眼，所以，每一遍她都问了——

"你确定吗？"

最后点头的都是何剑秋自己。

想到这，"鬼见愁"不禁叹了口气："老板，我觉得你们真的要做好那种心理准备，雷虹真的不一定会一下子……"

"不许说这种丧气话！是你复婚还是我复婚啊？"听到刚刚那句，正在裱花的白老板猛地抬起头来，怒视着他，"我今天放弃店休把员工都薅回来在这给你做蛋糕布置现场，你要是再追不到我大哥，一会儿我管你是不是'山城鬼见愁'，一定把你脑袋按蛋糕里让你鼻孔吃奶油！"

何剑秋的头顿时更痛了。

他已经有太多年没见过像白央这样的人，当时被他骗完还一副要咬他两口的架势，结果一操心起别人的家务事上心得堪比自家老父亲。

局里的警犬都比这人记仇。

"我说老板你……"

何剑秋本想再给白央打一针预防针，没想到这时宋楠师已经慌里慌张地猛拍厨房玻璃，提醒道："老板！回来了！雷姐已经到前头路口了！我看到她了！”

“雷哥也太快了，我还特意点了三种不一样馅的饺子！”

这下子白央再也没时间说废话，直接一脚把何剑秋从厨房里踢了出去，开启了八倍速狂暴裱花模式，吼道：“赶紧把雷哥拖住，不要让她进来！也不要让她发现！”

“山城鬼见愁”这辈子接手的高难度任务有许多，其中也不乏单纯要争取时间的那一种。

然而，即使是后头站着两个荷枪实弹的打手，何剑秋都不会像现在这样紧张。

身为曾经的技侦警察，雷虹的视力好到能在一堆烟灰里看到一张没完全烧完的纸片。她隔着老远就看到了站在那无所适从的何剑秋，走过来警惕地四下看了看，小声问道：“在布控？有人要抓？观音里有案子？”

可不是吗？何剑秋心想，要抓的人已经在眼前了，他恨不得现在就把她直接拘去民政局。

然而，残酷的现实就是，虽然现在雷虹应该打不过他，但要是他敢这么做，雷虹很大可能会直接报警让人把他这个刑侦副队长拘走。

光是想到雷虹和自己翻脸，“山城鬼见愁”就真的很难不发愁。

于是，他只能故作轻松地笑了笑，说：“前段时间太忙了，队里给我放了假，有点怀念在这打工的日子，所以过来走走，也顺便和老板唠唠嗑。”

“所以你在闲逛？”

闻言，雷虹的目光狐疑地扫过他的脸，这很显然是个蹩脚的理由——何剑秋人生第一次开始反思自己是不是太工作狂了，以至于他的前妻根本不信他出来闲逛。

“你怎么戴着这个出来了？”

忽然间，雷虹一把抓住他的左手，盯着他手上那枚毫无光芒的戒指，目光锐利得像过去在犯罪现场找到烟头。

“我……”

何剑秋一时语塞。

以他过去的警惕性，为了不让雷虹发现他们的意图，他在被白央踢出来的时候就该把这护身符一样的戒指给摘了。

所以观音里 29 号真的是个有点玄学的地方，每次一来他的职业素养就容易被抛到九霄云外……

何剑秋心里叫苦，而雷虹的目光在他的脸和他的戒指之间来回游离，最终，在何队长内心警铃大作的时候，女人猫似的眼底露出一些失望。

雷虹叹了口气。

“那么何队长，如果我说我不想答应呢？”

何队长的心里当时就凉了大半：“我还没开口呢！”

雷虹嗤笑一声：“你要说什么都写在脸上了，要不叫他们别忙活了，大费周章，到时候弄得你下不来台。”

雷虹像是不太想和前夫多说了，想要绕过他，但很快有人一把抓住了她的胳膊，力气之大，险些弄掉她手里的饺子皮。

“怎么，还想来硬的？”

雷虹扬起眉毛，何剑秋认得她这样的表情，这意味着之后的事情不会好好收场。

但是，他们已经离婚了，还能有比这更坏的收场吗？

“鬼见愁”不再发愁了，他拿出了工作里的强势——开始强势道歉：“雷虹，之前一意孤行是我不对，但是结婚这么久，我们没有感情问题，你是知道的。”

“你天天把我的话当耳旁风，这还不是感情问题啊？”

雷虹冷笑一声道：“跟你说过八百次我是自愿退下来的，你不听；跟你说我不在乎孩子的事情，你也不听；你受伤了之后我跟你说没必要离婚，你还是不听，一门心思觉得对不起我。何队长，敢情我说的话对你来说根本没有任何意义，这样你还找我结婚做什么？”

她想甩开胳膊上的手，但对方的五根指头就像是铁钳一样，雷虹被气笑了，说：“给我放开，真想来硬的你知道我的脾气。”

“雷哥，以前我在国外执行那些任务的时候，有好几次感觉自己要撑不下去了，每次都是因为想着你还在家里等我，才能逼着自己继续。”忽然间，何队长轻轻开口。

这些话他以前从来没说过，因为每一次过程都太过痛苦，他实在不愿意将这些东西带回家——带到他的枕边人面前。

雷虹一言不发地看着他，胳膊的较劲儿却还在继续，而这促使面前的人继续说下去："最后我中刀那次，我记得救护车来之前我一直在想，这次弄完我就不做这个了，我去申请转岗，做个后勤，然后我们要个孩子，在家附近弄个小铺子，我下班之后就可以过来找你。"

"这可真是没看出来。"雷虹不冷不热道，"毕竟我照顾了某人两个月，结果最后就换来一句'我们离婚吧'，不知道的还以为是免费保姆用腻了呢。"

雷虹说话总是毫不客气，像是一把刀一样直插要害，"山城鬼见愁"被戳中痛处，忍不住闭上眼，眼前浮现出妻子在病床前憔悴的样子。

后来有人告诉他，在重症加强护理病房的那几天，雷虹几乎每天都哭——而他结婚十年都没见过几次雷虹的眼泪。

何剑秋实在不希望妻子以后也变得像母亲一样，一直担惊受怕，最后连身体都垮掉。

与其让她变成那样，不如给她自由。

"我只是，希望你能过得更幸福。"何队长干巴巴地吐出实话，"我也是第一次结婚，没经验，所以，你就原谅我这一次行吗？"

渐斜的太阳底下，何剑秋觉得他离跪下求雷虹只差一步之遥，然而，等了一会儿，女人只是面无表情地看着他。

"哦，但我还是不想答应。"雷虹毫无感情道，"然后呢？"

一阵比刀伤还要叫人难以忍受的痛苦让何队长皱起眉，他低声道："雷哥，你真的以后都不管我了？"

趁着他分神，雷虹把胳膊抽回去，说："我看我不管你，你也活得挺好。"

她提着菜往29号走去，何剑秋被留在原地，他不自觉地攥紧了拳头，却一下感到那个钥匙扣狠狠抵在了他的两根手指上。

离婚时，雷虹并没有把戒指收回去，留给了他。

何剑秋咬了咬牙，到底还是匆匆跟上去，然而一进"黄粱一梦"，气氛简直尴尬得让人窒息。

满屋子的玫瑰已经不是司马昭之心的问题了，加上手里拿着礼炮但藏得丝毫不走心的宋楠师以及捧着巨大蛋糕的白央，何队长有那么一瞬间真的很后悔答应白央搞这个见鬼的复婚计划。

雷虹斜了他一眼，凉凉道："怎么不拉个横幅直接说，庆祝大哥大嫂复婚成功？”

一听这个阴阳怪气的口气，白央的脸顿时垮了下来，甚至直接抢了何剑秋的话：“嫂子，你……要不先别急着给答案，吃口蛋糕冷静一下？”

雷虹扫了一眼他手上雪白的奶油蛋糕，忍不住笑出了声说：“都什么时代了还搞包办婚姻啊老板？这是按头复婚啊？”

她将饺子皮放在桌上，淡淡道：“既然布置了也别浪费了吧，这环境留着明天招待客人我看也挺好，蛋糕一会儿大家分分。”

她的话太过平静，导致何副队的脸色瞬间变得极度难看：“雷虹，你真的怎么都不愿意原谅我吗？”

“山城鬼见愁”长着一张很容易让人垂怜的娃娃脸，如今那张脸上更是写满了让“黄粱一梦”的白老板受不了的表情。

不如自己上！

白央到底还是没控制住自己“外貌协会”的本能，可怜巴巴地开始替何剑秋求情：“嫂子，蛋糕都做了，要不我还是先给你切一块尝尝吧……求求你了！”

他手里拿着蛋糕刀，第一刀就要切下那块“厚礼”，但是，雷虹却在这时将蛋糕刀拿了过去。

“我来切吧。”

雷虹顺着切下那朵玫瑰，所有人的心立刻提起来，眼睁睁看着她将蛋糕放进盘子，递给一言不发站在她身后的前夫。

“别摆出那张难看的脸。”雷虹看着他，神色坦然，“这事是你开的头。”

何剑秋只是看着她不说话。

半晌，他将蛋糕轻轻推回来，露出了极其少见的，能叫人看出来的痛苦表情。

“这是给你的。”

虽然早知道有这种可能，但何副队还是觉得自己心口又挨了一刀，他甚至不敢用力呼吸。

“无论今天结果如何，都是你的，你愿意至少吃一口吗？”

“你还挺坚持。”

话说到这分上，雷虹笑了笑，好歹接过盘子。白央则像个殷勤过头的服务员，迅速上前递了刀叉，但雷虹没有接。又或者说，她压根不打算“吃”这块蛋糕。

“所以这次，你终于能听进我说的话了？”

雷虹毫无征兆地直接将两根手指插进了那些雪白绵密的奶油里。

“你……”

何剑秋睁大了眼，作为一个常年游走一线的刑侦副队长，“山城鬼见愁”的舌头此时彻底打了结。

“从来都是我问你，决定权在你……现在换过来，你问我，决定权在我，而你刚刚才问了第三次。”

雷虹说完，又好笑地斜了一眼一旁眼泪汪汪的白央，说：“另外，这块奶油也太厚了，有老韩看着，不可能让老板做出这种用料良心过头的蛋糕……当我看不出来里头有什么？”

雷虹一钩手，那颗卡在第二层蛋糕里的戒指便被她精准地钩了出来，裹着一层奶油，静静地躺在她的掌心里。

何剑秋怔怔地看着她，问道：“所以，你只是想听我问三次？拒绝是想考验我？”

雷虹冷笑道：“你不也活该吗！说离婚就离婚，说复婚就复婚，没直接揍你已经算给你面子了。”

何剑秋还是有点蒙：“所以……”

“我已经受够了让你来做决定。”雷虹细细地擦掉戒指上的奶油，很快，那个小小的圈便严丝合缝地套上了她的无名指，“这一次，婚是你求的——是我做的决定，从此往后你但凡想要替我推翻它，我会让你把这个戒指连盒子一起吃下去。”

砰！

伴随一声突兀的爆炸，宋楠师手里等待已久的礼炮对天发射，彩带顿时飞得到处都是，多亏了韩沙眼疾手快地护住蛋糕，奶油上才没沾上更多乱七八糟的东西。

白央看上去简直像个刚刚嫁了女儿的老父亲，吸着鼻子颤颤巍巍道：“所以，现在你们是想吃蛋糕还是上楼待一会儿？”

“上楼待一会儿？”刚刚决定复婚的夫妻双双扭过头来，狐疑地看着准备过于充分的东道主。

“我们活在童话故事里的傻白甜老板可没考虑过失败的情况，所以，空着的房间已经收拾好了，你们也可以把蛋糕拿上去吃。”

韩沙冷静地将房门钥匙交到何副队手里。

“房间里的一些小东西都已经算在那三百六十四元的布置费里了。”

精明的商业顾问最后不忘补充：“先跟你们说一声，即使不用也是不会退的。”

番外二

饺子皮

“这么快就要下去？”

何剑秋见雷虹一股脑爬起来穿衣服，无奈地想要抓住对方的腰，说：“你最近好像终于胖了点……看来还是老板这里比较养人。”

“因为你告诉老板我喜欢奶油，所以老板很舍得在我身上花钱，作为报答。今晚这顿饺子是我要请老板的，之前好像因为小王他们给老板通了气，所以老板一直在跟我提饺子的事。”

一眨眼的工夫，雷虹已经连鞋都穿好了，甚至都没给前夫帮她在后头系扣子的机会。

她站起来说：“你不要在上头磨蹭太久，我饺子皮买了很多，一个人包不完，还有一些多的晚上准备送到局里去，给你组里的人分分。”

“顺便告诉他们我们要复婚了？”

何剑秋看着雷虹右手无名指上璀璨的戒指，感觉今晚自己的嘴角简直放不下来。

雷虹瞪了他一眼，道：“赶紧起来，我请人吃饭不能让客人包饺子。”

就这样，仿佛之前都是一场梦一样，雷虹下楼时身轻如燕。而听到脚步声，一楼的聊天声瞬间偃旗息鼓，白央一脸震惊地盯着她，道：“嫂……嫂子，怎么你先下来了？何队呢？”

雷虹到底还是干过技侦的，一看对方的表情就知道他们在想什么，她意味深长地看了一眼白央和站在他身旁的宋楠师，说：“老板你真的要谈谈恋爱了。晚饭还吃不吃了？”

雷虹早就修炼出一颗处变不惊的强大心脏。

她淡淡笑道：“不过还是要谢谢你们，这是这么长时间以来他接的最让我舒心的卧底任务了，我没想到能有这种结果……对我和他来说一样好。”

说完，她走进厨房，利落地开始剁馅。

晚饭是白菜猪肉、韭菜猪肉和三鲜馅的饺子。

过去在何家，饺子也是餐桌上最常出现的主食，不光是因为何剑秋的父母喜欢，也是因为从小到大，饺子一直是雷虹心里隐隐的一根刺。

十多年前的冬至前夕，雷虹的父母遭遇交通事故意外去世，之后她就只能自己包饺子给自己吃，直到她遇到她生命里另一个十分重要的人。

何剑秋的任务总是来得急，回来的时间不确定，有好几次甚至是消失好几个月音信全无，然后才突然在一个深夜返回家里。身上还带着大大小小好了一半的伤，可怜巴巴地坐在桌子边上看着她，像是一只好不容易找到家的迷路的小狗。

在最初雷虹还没有辞职的时候，她总会在冰箱里留一些多做的饺子，这样无论她的丈夫几点回来，至少不会饿着肚子上床。

这个习惯就这样一直被她保留了下来，即使后来她辞职了，有更多时间绕着这些锅碗瓢盆转，但每次问何队长他想吃什么，答案永远都是那一个。

雷虹一直都是知道的，他只是不想更麻烦自己。

雷虹将肉馅剁开，摊平，整合在一起，听见楼梯上传来脚步声，很快，她腰上多了双手。

她马上要复婚的丈夫在她耳边说："我来帮忙了……不能让你一个人忙活。"

雷虹感觉这人要抢她的菜刀，不由得叹了口气，无奈道："我以前怎么不知道你这么黏人，何队长，还是说你一把年纪了，添了这种癖好，非要在小年轻面前秀恩爱，让人家看你笑话？"

"我来剁馅吧，最早这种体力活儿不是都我来干的吗？"

何队长最终还是从她手里把菜刀抢了过去，想让她出去坐会儿，但雷虹半天没有离开的意思，半晌，她忽然轻声说道："我其实并不觉得做全职主妇是件很难受的事情。"

"什么？"

菜刀停止了敲击菜板。

雷虹好笑似的看着她的"前夫"，说："结果绕了一圈，你这不还是觉得对不起我吗？我做个饭你满脸写着自己十恶不赦，好像我天生就不该进厨房似的。”

何队长愣了一下，说：“不至于吧……我现在已经松懈到连表情都控制不了了？”

雷虹靠在灶台旁看他，道：“需要看吗？我退下来这么久，你连跟我点个菜都不会，给我买烤箱的时候也战战兢兢，就这么怕我觉得自己是个全职主妇？我给你做顿饭你就觉得是拖累我了？”

何剑秋被她说得一时语塞，却听身后的厨房门忽然啪地一下被人带上，是白央很好心地帮他们关了门。

“我们不急着吃饭，嫂子。”门外的白央说道。

“是我要请他们吃饭，不能让老板等这么久。”雷虹被逗乐了，“五分钟，速战速决，告诉我你为什么总要觉得对不起我？”

即使知道理由，但是雷虹想听他直接说。这么久了，误会已经在他们之间发酵成了无数倍大，上一个发坏了的面包最终由他们一人一半分着吃完——雷虹不希望他们这一次再做出一个坏面包。

何队长沉默了一会儿，终于，他叹了口气道：“你不应该当家庭主妇，你以前在警队成绩那么好，如果在局里一直干下去，你现在的位置不会坐得比我低，如果不是我家里这些事情拖累你，你应该……”

“所以，我总算从你嘴巴里把实话撬出来了。”

雷虹打断他，抱着胳膊，如同一个审讯室里的预审专家。

她笑起来说：“我记得，最早的时候你喜欢叫我大哥，谈恋爱的时候都这么叫，是觉得我什么都比你强，以后一定会混得比你这个小弟好吗？”

何剑秋在心里默默点头，不过碍于面子还是换了一种说法：“我是觉得，你本来会是个很优秀的警察……比大多数警察优秀的那种。”

“是吗？那你替我做这个‘决定’的时候，在乎过我想做什么吗？”雷虹忽然问，“你有想过我其实和你不一样，我是逼不得已才做警察的吗？”

“你说什么？”

何剑秋这下是真被吓蒙了。

他们好歹结了十年婚，他好歹是个经验丰富的老警察，也不至于……不至于对他的枕边人缺乏了解到这个地步吧？

看他突然呆若木鸡，雷虹被逗笑了，说："在我父母因为车祸去世之后，我有段时间觉得家里很大，空荡荡的，意外似乎随时会发生。所以为了有些安全感，我才不得不成绩好，不得不去做一份强悍的工作，不得不当'大哥'，因为我只有一个人，我不能奢望别的。"

雷虹走到何剑秋面前，直视着那双她看了很多年的眼睛，说："我后来觉得做警察不赖，是因为我喜欢照顾别人，会让我觉得我自己的家还在，有人需要我照顾，不是一个人，仅此而已。"

此时此刻，"山城鬼见愁"已经不是发愁的程度了，他已经发傻了。

何剑秋口干舌燥地看着他的"前妻"，说："所以……"

"我想要一个家，剑秋，从我失去父母的那一年，我就一直希望我能重新获得家人，而为了弥补我失去的，我愿意天天照顾他们，天天给他们做饭，天天围着锅碗瓢盆，这些都是我想做的。这么长时间我从来没觉得辞职为你做家庭主妇有什么不好，是你非觉得我讨厌做这些。"

雷虹从他手里拿过菜刀，啪地剁在了馅里，锐利的眼睛眯了起来。

"甚至直到现在，你还不让我给你好好包顿饺子，何队长，说真的，如果你再这么干，我真的不敢保证明天早上我会乖乖和你去民政局。"

再一次，山城刑警副队长从厨房里被狼狈地踢了出来。

随着厨房里再次响起有规律的剁馅声，"黄粱一梦"的白老板促狭道："何队长，说真的，刚刚的事情你准备出多少封口费让我们不说出去？"

虽然关着门，但老房子的隔音效果显然没这么好，加上改造后的"黄粱一梦"特意给厨房装了玻璃，虽然有窗帘，但吵架中的夫妻显然双双忘了拉。

现在透过小小的窗户，何剑秋看见妻子利落剁馅的背影，无奈道："难怪她喜欢在这工作。"

原来，这不仅仅是她擅长的，还是她喜欢的。

"看来何副队并不知道你老婆有多喜欢待在那里头，平时老板也挺大方的，会开放厨房给小雷练手，她最近做出来的东西都和专业的蛋糕师没有区别了。”韩沙笑着说完，忽然话锋一转，“不如……下次带队里来关照我们生意，让他们也尝尝你老婆的手艺，看在是熟人的份儿上，可以给你们打个团体八折。”

“是真的，雷姐做的蛋糕可好吃了，何队。”宋楠师小声补充，“现在老板没空教我的时候我都找雷姐学，她还说这些都是她之前在家里自学的，就为了做给你和公公婆婆吃。”

何剑秋现在回想，当时他把烤箱提回家的时候雷虹确实是高兴的，还经常时不时地做些蛋糕，只不过他过去一直以为那是妻子闲在家里的无奈之举……

“何剑秋你过来帮我包饺子。”

没聊几句，厨房的门应声而开，雷虹手脚麻利地将几个大碗放在桌上。

她拌的馅里总是有股很香的麻油味，何剑秋一下就能闻出来，这是属于她妻子独有的饺子味道。

“这么看何队长还算有点用。”白央不忘在旁边煽风点火，“至少能包饺子，不算是完全派不上用场。”

雷虹一边倒来清水放在桌上，一边说：“他手快，否则一会儿包不完……晚上还得送到局里去，不是说王薇、陈源他们都惦记很久了吗？”

“我们也来帮忙吧。”宋楠师立刻拉了凳子，“我虽然不怎么会，但饺子应该不难学……老板都说好久想吃饺子了。”

“可是……”

雷虹还想拒绝，但韩沙已经开始分饺子皮了，还不忘说道：“我们正在考虑外卖和会员卡的业务，会比较适合没有时间吃下午茶但是压力大的客户人群，去局里送饺子的时候别忘了提一嘴，就当是帮老板的忙了。”

可以说，雷虹已经很久没有和一大桌子人一起包饺子了。

她有些恍惚地在指尖蘸了一点清水，捏完一个放上盘子，却发现前头的三个饺子从外形上，简直和饺子这个东西毫无关系。

雷虹一阵无语。

何剑秋放了一个正常的饺子上去，无奈道：“老板，说实话，你们真的会包饺子吗……”

最接近饺子的是韩沙包的抄手，他耸耸肩道：“渝江人不会包饺子也正常，咱们这只有小雷是北方人，我和老板还有小宋都是渝江本地的。”

雷虹犹豫了一下，却只是将前头两个像蛋黄酥的饺子摆规整，简单道：“我老家是北方的，但是自从上大学就没回去过了……也没什么好回去的就是了。”

五个人一起干活儿的效率很高，很快盘子就被一堆奇形怪状的饺子占满了。雷虹人生第一次下饺子下得手忙脚乱，最后饺子汤里甚至还漂着很多饺子皮。

十分钟后，饺子上桌。

热腾腾的饺子一摆上来，白央立刻不顾烫嘴吃了一个他自己包的“雪媚娘饺子”，然后他马上就知道为什么山城支队没人希望他们副队离婚。

“难怪王薇他们都惦记这口……”

这跟外卖比，谁不能含泪连干三大碗？

就冲这口饺子白央都觉得，当时何家父母知道儿子离婚应该当场扇死这个逆子。

雷虹还给他们特意调了渝江人爱吃的红油蘸料，韩沙沉默地吃了半碗，最后发表评论道：“以钟水饺的市场份额来看，感觉以后这会是个发财致富的好路子，老板，你在招人方面还真是有点狗屎运。”

“下次也要给白姐姐尝尝……”

宋楠师往碗里加了大量的白家辣酱，显然是很中意这两者组合的味道，高兴道：“加上辣酱的味道她肯定很喜欢。”

“还是别了，我怕我姐会连夜把她挖走……我店里现在可缺不了雷哥。”

白央立刻警觉起来，结果他的条件反射却立刻逗笑了对面的“新婚夫妇”。

“哪有这么夸张，就是家常便饭而已。”雷虹道，“以前在家里，某些人隔三岔五就吃这个，我还以为他都吃腻了呢。”

这么多年下来，何剑秋早已熟知这饺子的味道，雷虹虽然说他不喜欢点菜，但事实就是，何副队这个人真的非常好养活。

在东南亚一做任务就是两三个月，每天吃的东西都让他觉得自己在生啃肥皂。有时午夜梦回，他甚至会梦到自己盯着锅里白胖的饺子沉浮，面香充斥整个屋子，然后雷虹打着哈欠起床给他调蘸汁。

他回忆起那些深夜和妻子一起坐在桌边吃饺子的过往，忽然叹息一般地笑道：“所以，以后我只能花钱吃我老婆的蛋糕了？”

他这话来得突然，结果不说还好，一说雷虹就像是被提醒了一样，抬起头凉凉地看了他一眼：“以前能吃到的时候也没看你有多喜欢吃，甚至离婚之后还打包别人的蛋糕回来给我吃，骗我说那是买的，还特意说味道很好，样子也好看，然后我气得一晚上没睡着觉，觉得自己以前特意给你做的那些蛋糕都喂了狗。”

白央想了一下前因后果，忽然觉得头皮一阵发麻，连忙说道：“等等，嫂子，我、我觉得这里头可能有什么误会，上次那个蛋糕……”

“上次那个蛋糕……”

“山城鬼见愁”有些绝望，险些把手里的饺子夹破皮。

明明他可以一眼看穿被错判的冤假错案，但偏偏在妻子的喜好这件事上一直是个睁眼瞎，难得他觉得做了一件讨雷虹欢心的事，最后竟然也是乌龙。

何副队扶住额头，尝试艰难地为自己辩解：“不是，我以前一直以为……你是喜欢吃蛋糕，不是喜欢做，毕竟做蛋糕这事也是围着锅碗瓢……我是说……”

越抹越黑。

再这么下去，雷虹明天绝不可能和他去民政局。

正在何剑秋努力想要挣扎一下的时候，却听扑哧一声，雷虹笑出了声，开始慢条斯理地把饺子皮都盛到他碗里来：“所以，何队长，这次我们能好好沟通了吗？不要再干一些自以为是的蠢事，把你办案那套经验主义搬到家里来。”

雷虹淡淡道：“我再说最后一次，不要随便揣测我喜欢什么不喜欢什么，应该做什么不应该做什么，再有下一次，你干一些你以为对的事情来替我做决定，你以后吃饺子顿顿就只能吃到饺子皮了，明白吗？”

这威胁听起来实在是太容易实现了。

何剑秋此时此刻愈发深刻地感觉“鬼见愁”这个外号应该让给他老婆，嘴上却是老老实实：“好的雷哥……没问题雷哥，我一定注意，绝不让雷哥失望。”

“所以，现在跟我点菜，明天去完民政局想吃什么？我记得那旁边有个菜市场，菜还挺不错的。”最后，雷虹满意地给他夹了个小餐包一样的饺子，说，“另外，这顿之后，一个月内都不许再跟我点饺子了。”

番外三
生日蛋糕

对方的拳出得很重。

即使人已经走十分钟了，韩沙的侧脸依旧火辣辣的，嘴里有一股铁锈味，他现在不想去思考那地方一会儿会不会肿起来，只是沉默地在路灯下掏出口袋里的烟，点上了一根。

就和做生意一样，钱挣得多了，麻烦就会找上门，躲都躲不掉。

韩沙吸了一口烟，毫不意外地发现过滤嘴上有一圈他自己的牙龈血——不幸中的万幸，出血量看起来还没到需要去医院的地步。

不远处的 29 号还亮着灯，一天的营业刚刚结束，还有一些堂食的客人没有走。这意味着自己也不应该太快回去，免得这副样子被人拍下来发到了网上，又生出一些没必要的事，说不好还要影响生意。

过去他惹的事很多，韩沙想，在“黄粱一梦”上了这么久的班，到现在只有这么一个无足轻重的仇家找上门来，实属是一种幸运了。

虽然他没想到对方会记这么久的仇。

在尼古丁的刺激下，韩沙的思绪慢慢飘回了七年前，那时他还在九江路的一家夜店上班，工作时间和“黄粱一梦”正好相反，每天都是赶着夜色出门，然后在日出时回到女儿身边——带着满身的烟酒香水味。

韩沙找那份工作，高薪当然是主要原因，如果说还有别的什么，那就是韩沙希望，至少在白天韩婉清醒的时候，他可以有多一点时间陪伴女儿。不至于再像之前一样，每天回家，他虚弱的女儿已经在漫长的等待里沉沉睡着了。

可以说，从一开始，韩沙就知道这不会是份干净的工作。

他是个生意人，早就清楚高薪的代价是风险。然而，他需要钱，因为钱是女儿的命，所以为了钱，冒险总是必不可少的。

这样的冒险，他不能躲，他也躲不掉。

在夜店上班的第二个月，有个女人给他塞了五百块钱的小费，紧跟着在后门的小巷里，韩沙在路灯下看清对方的脸。

那并不是个很年轻的女人，浓妆遮盖了她脸上一些细微的皱纹，她从上到下穿着名牌，背着名牌包。韩沙特意看了，她的右手无名指是空的。

就和酒单上的酒一样，这个地方的一切都是有价的，女人和韩沙都心知肚明，他们都知道那条红线在哪里。于是在一个吻之后，女人气喘吁吁地再开口，她问的是“明天你有没有空，我们一起吃个午饭怎么样”。

就算不发生点什么，多认识一个人，往往也意味着多一条财路。

韩沙心里有一杆秤，女人的邀约听起来非常划算，他没怎么犹豫就点了头。

几次见面之后，韩沙已经知道她是某家银行的高管，离异，有个儿子在国外读书，住在渝江有名的富人小区，并不在乎他们吃的每顿饭的价钱——这已经足够了。

女儿的针每隔两周就要打一次，韩沙的时间有限，所以，他得把握住所有送到面前的机会，即使做法不怎么光彩。

好在，女人从来不问他究竟把钱花去了哪里。整整三个月，女人给他送了很多礼物，从手表到手机，但这些崭新的东西无一例外都被韩沙卖掉了，从来不会再出现在他身上。

长此以往，韩沙觉得自己的神经在慢慢松懈下来。

谈感情毕竟不是做生意，很多时候，即便是他也很难控制住自己，完全趋利避害地做决定。

明明在白一鸣的事情之后，韩沙已经下定决心要将自己的女儿藏好，永远不会再让她因为自己受到一点伤害。

然而，在一次又一次变卖礼物之后，韩沙内心还是不可避免地升腾起一种冲动，想要告诉对方自己是有女儿的，甚至，偶尔看着女人睡着时温和的脸，他还有种莫名的奢望，觉得对方可能会愿意和他一起养女儿。

孤阴不长，独阳不生。

在又一次将女人的礼物换成钱之后，韩沙看着联系人里头女人的名字，内心忽然静了下来，他想起师父和他说过“大盈若冲，其用不穷”。

从道家的思路来看，很多时候，冲动也不一定是坏事。

他找到女人，想邀请她和自己一起去看看女儿，没想到，女人安静了一会儿，却忽然在他怀里痛哭起来。

一直以来韩沙都以为自己是揣着秘密的那个人，而这一天，韩沙终于意识到怀揣秘密的不止他一个。

原来他的枕边人只是在他面前空着右手而已……

"老韩！你摸鱼时间也太长了吧！人都走光了还不回来算账。"

忽然间，韩沙的思绪被不远处的声音给拉了回来。他一抬眼，白央已经来了，然后在看清他脸的瞬间，这人以百米冲刺的速度跑了过来。

"哪个王八蛋打你了？要不要报警啊？"

从老板对待伤口的反应不难看出他前半辈子一直活在温室里，韩沙忍不住叹了口气，把抽到烟屁股的烟头给掐了："这说来话长。"

韩沙尝试着摸了一下脸，觉得被打的那半边已经肿了起来。以他过去的经验来看，不是什么严重的伤，却很麻烦。

因为按计划，明天店休，他应该要去医院给女儿做生日前的"预热"的。

一想到女儿失望的脸，韩沙的心情不可避免地开始变差，他实在不想在这个关头跟他的傻白甜老板多解释什么。他一言不发地要回店里，却毫不意外地被人抓住了胳膊。

白央不依不饶地盯着他，说："你这张脸也是我生意的一部分，即使我现在不问，后天你收银的时候，也一定会有别人帮我问。"

这倒是一句实话。

韩沙想了想，冷冷道："就说是摔的，我脸上没有写'被人打了'这几个字。"

他还想走，但这时雷虹出来了，作为一名退役警察，她当然不那么好糊弄。

"老板，原料还多，放到明天可能会坏，小宋让我来问问你今晚要不要用掉。"

雷虹说着目光一转，视线落在韩沙脸上，淡声道："对方打得还挺用力啊。"

韩沙有点头疼，在要废更多嘴皮子说谎的时候，说实话反倒成了一个轻松的选项，他捏着鼻梁道："碰到了一个熟人。"

白央没好气道："我姐说你以前的麻烦事不少，你总得让我心里有个底，这样万一之后我的店受牵连，我至少知道把你推出去背锅的时候该用什么措辞。"

韩沙几乎要被他逗笑，说道："最简单的方法是直接把我开除，老板，不过如果你非要听的话，我也可以告诉你，只是情感纠纷而已。"

"情感纠纷？"雷虹扬起眉，"你这么高，但这角度的伤可不是从下方打的，女人的力气也没有这么大，所以，是你睡了人家老婆？”

“真不愧是干过警察的……”

韩沙笑了笑，觉得这是对那段愚蠢的过去最好的解释了，他轻描淡写道：“算是吧，我只是需要钱而已，不过，没想到这么久了对方还对我耿耿于怀……也不怕我报警。”

他这辈子被人骂过不少次骗子，但只有这次韩沙觉得自己有点冤。

好在，就像是失败的生意，这件事也给了他足够的教训，比如说——为女儿搞钱就好好搞钱，最好不要夹杂他的个人情感还有奢望。

疼痛还在加剧，不出意外的话，明天这一块会变紫。

事已至此，韩沙想了想，忽然觉得白央送上门的软心肠他不利用一下有点吃亏，说道：“老板，明天店休，我能不能拜托你件事？”

白央走进病房，一眼就看到在窗户边放着一个古怪的架子，是用医院里的点滴架改造的，上头拴着一面镜子。

“你是……”病房里的老人没见过白央，也或许是多日没见过访客了，她下意识问道，“您是不是走错病房了？”

“是白叔叔吗？”

病床上的女孩一眼就认出了他，惊喜地睁大眼，坐直身子。

之前和爸爸视频的时候，韩婉曾经不止一次地见过白央，却没想到，今天居然等来了本人。

“是，就是我，你爸爸今天有事来不了，让我来陪陪你。”

白央小心翼翼地走进病房，这么长时间以来，这里已经变成了韩婉的另一个家，也因此，原本冷清的病房里放着一些玩偶和多肉植物，有了一些生活气息。

小女孩今天的状态还不错，甚至没有上呼吸机，手边还放着刚刚写完的寒假作业。

“打扰了阿姨，店里有些事情，老韩实在脱不开身，只能让我过来了。”

想到多年前自己亲爹干的好事，白央面对常年陪床的韩母心里总归不是滋味，犹豫了一下还是说道：“老韩现在在我那工作，不过我的身份他应该和您说过……之前发生的事情，我先跟您说声抱歉。”

韩母也没想到第一回见白央会这么突然，韩沙都没有提前和她打招呼。

她苦笑了一下，说道："他也没跟我说就让你过来了，应该是想要我自己做判断吧。之前的事，韩沙受累最多，如果他都不在意，我也实在没什么好计较的。"

当着韩婉的面，有些事自然没法深聊，见小姑娘因为久违的客人兴奋不已，韩母当即将床边的座位让了出来，笑道："韩沙能让你来，意味着他很信得过你，小婉平时生人见得少，你陪陪她……有什么事情，你就按墙上的那个护士铃。"

说完，韩母去了护士站。人一走，白央立刻神秘兮兮地举起手里的蛋糕盒，说："这次的蛋糕可是你爸给你点的，你猜是什么？"

出乎意料的是，韩婉没有立刻回答，她竖起耳朵，听见韩母的脚步声远去，小姑娘分秒中好似换了个人，焦急道："白叔叔，我爸不能来是不是碰到什么事了？"

白央心里咯噔一下，心想这小丫头真不愧是韩沙的女儿，这抹一把脸就能变一张脸的本事，如果不是遗传真的很难解释。

韩婉笃定道："我爸说过要陪我，绝对不会临时不来的……以前，只要他没来，一定是碰到有人找他麻烦了，我知道。"

见白央不说话，小丫头显然清楚他是知道答案的，立刻可怜巴巴地看着他，像只病弱的小动物一样睁大眼睛说道："白叔叔，你就看在我是个病人的份儿上告诉我吧，而且，我马上还要过生日了。"说完，还不忘咳嗽了两声。

白央内心顿感无语。

这见鬼的遗传基因。

白央没想到相比于她爸，这小家伙竟然还是个卖惨、装乖一体机，而他这种"外貌协会"显然会被小女孩猫咪一样的大眼睛拿捏住。

老韩……对不住，你女儿确实是有点东西。

半晌，白央无奈地败下阵来，说："好吧，你爸是碰到了一些麻烦，他被人打了，脸上青了好大一块，没个一两天消不了，所以不敢来见你。"

"我就知道！"

小丫头的脸色凶狠起来，脆生生地说："他上次明明答应我都要告诉我的！结果还是瞒我！这回又是哪个人打他！"

“等等……你在你爸面前也这么说话吗？”

白央这时终于后知后觉，这小丫头跟自己之前在视频里看到的不能说一模一样，只能说完全没有关系。

那个在韩沙面前一脸乖巧的小姑娘到哪去了？

白央震惊道：“你……不会在你爸面前也是装的吧？”

韩婉撇撇嘴道：“这有什么，他装我也装，这才公平。要不只是他一个劲儿地哄我，搞得我像个什么都不懂的小孩子，完全帮不上他的忙。”

白央想了想，又问：“所以……你为什么在我面前就不装了？”

韩婉小心翼翼地看他一眼，说：“因为，我有事要求你。我爸以前说过，谈一些比较重要的生意的时候还是需要有一点诚意的，一直跟你演戏你就信不过我了。”

白央无语道：“你可真像你爸。”

想起往事，白央头疼地揉了揉眉心，觉得自己还是得先把正事做了，从盒子里拿出一块颜色油润的蛋糕。

如果不说，没有人会知道这其实是豆腐做的。

“你爸给你点的，巧克力豆腐布朗尼。”

白央小心翼翼地将蛋糕转移到自己带的餐盘上，还不忘在上头点缀上巧克力酱还有薄荷叶，最后撒了一些糖粉，完成了和店里一样的装饰。

白央道：“你爸说你每次都要拍好多照片，所以嘛，基本的仪式感还是要有，我连店里的叉子都给你打包出来了。”

他将精致的金色刀叉搁在盘子上，小姑娘的年纪毕竟摆在这，因为很少出去，她对这种花里胡哨的东西完全没有抵抗能力，注意力立刻被吸引了回来。

“谢谢白叔叔！”

她三下五除二拍了一堆的照片，终于心满意足地挖了一块巧克力豆腐放进嘴里，问道：“所以，这次找上门的是什么人？男的女的？说他骗钱，还是说他骗色啊？”

白央现在只祈祷韩母不要这么快回来，无奈道：“看来你对你爸是个什么样的人心里很有数。”

“他都是为了我，否则他根本不需要做这么多事情……白叔叔，没人喜欢一直骗人的，也没人会喜欢过这样的生活，他为了给我赚钱一个朋友都没有。”

韩婉抿了抿嘴，忽然指着窗边那个奇怪的架子说道：“白叔叔你知道吗，那个是我之前身体虚弱的时候没办法晒太阳我爸给我做的，可以把外头的阳光反射进来……我爸对我真的很好，他不是坏人，只是没有办法……这么长时间以来他不想让我知道这些，每次来都装得高高兴兴，所以在他面前，我也要装得什么都不知道，即使我已经十六岁了。”

在淡淡的日光下，女孩的脸长得稚嫩，表情却俨然是个大人，白央沉默了片刻，忽然笑出声说：“你很像我姐姐小时候。”

“姐姐？”

“对，我有个姐姐，小时候妈妈生病了，我每次去医院都忍不住哭得很惨，但是我姐不一样，她每次都是开开心心地去，跟妈妈说一些学校里的事情，就好像在家里一样……我直到很久之后才知道，我姐其实会偷偷躲起来哭，只是从来不让我知道而已。”

白央说到最后叹了口气，想说亲人之间还要这么演来演去实在是太累了，没想到韩婉盯着他看了片刻，忽然说道：“所以白叔叔你从小就喜欢哭吗？上次我爸给我看了视频，你哭得可惨了。”

白央无语道：“你爸就不能给你看点好的？”

他翻了个白眼，觉得再这么跟这个小丫头聊下去自己只有吃瘪的份，问道：“所以你爸以前也碰上过被仇家找上门？”

韩婉想了想说：“好几次吧，但是先说好，我爸可没有犯法，他只是……赚钱的方式花了一点，毕竟，如果他犯法被抓了，就没人赚钱帮我治病了。”

白央还是有些好奇，问道：“那骗色是怎么回事？”

“那也不是骗色啦，就是，我爸其实……也有想过要给我找个后妈的，他也应该有自己的生活。”

聊到这个话题，韩婉消瘦的小脸皱了起来，明显对一些过去的事情十分不满，很快，她将最后一口布朗尼送进嘴里，突然十分认真地看向白央。

“白叔叔，关于这个，其实就是我要求你的事了。”

这已经是这星期第三次，老板在歇业后偷偷溜出去了。

韩沙抬眼瞥见白央鬼鬼祟祟地消失在门口，心里隐约觉得这一切大概和自己有点关系，毕竟就在这几天，白柳那边莫名其妙派了个秘书过来要和他对账——按道理以“黄粱一梦”到目前为止赚的这点钱，应该根本入不了白柳的眼才对。

韩沙心不在焉地应付着对方事无巨细的问题，心里稍稍盘算一下，就知道这事应该和韩婉有关。毕竟还有一天，就是小婉的生日。

自从那天从医院回来，老板就开始每天做一些低脂低糖、造型可爱的杯子蛋糕，一看到他就藏着掖着，好像生怕他不知道这些是准备给小姑娘庆生用的。

虽然韩沙在店里定做了一个蛋糕，但现在既然白央这么主动，韩沙对这种主动送上门的便宜当然不会拒绝。

问题就在于，为什么白央要特意让白柳拖着自己……很多事情，如果单纯是他傻白甜的老板做决定并没有什么，但是，只要一牵扯到那个女人，势必就会有其他麻烦。

韩沙思来想去，决定干脆直接去找他的怀疑对象聊一聊。

事实上，在变成“黄粱一梦”的商业顾问之后，韩沙已经不止一次地私下见过白柳。大多数时候是这个女人主动邀请他，明面上是请他捏脚，言外之意当然是敲打他好好干活儿。

在再一次进入捏脚店的时候，韩沙甚至觉得，白柳肯定在这个鬼地方装了不止一个带录音功能的摄像头，防止自己未来再捅她弟弟一刀。

这种事白央被人骗两百次都不会想到，但是白柳甚至不需要被人骗就能做得出来。

他推门进了包厢，服务员小妹正在帮白柳做指甲，女人带着无懈可击的妆容笑盈盈地看他一眼，问道：“账对得怎么样？”

“目的是不是对账你心里有数。”

韩沙倒是不怎么排斥免费足浴，轻车熟路地坐下来，问道：“这也是老板拜托你做的事情？”

白柳托着腮说：“算是吧，我觉得很有意思，所以决定帮帮他……唔，你知道我弟弟，他很会撒娇求人的。”

韩沙不动声色地问：“如果只是为了瞒着我帮我女儿过生日，会需要费这么大工夫劳烦你？”

“韩老三，我觉得你对我应该有什么误会。”

做好美甲的白柳坐到另一张按摩床上，很优雅地将白皙的脚放进浴桶，说："虽然大多数时候我做事就和你一样，是为了钱，但是不也有那种时候吗？我只是想要帮一把我弟弟而已，可别说这么多年下来你没干过这种傻事。"她说着，意有所指地点了点自己的脸，笑得意味深长起来，"我没想到你这么闲。"

韩沙的脸立刻冷了下来，道："如果有你掺和，我怎么能相信我的女儿不会被曝光？如果你想要通过我女儿来宣传你弟弟的店——"

"你还真当我会和我爸干一样的事情？"

白柳毫不客气地打断他，冷笑道："韩老三，你吃过我父亲的亏，对我们家有偏见这没问题，但你要是再敢让我弟弟伤心，信不信第二天就会有十个你过去的仇家找上门，然后我就无法保证你只受现在这点轻伤了……"

这个女人……

韩沙当然明白对方做得出这种事情，他皱起眉，却很快反应过来另一件更大的麻烦，眯起眼道："等等，你知道我过去……"

白柳笑道："我都知道他们管你叫韩老三了，当然知道你过去那些事。"

韩沙冷冷道："你还和他们有联系？就为了以后能牵制我？"

"话别说得这么难听，这方面你其实得感谢我，否则就你在网络上曝光的频繁程度，现在可能已经被人打得住院了。"

白柳捕捉到韩沙眼底闪过一丝难以置信，好笑道："这很奇怪吗？背调和风控是一体的，你应该很清楚，你现在和我弟弟的店绑在一起，想要帮他，我自然得保住你。"

韩沙皱起眉道："我可不会为了合同外你多做的事情感谢你。"

"当然，我也没指望你太有良心。"白柳笑了笑，换了个舒服的姿势躺回了按摩椅上，"不过我是我，我弟弟是我弟弟，我希望你面对我弟弟的时候还是要讲究一点良心。因为帮他兜底的是我，你知道的，面对敌人，我非但没什么良心，更没有多少耐心。"

室内就此安静了下来，韩沙在心底默默骂了一句。

他不愿意欠这个女人太多人情，毕竟当这样的"人情"被像白柳这样的人捏在手里，就会迅速变成一个把柄。

想到这，韩沙只得不情不愿道："等你看到报账就会知道了，这两个月数字很好看，老板的店确实是做起来了。”

“哎，想跟我算这么清楚啊？”

白柳当然听得出他话里的憋屈，好笑道：“既然这样，我再跟你讨点好处也是可以的吧？毕竟为了安抚你那些仇家，我还是费了不少工夫的。”

韩沙冷冷道：“你之前不说，就是早憋着要讨这个好处吧？”

白柳满脸无辜地耸耸肩道：“其实要不是你被人打了我都想不起来这件事，谁叫我脑子里事情太多……不过，现在既然我都想起来了就问问你吧，当年你傍的那个富婆，你怎么会放人家跑了呢？按道理那段时间因为你女儿的病，你应该很缺钱吧。”

韩沙这时终于有点后悔来捏脚了。

他沉默了一会儿，咬了咬牙道：“作为交换，你能告诉我老板到底打算做什么吗？”

“当然，成交。”

白柳回了他一个十分瘆人的微笑。

韩沙狠狠闭了一下眼，头疼道：“当年那个人……她和她丈夫没有感情问题，只是因为丈夫为了供孩子读书出国工作常年见不到，所以她才出来找人。她身上有太多隐患，即使离婚，我也不能相信她是一个会对家庭负责的人。”

“哦。”白柳若有所思，“可是我怎么听说，最后事情败露，女方把所有责任都推到你身上，你也就这么认了，没说是你被骗，导致对方丈夫至今记恨你。”

“你……”

白柳这么一说，韩沙立刻瞪着她，恶狠狠道：“你都了解到这一步了，还来问我？”

白柳笑起来说：“承认自己是个有情有义的好人也不是什么丢人的事情吧韩老三？没人可以一直像野兽一样活着，你得感谢自己当时做的决定，毕竟如果没有这件事，我也不会选择相信你，让你做这个商业顾问。”

“相信我？”

“毕竟我不会真的找一匹除了钱什么都不认的狼，待在我弟弟身边……他和妈妈太像了，我不希望他走上我妈妈的老路。”

白柳将湿淋淋的脚从盆里抬出来，淡淡道：“还是希望你偶尔对自己和别人都诚实一点，不要疑心病这么重，要知道，我如果想搞你或者你女儿，我弟弟第一个就不会同意。”

今天的捏脚服务马上就要结束，然而，他非但什么都没问出来，还被这个女人摆了一道。

韩沙心里涌上一阵无名火，觉得他在未来很长一段时间里都不想再见到白柳了。

“你还没回答我。”最后，韩沙硬邦邦道，“老板到底在忙什么？”

“你不都猜到了吗？帮你女儿准备生日啊。”

白柳穿上她的高跟鞋，微笑里还有种让韩沙很不爽的、大获全胜的喜悦。

“我刚刚就说了，疑心病不要太重，你也是个人——我的意思是，下次进来不要再东张西望了，如果我要装摄像头，它绝不会在你能看得到的地方。”

本来，韩沙对女儿的生日规划很简单。

趁着女儿用上新药身体好转，他准备带韩婉去医院附近的公园晒太阳，在阳光下吃一个蛋糕……就这么简单。

对普通的孩子而言，这或许只是两件微不足道的小事，然而，因为久病身体羸弱的韩婉，已经有整整一年没有尽情晒过太阳。很多时候，全靠韩沙自制的“太阳反射镜”，才能让一点点的光照进病房。

按道理，计划本该是这样的。

坐上雷虹车后座的时候韩沙脑袋里一片空白，最后一个锁门的宋楠师手里还提着他为女儿定做的蛋糕，明明十几个小时之后它就应该出现在韩婉的手里，但是——

“老板，现在小婉情况怎么样？你怎么会在医院里？”

宋楠师一头钻进车子，紧跟着雷虹一脚油门就将他们带上了高架，疾驰向医院的方向。

韩沙攥了一把汗津津的手掌心，听清宋楠师的手机里传来白央焦急的声音：“我这几天一直在……昨天还好好的，结果今天说最近降温小婉有点着凉，她肺部的情况本来就不好，你们带老韩过来了吗？”

“跟老板说十分钟到，这会儿有点堵。”

雷虹目不斜视地超了一辆车，远远地，韩沙甚至已经能看到中心医院红色的字。

本来在用了新药之后，韩婉的肺部感染情况应该就有很大好转，甚至一周都可以不用排痰。他已经不想再看到女儿腰腹上因为排痰被挤压出的那一大片瘀青了。

韩沙闭了闭眼，忽然觉得手背上一温，宋楠师柔声说道："没事韩哥，老板说只是着凉，让你别太担心……没有生命危险的。"

宋楠师尽她可能说了安慰人的话，但韩沙心里很清楚。虽然只是着凉，对韩婉来说却可能是致命的。

韩沙难以控制地想到最初的那几年，即使他拼了命地挣钱，但拿到手的钱仍然不足以让韩婉足量用药，也因此她的下肢，还有心肺功能都有了不小的损伤。从此以后，她就呼吸机离不开手边，出行也一定要靠轮椅。

想到这些，韩沙的心底一片冰凉。他张了张口，本想说点什么，然而在他的视线触及宋楠师怀中的蛋糕的时候，嘴边的话又咽了下去。

这世界上本来也不会有人真正把他当朋友，因此，他从来也没资格让别人一定要体谅他的担忧。

还不到十分钟，雷虹就将车开进医院的停车场。

上楼的一路，韩沙仿佛身处过去这十年的情景里，在那些韩婉最危险的日子里，他时常盯着医院电梯的数字变化，想象那是女儿的年纪，会从一一直到三十。

医生说如果没法足量用药，小婉可能活不到三十岁，但是，韩沙就非要和命运较劲儿。

他要让女儿好好地走完这一生。

几乎一开门，韩沙就看到了忧心忡忡的老板站在电梯间里，白央先冲上来说："老韩你先别担心，已经做过检查……"

然而此时韩沙已然没有了耐心，他急急两步冲进病房，紧跟着——

"爸爸生日快乐！"

突然飞出的一堆彩带喷了韩沙满脸，他还没反应过来，已经有人从洗手间冲出来抱住他的腿。

他低头望去，坐在轮椅上的韩婉穿戴整齐，还久违地编着精巧的辫子，膝盖上放着一只炸开的小型礼炮，正像只小动物一样欢快地盯着他。

“爸爸，没吓到你吧？”

韩婉对他吐舌头，而韩沙那颗精明的脑袋并没有缺血多久，很快就反应了过来，皱眉道：“白央这两天一直在和你准备这个？”

“先说好，这是小婉的主意，不是我的——我可不敢拿这种事吓你。”

白央这时带着他的另外两名员工从外头进来，顺便往韩沙头上扣了个生日礼帽，强调道：“这也是你女儿要买的。”

“给我过生日？”

韩沙思考着刚刚女儿的话，有些疑惑地望向推着轮椅微笑的母亲，问道：“不是给小婉过生日吗？”

“明天才是我的生日，今天是给你补过生日，让爸爸也有一些属于自己的时间！”

小姑娘脆生生地解释：“爸爸，你都好久没有过过生日了，今年没过，去年也没过，前年也没过……我都想了好久要给你补过生日。”

“所以你就伙同白叔叔骗我？”

韩沙扬起眉，表情看不出是不是在生气，而小姑娘何其懂他的心思，立刻可怜兮兮地抱住他的腿，说道：“爸爸你别生气，我只是希望给你一点惊喜……你也别怪白叔叔，他为了瞒过你，这两天还做了很多假动作。”

“是指当着我的面做那些杯子蛋糕？”韩沙看了一眼白央，“这是白柳给你出的主意吧，浪费店里的食材做假动作？”

白央难得能蒙一回韩沙，“爽”字直接写在了脸上，说：“也不是白做啊，明天你不是要带女儿去公园吗？那是给明天准备的。”

“那我跟你定制的这个蛋糕呢，也是假动作？我花钱让你表演假动作给我看？还有今晚小宋和小雷的表演也都是你的假动作？用来骗我？”韩沙冷笑，眼神仿佛下一秒就要把白央生吞活剥。

不得已之下，白央只能求助似的望向他的队友，好在韩婉十分争气，立刻就拉住韩沙的手，乖巧道：“爸爸，你给我定做的这个蛋糕我打算今天晚上请白叔叔他们吃……因为，要是没有他们，我也给你做不成蛋糕。”

“给我的蛋糕？”韩沙眯起眼道，“他还敢带你出去做蛋糕？”

“不是啦，白叔叔用冷藏箱把奶油带进来，这几天晚上教我裱花来着。”

说着，韩婉让奶奶将她推到冰箱前头，小心翼翼地从只有两层的小冰箱里拿出一只五寸蛋糕。

和店里那些精致的蛋糕不同，韩婉拿出来的蛋糕有些歪，上头用鲜亮的彩色奶油简单画了一个不苟言笑的男人牵着一个小女孩，他们的头顶还有一颗璀璨的太阳。

“给你的，爸爸。”

小姑娘点上蜡烛，将蛋糕递到他面前，仿佛是捧着一颗钻石一样小心翼翼。

“世界上没有第二个人会帮我借阳光了，所以，爸爸就是我的太阳……我希望，爸爸也能开心，不用一直为我做不想做的事情，能有自己的生活，可以交想交的朋友，爱想爱的人，相信别人，也能被别人相信，然后堂堂正正地和我还有奶奶一起生活下去。”

这一段话，韩婉在心里背了好几天，但直到真正说的时候，她才发现其实根本不用背。

这是一个真正发自内心的愿望，那些温暖的火光在她眼底安静地跳跃。

“老板，你要不要纸巾？”

一片静谧里，只能听见宋楠师正在小声地询问身旁的白央。

“想什么呢？”雷虹推了一把韩沙的肩膀，“还想让小姑娘一直举着？赶紧许愿，今天可是生日，是属于你的日子。”

说起来，他已经有多久……没和人一起过生日了？毕竟，在放弃那些属于他自己的“奢望”之后，愿望就不那么重要了……他甚至已经很久没考虑过“韩沙”这个人的事了。

恍惚间，韩沙将蛋糕接了过来，注意到蛋糕上的女孩是站立着的，她在太阳下牵着父亲的手，就像是从未生过病的普通孩子一样。

如果说，这是女儿的心愿——

“心愿的话，她不都替我说了吗？”

像是不愿被人注意到他颤抖的尾音似的，韩沙将声音压得很低，然后他吹灭蜡烛。

“看在小婉的面子上。”

此时此刻，幽暗的病房里，只有女儿的一双眼睛映着走廊上的灯，亮得像是夜里的太阳。

韩沙轻声道：“老板，今天的事，我就暂时不和你计较了。”

番外四

玫瑰裱花

“所以，雷姐，你觉得我该怎么做？”

晚上八点，趁着出门倒垃圾，宋楠师抓紧时间和一会儿就要下班回家的雷虹“讨教”。

看着比自己年轻几岁的女孩满脸忐忑，雷虹好笑道：“说实话，我没觉得老板有这么难追啊，在公安做预审的时候就知道，泪点低的人心理防线也低，随随便便就能攻破——你忘记前两天老板因为帮工的奶奶给他做了一碗红烧肉，就在厨房里哭惨了吗？”

“可是……”

宋楠师脸都憋红了，最后小声挤出一句：“我怎么看都觉得老板对我毫无意思，硬追的话肯定还是得有一些技巧的吧？”

“老板对你毫无意思？”雷虹一愣，“我觉得老板对你挺好啊，他不是手把手教你做蛋糕吗？”

宋楠师嘟囔道：“可是老板对所有人都好，帮何队求婚，又帮韩哥尽心尽力地筹备生日，就连从养老院来的爷爷奶奶，他都会特意给他们做绿豆汤和红豆糕，让他们带回去给其他老人分。这么对比下来，老板其实也只是把我当一个徒弟看。”

“哦？”雷虹扬起眉，“这么说我其实应该也算是老板的徒弟，但老板可不会手把手教我抹面。”

“那是因为雷姐你本来就很会做蛋糕啊。”

宋楠师越说越丧气，肩膀都塌了下来：“之前明明有几次我觉得氛围很好，一次是老板从小面店里追出来安慰我，我本来就要说出口了，结果说错了话……还有一次，我拉老板来我房间，本来也想说的，但后来，他又被我拍的视频吓跑了……”

姑娘说到最后，整张清秀的脸都皱了起来，却把雷虹逗得笑出了声。

她突然觉得有点可惜，当时她和何剑秋的进展实在太快了，快刀斩乱麻，现在想起来，反倒像少了点什么。

雷虹决定要好好帮宋楠师一把。

“如果你觉得老板对所有人都很好，那么你就要创造机会试探一下，看看他是否真的是这样的人。”

雷虹想了想，道：“后天是店休……小宋，我觉得你可以向老板请教一些比抹面更难的东西了。”

于是，事情就变成了这样。

店休日当天，吃完午饭，韩沙去了医院看望女儿，29号的一楼只剩下午后暖暖的阳光晒进屋子。

因为没有客人，店里放着轻柔的音乐，白央穿着一件浅色的薄毛衣，正站在餐桌边上给一个四寸小蛋糕裱花，时不时还会偷吃一大口碗里的东西。

不会有比这更好的时机了。

宋楠师从厨房里出来的时候正好看到这一幕，她紧张地捏了一把出汗的手心，小心翼翼道：“老板，你是在做裱花吗？”

“嗯，韩式裱花，比原本做的那种要复杂不少，但是好看，我觉得可以做成限量款放进下个月的菜单里，先到先得。”

白央转过身，手中的裱花钉上有一朵繁复的白色玫瑰，他笑道：“奥斯汀玫瑰，这种得拿豆沙来做，豆沙加黄油，吃起来有点腻，所以不能做得太大了。”

“第一，尽量自然地向老板请教。”

宋楠师耳边响起雷虹的教导，深吸口气，道：“那老板，这个我能做吗？”

“你想做？”白央有点惊讶地看着她，“这个有点难的，我以前在国外学的时候，一天练下来手都会肿。”

“记得要找一个比较难学的东西，这样，你才有足够的时间去试探。”

师傅领进门，修行在个人！

宋楠师谨记雷老师的话，认真点了点头，强装镇定地走了过去，说：“因为要练很久才能练出来，所以我觉得，早点学总归没有错。”

她自然而然地拿起桌上的第二枚裱花钉，故作轻松道：“老板你先教我一下这个豆沙的配方吧。”

“豆沙两百克，白黄油三十克……黄油是用来改变豆沙的软硬程度的，在裱花的过程中要用湿布盖着，否则很容易干掉。”

或许是因为偷吃了不少碗里的豆沙，白央的心情看起来不错，他用裱花剪小心翼翼地移下自己手上那朵玫瑰，正要重新裱一朵给人做示范，宋楠师却眼疾手快地拉住了他。

“第二，一定要手把手——我是说物理层面上的手把手，让他教你。”

宋楠师的心怦怦直跳。

她紧张万分地吞咽了一口，结巴道：“老……老板，既然难，那光是看应该看不会，你要不，要不就像上次一样，直接握着我的手教我一下？”

她说着，手已经抖了起来，就像是上次抹面——她最终将一个好好的四寸蛋糕抹成了一个“奶油炸弹”。

这么下去，别说是玫瑰了，她能裱个球都困难。

宋楠师心里慌作一团，但是，这毕竟是她这辈子第一次追一个人。用师父的话说，和人相关的事情里，死人的事情最容易办，而老板是个活人，所以，困难当然存在。

既然如此，重点是老板，剩下的就当是在拼尸体好了！拼被大货车碾过的尸体！

姑娘在心底为自己鼓劲儿，同时觉得身后一温，原来就在她思考时，白央已经自然而然地顺应她的要求，从背后虚虚地环抱住了她，将裱花袋递到了她手里。

“老板……”

宋楠师在一瞬间感觉自己的脑袋像个豆沙包，已经被豆沙填满了。

“注意看，韩式裱花对精度的要求更高，而且豆沙只要一干就很难挤，所以速度要快。”

白央抓住她的手，轻轻握住她的拳头捏紧裱花袋，同时旋转裱花钉，让那些不成形的豆沙都变成一片片精巧的花瓣。

“你觉得怎么样？”白央专注地盯着玫瑰，轻轻问道，“这种裱花比奶油裱花难吗？”

“我……”

老板压在她手背上的温度堪比冬天停尸间里的小小热风扇，宋楠师感觉自己的大脑已经停止运行了，她分崩离析的大脑里很快只剩下雷虹教她的最后一步。

“最后，在适当的时候向他抛出一点浪漫的话题，试探一下他的反应。”

浪漫。

关于这个深奥的议题，宋楠师其实已经想了好几天。

在记忆里，从小到大她觉得最浪漫的事，就是在她外婆去世的当晚，外公握着外婆的手也一起走了，被发现时两个人的脸上还都带着笑。

从此，死亡对宋楠师就不再可怕，变成了一种很“浪漫”的象征。

世界上还有什么会比共同赴死更浪漫的事吗？

想到这她深吸口气，就着在老板“怀里”的姿势轻声道：“老板，其实我觉得玫瑰花还是红色的好看，之后如果我要做，我就做大红色的玫瑰花。”

白央一愣，道：“嗯？你喜欢红色的裱花啊……看你平时穿得很素，我还以为你喜欢白色呢。”

“不是的，我习惯穿黑白的衣服，是因为以前在殡仪馆上班，他们这么要求……但其实，我一直很想穿红色的衣服去上班，但是领导不允许，说苦主看到我这么穿会投诉。”宋楠师脸上微微发烫，“可是我一直都觉得，生死才是天底下最浪漫的事情，所以，在这种时候才更应该要漂漂亮亮……小时候我外公外婆在同一天去世，明明他们走时很高兴，但所有人都在哭，还给他们用了很难看的黑白遗照和白色菊花，我觉得不对，所以……”

“所以？”

白央握着她的手微微一颤。

宋楠师紧张地抿紧了嘴唇，小声道：“所以，下葬之前的那天晚上，我就用水彩笔把菊花花瓣涂成了玫瑰花的大红色，然后，又把遗照给涂成了彩色的。”

“所以，是我又说错话了吗？我本来打算说完外公外婆，就试探一下老板对恋爱的态度的。”

两天后的晚上八点，在宋楠师委屈巴巴地诉苦时，垃圾桶边开会的人又多了一个。

韩沙饶有兴趣道：“所以小雷你叫我出来就是为了让我给小宋出主意？我可没觉得老板那个榆木脑袋在这方面还有得治。”

雷虹无奈道："老板是不是榆木脑袋你还没数吗？我看何剑秋跟我复婚，他代入感比我还强，也就是做这行服务意识太强，总想着满足别人，结果事情放在自己身上就迟钝得不得了。"

"那我现在该怎么办？"

一想到那天，宋楠师整个人都蔫了，忐忑道："我觉得老板肯定不喜欢我说的那种'浪漫形式'，我说完他都不说话了！雷姐，我会不会再也没机会跟老板单独做蛋糕了？"

"你放心好了，老板那种人，女鬼整个容他都能供起来，小宋你先不要瞎想。"

眼看小姑娘越想越严重，韩沙好笑地打断她的胡思乱想，他想了想，很快笑了起来："我倒是觉得，现在你可以给老板下点更猛的药。"

他若有所思道："比如说，让他对你'了解'再多一点。"

"所以，小宋，你父母现在对你在我这里工作到底是什么态度？"

几天后的店休日中午，直到站在宋楠师家楼下，白央才后知后觉感到一丝紧张。

他沉痛道："他们不会现在还认为是我把你拐上不归路的吧？"

"不会的……老板你别多想。"

虽然是回自己家，但宋楠师的紧张程度远超她的老板，甚至一路上她都忍不住悄悄打量白央……还好，对于陪她回家，老板好像并没有想太多。

"如果是这份工作让你害怕回家，那之后如果你想，店休我都可以陪你回去，至少让你父母知道我是个正经老板……直到他们愿意来店里那一天。"

想到一天前白央对她说的话，宋楠师脸上不由得一阵发烧，小声道："我也不知道为什么，他们最近好像没那么不同意了，大概是因为店做大了，而且……"

"带老板回一趟家有很多好处，首先你可以向他示弱，告诉他你为了他和家里闹翻了……老板心软，最吃这套，卖惨就对了。"

韩沙的谆谆教导犹在耳畔。

"小宋，你父母很急着要给你找对象吧？老板虽说人傻眼瞎又是朵娇花，但外在条件可是没话说，除了有个有点难搞的姐姐，是个标准的金龟婿，有些事如果你不好意思和老板挑明，父母说不定可以代劳呢。”

一下子，宋楠师的脸更红了。

“而且？”白央迟迟等不来下一句不由得奇怪。

“没，没什么，我们上去吧。”

两人上了五楼，按门铃的时候，宋楠师默默在心底背诵她准备了一晚上的稿子。

爸，妈，这位就是我老板白央，你们之前总是担心我的工作，所以这次老板就特意跟我过来了，也好跟你们介绍一下“黄粱一梦”。

嗯……没有唐突，也不奇怪，难度不大，就跟给被烧得炭化的遗体做缝合差不多！

宋楠师深吸一口气，在门打开的一瞬间，她一鼓作气地开口道：“爸，妈，这位就是死者……”

糟了！

宋楠师心里咯噔一下。

“白老板要来，你怎么不跟我们说一声？”

宋母一脸恨铁不成钢地说：“你个死丫头，不早跟我们说，饭都没烧够！”

宋母二话不说，喊来了宋楠师的父亲，老夫妻把两人按在沙发上，又是找拖鞋又是倒茶，五分钟不到，甚至连果盘都切好了。

可想而知，这么一通猛如虎的操作之后，别说是白央，连宋楠师都忍不住呆呆地看向自己的亲妈，疑惑道：“妈，你们……你们不是第一次见吗？”

“要不是白老板一直私下联系我们，你这丫头在外头过得好不好我们都不知道！”

宋母咬牙切齿地瞪她一眼，道：“突然一声不吭辞职从家里搬出去，也不知道我和你爸有多担心，每次回家来都一言不发，要不是人家白老板经常告诉我们你在店里的事，我和你爸晚上都睡不着觉！”

白央心里一时无语。

难怪后来宋楠师父母的态度好了，在这方面，白央觉得自己确实永远比不过自己的姐姐。

猜到前因后果的白央叹了口气，末了苦笑着应了一句：“小宋是我的第一个徒弟，按道理说，我早该登门拜访了。”

于是，接下来自然而然地发生了一系列和宋楠师想象中完全不同的事情。

也不知白柳之前究竟和老两口说了什么，等上了饭桌，宋楠师恍惚觉得自己才像个外人。

在她爸妈混合夹菜的攻势下，老板的碗里很快就被堆满。这还没完——

吃完饭，她亲妈竟还拿出家里的祖传相册，开始跟她上司唠叨她从小到大的成长轨迹。

“妈！你跟老板说这些做什么！”

宋楠师手忙脚乱地阻止，但显然来不及了，白央已经将一张她小时候的照片捏在手里，扑哧笑出了声：“小宋，你小时候不是还挺喜欢化妆的嘛。”

宋楠师羞耻万分地扑过去，发现那是她上小学时的照片，那时她用口红给自己画了个大红脸，整张脸色彩分明得仿佛一个鲜艳的调色盘。

“她从小就喜欢涂涂画画的，还净喜欢画一些很艳的颜色，红的黄的，我们也没想到她现在还能在蛋糕上做这些。”

亲妈毫不犹豫地开始揭她的老底，半晌又叹了口气，道：“因为白老板你之前给我们发的那些消息，我和她爸也想开了，一个女孩子，相比于在殡仪馆的那种工作，那肯定还是在蛋糕店工作好，也多亏了白老板你肯收留她。”

“我……”

宋楠师张了张口，下意识想反驳。

此时此刻她已经想起来，为什么她要在脸上画口红了。

自从八岁那年看过棺材里惨白的外公外婆，她就一直希望让那些失去血色的皮肤变回他们原来的样子，而这是她后来想要从事殡葬行业的初衷。

毕竟，把死变成生……是很浪漫的事。

而从小到大她因为这份浪漫遭受过很多白眼，宋楠师如今已经习惯，不再去透露她古怪的“追求”了。

宋楠师忽然有点委屈，但现在她只想赶紧岔开话题聊点别的，但是就在这时，她身边却响起了一个声音。

“叔叔阿姨，实际上，我觉得你们也没必要觉得小宋的职业不好，因为做蛋糕和给遗体美容，从某种层面上是一回事。”

看着瞬间呆若木鸡的三人，白央柔声解释道：“我母亲给我做的第一个蛋糕是为了哄我，让我不要再哭，如果从这个角度说，让一个死去的人体面地告别这个世界，或许他们的亲人可以少流一些眼泪吧。”

老板……在为她说话吗？

宋楠师怔怔地看着坐在她身边的人，却见对方忽然微笑着对她挤挤眼，在一瞬间，她的脑袋就像被打蛋器高速搅过了一样，从里到外，阵阵发晕。

白央继续说：“无论是做蛋糕师还是做入殓师，都是非常浪漫的职业。叔叔阿姨，正是因为小宋过去的经历，我相信她以后会成为一个非常专业的蛋糕师，在这件事上，请你们一定要相信她，也一定要相信我——”

说到最后，白央似乎是在斟酌用词，而就是这个要命的停顿，让宋楠师的心率已经飙上了打蛋器最高档的速度。

老板会说什么？

会好好教她？会见证她的成长？

无论是什么，这都是一个只属于她的承诺！还是说给她爸妈听的！

回去一定要请韩哥和雷姐吃饭！

人生第一次坠入爱河的前入殓师兴奋万分地抠紧了膝盖上的牛仔裤，紧跟着在一阵如雷的心跳里，她听见老板深吸了一口气，仿佛下了什么决心。

“也请你们相信我。”

“黄粱一梦”的老板在斟酌了快半分钟后诚恳开口。

“在工资待遇上，我也绝对不会让她吃一点亏的。”

“所以，你们特意浪费一天店休找我来，就为了问我怎么才能搞定我弟弟？”

晚上七点，白柳看着火锅桌对面垂头丧气的小姑娘，即使对方不说，她也能猜到白天发生了什么。

她无奈地给人倒了一杯酒，说：“央子和我说他今天跟你回家了……不管怎么样，因为我之前辛苦做的那些工作，至少你父母对他的印象还不赖吧？”

“你的工作做错了对象。”韩沙冷冷道，“真正需要你做工作的是老板的榆木脑袋……要拿电钻开开窍，这样才不至于在别人父母殷勤介绍女儿的时候谈工资待遇。”

“我哪能想到这小子创业创得连恋爱都不会谈了。”

白柳满脸头疼地将自己杯子里的啤酒干了，说道：“明明大学的时候女朋友换个没完，结果工作之后夜生活就突然变成打发奶油和偷吃巧克力了……我还纳闷呢。”

“等等……老板以前谈过很多女朋友？”

这下不光宋楠师一脸受伤地抬起头，连雷虹都有些吃惊：“他看上去可不像是这么吃得开的人。”

白柳叹了口气，安抚似的给宋楠师碗里夹了一些鸭血，说：“你别多想啊小宋，央子不是这样的人，只是他的性格你们也看到了，现在已经算硬气了，上学那会儿没经受过什么社会的毒打，怕女孩子伤心，根本不知道怎么拒绝别人。那五、六个女朋友都是人家倒追的他，后来她们又觉得他满脑袋都是甜食蛋糕，没什么男子气概，把他甩了……为了这个他可没少大半夜跟我哭鼻子然后暴饮暴食奶油蛋糕。”

宋楠师一时有些无语。

“想到这是老板的桃花就不觉得奇怪了。”

韩沙翻了个白眼，秉持着白柳的钱不花就是亏的原则又往锅里下了一些丸子，说：“这么看来，还是小宋的药下得不够猛，对付老板靠迂回不行……不如直接灌顿酒。”

“不管是男是女，酒后违背对方主观意愿的强迫行为都是违法的。”雷虹抱着胳膊淡淡道，“再说了，小宋现在的主要问题其实还是她不知道老板怎么看待她……在无法验证这一点之前，做什么都为时过早。”

一下子，桌上安静了下来，只能听见牛油锅在咕嘟冒泡。

虽然拖后腿的那个人今天不在，但是显然，他在这里的存在感没有被削弱半分。

半晌，白柳无奈道：“小宋，你怎么想？虽然我是他亲姐，但我也没办法给他搞包办婚姻，只能给你出出主意。好消息是我弟弟不是木头，但坏消息是他没追过人，所以这不是开窍就能解决的问题。如果你想追他，最好找一个你擅长的领域，然后想象他是那个需要你攻略的美少女，等气氛到了，直接告诉他就好。”

她说完，三双眼睛齐刷刷地落在了宋楠师身上。

沉默了一晚，要不是宋楠师的脸色太过沉痛，几乎会让人忘了她才是这场饭局的女主角。

他们等了一会儿，直到丸子都漂了起来，宋楠师才终于缓缓抬起头。

“白姐。”宋楠师表情决然地说，“能不能……叫他们给我上两瓶白酒……一瓶我怕不够。”

两个小时后，当白央从超市回来，29 号的灯还是熄着的。

“不至于吧，连小宋都没回来……今晚备货怎么办？”

白央艰难地掏着钥匙，结果还没等他腾出手，忽然间，隔着一层玻璃门，29 号黑暗的一楼大厅里传来一声椅子倒地的脆响，吓得白央直接扔掉手里的奶茶。

还来？

鉴于 29 号之前发生过命案，白央的心理阴影想不发作都难。

他颤颤巍巍地想要给宋楠师打电话，结果这时白央眼角的余光一瞥，29 号黑暗的室内却慢慢浮出了一张惨白的脸……

“老板？”

一阵悠扬的音乐伴随着姑娘迷糊的声音一起响起。

“小宋？”

白央认出那是宋楠师的手机铃声，声音颤抖地猛呼出一口屏住的气，说道：“小宋……你回来怎么连个灯都不开？咱也没必要这么省吧？”

“是，是老板吗？还是，新来的遗体？”

宋楠师推了三遍门才推开，然后她打了个酒嗝，摇摇晃晃地走了过来——以白央以往对付白柳的经验，他觉得她至少喝了一斤。

“小宋，你不是留在家里吃饭了吗？叔叔阿姨家风这么豪迈，让你喝这么多酒？”

回想起白天见过的老夫妻明显都不是喝酒的人，白央正觉得纳闷，宋楠师忽然用双手捧住他的下巴，眼神迷茫地在他脸上扫了一遍，醉醺醺道：“还行……没什么尸斑，应该不用遮太多就能变得很好看。”

“小宋，就是说咱下回能不能想点好的……”

白央叹了口气，他以前听白柳说过，真正酒量大的人会越喝脸越苍白，而宋楠师现在看上去简直可以说是面无血色——她可能不止喝了一斤。

“嗯……你长得好像老板，鼻子、眼睛、骨头都好像。”

宋楠师还不肯放开他，手甚至开始顺着他的脖子往下摸，醉醺醺地傻笑道：“老板……活得好好的摸不到，就摸摸你好了，放心，不会白占你便宜，之后我一定给你画得好看一点。”

宋楠师醉酒后的效率和平时一样高，下一秒，白央就觉得锁骨一冰，他打了个激灵的同时迅速抓住宋楠师的手，说：“小宋你喝多了，我带你回去吧？”

说着，白央拉上人就往室内走，而他一动，宋楠师脸色当即变得更加迷茫，疑惑道：“你……你怎么还会动啊，是化冻了吗？”

相比于白柳，醉酒的宋楠师攻击性不强，但黏人程度显然不一般。

白央拖着她勉强把她送进门口，正想回去拿菜，结果姑娘就像八爪鱼一样缠住了他的胳膊。

“你会动……不会是活的老板吧？”

屋里没有开灯，宋楠师生得漂亮的眼睛映着29号外的路灯，闪烁着一层迷蒙的碎光。

她又打了个酒嗝，猛地凑到了白央面前说：“老板，你是活人的话，就……让我试试你的鼻息。”

虽然是个请求，但是宋楠师却一秒没等，白央甚至连个不字都没说出来，冰凉的手指就已经直直戳到了他的人中。

“小宋……你不是在家里喝了这么多酒吧？你爸妈真的不会觉得你在我这学坏了吗？”

眼看打不过，白央只能选择忧心忡忡地躺平，他任由姑娘摸了一会儿，最终，对方细白的手指停在了他的嘴唇上。

宋楠师轻柔地抚摸过他的唇角，嘿嘿地笑起来：“真的是老板……这个嘴巴笑起来好看。老板，要是我给你化妆，我就给你化个微笑唇，让它写进我的DNA里。”

“小宋，不要什么奇怪的东西都往DNA里放。”

“对了，老板你等等……我还有东西给你。”

似乎是确定了眼前这具“活尸”的身份，宋楠师忽然晃晃悠悠地松开了白央，她走进黑暗的厨房，然后拿出了什么。

那是一朵在裱花钉上裱得歪歪扭扭的豆沙红玫瑰，长得十分狂野，看得出来，在裱花时，裱花师已经醉得智商清零了。

“老板，给你。”

宋楠师不由分说地将玫瑰往白央手里塞——哪怕她已经醉得分不出南北，但隐隐约约，宋楠师脑袋里那个浪漫的念头还在。

“老板，我……我就是，就是有件事想问问你。”

送完了花，宋楠师抬起头看着来人，她依稀记得白柳说的……得找一个她擅长的领域，把老板当成那个需要追的姑娘。

擅长、浪漫、气氛好、适合追人。

这样的排列组合只剩下一种结果。

“小宋，你想说什么？”

不知是不是酒精的作用，黑暗里白央的声音似乎变得柔和了起来，而这像是给宋楠师的脑子蒙了一层柔软的纱，她好不容易才捋直的舌头再次变得软绵绵。

“美……美女。”

宋楠师深吸一口气，啪地一巴掌按在了桌上，将白央逼进了一个小角落里。

“你陪我……陪我去给外公外婆扫个墓吧！”

第二天一早，可以说从睁开眼的一瞬间，宋楠师就开始后悔了。

虽然昨晚喝了一瓶半的白酒，但以宋楠师的酒量还不至于断片，所以，她依稀记得发生的事，包括应老板要求赶来照顾她的雷虹帮她换了衣服，坐在床边笑着问她：“所以，借酒壮胆之后，心里的话都说出口了吗？”

当时，宋楠师还没能回答这个问题就傻笑着睡死了过去，而现在她垂死病中惊坐起地弹坐了起来，后悔得恨不得当场再喝一瓶半。

虽然，自从她跟老板提起外公外婆，这个事就一直在她心里。

虽然，扫墓也很重要，也真的很浪漫。

但是也要看看场合好不好！人家喝了酒都是来报恩的，为什么偏偏她喝了就一点都不懂事？

宋楠师越想越绝望，抱着脑袋呜呜了一阵，最后下意识看了一眼手机——十一点。

“黄粱一梦”已经营业整整半个小时了！

她非但喝酒说错话，还宿醉误了上班的时间！

宋楠师欲哭无泪，飞快地换了衣服下楼，却发现一楼只有韩沙和雷虹两个人在。两个可靠的成年人显然并没有因为临时缺人手而变得手忙脚乱，看见她也只是笑眯眯道：“小宋，起床啦？宿醉不头疼吧？”

“雷姐！对不起，我睡过头了！太久没喝这么多酒了！”

宋楠师自打工作以来就没迟过到，手忙脚乱地想要穿围裙，雷虹却一把拉住她说：“别穿了，今天不用穿，有别的事要做。”

宋楠师简直如遭雷劈，问道：“雷，雷姐……我不会要被开除了吧？”

“瞎想什么呢，老板说今天他有事，要把店交给我们。”

雷虹看她满脸悲愤的样子，忍不住笑出声，替她理了理睡乱的头发，小声道：“看起来昨晚一切顺利，趁着老板去花店买花，还不赶紧收拾收拾换件衣服，一会儿可是要跟老板出去的。”

“出……出去？”

宋楠师震惊地看着雷虹，她后知后觉地拿出手机，点开了没来得及看的信息。

就在两个小时前，白央给她发了消息。

我问了老韩，他说按照老黄历，今天是个适合扫墓的好日子……事不宜迟，我们就今天去吧，等你睡醒了就走。

宋楠师一时无语。

恰逢韩沙进厨房来端盘子，雷虹笑着问道：“所以老韩，今天真的是个黄道吉日？”

“嗯，黄历上写着诸事不宜。”

韩沙漫不经心地看了一眼窗外阴沉的天，说：“顺便我还看了天气预报，说要下大雨……小宋，我已经把店里的伞都暂时没收了，你一会儿和老板用一把。”

就这样，一脸蒙的宋楠师被推回了楼上，换了条裙子等了一会儿，最终在雨下下来的时候，楼下传来了白央的声音。

老板是带着东西回来的。

直到坐上白柳司机开来接送的车，宋楠师的脑袋依旧是晕晕乎乎的，她想要控制住自己不去看，但是玫瑰的香气近在咫尺，宋楠师只要一转头，鼻子尖就能碰到老板手里巨大的玫瑰花束。

所以，为什么老板会买花啊？

宋楠师满脸通红地看向窗外，即使是透过反光镜，她都很难克制自己不去看那一大束艳红的玫瑰，想象这束鲜花的用处。

为什么经过昨晚之后老板会突然买花？

她……不会忘了自己要流氓的重要情节了吧？

车子开得四平八稳，然而宋楠师的心跳快得简直要飞出来，她满脑子胡思乱想，但偏偏白央从头到尾没有给她任何线索。

一路上，白央只是平静地抱着花，仿佛这花是他捡来的一般，让毫无实操经验的宋楠师大脑一直短路。

难道，老板真的把去扫墓当作约会邀请了吗？

宋楠师实在没有头绪，而这不影响手机小群里的三位知情人帮她出谋划策，很快，顺应白央的要求，白柳的车停在了墓园的门口。

白柳：我让司机停远了一点，你和央子慢慢走进去……看看这小子葫芦里卖的什么药。

白柳发来消息时雨下大了，宋楠师和玫瑰花一起挤在白央的伞底下，慢慢地往山上走去。

这样的天气注定了来扫墓的人不会太多，走到一半，白央忍不住嘟囔：“老黄历和天气预报完全不统一啊，老韩不会是蒙我的吧，哪有黄道吉日下这么大雨的。小宋，你冷不冷？”

“我……”

宋楠师心想岂止不冷，一路思考的她脑袋都要冒火了。她犹豫了一下的工夫，白央已经把伞往她这里倾斜了不少，道：“昨晚喝这么多酒，小心吹感冒了，之后我还指望你帮我一起备货呢。”

“好……”

宋楠师这时已经完全听不进对方在说什么，她紧张地盯着白央怀里的玫瑰。一路走来，不少雨珠打在花瓣上，让这束价格不菲的红玫瑰看起来更加娇艳欲滴，愈发和墓园的整个场景都格格不入。

想到之前守陵人仿佛见了鬼的眼神，宋楠师心里不由得更加忐忑起来。

总不能是，她把老板给教坏了，爱好也跟着诡异了起来，非要来墓园送她花？

怀揣着满肚子的问题，宋楠师慢吞吞地带着白央走到了一处合葬墓的面前。

下雨天，诸事不宜。她带着暗恋对象，暗恋对象带着玫瑰，然后，他们居然真的来扫墓了。

或许是事情的走向太过离奇，宋楠师的大脑一片空白，半晌才听见身旁的白央嘟囔道：“日期是同一天，他们真的是一天走的。”

宋楠师轻轻嗯了一声，关于这件事，经过今早的深刻反思，她已经想明白了。

在她的脑子里，向老板告白和带着老板来见外公外婆，其实还真的是两件差不多的事情——毕竟，世界上每个人对浪漫的定义本就不同。

如果雷姐的浪漫是饺子，韩哥的浪漫是女儿，老板的浪漫是蛋糕。那么宋楠师想，她的浪漫是死亡——听起来有点奇怪，但这确确实实就是她的答案。

能理解这份浪漫的人寥寥无几，然而，宋楠师却莫名觉得，那个说“绝对不会看低她喜好”的老板或许可以懂。

恍惚间，宋楠师好像忽然想明白了什么，她有些震惊地看向白央，却见他小心翼翼地将玫瑰放在了合葬的墓碑前，轻声笑道：“如果有机会请你们吃一块小宋亲手做的蛋糕就好了，她现在手艺可好了……我以后肯定能把她教成非常厉害的蛋糕师。”

这是送给亡者的红玫瑰。

察觉到身旁人震惊的视线，白央无奈道：“你不是本来想要做玫瑰裱花来看他们吗？看你昨天练了一晚上……我早上想帮你做的，只可惜要下雨了，我怕带过来的一路上不方便，就干脆直接买了真花，你外公外婆应该也会喜欢。”

“可是，老板，你为什么……”

“做蛋糕的人对浪漫总得有点包容心，拜托，我们可是服务行业。”

白央叹了口气，小声道：“就是下次再有这种要求能不能别再喝酒壮胆了，按道理我平时在你们心里也没有这么不讲情面吧……昨天我把雷哥叫回来，她的表情跟要杀了我一样。”

原来，花不是给她的。

得到最终答案，宋楠师轻轻吸了口气，却很快发现她的内心并无太多失落。

毕竟，除了她，世界上多了一个会在坟墓前放红玫瑰的人——从此之后，她奇怪的浪漫主义大概终于不再奇怪。

“老板，谢谢你……下次我也会给你送红玫瑰的。”

在大雨里，宋楠师听见自己做梦一样的声音，而白央的脸色瞬间就变了，连忙道：“等等，小宋，这倒也不必——”

宋楠师觉得，她应该很快就可以说出口了。

番外五

薄荷糖

随着那只一口未动的四海澳龙转到了面前，白央觉得，自己已经很久没吃过这么痛苦的饭了。

身为半个厨子，白央只要看一眼就知道这龙虾的价格不便宜，而他甚至到现在还没吃午饭，整个胃里就只有早上喝的那一点手工油茶，现在根本不敢看那只龙虾第二眼，生怕自己的肚子不争气，下一秒就会叫起来。

救命，这哪是吃饭，根本是受刑！

白央用眼角的余光瞄了瞄身旁的韩沙和白柳，就像察觉不到包间里难堪的气氛似的，两人一个正在补妆，一个正在慢悠悠吹着杯子里的茶叶……在对面四个人直勾勾的视线当中，这两个人竟连拿筷子的意思都没有。

这么看来，他确实不是做生意的料。

白央心想，虽然知道是鸿门宴，但是他现在真的好想吃饭……求求了，不吃饭就放他走好吗？最近他为了分店的事情搞得一个头两个大，已经好几天连蛋糕都没吃过了！

终于，在龙虾又一次转过来的时候，对面观音里地产公关部的郭经理微笑着开口道："白先生，如果暂时没有胃口吃饭呢，我们要不先来聊聊？"

来了！

白央心里一紧，心想韩沙和白柳都来了，结果对方开口指明就要和他聊，倒是挺会挑软柿子捏。

他下意识看向白柳，结果女人手上啪一下合了镜子，语气随意道："聊啊，都说了是找你的。"

没办法，为了尽快回去吃上口甜的，白央心一横，道："要聊什么？如果是想叫我换菜单，我之前已经说了，我店里的公益菜单是经过公证的，全部收入我一分不要。一部分用来帮助之前的受害者家属，另一部分用来帮扶曾经住在29号的林秀芬女士……这是你们留下的烂摊子，现在我在帮你们收拾，你们还想怎么样？"

白央的语气少见的非常强硬，而这也不能怪他。

毕竟，在今天之前，观音里地产已经骚扰了他两个月之久。

自从胡伟一审被判死刑并且没有选择上诉之后，现在坐在对面的这位郭经理就已经前后找了他几十次了。

而从头到尾，对方只有一个诉求，那就是既然这起案件如今已经尘埃落定，希望之后白央在开店的时候不要再“翻旧账”，以免掀起更多不必要的舆论风波，再次伤害受害者家属。

要不怎么说资本家的套路就是多。

可以说这样的话术一出，即使是生意场上的“傻白甜”白央也能听出来——与其说是同情受害者家属，不如说是观音里地产要故技重施，像当时公关胡家人一样地公关他。

而这一次，白央自然没打算轻易让他们如愿。

他没给郭经理开口的机会，直接说道：“我已经讲得很清楚了，我既然买了29号的房子，我就要对它负责到底。我做的公益套餐既有全套的手续，也有全部受害者家属的同意，请问在这种情况下，你们要以什么立场让我换菜单？29号这些悲剧里唯一没有被问罪的帮凶是谁，难道还要我摆在台面上和你们说明吗？”

说到最后，白央只觉得韩沙在桌子下轻捏了一下他的胳膊，这才后知后觉自己的声音已经扬了起来。

他咬了咬牙，为了压住火气，将桌上杯子里的东西一饮而尽——虽然进了口他就发现是酒，但碍于面子，白央还是将它咽了下去。

很显然，为了找他“谈谈”，观音里地产花了大价钱定了这一桌酒席，而这一大口价格不菲的白酒下肚，白央脑门上立刻开始冒汗，紧跟着思维也飘了出去，再次不受控地回到不久前那个阴沉的下午。

那是胡伟被判死刑之后，他申请到的第一次探监。

车子在渝江市看守所门口停下后，早早等在门口的何剑秋帮着白央将后座上的林秀芬搀扶上了轮椅。

“她的情况特殊，已经没有其他亲属可以陪同了，所以我帮你申请了陪同名额，一会儿你可以陪她进到探监室。”又是一段日子没见，何剑秋也不知道最近在忙什么案子，看上去瘦了一圈，头疼道，“我没法陪完全程，最近江边上有个晚上抢包的，还捅伤了一个初中生，我得赶紧解决了。”

时间有限，他们也没有过多寒暄，直接就通过了重重门槛进入了探监室。从始至终，林秀芬都只是安静地坐在轮椅上——经过一段时间的药物治疗，她的身体情况有所好转，但阿尔茨海默症的情况却在持续发展。

如今，林秀芬的记忆时好时坏，来之前白央也只能希望胡伟有些运气，在行刑前为数不多的几次探望机会当中，让神志不清的母亲认出自己。

他推着轮椅在玻璃外等待了一会儿，终于，戴着沉重镣铐的胡伟在两名干警的陪同下出现在玻璃的另一边。

“妈……”

胡伟显然没想到林秀芬能恢复到这样的状态，还没坐下眼睛就红了，一眨不眨地看着林秀芬的脸，将她上下打量了好几遍之后才终于看向白央。

胡伟哽咽道：“谢谢你白先生，我之前听何队说了，你们把我妈送去了疗养院……以前无论我怎么照顾她，她都没有恢复成现在这样，还长胖了一点。”

在来之前，白央觉得自己应该会有满肚子话要对胡伟说，然而真正见了面，他却一个字都说不出来。

在 29 号的悲剧里总有人要付出代价，胡伟杀了人，这是他选的路，但是……他报复了那么多年的“巨人”呢?

“巨人”的代价又在哪呢?

再一次，白央忍不住想起妈妈。在“黄粱一梦”的生意逐渐好转之后，他不止一次地问过白柳，是否可以告诉别人“黄粱一梦”这个名字其实是以母亲的姓氏来命名的。

原本在开店之初，他以为这是自己的最后一家店，所以无论如何，他都要在店名里加上母亲的名字……让所有人知道，这其实是一间属于母亲的店。

然而“黄粱一梦”开业一年多了，他还是没有对外说过这件事。

原因无他，是白柳和他说的：“还不到时候……还不到让所有人知道妈妈故事的时候。”

于是，妈妈的故事就像这些年的林秀芬一样被“隐形”了。

在自己憋不住哭鼻子之前，白央赶紧收起了胡思乱想，俯下身子轻轻扶住林秀芬的肩膀，柔声道："林女士？你看到了吗，坐在你对面的人是谁啊？"

他摇了两次，林秀芬迷茫的目光才慢慢落在了胡伟的脸上，而沉默许久，女人只是疑惑地歪着头，用损坏的声带不成调地说道："你长得……像我儿子……"

胡伟瞬间泣不成声："妈……"

之后白央又试了几次，但林秀芬却只当玻璃对面的是一个很像他儿子的人，始终都没能认出来。

眼看探监的时间快到了，最后两分钟，白央不死心想要再次尝试，但这时胡伟却叫住他。

"白先生，我妈想不起来就算了……这对她来说可能还是件好事，毕竟，我做的这些事情，她不知道也好。"

哭完一场，胡伟的脸上只剩一片平静，就好像在见到林秀芬之后，他最后的愿望已经了却。

最后一分钟，白央简直恨不得将自己的泪腺给捐献了，他憋了半天，到底还是忍不住红着眼睛问道："你还有什么想说的吗？之后这样的机会不一定能申请下来了。"

隔着玻璃，胡伟却只是一直眷恋地望着母亲，就好像要在生命最后，把这张被摧残得不成样子的脸完整地刻进自己的脑袋里一样。

他的声音几乎是和提示时间到的警铃一起响起的。

"白先生，29 号是个很棒的房子。"

最终，在胡伟被干警扶着站起来时，他的视线还温柔地停留在母亲的身上。

"它曾经是我和妈妈的家，而它现在属于你……所以，白先生，能不能至少请你记住我们。"

就像最开始和他推荐这个房子时一样，胡伟在最后对他微笑着流泪，道："记住我们……然后，不要再让任何人把 29 号的故事一笔抹去了，好吗？"

一想到胡伟微笑的脸，白央就觉得光喝一杯酒这阵火压不下去。

他立刻又给自己倒了一杯，冷冷道："林秀芬住在疗养院这么久，到现在她的所有治疗费用都是靠慈善募集，你们现在叫我去掉这个套餐，她的后续治疗怎么办？"

郭经理不愧是身经百战，脸上的微笑丝毫没有因为白央这一通声色俱厉的训斥而改变，见状也举起酒杯，礼貌性地将杯子里的酒一饮而尽。

他笑道："白先生你先别着急，我们当然知道，你保留这个公益套餐是为了为受害者的家属们尽一份力，这件事我也跟我的上级领导请示过了……如果白先生你愿意去掉这个套餐，之后的费用可以由我们观音里地产来出，相比于顾客募捐，我想通过我们，应该能一次性募集到更多善款不是吗？"

寥寥两句，郭经理甚至还不忘贬损一下"黄粱一梦"至今为止做出的努力，而两杯酒下肚的白央只觉得一阵怒火直冲脑子："你什么意思——"

"也就是说，你们打算负担起他们全部的费用了？"

白柳按住她躁动的弟弟，眯起眼说道："然后，如果不出我所料，顺便还要风光地开个媒体发布会，让所有人知道你们大发善心？"

郭经理笑眯眯道："白总，您也是做生意的人，这样的事情对于像观音里地产这样的大集团来说，媒体发布会不是也很正常吗？"

正常个鬼！

要不是白柳抓着他，开始酒精上头的白央简直立刻就要发飙了。

用小指头想想也知道，这帮敲骨吸髓的资本家不但间接害死了这么多人，现在因为胡伟的案子尘埃落定，他们居然还妄想将自己从加害者洗白成慈善家。

闻言，白柳的手同样捏紧了玻璃酒杯，好笑道："通常来说，媒体发布会是为了向公众坦白事情的全貌，但我估计你们连坦诚都做不到。这样的情况下，让我们去掉套餐好让你们来把事情收场，这对你们来说都是好处，但对我们来说，外头可免不了会有人觉得我们不负责任，拿套餐当噱头宣传之后虎头蛇尾。郭经理，这可不是我弟弟一点头就能答应的事情啊。"

韩沙这时冷不丁地插嘴："另外，做这个慈善套餐我们本身就不收一分钱，甚至老板还搭进去了精力和时间……郭经理，恕我孤陋寡闻，献爱心的事，过去我只听说过诚心诚意，可从没听说过有人会拿效益来衡量。"

白柳和韩沙的话效果立竿见影，桌上的气氛剑拔弩张了起来。

连着碰上韩沙和白柳两个硬茬儿，郭经理的脸色终于有一些改变，但还是彬彬有礼道："听起来，白总是有条件要提？"

白柳抱着胳膊靠在椅背上，闻言竟然直接笑出声："郭经理，看来你还是没有搞清楚。"她的语气一冷，"'黄粱一梦'目前是白家的产业，我弟弟和我一样，也是白总，不是什么你天天死缠烂打就可以让他妥协的小本经营个体户。今天我来就是为了告诉你，如果你们再随随便便想要叫我弟弟答应一些本来就不平等的事情，那接下来你们要见的，会是整个白家集团的法务团队。”

终于，话说到这个地步，桌子对面的人都是神色一凛，郭经理更是直起了身子，再次摆出了滴水不漏的微笑。

“那……两位白总，关于改菜单这件事，你们有什么诉求都可以提，具体的我们也可以走合同，确保双方的利益。”

就这样，这顿鸿门宴终于正式进入了第二个阶段。

在桌上的龙虾终于彻底变冷的时候，白央已经喝完了四杯酒，而空着肚子喝酒的杀伤力是巨大的。最后五分钟，他的胃里翻江倒海不说，甚至连桌上其他人说话的声音都听不清楚了。

他眼前不断地出现林秀芬面具后流泪的眼睛，耳边都是胡经理在说话。

他们并肩站在被烧毁的29号前看着他，背后是被烧成焦炭的玫瑰花丛，声音像是要散在风里。

“请你不要忘了我们，白先生。”

白央恶心得厉害，但一想到坐在桌子对面的是什么人，他强撑着没有趴下去，正熬得脑门上冷汗直冒，忽然间，他的手被人抓住了，韩沙的声音像是从远处一下到了面前。

“别喝了老板，谈完了。”

韩沙将他从椅子上拉起来，白央回过神，这才发现桌上一口没动的龙虾已经被装进打包袋。

韩沙一手拎着他，一手拎着巨大的打包盒，淡淡道：“那我们先告辞了。”

他们很快就到了外头。

几乎是刚走出几步，白央就忍不住冲到一边的树下，在垃圾袋里吐得昏天黑地，而韩沙一边给他顺背一边无奈道：“老板你就这点出息，亏你姐还让他们叫你白总，没见过哪个总像你一样不会喝酒的。”

“要是当白总，就得天天和人谈这种事情，我宁可不当。”

白央艰难地缓了缓。

虽然恶心得厉害，但他却意外地感觉脑子很清醒，以至于他还记得刚刚这场鸿门宴上发生的大部分事情。

白央把胃里吐空了，终于能直起身子，他远远地看见，刚刚的郭经理正一边打电话一边和其他几个人上了一辆价格不菲的车，脸上带着一个让他感觉很恶心的微笑。

显然，他们要谈的生意已经“谈成了”。

“这不是让他们得逞了吗？”

白央咬了咬牙道：“就算他们给我们赔偿……就算他们给受害者赔偿，只要去掉菜单，以后来29号的客人就会渐渐淡忘之前这里发生的事情，而这些王八蛋就可以装得像什么都没发生过一样，以后还赚得盆满钵满，把那些过去的受害者完全踩在脚底下。”

光是想到胡伟还在看守所里等死，而林秀芬甚至到现在都想不起来她的儿子，白央就恨得牙痒：“我就算不答应又怎么样，大不了不在这里做生意……”

“你在想什么呢老板，不在这里做生意，等他们把这个宅子夷为平地，再给这里的其他住户下个封口令，以后就更没有人知道29号发生的一切了。”

韩沙上来给他递了一张纸巾，白了他一眼，说：“这个房子就是最大的罪证，就算不宣传，只要你还在这，时不时捅他们一刀不成问题。”

“可是……”

白央还是气不过。

就因为他还要继续在观音里做生意，他就必须和这帮兔崽子“同流合污”，看他们假惺惺地变成慈善家……

这样的事情，和他每次接受采访都不得不被问及白一鸣相关的问题一样，光是想想他就觉得自己会恶心得睡不着觉。

明明这帮人也是凶手……明明，“黄粱一梦”是属于妈妈的，甚至白家辣酱本身都不姓白。

借着酒意，白央恶狠狠咒骂了几句，而这时沉默许久的白柳忽然轻轻咳嗽了一声，韩沙回头看了一眼，皱起了眉头道：“脸色这么差，不要告诉我你也喝多了，我这可没有第二个垃圾袋。”

“你管好他就行了。”

夜风里女人的声音平淡而冷酷，但末尾却像是在忍耐什么一般微微发颤。

白柳深吸口气，道：“央子，做生意不是做蛋糕，不存在这么多童话故事。你有没有想过，以后早晚有一天所有人都会叫你白总，而我不可能一直挡在你前头，到了那个时候，光靠着天真，你可是没办法让更多人吃上妈妈的蛋糕的。”

“那为了钱对什么都能妥协，妈妈就会愿意看到吗？”

也许是酒精作祟，白央的话脱口而出，而他说完就后悔了。

白柳原先就皱起的眉头瞬间拧得更紧，冷冷看着他问：“你觉得我让你妥协是为了钱？”

白柳叉着腰，脸色难看地盯着他，说：“白央，你给我动动脑子，我不反对你搞慈善，但是留着这个套餐对你来说没有任何好处，就算今天这个姓郭的不来，我也早晚会让你找个由头把它撤了。”

“为什么？”这下白央是真的有点恼火，问道，“能捐多少是一回事，但是最重要的难道不是让所有人都记得这个屋子里发生过的事情吗？”

这小兔崽子还是不明白！

白柳咬了咬牙，腰上的手用力得几乎将她熨烫平整的裙子抓出深深的褶子。

“臭小子，你往身上揽的事太多了，你既想让人记住之前被胡伟杀掉的受害者，又想让人记住林秀芬！白央，你有没有意识到他们两者之间是存在利益冲突的？对于受害者家属们来说，林秀芬也是杀人凶手，你一份公益套餐给他们双方都捐钱，你知道你给自己留了多大一个隐患吗？”

“我……”

一阵发凉的夜风吹来，白央脑子里剩下的那点酒意都被吹散了，他忽然反应过来，道：“但就算我不做公益套餐，我还是得为那些老人开店，所以，你是让我放弃受害者家属……”

白柳恶狠狠地盯着他，说：“你放弃他们了吗？这个案子没有你根本查不出来！你知道一开始我拿到这个房源的时候，那个姓胡的一直在推托，要不是你坚持，我不会施压让他一定要见你，后头的这些事情根本不会发生！你做了所有事情里最难的一步，明白吗？和找到真相相比，出钱是再容易不过的事。现在一切水落石出，你告诉我你靠卖套餐的钱能弥补他们多少？还是说你就真想像个孩子一样和观音里置气，让他们不但不用承担任何法律责任，甚至连钱都可以不用多出一分？”

或许是因为生气，白柳的脸色白得像一张纸，她一字一句地说完了接下来的话。

“央子，我没想让你做一个坏人，只是在面对比你强大很多的对手时，你要成熟一点，至少不能留下什么把柄……你之前不是一直问我，为什么我不让你告诉别人‘黄粱一梦’是用妈妈的名字来命名的？我现在告诉你，因为时机没到，我和你的翅膀都不够硬，一旦你当面扯出了妈妈，就会有人去挖我们家的那些破事，这意味着你很可能要彻底在明面上和白一鸣撕破脸，让所有人知道家里那位是个抛妻弃子的畜生。央子，我还没有完全接管白家，白家的声誉关乎着白家的股价，而白家的股价关乎着‘黄粱一梦’的未来，你懂吗？”

一番话说完，白央已经完全愣在了原地，而白柳似是疲惫至极，轻轻叹了口气，将汗湿的掌心覆上弟弟的侧脸。

“这些年有我护着你，你从来没有碰到过这样的事情，但不意味着你以后不会碰到。现在你是‘黄粱一梦’的白老板，这些事，以后你要自己想清楚。”

之后，白柳草草丢给韩沙一句“之后你多上点心”，紧跟着就一言不发地上车离开，只留下白央在夜风里发呆。

“老板，你完了，你姐这样的女人可不好哄。”

这时，看完热闹的韩沙不冷不热地对今晚做了总结，而他低头一看——吵架不过三分钟，白央已经在给白柳编辑道歉信息了。

韩沙无语道：“你还真就这点出息，老板。”

回去的一路上，白央给白柳连着发了七八条消息，没有一条回的。

看着毫无动静的聊天界面，他心里渐渐凉了下来，回想起白柳临走时脸上显而易见的失望，他后悔得恨不得当场从渝江的高架桥上蹦下去。

明明他是知道的，从小到大白柳挡在他前头，吃了不少他看不见的苦头。

如果没有白柳努力撑起白家辣酱，放弃所谓的“原则”，在他们父亲手底下亲力亲为地干活儿，他或许连实现梦想的机会都没有。

就这样，他居然还口不择言地说白柳是为了钱什么都肯妥协。

“怎么办……我带着蛋糕去下跪有用吗？”

车子还堵在路上，白央整个人已经彻底蔫了，在后座上伤心欲绝地缩成了一小团。

很显然，酒精多多少少影响到了他的情绪。

韩沙见状忍不住翻了个白眼，说：“老板你下次还是别喝酒了，见过酒品差的，还没见过一喝酒就倒霉的。”

闻言，白央只是目光空洞地看着车窗外，自言自语道：“我脑袋里是不是只有蛋糕糊啊，我怎么能对我姐说那样的话……”

韩沙好笑道：“对自己有一些基础认知是好的，不过老板，世界上可没有后悔药可以吃，现在既然你姐不肯理你，你不如好好想想你姐交代的事情。”

“所以，你也觉得我姐说得有道理是不是？”

白央回过神，在那阵上头的劲儿褪去后，他的思考能力也跟着慢慢回来了。

韩沙哼笑一声：“虽然不想承认，但你姐说的是对的。当时我叫你做那个慈善套餐，是因为29号的案子还没查明白，那个时候你必须安抚受害者家属……此一时彼一时，老板你要学着点，这世界上很多事情，不是你付出别人就会感动，尤其是在牵扯到钱的时候。”

“所以说，我姐说的把柄是什么……”

“29号的案子闹得这么大，观音里地产不可能没有责任，而之所以受害者们选择不起诉，显然是有人在暗中出了力……换句话说，受害者家属现在对观音里地产的态度应该已经软化，如果要和观音里地产对着干，他们不一定会站在你这边。”

韩沙寥寥几句摆明了其中的利害关系，白央心里不由得一凉，道：“你的意思是说，观音里地产已经私下里给了他们赔偿款？”

“当然，这就是对方来找你的底气，在这种情况下，你如果拒绝对方，相当于断送了受害者家属获得明面上丰厚赔偿的可能。虽然你不是故意的，但这个消息要是未来让他们知道了，你觉得他们会怎么看你？”

昏暗的车厢里，眼看白央的脸色越来越难看，韩沙淡淡道：“人心不足蛇吞象，牵扯到利益，人心是很可怕的。老板，其实白柳的意思或许和你想的正好相反，她希望你能离这些‘钱’远一点……无论是赔偿受害者还是保障林秀芬未来的生活，这里头的钱太过复杂，观音里来出是最好不过。一方面，你不用搅进这摊浑水，另一方面，就算让观音里出出风头又怎么样，出风头意味着骑虎难下，会有人来监督他们出钱……这就是这些人要付出的代价。”

终于，白央完全弄清楚了这里头的逻辑。

但是，已经来不及了。

说出去的话就是倒进锅里的白砂糖，他想到不久前白柳惨白的脸，生无可恋地倒在了车窗上。

“怎么办，我果然不是做生意的料子……我本来还想让我姐来参加分店的开业仪式的……”

话说到一半，白央已经开始眼泪汪汪。

直到此时此刻，韩沙才知道，为什么在白柳给自己的工资合同里，还会有一项“带孩子”。

这可比带真正的孩子麻烦多了。

算了。

在心底默念了几遍自己的工资之后，韩沙最终从口袋里掏出了一包纸递过去。

“你已经是一个成熟的老板了，应该知道，今天这场鸿门宴只是一系列麻烦的开始。”韩沙无奈道，“去掉公证过的慈善菜单可不是一件容易的事情，老板，想要让外头不说闲话，之后观音里地产开的媒体发布会，即使你姐不在，你也得当面去做交接才行。”

整整十天，白央都没有再见到过白柳。

除了偶尔发来的信息，他的姐姐就像是人间蒸发了一样，而白央中间不止一次提着蛋糕上门准备下跪，结果白柳不是不在家，就是在公司开会。总之，连着吃了几次闭门羹之后，白央意识到一个很严重的问题。

白柳这回恐怕是真的生他的气了。

从小到大，大多数时候都是白柳用糖和饼干哄他，偶尔出现角色对调，那也就是一顿酒的事情——这还是第一次，白柳连着十天都不见他。

垂头丧气的白央毫无办法，只能继续在微信里卖惨，终于，在他发了满屏的流泪猫猫头的表情包之后，白柳回复了他：“先处理好观音里接下来的发布会，如果你表现还行，我会联系你。”

如此一来，白央的这场发布会立刻就变得举足轻重了起来。

本来，白央只打算去走个过场——一想到这些人之前做过什么，即使是对所有人都好的“解决方案”，白央还是免不了觉得硌硬，甚至对发布会现场提供的小点心都提不起劲儿。

但现在白柳都这么说了，白央没有办法，只能翻出了两三年没穿过的西装，带着同样满脸不情愿的韩沙，一同出席了这场所有人都心知肚明会发生什么的媒体见面会。

他们毫不意外地在现场遇到了郭经理。

“老板，你要是连假笑都不会，我真的带不动你。”

远远看见郭经理朝他们走过来，韩沙转个身的工夫就换上了滴水不漏的商务式微笑，低声道：“这里的‘鬼’可比你在29号里碰上的可怕得多，老板，在这种全是记者的场子，说话要当心点。”

没办法，白央只能在心里默默地想了一遍自己这两天吃的三重布朗尼、纽约重芝士、海盐椰青慕斯和树莓拿破仑，脸上终于勉强挤出个笑容，恰逢郭经理走到面前，对他伸出手，道：“白总，你们来了。”

“郭经理。”

白央努力想要将郭经理的脑袋看成一块千层蛋糕，微笑道：“本来以为是踩点来的，没想到还没开始。”

郭经理无奈道：“路上有点塞车，领导还没到……要不，白总你先吃点点心吧，哦对了，我们现场为媒体朋友准备的饮品有部分是带酒精的，白总你喝的时候要注意一点。”

说到最后，他意有所指地笑了笑。

还是一块难吃的千层蛋糕。

白央咬着牙没让笑容从脸上消失，点点头便和韩沙去了一旁的点心台，泄愤一般吃了几块奶油蛋糕之后，主持人示意落座。

发布会就如白央想象中一样又臭又长。

光是要盯着台上的领导看，白央小时候被白一鸣带去应酬的心理阴影就险些发作，眼看距离之前郭经理交代的时间点越来越近，韩沙低声道：“今天所有人都在，要记得，这是一件对每个人都好的事情……上去之后不要说多余的话，只要微笑就行了。”

说完，韩沙还悄悄往他手里塞了什么。白央摊开手掌，是一颗薄荷糖。

这大概已经是韩沙能给予他的最大的关怀了。

白央抿了抿嘴，将薄荷糖丢进嘴里，又往不远处的主桌上看去。

不光是杨平，所有的受害者家属都受邀来了，而另一张桌上还坐着林秀芬所住的慈善院的院长。

这些人一起出现，意味着在今天，29号的悲剧即将被画上一个彻头彻尾的句号。

从此之后，对于“黄粱一梦”来说也会是崭新的一页。

“在致辞的最后，关于各位媒体朋友十分关注的观音里 29 号的案件，经过集团内部商讨，我们决定借今天的机会正式宣布，观音里地产即将在未来对 29 号案件的受害者家属以及曾经居住在 29 号的林秀芬女士开展长期的公益援助，下面有请‘黄粱一梦’的白总——”

咔嚓。

听到自己的名字，白央用力咬碎了嘴里的糖果。

“以后早晚有一天所有人都会叫你白总，而我不可能一直挡在你前头。”

他耳边回响着白柳的话，咬咬牙站起身，韩沙最后提醒他：“想想你姐是怎么做的，做生意不是过家家，你现在也是白总。”

也不知道白柳第一次碰到这样的场面时是怎么做的……难道也是把底下的人都想成冒菜和九宫格火锅吗？

等到真切地站在聚光灯下，白央才隐约明白为什么白柳这几天不理他。

以前是白柳替他主动承担了那条更难、更忍辱负重的道路，以至于这些年他从来不需要在白一鸣面前卑躬屈膝，天真地以为他以后就不需要经历这些，可以永远不去考虑那些曲折弯绕的东西，也可以永远不做出任何妥协。

而直到白柳抽身离开，他才发现其实很多选择都比他想得要艰难很多。生活确实不是做蛋糕，甚至，如果生活里没有这些恶心人……那作为犒劳的白砂糖也会失去一部分意义。

在开口讲那些套话前白央轻轻吸了口气，还能感到糖果的味道丝丝回荡在他的口腔。

那是和他心中的苦涩截然相反的薄荷甜味。

三分钟的讲话说长不长，说短不短，下了台，白央做的第一件事就是让韩沙联系白柳。

就白央对他姐姐的了解，白柳虽然明面上不管他，但私底下肯定正在关注整件事的进度——至少，她会和韩沙保持联系，就像之前一样，默默地关心他。

然而，白央的猜想很快就被韩沙无情戳破了，他翻了个白眼说：“老板，你已经二十九岁了，如果这点事都要你姐天天操心，这个店能不能开分店你最好再重新斟酌一下。”

“不过——”他顿了顿，皱起眉道，“那天你姐走的时候脸色不太好，我觉得你最好和她直接见一面。”

白央的心这下彻底凉了，一瞬间，一种很不好的预感涌上心头——就像当年妈妈突然生病一样，最开始，他也不知道为什么妈妈会突然不回家。

白柳怎么会整整十天连个电话都没有？

“不行……我得去找白柳。”

白央顾不上发布会还没结束，立刻就要动身，然而还不等他站起来，他手中紧捏的手机一阵狂振。

是白柳。

“姐！你现在在哪？”白央接起来就问。

“你先给我坐好，这种大型活动你当是店里吃烧烤，说跑就跑？”

十天过去，白柳的声音听起来有点沙哑，没好气道：“我有媒体朋友在现场，全程给我看的直播。你表现还不错，就是笑得有点假，现在你给我在那坐着，直到发布会结束，都不许给我离开桌子。”

“姐，你人到底在哪？”

这一回，白央没这么容易被对付过去了。即使只有一点点，但是他还是听出了白柳语气里的虚弱，而这绝不是她在公司的状态。

“告诉我你在哪，这边一结束我马上去找你……不要骗我，我知道你肯定不在公司开会。”

白央不依不饶。

沉默了一会儿，电话那头的女人幽幽叹了口气。

“你这个小兔崽子，别的不行，对坏事的第六感倒挺强。”白柳苦笑道，“本来也没想再瞒你了，结束之后会有车来接你。别带着韩老三，虽然我估计他看出来了，这两天也假模假样地给我发了不少消息，但这不是他该来的地方。”

“什么意思？”白央越听越是心惊。

“是我要做个小手术。”白柳无奈地笑笑，“我不想惊动咱们家那位来签字，所以，央子，就只能让你来了。”

番外六

辣椒和砂糖

白央小心翼翼地推开病房门的时候，时间刚过下午六点。

护工在门外跟他交接班之后就去吃饭了，这时暮色渐深，房里没有开灯，白央轻手轻脚地走到病床前，发现白柳已经睡着了。

一年到头，就算是白央也很少能看到他的姐姐完全不带妆的样子。而如今，在做完手术的第二天，没有了那些精致妆容，白柳看上去脆弱得简直像是块一碰就散的奶油蛋糕，眉头拧着，连呼吸都很轻。

据说她在进医院的时候已经疼得连路都走不了了……就这样，白柳居然还瞒了他整整十天，甚至叫他来签字的时候还在骗他，说这只是个小手术，不需要陪护。

“你只是怕麻烦，怕万一我哭了还要你哄是不是？”

白央轻轻拉了椅子坐下，在一片昏暗当中凝视着姐姐的脸，恍惚间想到，上一次他看到这样的景象，已是十多年前。

那年夏天，十岁的白央是被十七岁的白柳牵着走进病房的。

那时，小小的少年手心里都是汗，即使在来之前，白柳已经和他非常详细地解释过了，关于癌症，关于妈妈的病，关于他们以后可能要面对的一切——刚刚上高二的白柳几乎是事无巨细地告诉了他所有，没有任何保留。

“爸爸不会回家，妈妈现在只有我们，所以，即使你还小，你也必须知道发生了什么……”

在家里的时候，白柳拿出了白央从没见过的严肃神情，蹲在他面前，看着他的眼睛一字一句道：“我的意思是，妈妈有可能会离开我们，央子，你现在就要明白这件事，知道吗？”

妈妈可能会死。

即使白央没有听明白关于癌症的那些科普知识，但是他最终弄明白了这一件事。

而在他还没反应过来的时候，眼泪就已经淌到了白柳的手心里去。

“妈妈怎么会生病呢，姐姐，为什么是妈妈生病？”

虽说十岁的白央是被白柳从小骗到大的，但那时候，白央在看到姐姐眼睛的瞬间就知道了，白柳这一次没有骗他。因为，就算是向来让他吃瘪的姐姐眼底都有了明晃晃的害怕——虽然藏得很深，但白央还是发现了。

如果妈妈走了，爸爸又不回家，那不是就只剩下他和姐姐了吗？

白央很快就哭得连白柳的脸都看不清，而不像以往，这一次白柳放任他哭了很久都没来哄他。最后，在白央哭累的时候，他才觉得白柳将他搂了过去，轻轻地拍他的背。

“现在哭没事，你可以在我面前哭，我会哄你，但是一会儿见到妈妈的时候就别再哭了。央子，她病得很重，我们不能让她现在还分神来担心我们。”

在白柳的怀里，白央听出姐姐的声音也在轻轻发抖，他下意识想去看看姐姐的脸，但白柳却抱着他不松手。

她说：“再哭五分钟，哭完把脸擦干净，我们去医院看妈妈——之后，每天你放学我都会接你去医院。”

白央哭得直打嗝，说：“那……那爸爸他……”

“他只要付钱就行了。”

白柳的声音冷了下去，声音里的颤抖也跟着不见了：“从现在开始，陪妈妈就是我们的工作。央子，你要答应姐姐，之后无论发生什么，你都一定要坚强一点，帮姐姐的忙，好吗？”

之后，白柳帮弟弟仔细擦了脸，路上甚至还破天荒地给他买了一只甜筒，就这样一路到了医院。

即使白央觉得自己已经做足了心理准备，但当他真正看到妈妈穿着病号服睡在床上，鼻子却还是免不了一阵发酸，不得不抓紧姐姐的手，这才没有直接哭出来。

做得很好。

白柳低头看他的眼神透露出赞扬，紧跟着就转头对妈妈笑嘻嘻说道：“还不错，爱哭鬼这次来医院都没哭完我一包纸……妈妈你肯定很快就能出院。”

说话时，那个眼睛里有害怕，声音里带哭腔的白柳就好像不见了。

她若无其事地削起了苹果，手法很不熟练，但是从头至尾，妈妈都只是微笑着看她。

骗子。

白央愤愤地想，明明姐姐手心很冷，鼻子还在抽——他天天哭最清楚了，这些都是一个人想哭的前兆，但她却只是若无其事地嘲笑自己是爱哭鬼。

姐姐是骗子。

从小到大，白央曾经不计其数地上当受骗，而在妈妈生病之后，白柳骗起人来更是花样百出。

其中最离谱的一次，是白柳告诉他，她会做饭。

那时因为女主人住院，白家的厨房一下就空了，白一鸣不放心找保姆，最终把钱都给了白柳，让她和弟弟在外头自己解决。

然而，对于不吃辣的白央而言，渝江的大多数馆子显然都不是他能吃的。于是，在一连吃了半个月有花椒味的咕噜肉之后，本就挑食的白央终于到了一个日渐消瘦的地步。

那时，为了让弟弟能吃上一顿饱饭，白柳拍着胸脯走进厨房，然后信心满满地将锅给炸了。

甚至直到消防车来，白柳都还告诉弟弟，她会做饭，之所以弄成这样，是家里的锅先动的手。

之后的大半个月，白柳每天晚上都在医院抄菜谱——抄了整整一大本。某天晚上，白央还听见她对妈妈说："这些菜谱我不会交给任何人——您放心，早晚有一天，我会让它们和辣酱一样，冠上我和央子的名字。"

就这样，白柳拿着妈妈的菜谱，又烧穿了两只锅，而白央吃不饱饭的日子一直到他小学五年级自己学会做饭才真正终结。

甚至直到现在，白柳还偶尔会说她是会做饭的。

真是姐姐靠得住，母猪能上树。

走廊上传来护士送餐的声音，白央结束回忆的时候忍不住翻了个白眼，轻声道："有时我真觉得你应该住进我店里……至少那样我每天晚上还能给你做饭，不至于让你每天瞎应酬，瞎喝酒，最后把身体搞成这样……"

一想到白柳还不到四十岁，就已经因为严重的子宫肌瘤开过三次刀，最后甚至连子宫都保不住，白央就忍不住鼻子发酸。

“结果都这样了，还不和我说，做手术才把我骗来签字……天天骗我好玩吗？”

白央咬了咬牙，轻轻抓住白柳的手，费力地避开上头插着的一堆管子。

他现在甚至不想去回想几天前他突然被叫到医院签字时的场面。

也是直到那时，他才知道白柳的病之前已经复发过两次，而这次因为突发腹痛住院之后，已经不得不做手术了……毕竟对于没有生育过的女患者，医生不会上来就建议做子宫摘除。

“臭小子，不好意思了，看来以后快活的日子归我，我们家的王位只能由你来传了。”

那时白柳十分大佬地靠在病床上，手里就差点一只烟，平静道：“这事换了咱爸肯定是不同意的，所以，只能由你来签字……快签吧央子，做完手术，我公司还有一堆事，之后你的新店也要开业了，耽搁不起。”

可想而知，因为这种恶劣的欺骗行径，最终白央在走廊上哭得仿佛他才是那个要摘除子宫的人，丢脸丢到半层楼的患者都出来围观。

“骗子……以后再信你，我脑袋就是慕斯做的。”

白央恶狠狠地吸了一下鼻子，费力地单手从包里拿出给白柳熬的粥，而即使他的动作已经非常小心，盖子打开的一瞬间，白柳还是醒了。

实际上，在白央来之前，白柳睡得并不算安稳。

常年应酬喝酒导致她对麻醉不太敏感，术后麻醉的效果消失得很快，她不得不靠着止痛药往下压，加上发烧，白柳即使中间浅浅睡着了几次，梦里也尽是一些她并不怎么愿意回想的事。

白柳梦到了弟弟的出生。

从白柳记事起就知道，早晚父母还会再要一个孩子。

原因无他，白柳知道父亲并不怎么喜欢她，在饭桌上从不给自己夹菜，也从不过问幼儿园里的任何事，这已经是再显而易见不过的答案了。

白央出生的时候，白柳刚刚七岁，她本来已经下定决心，绝不会给这个即将抢走她一切的弟弟半点多余的关爱。然而，当那个母亲怀里的男孩轻轻捏住她的手指，而她忍不住回握的时候，白柳意识到，她已经无法守住自己的誓言了。

既然她忍不住不爱这个弟弟，那么，就欺负欺负他好了。

白柳这么想着，在一岁的白央脸上画上小乌龟，骗五岁的白央进了鬼屋，当着弟弟的面吃他不能吃的辣酱拌饭，然后，又在弟弟的牛奶里偷偷泡了辣条……

可以说每一次，白央都会被她弄得号啕大哭，而每一次，白柳也都能及时靠着棒棒糖和饼干轻轻松松把他哄回来。

这样的捉弄一直持续到白央上小学三年级，那一年，为了“锻炼”白央吃辣的能力，白柳将他骗进了一家串串香餐馆。吃完当天晚上白央就发高烧了，紧跟着因为急性肠胃炎打了一周点滴，又在家里躺了足足半个月。

可想而知，这一次的事情不一样了。

白柳被赶来医院的父亲骂得狗血淋头——即使有母亲护着，盛怒之下的白一鸣还是狠狠给了她一个耳光。十六岁的白柳只觉得脑子里嗡地一下，紧跟着就径直跑出了医院。

那天晚上白柳没有回家，她给母亲发了消息报平安，绕了一圈，最后却又回到了医院，坐在院子里看着急诊的灯光发呆。

凌晨两点的时候，白央的烧退了，白柳的手机上收到妈妈的手机发来的信息。

妈妈：姐姐，妈妈说你跑走了，外头又冷又危险，你回来好不好？

半夜的风吹得白柳浑身冰冷，但弟弟的信息还在发个不停。

妈妈：姐姐，我这有饼干，你回来吃好吗？我把我的都给你。

妈妈：姐姐，你睡在哪里啊，身上有钱吃饭吗？

妈妈：姐姐……

也不知是不是不想惊醒陪床的母亲，即使还有很多字不会写，白央还是一直不厌其烦地给姐姐发着信息。而随着消息在白柳的收件箱里越积越多，渐渐地，她眼前的一切从清晰变得模糊。

在没有弟弟之前，家里有三个人，只有一个人爱她。

而有了弟弟之后，家里有四个人，却有了两个人爱她。

不管怎么样，有了这些，对于她来说应该已经够了吧……她不用期待那些本来就不爱她的人多给她一些什么。

那种本来就得不到的东西，她不需要……她也不想要了。

最终，十六岁的白柳轻轻吸了吸鼻子，眼底的迷茫跟着那些眼泪一起消失。

在夜风里，她从长椅上站起来，慢慢走向亮着灯的急诊大厅。

第一个梦在这里戛然而止，白柳清醒了几秒，听见护工正在门口和白央说话，随即，她的神志再次变得一片混沌，闭上眼，第二个梦接踵而来。

那是她离婚时的事。

相比于白央，白柳的桃花运其实并没有好多少。

甚至在上大学的时候白柳就很清楚，即使她不找，白一鸣也早晚会给她安排一个，而白柳向来不喜欢将选择权交到别人手里。所以，在最终结婚之前，白柳前后换过十几个男朋友，几乎每年白央回国，她身边坐着的人都不一样，一直就这么折腾到三十岁。终于，在白央第三次投资失败后，白柳身边的人换成了新来的公司高管。

这一次，白柳没有再换人。

三十一岁时，白柳在父亲和弟弟的见证下正式结婚。对于她而言，婚姻并不会影响工作，也因此即使在婚后，白柳的班照加，会照开，即使白一鸣常常有意无意地暗示想抱孙子，白柳往往也只是含笑着对付过去。

这些只是托词而已。

白柳心里很清楚，一旦她在这时候退缩，非但她之前的努力会前功尽弃，连白央说不好都要被迫放弃他的甜品事业。

鱼和熊掌从来都不可兼得。

为了安抚丈夫，白柳送了他一辆新车，她和丈夫说好，会在三十五岁前要个孩子。但是，甚至还没等到她三十二岁的生日，同步到她手机上的行车记录仪的画面就显示，她送丈夫的新车上坐着其他的女人。

事情在不久后就变得难堪了起来。

白柳的离婚是一场让人心力交瘁的拉锯战，一头是她和白央，另一头则是除了他们以外的所有人。

整整五个月，白柳和无数人对峙，其中有她的丈夫、丈夫的家人、丈夫怀孕的情人，当然，毫不意外，还有她的亲生父亲。

之后又过了很久白柳才发现，原来白一鸣很早就和她的丈夫有暗中联系，甚至还要求对方换掉她的药，只为用怀孕来拖住她，让她放弃对公司的掌控。

这件事白柳最终没有放在明面上来说，她想给所有人留些脸面，却没想到，在这场拉锯战的最后，她的丈夫亲手将这最后的体面撕得粉碎。

那时，意识到自己必须在纸上签字的男人在下笔之前忽然冷笑一声，说道："你知道吗？那些药我其实已经换了，但是换了你还是怀不上……白柳，你真的以为你以后还能有孩子吗？"

一瞬间，白柳感觉自己的大脑一片空白，而白央已经暴怒地冲了上去："你再敢诬蔑我姐姐，我现在就让你好看！"

对方没有再多说什么，只是轻蔑地将离婚协议书留在了桌上。之后，他们去完民政局，刚出大门，白央一拳就将他的前姐夫打倒在了马路牙子上。

为了给弟弟处理烂摊子，白柳离婚后的第一个星期都在公司和派出所之间奔波，而等这一切都结束了，白柳已经足足瘦了十五斤，她破天荒地在公司请了假，悄悄去了一趟医院。

而那一天，她也终于知道自己的身体出了什么问题。

原来……她身上还是有些东西非常像母亲。

伴随着下腹传来一阵隐隐的疼痛，白柳皱着眉头，从梦中悠悠醒转。

一片昏黑当中，没有父亲，没有前夫，没有噩梦里的一切，就只有白央正在费力地打开饭盒盖子。他的脸皱成一团，就白柳对他的了解，这表情不是刚哭完就是要哭了。

"骗子……以后再信你，我脑袋就是慕斯做的。"

白柳听见白央小声地吸鼻子。

死小子，都叫他不要来了，哭了还不是得她来哄？

白柳在内心叹息，余光却瞥见自己被白央捏着的手——就像是小时候她在产房外握住弟弟的手那样，白央实际根本没用什么力气，小心翼翼得就像她是一块易碎的奶油蛋糕。

这么看来，就和她当初忍不住去爱那个孩子一样，那个孩子也会一直站在她这边。

一种久违的念头不合时宜地冒了出来，白柳轻轻动了一下手指，白央立刻就察觉了，望过来的两只眼睛都泛着红。

“姐……”白央可怜巴巴地问，“你感觉怎么样？还有哪疼？”

真的不怪她，白柳想，确实是这小子看上去太好欺负了。

外头已经彻底黑了下来，病房里没有开灯，姐弟俩在黑暗中互相凝视了一会儿，最终，白柳轻声且虚弱地开了口：“小兔崽子。”

她决定“坏心眼”地再撒一次谎：“你压到我止痛棒了。”

最终在和医生反复拉锯半个小时后，白柳被要求至少要住一个星期院，想提前一天回去上班都不行。

看着难得吃瘪的亲姐脸色铁青地靠回枕头上，白央心情大好地削了个苹果，笑道：“白总裁可算有休假时间了，可喜可贺。”

白柳狠狠瞪了他一眼，道：“臭小子，你知道我手上有多少事吗，歇一天，公司里那帮老家伙都可能不安分。”

“就算让你待在医院也不可能不处理公务吧，只是人不在场而已，他们难不成还想抢公章啊？”

白央将苹果切成小块喂到白柳嘴边，声音也跟着软下来，撒娇一般说道：“姐，你就好好养几天病吧，你看，我好好参加了发布会，解决了店里的麻烦事，现在我都把店交给老韩他们专程来照顾你了，你就当多和亲弟弟相处相处，不行吗？”

白柳好笑似的斜他一眼，说：“从小到大也没见你黏过我，怎么，心疼啦？”

“嗯。”

出乎意料，白央根本没有嘴硬。或者说即使他想，但那天他来医院的反应也已经暴露一切了。

最初，他还差点以为白柳跟妈妈一样生了什么大病……那几乎将他吓得魂飞魄散，即使现在想起来都心有余悸。

白央又给她喂了一块苹果，说：“吃你的用你的好几年，照顾你几天生活起居的良心还是有的……我已经在医院旁边租了个民宿，这几天你的饭我都包了，晚上我也会睡在这。”

这么一说，白柳才想起来，似乎从白央大学毕业，他们就再也没有一起生活过。

先不说她工作有多忙，每天回家都是深更半夜。白央因为拿着她的钱创业屡战屡败，心虚得不敢提借住的要求，所以不管手头有多紧，他都会在外头租房子。

于是整整六年多，白柳除了偶尔能吃上顿白央孝敬的蛋糕，已经很久没吃过弟弟做的饭了。

如果是这样，好像住院还有点意思。

白柳看着弟弟熟练地把苹果核啃干净，忍不住笑道：“都赚钱了还这么抠啊白老板。”

白央一愣，随即没好气地把苹果核丢了，说：“还不是被你搞出来的习惯，小时候你每次都把苹果核丢给我让我啃掉……还骗我说苹果核里有苹果种子，是苹果最有营养的部分。”

时近上午十一点，白央和护工交代了几句很快就去民宿做饭了，而等他提着两菜一汤回来，白柳面前的小桌板上已经被一大堆的项目文件填满。

“你是招不到秘书吗？什么事情都要你亲力亲为？”

白央上去帮着整理，发现资料摞在一起竟然比他的烘焙书都厚了，而最上头的一份是进驻国外市场的合同，他不由得翻了个白眼说：“下一步你是不是该下生产线亲手熬辣酱了？”

虽然只是术后第三天，但除了穿着病号服，白柳看上去已经和平时没区别了，她淡淡道：“我招人可不像你那么容易，在门口随便贴张纸就行了。之前招的几个秘书嘴巴不牢靠，手也不干净，不是和公司里那群老东西合谋拆我的台，就是和咱爸私下有联系，手段比韩老三还下作，都被我踢走了。”

白柳的语气轻描淡写，白央却听得心里一紧。

经过这次和观音里的交涉，他多少已经看到了这门生意里龌龊的一面，想想他去吃顿鸿门宴都能硌硬半天，而白柳几乎每天都在经历这些……

这样也就不难理解，为什么医生反复和白柳强调，这个病不能生气。

白央叹了口气，最后决定眼不见心不烦，将那堆资料暂时转移到了床头柜上，无奈道："他还没放弃呢？我都两年没回过家了。"

"不奇怪，他现在搞这些小动作也不是想把公司交给你，只是想要多少保留一些权力在自己手上，免得我之后真的把他一脚踢开。"

白柳冷笑一声，打开饭盒盖子，一股蹄花的香气扑面而来，她扬起眉道："可以啊央子，上哪买的？"

白央无奈道："什么买的，我一大早买了生的之后就炖上了，医生说了，你现在的肠胃系统还没完全恢复，要吃软烂一点有营养的东西。"

他帮白柳拆开另一个碗，里头是粉蒸南瓜，说道："就当粉蒸肉低配吧，知道你不喜欢吃甜菜，做成咸口了，用来下饭。"

说着，白央给白柳递了筷子："你先吃，剩下的归我，争取一顿都吃掉，晚上给你烧新菜。"

虽然早就知道白央会做饭，但是等到真正吃上的时候，白柳才觉得在他们两个当中，白央确实是更像妈妈的那一个。

她很快就在这两道菜里尝到了小时候餐桌上熟悉的味道……因为是病号餐，里头一颗辣椒都没有，但味道却还是好得让她舍不得放下筷子。

"妈妈的菜谱里也有这两道菜。"

白柳怀念道："看来我当时白抄了，你不抄都能做得出来。"

白央好笑道："那是因为妈妈做的所有菜都是为了我俩做的，你忘记了吗，蹄花是因为我不吃辣，妈妈特意为我做的……这次做的时候我还改了一下口味，本来妈妈为了哄我，特制的蹄花汤里有醪糟，我怕对你伤口恢复不好所以放得少。"

"这么一说，好像当时妈妈之所以做像粉蒸肉一样的粉蒸南瓜，是因为我不喜欢吃甜的。"

白柳忽然愣了一下。

虽然她知道妈妈也是爱她的，但是自从弟弟出生，妈妈的"特殊待遇"却好像给了白央——这件事一度像一根不起眼的鱼刺一样扎在她心里，不疼，但白柳却常常会想起它。

也是因为这样，她才总是跟弟弟炫耀妈妈的辣酱拌饭，导致白央后来像个小仓鼠一样到处囤积甜食和她对着干，最后弄到每个月都要去看牙医的地步。

原来，过去妈妈的天平也不是没有偏向过她。

白柳看着筷子尖上夹碎的南瓜，后知后觉地笑了起来，而白央则是满脸莫名其妙道：“你不要突然笑行不行……你以前这么笑都是要搞我。”

白柳当然没打算告诉他这段心路历程，免得这小子开始和自己翻旧账。她小口地喝完了半碗蹄花汤，想了想道：“说起来，妈妈的菜谱还一直留在我那里，我本来想以后等辣酱这边稳定了就开个连锁餐饮店的，但现在看来，好像这个店的老板你来做比较合适。”

“啥？”白央大惊失色道，“我知道你想锻炼我，但我一个做蛋糕的也不可能立刻晋级成餐饮总裁吧……现在光是筹备个分店都搞得我一个头两个大了，姐，你可千万别想不开指望我挣大钱啊。”

闻言，白柳只是淡淡地看了他一眼，道：“想让更多人吃上妈妈的蛋糕，一直用现在这种小本经营的思路肯定不行，早晚你都得把生意做大做强，拿出老板的派头……这事实操层面确实急不来，但你至少得先有这个意识，别总是觉得自己只是个做蛋糕的，免得不知道哪来的牛鬼蛇神都觉得能从你身上占点便宜。”

“知道了姐，这种事我以后都听你的还不行吗？我错了。”

白央心知白柳还在说这次发布会的事，正想趁机好好装乖道个歉，没想到这时白柳手机忽然一阵狂振，她接起来听了两秒眉头就皱了起来。

“等等，你说国外那边的人什么时候来？”

白央怎么也没想到，只相隔短短一周，他居然要第二次穿上那套三年前白柳送给他的西装。

站在接机口，白央手心冷汗直冒，时不时就要看一眼白柳发到他手机上的资料。

松本清，原名袁松青，三十九岁，二十年前在渝江念了大学，后来去海外成为十分有投资眼光的美食家，现在在国外经营连锁中华料理店。这次来渝江是为了做最后的考察，和白家达成合作，未来计划在料理店的新菜里使用白家辣酱，并且会在店内对辣酱进行零售。

按道理说，打开海外市场这么重要的生意，总该由执行总裁自己来谈，但是……

“还不错，就你这些年摄入糖分的频率，我原本都担心这套衣服你穿不进去了。”

四十分钟前，白柳在病房里绕着西装革履的弟弟打量了一圈，满意道：“都怪你那天来医院签字哭得太惨……我光顾着哄你，都没来得及好好欣赏，现在看来，你这张脸偶尔穿穿贵的衣服也是可以的，我的钱不算白花。”

白央一时无语。

见白柳还在慢条斯理地帮自己整理领带，已经火烧眉毛的白央实在忍不住道：“还有一个半小时你的外国合作伙伴就要来了，而还有十分钟我就要出发去机场接机，你确定这个时候还要浪费时间赞美你买的衣服？”

“你怕什么？”

白柳这时才终于拿出了一点总裁休假的样子，满脸悠闲道：“我是白总，你也是白总，作为我的亲弟弟，你偶尔代替我去招待一下我的合作伙伴不是再正常不过了吗？”

白央震惊道：“你们要谈什么，我要和他说什么，有什么注意事项，我什么都不知道，你就放心把这么大一个生意伙伴直接交给我？”

“你是我弟弟，在我身边，你已经是我最放心的人了。”

白柳最后替他抚平领口的褶皱，淡淡道：“具体的资料我会发到你手机上，记住，在合同没有签下来之前，你的所有表现都是纳入对方的考量的……可别让我失望。”

真是见了鬼了，他一个做蛋糕的，吃一口辣酱都得连夜挂急诊，现在居然要和外国友人谈白家辣酱的跨国大生意。

请问，这种情况下他该怎么做才能不掉链子？

在极度焦虑中，白央咬碎了嘴里的第三块糖，就在他刚把第四块放进嘴里，一个西装革履、满脸严肃的男人从电梯上推着行李下来，径直朝门口的方向走了过来。

据白柳说，松本清的性格以严谨著称，做事一板一眼，因此，招待他的时候要尤为小心。

一不留神，可能这个谈了半年的生意就会黄在他手里。

白央越想越是浑身僵硬，以至于当他走到松本清面前时甚至开始同手同脚。他对上这个大他十岁的华裔的眼神，里头果不其然连一丝笑意都没有。

松本清的中文十分地道，但语气很冷淡，开口第一句就是："你是白小姐的司机？"

"我……"

白央头皮一麻，万万没想到这套白柳花了大价钱买的西服穿在自己身上像个开专车的，而这不就从侧面证明了，他压根儿不是谈生意的料？

一瞬间，白央只觉得自己好不容易攒出的那点底气就像发酵失败的面包一样瘪了下去，他几乎脱口而出道："对，白总今天有点事，让我先带您去吃饭。"

完了。

说完这通胡言乱语白央已经彻底绝望，而更让人绝望的是眼前这位美食家似乎完全没有起疑心，点点头就道："那我们走吧，正好，我在飞机上没有吃饭。"

彻底完了……

白央的大脑一片空白，但现在后悔说瞎话也迟了。

酵母一旦加入面团发酵就无法中止，而蛋白只要打发过头就只能重做。

跨国大生意的第一步就已经错了啊！

无奈之下，白央只能让松本清在大厅门口等着，他自己去停车场找司机拿了钥匙，紧跟着，他就这样穿着白柳给他买的昂贵西装，轻车熟路地当起了司机。

虽然他本来的计划就是带松本清去"黄粱一梦"，发挥雷虹惊人的厨艺让松本清开开眼，看看白家辣酱能做出何等的美味珍馐。

然而，计划却总是赶不上变化……或者说，事情的走向未免太过离奇。

既然他的身份已经从白总变成了白总的司机，那么，"黄粱一梦"那边自然也要改口。

白央在等红灯的时候匆匆在小群里说了现在的处境，果不其然被韩沙一顿痛骂，而宋楠师倒是很快进入了角色，问道："那一会儿怎么称呼你啊老板，白师傅吗？"

"你们随机应变吧。"

事到如今，白央已经彻底麻木了。

他在脑袋里想了一万种回去给白柳下跪道歉的方法，甚至已经想好了要给她做什么蛋糕赔罪，但最终，他眼前出现的却是白柳刚刚动完手术毫无血色的脸。

医生说，她这个病从某种层面上讲是操劳出来的，最好不要生气。

这么长时间了，他因为“黄粱一梦”的事情麻烦过白柳无数次，但这是白柳第一次将公司里的事情委派给他。

白央汗津津的手指抓紧了方向盘，最终，在红灯转绿前一秒，他脑子里萌生了一个念头。

他载着松本清，在差不多晚饭的点到达“黄粱一梦”。

为了招待白家的贵客，今天下午店里暂时歇业，厨房里飘出一阵白央再熟悉不过的辣酱香味——白央的鼻子几乎立刻就开始痒了。

“这是个……吃当地特色菜的地方？”

松本清四下打量，很显然没把“黄粱一梦”的装修风格和寻常的渝江菜馆联系在一起。白央给他倒了一杯柠檬水，匆忙脱下了西服外套，说：“白总交代了，既然您是为了白家辣酱来的，那至少，也该让您尝尝她家里的手艺。”

“家里的手艺？”

美食家有些惊奇地扬起眉道：“我没有听白总说过，她现在也开始做餐饮生意了。”

“等您尝到了就知道了。”

白央没有和他多说，只是叮嘱韩沙和宋楠师招待来人后就迅速上楼换掉他昂贵的西装，戴上口罩，紧跟着一头就扎进了厨房。

半个小时后，雷虹将三菜一汤端出来放在了桌上。

“这是白家特制的麻婆豆腐、钵钵鸡、麻椒鱼、鸡豆花和辣酱拌饭，菜要吃热的，所以，请您趁热品尝吧。”

雷虹介绍完，松本清似乎从面前这些叫人食指大动的菜里嗅出一些熟悉的香气，笑道：“这都是以白家辣酱为佐料做的？这就是白总说的，家里的手艺？”

“咳……不止，不止是白家辣酱，做法也跟外头不一样，您尝一尝就知道了。”

白央这时满脸通红地从厨房里出来，即使戴了口罩，做这么几个菜也还是把他呛得眼泪汪汪。

现在想想，多亏了小时候他那该死的胜负欲，只要是白柳碗里的他也非得作死吃一口，如今才能还原出来这些菜。

见松本清颇为不解地看着他，白央勉强止住咳嗽，艰难道：“您可能不知道，这些菜包括白家的辣酱都是出自白总的母亲之手，天底下只有在白家才能尝到这个味道。松本先生，白总嘱咐了，要让您尝一下她家里的味道。而您旅途劳顿，吃完正餐，一会儿我们还给您准备了饭后的点心。”

他摘下口罩笑了笑，说：“那也是只能在这里尝到——只属于白总母亲的点心。”

闻言，松本清却并没有那么快拿起筷子。

他看着白央，神情忽然变得严肃了起来，问道：“所以，你到底是谁？过去我来过这里很多次，从来没有在白总的车上见过你，据我所知，她一直用一个司机。”

见状，其他人下意识就要帮着圆谎，但白央却苦笑着阻止了他们，摇了摇头说：“很抱歉，之前没和您说实话是因为想给您个惊喜……毕竟，我姐姐说您是很体面的人，如果我上来就说，我是白总的弟弟，想给您亲自下厨做一顿我们白家的家常菜，恐怕您不会一下就答应吧。”

“所以，你是白央？”

松本清神色这才一松，接着又说：“我听你姐姐提过你，说你是做蛋糕的，还说你不能吃辣……我没想到你会做这些菜。”

要是放在大半年前，白央也不会想到有一天身处 29 号这件事会给他带来一些底气。但事实就是，直到回到了“黄粱一梦”，他才终于有了一点自己也是“白总”的自觉。

白央上前拉开松本清对面的椅子坐下，说：“中国有句话叫作百闻不如一见，松本先生，还请您原谅之前我的无礼，先尝尝这些菜吧——虽然看起来都是很常见的菜，但是，这些味道确实都是只有在我们这才尝得到的。”

闻言，松本清又盯着他看了一会儿，终于拿起筷子，先尝了一筷子麻婆豆腐，眉头很快舒展开，问道：“这里头……有海鲜？”

白央笑道：“对，这是我母亲自创的，因为我姐姐喜欢吃虾，所以我母亲在家常的麻婆豆腐里加了虾仁和八爪鱼……您那边的海鲜很多，听说松本先生您是要在新菜里使用我们家的辣酱，因此，我想把这道菜介绍给您。”

“白先生有心了。”

松本清紧跟着又尝了尝麻椒鱼，感慨道：“这也是因为我那里盛产海鲜推荐给我的菜？”

白央摇摇头说：“不仅如此，白家辣酱和其他很多辣酱在风味上有一个明显的不同，就是我母亲的辣酱非常‘麻’，不怕您笑话，其实这个口味是因为我从小不能吃辣，所以我母亲想要尽量照顾我的口味才改良的。”

松本清扬起眉道：“所以你是想说，这道菜也是‘特别’的？”

白央点头道：“没错，毕竟您要远渡重洋地做渝江菜，进口很多原料恐怕并不方便，这道麻椒鱼是最能发挥出白家辣酱优势，而且做起来也十分简便的菜，您现在尝过了，应该也能感觉出它的特别吧？”

“菜里没有花椒，但是吃起来还是很麻……这对于一些不喜欢咬到花椒但是喜欢吃椒麻口味的客人来说确实是好事。”松本清若有所思，随即又道，“白先生，不如直接跟我介绍一下剩下的菜吧，相信你都有自己的考量……我想听一听你做这些菜的理由。”

“好。”

白央深吸口气，想起小时候母亲在厨房里忙碌的背影，他不自觉地挺直了身子。

就和他的蛋糕一样，这本来是属于妈妈的菜谱。

“钵钵鸡是我母亲为了同时照顾我和白柳的口味做的，因为是凉菜，所以可以相对减少辣度，照顾到一些并不太能吃辣的客人的口味……再加上，钵钵鸡对菜品的包容度很高，在国内，钵钵鸡可以是鸭舌、鸡爪，在您那边就可以是关东煮，应该是很适合放在您的菜馆里经营的料理。

“我不吃辣，所以鸡豆花是从小到大我们家饭桌上的常客，我母亲为了增加鸡肉的滑嫩程度，会在里头加鱼糜，有时因为白柳更喜欢吃海鲜，我母亲甚至会用鱼肉直接代替鸡肉做成鱼豆花。不吃辣的人可以当汤菜吃，吃辣的人可以拿辣酱当蘸水，是一道不会出错的菜。”

最后，白央拿了双干净的筷子，拨开松本清面前那碗看似平平无奇的辣酱拌饭。

白央记忆里白柳当着他的面偷笑着扒拉碗的样子浮上心头，无奈道：“说是辣酱拌饭，但其实这里头不是仅有白家辣酱，因为光是有辣酱的话，不吃辣酱的我就完全没法吃了，为了哄我，我母亲会在拌饭里加入萝卜丁和肉松，这样就算不加辣酱也是有味道的，所以……这碗拌饭并不止一层，吃起来的口味也远不止拌饭那么简单。”

讲完这些，白央将碗推回到松本清的面前，恍惚间他像是回到很多年前，妈妈在饭桌上把他的那一小碗饭推过来。

那时她是怎么说的来着？

白央面前出现了那个身影，对他盈盈微笑。

“先吃饭吧。”

他喃喃地跟着母亲一字一句念道。

“这些菜可都姓黄，在外头都吃不到。”

“好。”

直到这时，松本清才终于拿起了筷子，他看上去真是有点饿了，神情也比刚进来时放松了许多——甚至，如果白央仔细看就会发现，眼前这个人和几个小时前他见到的松本清，几乎都不像是同一个人。

“因为我明天就要回去了。”在吃饭前，男人想了想，忽然礼貌但又得寸进尺地问道，“虽然有点失礼，但白先生，明天的早饭……也可以麻烦你吗？”

翌日一早，忙了一整天外加一个早上的白央把松本清送去机场，紧跟着马不停蹄地到医院来送了早饭，还没和白柳聊上两句，已经倒在沙发上睡死了过去。

床头的手机振了起来，伤口已经开始恢复的白柳轻手轻脚地走到走廊里接起来，一开口，语气却变得十足不客气。

“所以，你还真敢一直使唤我弟弟啊？”白柳没好气道，“他一边伺候你一边还要顾着给我做饭，昨天一晚上就没怎么睡……姓袁的，合同你不想签可以直接和我说，想和我合作的人从渝江大桥一直排到解放路，你以为我差你一个合作伙伴？就非得在你店里卖辣酱？”

“哎呀，白姐，你别这么见外啊，咱俩谁跟谁……以前上学那会儿不是说好了，以后咱们要一起发达吗？”

电话那头的男人此时已经完全不是在白央面前的模样了。

对上老同学，松本清换上了一副颇具渝江风味的口音笑道：“不是你说叫我锻炼锻炼你弟弟的嘛，我心想反正我火锅都吃腻了，你弟弟愿意给我做顿饭那当然是最好的……我也没想到他那么用心啊。”

“呵。”白柳冷笑，“还敢叫他给你做小面，这么多年，我都没吃过我弟弟做的小面。”

“哎呀，谁叫你弟弟做饭好吃呢，就连小面都和外头的不一样，说起来白姐，你弟弟可比我想象中的能干多了，我还尝了他店里新出的醪糟蛋糕和凉虾奶茶……我觉得这个也很有搞头。”

“很有搞头？”

“是啊，他还说这些菜其实都不姓白，就和他的店一样，姓黄，他提出如果想要照搬这些菜的做法，那么，要用黄氏渝江菜来命名新菜。”

“这小子……”

白柳叹了口气，无奈地揉了揉眉心，问道：“那你怎么想？”

“我觉得挺不错的，毕竟，如果直接告诉人家这是白家的渝江菜，不等于让客人知道我们偷懒，完全依赖辣酱烧菜嘛。”

松本清狡黠一笑，又道：“你弟弟给我提供了一些不错的菜品和思路，按照礼节来说，我是该给他一份回礼的。”

对方的话里有话，白柳自然是听出来了。

她不怎么意外，只是哼笑一声：“怎么着，打完我的主意，又想打我弟弟的主意了？”

“哎，我就那么一问。”

松本清笑了笑，话锋却忽然一转：“不过，听说他马上要开分店了……白姐，我就想随便问问，你弟弟，还缺投资人吗？”

番外七

网红店开业指南

即使是黄粱一梦，那也是美梦一场。

在去往网红店“黄粱一梦”的新店前，赵怀萌仔细翻了这家店的网络点评还有相关新闻报道，她挑出了自己印象最深刻的一句话当作了专访的标题。

如果真要说，赵怀萌觉得自己和这家店颇有些缘分。

去年盛夏里的一天，她和前男友曾经慕名去吃过一次，当天就分了手，原因无他——短短几个小时里整个互联网都看见她的前男友发出少女一般的尖叫从那家店里跑出来，而很快对方就把这件事怪罪在了她的头上。

可想而知，出于这种原因，赵怀萌一直觉得“黄粱一梦”这家店在玄学上确实是有点东西——不是好事的那种。

听闻这次“黄粱一梦”的新分店还是选址在一家“凶宅”，赵怀萌特意戴上了老母亲给自己求的佛珠，车子一路向东开，最终停在了离观音里不远的解放路步行街前。

就和观音里一样，解放路也是渝江的老牌商业圈，不但临江，还是地铁一、二号线的中转车站。早在十年前，解放路商业圈的商铺价格就已经一飞冲天，放眼望去，能在这个地方立足的几乎都是顶级网红餐饮店。

而很显然，对于一家网红店来说，能将分店开在这样的地方，本身就意味着这家店有实力。

跟着导航，赵怀萌一路深入，最终，在一家冒菜餐馆门口绕了快十五分钟之后，高度近视的她终于发现一旁丝毫不起眼的小巷子门口用霓虹灯管做的一个不怎么起眼的广告牌。

“黄粱一梦”还要再往里走二十米。

只能容两个人走的小巷子又长又深，后半段居然还是个上坡的楼梯，赵怀萌一路盘着自己的佛珠，就在她开始怀疑自己是否走错路的时候，终于，一排开业花篮出现在了楼梯半道的小平台上。阴天的风一吹，屋檐下挂着的瓷娃娃随风而动，她扭过头去，随即在山路旁看到一间小小的门面，金属的招牌上写着四个字——黄粱一梦。

把店开在这种地方……是真的想让人吃吗？

她愣了一下的工夫，一个穿着中式外套的高瘦中年人匆匆从店里出来，看见她先是眯起眼打量了片刻，随即脸上立刻摆出一个主编看了都要怕的商业微笑，上来握住她的手。

“是赵小姐吧，我等你好久了……我是韩沙，之前在微信上联络你的就是我。”

中年人身上有股淡淡的药味，赵怀萌记得他。

在观音里“黄粱一梦”的老店，韩沙就是那个收银的道士。

她下意识问道：“道长，你平时在店里不但要负责玄学……还要负责洽谈商务合作？”

韩沙微笑道：“道士也要吃饭的赵小姐，现在很难找到对口的工作，多学一点技能傍身总归不亏……新时代的道士竞争是很激烈的。”

他将人迎进门里，一瞬间，赵怀萌眼前豁然开朗。

原来，在“黄粱一梦”不大的门脸儿里藏着一间依山而建的铺子，屋顶很高，看上去原来应该是个杂货铺，甚至原来的木质结构都被完整地保留了下来，里头放着六七张桌子，收银台的上方还挂着一张老照片，上头是一个满面笑容的女人正在往一个孩子鼻头上抹奶油。

此时店铺后方传来打蛋器高速运转的声音，韩沙淡淡道：“老板带着两个蛋糕师正在后头试新品，可能还要有一会儿，赵小姐……我们老板做蛋糕的业务能力虽然强，但是老实讲，商务上的很多事问他不如问我。”

其实上次赵怀萌看“黄粱一梦闹鬼”的采访时就发现了，这家店的真正老板果然另有其人。

她犹豫了一下，到底还是忍不住小声道：“那个，我听说这家店也是凶宅，是真的吗？”

像是没想到她的第一个问题是这个，韩沙愣了一下，随即毫不犹豫地点头道：“确实，你现在站的地方在三年前吊死过一个孩子，是自杀的。”

赵怀萌顿时无语。

这是可以随随便便说的吗？

赵记者头皮一麻，一瞬间只觉得浑身都不自在起来，手上飞速地盘起佛珠，口干舌燥道：“那……你们这是……”

韩沙看出她的紧张，轻轻摇了摇头，道：“赵小姐你不必紧张，那个孩子早已往生了……三年前，她因为查出罕见病不愿意拖累父母，所以才走上这条路。本来她的父母因为思念女儿一直不愿意卖掉这个房子，但现在，他们的二女儿查出一模一样的毛病……”

话虽然没有说完，但后头的故事已经不言而喻了。

一下子，赵怀萌仿佛被噎住了一般，她想起之前韩沙和她说过，“黄粱一梦”的分店就和主店一样，也是具有公益性质的网红店。

据说不久前，店老板已经和渝江罕见病关爱协会达成了合作，会招募急需用钱但上班时间有限的罕见病患者家属来做店里的服务员或者外卖员。一方面补贴他们的生活费，另一方面也让更多人了解罕见病，能为罕见病公益尽一份力。

作为相当另辟蹊径的网红店，“黄粱一梦”即使在转型后，打的也是一张出其不意的牌。

韩沙道：“赵小姐，我能理解你的疑惑，但我们选择在这里开店并不是因为这是凶宅，而是这里原先的房屋主人在资金上真的非常需要帮助。毕竟，凶宅只是外人的说法，对于曾经居住在这里的人来说，所有所谓的凶宅其实都是无可替代的，你能明白我的意思吗？”

不知为何，在说这些话的时候，赵怀萌隐约觉得眼前这位道长的眼底露出一丝怅然，但很快，他便恢复了仙风道骨的样子，开始仔细同她说起了这家分店的公益模式，最后，还不忘给她看了店里所有的资质证书。

“大体就是这样，这家店我们前后筹备了快一年，前期也有不少困难，但因为最近有了新的海外投资人，后天终于就要开业了，赵小姐，你现在还有什么想要了解的吗？”

侃侃而谈了许久，韩沙请她到角落里的座位上坐下，而随着面前被摆上柠檬水，赵怀萌的精神为之一振。

她知道，自己的专访其实从这一刻才真正开始。

毕竟，她不可能允许自己的专栏里通篇都是广告，就算主编一开始是想叫她写一篇软文，甚至连名字都给她取好了，就叫“恐怖网红店开业指南”。

赵怀萌忍不住在心里翻了个巨大的白眼。

主编说什么只要把那位白老板含辛茹苦开店的过程写清楚就好了，还说什么又是“闹鬼”又是破案的爽文读者肯定喜欢看。但是拜托，她可是渝江日刊的专栏记者，又不是写小说的，以她的职业操守，总不能拿出这种哗众取宠的东西去糊弄她的读者。

赵怀萌深吸口气，翻出自己的笔记本看了看之前她做的功课，说道：“其实在观音里29号的案子被破之后，关于凶宅的争议已经慢慢平息了，韩先生，也请你放心，这次的专栏里我不会重点写这个，因为相比于房子本身……其实，我更想知道关于房子里的人的故事。”

“人？”

“没错，就是，关于你们的故事。”

赵怀萌言简意赅地说完，目光如炬地看着桌子对面的人。

“我更想知道，为什么最初你们会选择在这么一家有恐怖色彩的网红店里打工？让你们一直追随‘黄粱一梦’老板的原因又是什么……韩先生，可以请你先和我说说吗？”

“说实话，你这个问题有点复杂。”

沉默片刻后，韩沙笑了笑。

“有多复杂？”赵怀萌发挥出记者不依不饶的精神。

韩沙目光一转，温和道：“我之前说过了，修道也要吃饭，赵小姐，我也是个普通的打工人，老板让我温饱，我为老板干活儿，这不是天经地义的吗？”

赵怀萌却还是坚持：“但我之前看到了一些小道消息，说韩先生你有个女儿……”

“这件事你难道要写在专栏里吗赵小姐？”

不等赵怀萌说完，韩沙打断她，神色骤然冷了下来：“我认为以贵刊的专业程度，应该不会在专栏里写这种小道消息吧。”

当了多年记者，赵怀萌一眼就看出了对方眼底的敌意，瞬间心里警铃大作。

半秒钟之内这个道士就像是变了一张脸，看来这家店的人比她想得还要难搞。

不得已，她只能软下语气说道：“我只是希望将这家店写得有血有肉一点，这也是我第一次写这样的稿件……韩先生，您如果不介意……”

“我当然介意。”

韩沙眯起眼，面对她的装可怜丝毫没有怜香惜玉，说道：“我希望贵刊最终不要写一些多余的东西，而如果说，你非要一个我在这打工的理由……”

他想了想，紧跟着却直接站起身，冷淡地丢下一句：“大道至简，知易行难，这家店有个好老板，赵小姐，像我这样四处漂泊的人，可不是随便在哪里都会得到免费的蛋糕的。”

“蛋糕？”

赵怀萌还在努力理解这话里的意思，韩沙却已经丢下她去厨房了。很快，一个一身黑衣的姑娘急急忙忙地从厨房里跑了出来，因为步子太急，几乎是“摔”在了赵怀萌的对面。

“对……对不起！”

姑娘慌里慌张地给自己倒了一杯柠檬水，说：“那……那个，我刚在后头跟老板学新的裱花抹面，韩哥说你要找我们每个人做一段采访？”

宋楠师，前渝江殡仪馆的入殓师，现在是“黄粱一梦”的蛋糕师。

赵怀萌不愿沉浸在刚刚的失败里，匆匆扫了一眼她做的功课，不管怎么样，眼前这个小姑娘总不会比之前那个道士难搞吧？

她决定先从闲聊拉近距离，说道：“宋小姐吧，我之前在网上听说，你留在这家店是因为你喜欢——”

“咳！”

话说了一半，宋楠师的柠檬水已经喷了半桌。

姑娘的脸涨得通红，问道：“那个……这个事情你不会是要写进专栏里吧？”

实在没想到随便聊聊都能翻车，赵怀萌赶忙解释：“宋小姐，其实我只是想知道你在这家店打工的原因是什么，毕竟，不是所有人都愿意在凶宅打工的吧？”

她自认为自己表达得已经足够清楚了，但对面的姑娘却明显会错了意，不知为何忽然开始小声地自言自语：“所以说，只要趁着这个机会写进采访里，老板就会看到，老板看到的话，说不定他就会意识到……”

她喃喃着，紧跟着猛地抬起眼睛亮晶晶地看了过来，语速忽然变得很快，说道："小姐姐，那我就说了！我们老板真的是很好很好的人，要是没有他我不可能转行做蛋糕师，明明他胆子很小，但是他却不害怕我的职业，让我做娃娃，还陪我去扫墓，给我外公外婆送玫瑰……关键是，老板的蛋糕真的很好吃！这些你都能写进专栏里吗？"

赵记者只觉得一阵头疼。

虽然终于有了点东西可以写，但是，本身主编给她的要求就很离谱，现在要是再在里头加点什么偶像剧情节……

赵怀萌想了想，还是决定在下一个人身上碰碰运气，无奈道："宋小姐，我明白你的意思了，那如果我将你留在'黄粱一梦'的原因写成是找到了人生的新方向，你觉得怎么样？"

"人生的新方向……"宋楠师喃喃着将她的话重复了一遍，很快就高兴地点了点头，说，"也对！是老板帮我找到的！小姐姐，你不要忘记帮我夸夸老板！我去帮你叫雷姐出来！"

说罢，宋楠师一溜烟消失在了前厅，不一会儿，一个小腹微微隆起的孕妇出来了。

这位更是重量级。

赵怀萌重振旗鼓，仔细看了她的笔记。

雷虹，据说过去是个警察，而且她的丈夫是……

"你好，我是雷虹。"

赵怀萌正在整理思路，女人已经直接在她对面坐下了，将她上下打量了一遍后，雷虹利落道："老韩邀请媒体做采访是为了打广告，但是看你的样子，似乎你还想写点别的，不管你要写我什么——"她顿了顿，道，"别写。"

赵怀萌一时无话可说。

雷虹用手轻轻抚着自己的肚子，说道："我怀孕了，我的丈夫还在职，我不想因为采访造成一些不必要的麻烦。所以，你如果一定要问我来这工作的原因，你可以说我觉得老板是个不错的人，如果跟着他干，凶宅我也可以接受。"

末了，雷虹淡淡看了一眼桌子对面的人，说："姑娘，你应该知道，孕妇的忌讳比较多，孩子也听不得造谣的吧？"

之前是谁说可以接受凶宅的啊！那不是禁忌吗！

赵怀萌现在是越来越好奇了，这家店的老板究竟是何方神圣，是怎么做到把这些难搞的人一个个搜罗来给他干活儿的？

她沉默了一会儿，还想最后做一下努力，说道：“可这个理由前头的韩先生和宋小姐已经说了。”

“是吗？”

雷虹扬起眉，好笑似的看着她说：“我们连自己编的发言都一样，难道不更说明老板是个不错的人？”

只能证明她写的东西很瞎好吧！

专栏记者内心翻白眼。

就像是主编说的，前半段“闹鬼”，后半段破案，然后老板还是个“金手指”，征服了所有人？

不行！绝对不行！

赵怀萌恶狠狠地在心里将主编的大纲唾弃了一番后丢进垃圾桶，这时，“黄粱一梦”的老板白央从厨房里走出来，给雷虹递了一杯热水，说道：“雷哥，刚刚让你站太久，赶紧休息一下……要是让何队知道我虐待他怀孕的老婆，他还不杀了我？”

和网上那些照片里一样，白央看上去年轻又好说话，简直就是最佳的采访对象。

赵怀萌心里顿时又燃起了一线希望。

只要能从老板这里问出一点有用的东西，她的这篇稿子或许就还有戏！

“你的店员都觉得你是个很棒的老板。”

想到这，她迫不及待地上去握住了来人的手，问道：“白老板，你有没有想过，他们为什么会这么喜欢你和这家店？”

一瞬间，和她握手的人脸色一僵。

白央说：“总的来说，这可能不是什么好故事。”

赵怀萌继续问：“那你一开始开一家具有恐怖色彩的网红店是因为什么？住凶宅又是为什么呢？”

白央脸色微妙道：“说实在话，这个故事大概率更糟。”

短短两个问题，白央在赵怀萌心里的形象已经从心软老板变成了糊弄大师。

纠结再三，她不得不把主编的那份大纲从垃圾桶里扒拉了回来。

不管怎么样，打工人要吃饭，总得完成任务。

百般无奈下，赵记者终于不抱希望地丢出保底问题——关于那天杀的恐怖网红店开业指南。

“那白老板，‘黄粱一梦’现在已经成功了，开了第二家店……如果，我是说如果，还有人想要复制这样的成功模式，您有什么经验可以分享，又或者说，如果要您写一本开业指南，您会在里头写什么？”

她垂头丧气地摊开笔记本，决定随便写几个字就回去开始她的胡诌。却不想，听了她的问题，桌子对面很快传来了一声幽幽的叹息。

“虽然说来话长，但是，你来都来了，我可以给你讲一个简略的版本，我是说，如果恰巧，你不怕鬼也不怕骗子，又是个没钱的冤种倒霉蛋，那这份指南可能会对你有些用处。”

白央想了想，最终语气沉痛地开了口：“想开一家这样的店，首先要记住，人只要豁得出去——”

新番外

外卖订单

事实证明，人并不会因为赚了钱就走运。

白央捧着一块奶油千层，站在沙坪区一处黑洞洞的防空洞前，连着做了几次深呼吸，终于让自己相信，他来到这里送外卖，竟然是为了“抓鬼”。

“所以说，白老板，你怎么老是碰到这种破事儿？”

刑侦大队副队长何剑秋此时就站在他身后，两人对眼下的状况都不陌生，何剑秋甚至忍不住笑出了声。

“还真是一朝睡凶宅，一辈子都围着它打转啊白老板。”

“你以为我想啊？”

满脸菜色的小老板闻着蛋糕香甜的气息，思绪不禁回到一天前。

谁能想到，这已经不是他第一次来这个鬼地方送外卖了。

“黄粱一梦”是在开业的第二年正式开启盲盒外卖业务的。

随着宋楠师和雷虹的手艺渐长，闭着眼都能裱米老鼠，白央发觉自己已经快成了甩手掌柜。为了给店里开拓些市场，他最终决定采纳韩沙的建议，开放每天限量的盲盒外卖。

而一切的怪事都是从这个时候开始的。

这是半年里的第三次，“黄粱一梦”接到蛋糕订单，并且要求送到一个毫无人烟的防空洞前。

但问题是，每一次来，洞前非但没有人等着，而且，下单的人也从来不接电话，通常只在外卖平台上留下一句。

把蛋糕放在门口。

搞什么？

白央第三次站在这个充满潮湿气息的洞口，随着一阵凉风吹来，隐约听见里头传来一声仿佛孩子呜咽一般的动静，头皮不禁一阵发麻。

这都多久了，观音里29号都快热闹成网红小菜场了，怎么还能有这种麻烦事？

白央犹豫了一下，将蛋糕放在防空洞门口拍了照，而他刚跨上电动车骑出一个路口，怀中的手机一振。

对方确认了收货。

“所以，老板你这次还是没看到是谁拿走蛋糕的？”

晚上八点，眼看自家老板在沙发上蔫了，韩沙终于决定跟他聊一聊白天的事情。

毕竟，对于白央这样的人来说，支付软件一响，他就算腿断了都能下地，而现在接近五位数的进账都没法让他抬起眼皮子，那事情无疑是非常严重了。

招呼了雷虹和宋楠师，韩沙按照惯例，在心中默念三遍白柳给自己的工资，这才问道：“老板，你确定你没听到里头传来任何声音吗？”

“没有，这三次都是我去送的，我刚走对方就确认收货，有一次我特意拐回去，蛋糕不见了，我连个人影都没看到！”

白央越想越觉得瘆得慌，嘴里的巧克力棒就没断过，嘟囔道：“怎么感觉这钱挣得这么晦气呢……”

“晦气什么？”韩沙嗤笑一声，“支付软件又收不了冥币，三次的盲盒外卖真金白银给你赚了几百，对面就算不是人，你也得叫人家上帝。”

“可是我这次特意问了。”

终于，白央忍无可忍，想起白天发生的事情，他至今都觉得背后冒凉气。

“我问了周围的人，他们说那个防空洞里头，吊死过人。”

“他们说也就是前几年的事情吧，有对夫妻因为欠赌债，丢下孩子在里头用电线上吊了，结果过了两个月才被人发现，尸体都风干了。”

即使他已经不是当年那个满脸写着“点背”的小老板，但是白央对付这种事情还是㞞得不行，焦虑之下把巧克力棒啃得咔嚓乱响。

“老板你好像小松鼠……”

桌子的另一边，宋楠师正毫无紧张感地盯着他看，半晌才说道：“万一对方就是偷偷减肥不想被人发现呢，以前我在殡仪馆也会半夜趁着同事不在偷偷叫外卖，有两次送外卖的一看到我就被吓哭了。”

“但问题还是在于为什么要定位在一个废弃的防空洞前头。”

身为前警察，雷虹的心思却在别处，她在微信上跟育儿嫂确定了女儿已经睡着，温柔的神色在开口的一瞬间就消失得无影无踪。

“地方偏，附近又没有住户，对方图什么？老板去送货的时候他人又在哪里？难不成埋伏在一边伺机而动？”

对此，白央的回答是一连串的咔嚓声。

进入狂暴吃甜食模式的小老板犹豫了很久，终于说道：“老韩，你说是不是咱们这个店的根基不太好，所以才会接到这种订单？但是一般不都是青团发糕啥的，难道说人家现在口味也西化了？”

“老板你别瞎想了，你的财运可没好到可以做那头生意的地步。”

闻言，韩沙只是不冷不热地瞪他一眼，思考片刻后，他问白央要来之前叫外卖的手机号码，依次用自己、雷虹还有宋楠师的手机拨打了电话，但是对方无一接听。

“不是关机，而是不接。”

这下，就连雷虹都皱起眉头，警察的直觉告诉了她一个不太妙的答案。

“看来，对方认识我们的号码。”

毫不意外，这一晚，白央睡得很不好。

他一闭上眼，眼前就是两个挂在绳子上的人吃蛋糕的情景，就这么一直看他们在黑暗里晃悠到了早上七点，白央被一只冰凉的手从被子里直接拎了出来。

是韩沙。

在白央过去的经验里，一个韩沙加一个白柳，就算是他俩想让渝江的西式快餐店卖钵钵鸡，前后也只需要三个月。

用这种效率来追踪一个外卖单子，无疑是杀鸡用屠龙刀了。

“老板，起床‘抓鬼’了。”

他家商业顾问瞧着仙风道骨，但力气可一点不小，如今穿着一身西服，韩沙的气质几乎立刻就变得杀气腾腾。

十分钟后，白央下楼，发觉他家的大老板已经好整以暇地坐在客厅里，细跟红唇，身后还跟着两个西装笔挺的法务，看着心情不太好。

“你小子还真是容易招来牛鬼蛇神。”

白柳上来，先把他睡得乱糟糟的头发抚平，然后说道：“你的商业顾问昨晚跟我聊过了，现在知道是谁定了你的蛋糕吗？”

白央摇摇头，心里却想韩沙都把他姐这尊“大佛”给请出来了，那看来对方必然不是什么过路的“小鬼”。

果不其然，白柳很快就叹了口气：“有时候我倒希望你招惹的是一些不是人的东西，那样的话，请大师可只需要请一个。”

说罢，她拍上来几份资料，白央定睛一看，很快就被惊呆了。

“所以，这些都是凶宅？”

他哭笑不得地看着面前一溜儿的网红店菜谱，难以置信，就这么短短半年，渝江的“凶宅网红店”就如同雨后春笋一般冒了出来。

凶宅咖啡店、凶宅甜品店、凶宅酒吧，还有凶宅民宿。

不但有人号称店里曾经死了两三个人，甚至还有人对外宣称，一下雨店里就有股腥味，墙上甚至会浮现出血手印。

简直比老韩当年瞎编的还离谱。

“这些人连菜单名字都取得和老板一模一样。”

宋楠师翻了两页网上晒出的菜单照片，秀气的脸上难得露出几分怒气：“做的蛋糕比老板的难看好多！”

“其实自从‘黄粱一梦’成功之后，已经有人看到了这方面的市场，毕竟，现在流量就是王道嘛，只要能营销出个‘渝江贞子’，家家都会买电视机，而唯一的问题是，做不出像样的产品。”

白柳抱着手臂靠在一边，好笑道：“但是，这个问题在几个月前解决了，有人完全照抄了央子的蛋糕，导致‘黄粱一梦’的‘山寨版’泛滥。虽然在生意上没什么威胁，但是‘黄粱一梦’毕竟已经正式转型了，我不希望这些店给你们带来什么舆论上的风险，所以这几个月都在收集证据，准备用不正当竞争告几个杀鸡儆猴。”

“所以，那个在防空洞定老板蛋糕的……”

雷虹立刻反应了过来。

显然，比起白央的胡思乱想，剽窃创意是个更为现实的动机。

对方不能让白央识破身份，所以才会绕这么大弯子，定位在无人区。

她问道：“不正当竞争……需要我让剑秋问问经侦那边的人吗？”

白柳笑了笑，说道：“白家集团的法务可不是吃素的，我们有那个时间陪他们耗到死，只是，我希望这回白老板能够争气一点。”

白柳拿起手机看了一眼。

她说：“我帮你把那个神秘的外卖客人找出来了。”

一直到那个满脸怯弱的年轻人坐在自己面前，白央都难以置信。

有朝一日，他竟然需要进行凶宅打假。

凶宅打假？认真的吗？

这年头大家难道都想住真凶宅吗？

白央正感到疑惑，另一边，被请来商量事儿的年轻人却已经坐不住了。

毕竟，在这一屋子人里头，也就只有他面前这位白老板瞧着好说话，其他人看上去都像是要把他生吞活剥了。也因此，年轻人倒也十分识相，还不等白老板开口蹦出一个字，他已经站起来两腿一并，深深向前鞠了一躬。

“我选择私了。”

白央一时无语。

“这多没意思啊。”

一旁的白柳见状直接笑出声，此时此刻，她的细鞋跟踩在地上，听起来就像是菜刀剁上砧板。

而谁是刀俎，谁是鱼肉，一目了然。

白柳的声音冷下来，攀上他的肩膀：“你知道‘黄粱一梦’是我弟弟送货吧，所以特意选了那个地方，前不着村，后不着店，这里头有什么想法，不如现在说说，我看看是该把你归在经侦还是刑侦的范畴里。”

“所以，你是因为老板胆子小故意要吓他？”宋楠师同样拧起眉头，“好卑鄙，要把老板吓出病来怎么办？”

“小宋，倒也不必什么大实话都往外说……”

毫不意外被自己人戳穿的白央有气无力地捂住脸。

虽然他早知道网红店市场就这么一亩三分地，竞争激烈，但他是真没想到，连凶宅的生意都有人要抢着做。

“所以，你真是故意的？特意选了那么个地方让我去送外卖，然后研究我的蛋糕，剽窃我的创意，就为开个山寨版‘黄粱一梦’？”

白央颇为无奈地看着面前的年轻人。

骗子在他这儿已经不稀奇了，甚至这一屋子的人几乎都骗过他，白央对上当受骗早已心如止水，但问题就在于，骗完还要吓他，这就太不地道了。

白央等待着对方说出点不知死活的话让他家大老板生气，结果却没想到，年轻人竟然开始满脸崇拜地盯着他看。

“所以你的故事都是真的，你真的能把那种东西引出来。”

年轻人的眼神非常认真，把白央看得背后一凉。

“你不是商业间谍吗，怎么还搞封建迷信这套啊？”

雷虹忍不住笑出了声：“死人了打110，警察才能帮你‘抓鬼’，别老想着拿老板钓鱼了……他的胆子可经不起你这么吓。”

“可是，他确实有两下子嘛。”年轻人却不依不饶，“我也就是个接活儿的，是有人要我从他店里网购蛋糕，出来转手卖方子，我又不懂什么开店，我只知道，我每次去收货的时候，外卖里头都会少了一块蛋糕。”

年轻人顿了顿，满眼亮晶晶地看着他。

“白老板，你知道我每次确认收货之前，那个防空洞里都有东西吃你的蛋糕吗？”

“唉，白老板，要我是你，今年就该拓展点清明节新业务了。”

几个小时后，何剑秋站在防空洞前，望着黝黑的洞口叹了口气。

不出意外，藏在里头的就是那对上吊夫妻走失大半年的孩子，有人曾经看到他待在附近不肯离去，现在看来，多半就是把这洞里头当家了。

一个半大孩子，能对送到面前的蛋糕有多大的抵抗力呢？

想到这儿，何剑秋不禁无奈地摇了摇头：“虽然有蛋糕可能好引出来一点，但其实我们进去也一样，毕竟这事儿可不是送外卖该负责的范畴了，再这么传下去，你在网上都快成神仙了。”

对此，捧着蛋糕的小老板却像是已经习以为常。

他手中雪白的千层蛋糕正散发着诱人的香气，之前他和收货那小子对过，每次失踪的蛋糕都是最贵的那一款。

你别说，还挺有品位。

“谁叫咱们是服务行业呢，只要是客人，都得服务到位了。”

白央深吸口气，最终抬起脚步，在警察的陪同下走进了面前幽深的洞口“送外卖”。

“山寨蛋糕算什么，有本事山寨这个。”

他硬着头皮哼哼：“我可是住过真凶宅的。”